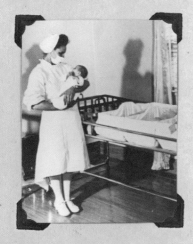

Navegan Hacia Chile 2.100 Refugiados

Ya Partió el Winnipeg

españa DEMOCRATICA

ES EL BARCO DE LA SOLIDARIDAD AMERICANA

Viaja en él una Colonia de Modelistas Españoles que se Establecen en Chile

Frugoni Pugnará en la Cámara por la Entrada al País de 5 Mil Refugiados

LARGO PÉTALO DE MAR

LARGO PÉTALO DE MAR

Isabel Allende

VINTAGE ESPAÑOL
Una división de Penguin Random House LLC
Nueva York

PRIMERA EDICIÓN VINTAGE ESPANOL, JUNIO 2019

Copyright © 2019 por Isabel Allende

Todos los derechos reservados. Publicado en coedición con Penguin
Random House Grupo Editorial, S.A., Barcelona, y en los Estados Unidos de
América por Vintage Español, una división de Penguin Random House LLC,
Nueva York, y distribuido en Canadá por Penguin Random House Canada Limited,
Toronto. Originalmente publicado en España por Penguin Random House Grupo
Editorial, S.A., Barcelona, en 2019. Copyright de la presente edición
© 2019 por Penguin Random House Grupo Editorial, S.A.

Vintage es una marca registrada y Vintage Español
y su colofón son marcas de Penguin Random House LLC.

Información de catalogación de publicaciones disponible
en la Biblioteca del Congreso de los Estados Unidos.

Vintage Español ISBN en tapa dura: 978-1-9848-9916-3

Para venta exclusiva en EE.UU., Canadá, Puerto Rico y Filipinas.

www.vintageespanol.com

Impreso en los Estados Unidos de América
10 9 8 7 6

A mi hermano Juan Allende,
a Víctor Pey Casado y a otros
navegantes de la esperanza

... extranjeros, esta es,
esta es mi patria,
aquí nací y aquí viven mis sueños.

PABLO NERUDA,
«Regreso»,
Navegaciones y regresos

PRIMERA PARTE

Guerra y éxodo

I

1938

Prepararse, muchachos,
para otra vez matar, morir de nuevo
y cubrir con flores la sangre.

PABLO NERUDA,
«Sangrienta fue toda tierra del hombre»,
El mar y las campanas

El soldadito era de la Quinta del Biberón, la leva de niños reclutados cuando ya no quedaban hombres jóvenes ni viejos para la guerra. Víctor Dalmau lo recibió junto a otros heridos que sacaron del vagón de carga sin mucha consideración, porque había prisa, y tendieron como leños en esterillas sobre el piso de cemento y piedra de la estación del Norte, en espera de otros vehículos para llevarlos a los centros hospitalarios del Ejército del Este. Estaba inerte, con la expresión tranquila de quien ha visto a los ángeles y ya nada teme. Quién sabe cuántos días llevaba zarandeado de una camilla a otra, de una posta de campaña a otra, de una ambulancia a otra, hasta llegar a Cataluña en ese tren. En la estación, varios médicos, sanitarios y enfermeras recibían a los soldados, mandaban de inmediato a los más graves al hospital y clasificaban al resto según dónde estaban heridos —grupo A los brazos, B las piernas, C la cabeza, y así seguía el alfabeto— y los enviaban con un cartel al cuello al lugar correspondiente. Los heridos llegaban por centenares; había que diagnosticar y decidir en cuestión de minutos, pero el tumulto y la confusión eran sólo aparentes. Nadie quedaba sin atención, nadie se perdía. Los de cirugía iban al antiguo edificio de Sant Andreu en Manresa, los que requerían tratamiento se mandaban a otros centros y a algunos más valía dejarlos donde estaban, porque nada se podía hacer para salvarlos. Las voluntarias les mojaban los labios, les hablaban bajito y los acunaban como si fueran sus hijos, sabiendo que en otra parte habría otra mujer sosteniendo a su hijo o a su hermano. Más tarde los camilleros se los llevarían al depósito de cadáveres. El soldadito tenía un agujero en el pecho y el médico, después de examinarlo someramente sin encontrarle el pulso, determinó que estaba más allá de cualquier socorro, que ya no necesitaba morfina ni consuelo. En el frente le habían tapado la herida con un trapo, se la habían protegido con un plato de latón invertido para evitar el roce y le habían envuelto el torso con un vendaje, pero de eso hacía varias horas o varios días o varios trenes, imposible saberlo.

Dalmau estaba allí para secundar a los médicos; su deber era obedecer la orden de dejar al chico y dedicarse al siguiente, pero pensó que si ese niño había sobrevivido a la conmoción, la hemorragia y el traslado para llegar hasta ese andén de la estación, debía de tener muchas ganas de vivir y era una lástima que se hubiera rendido ante la muerte en el último momento. Retiró cuidadosamente los trapos y comprobó asombrado que la herida estaba abierta y tan limpia como si se la hubieran pintado en el pecho. No pudo explicarse cómo destrozó el impacto las costillas y parte del esternón sin pulverizar el corazón. En los casi tres años de práctica en la Guerra Civil de España, primero en los frentes de Madrid y Teruel, y después en el hospital de evacuación, en Manresa, Víctor Dalmau creía haber visto de todo y haberse inmunizado contra el sufrimiento ajeno, pero nunca había visto un corazón vivo. Fascinado, presenció los últimos latidos, cada vez más lentos y esporádicos, hasta que se detuvieron del todo y el soldadito terminó de expirar sin un suspiro. Por un breve instante Dalmau se quedó inmóvil, contemplando el hueco rojo donde ya nada latía. Entre todos los recuerdos de la guerra, ese sería el más pertinaz y recurrente: aquel niño de quince o dieciséis años, todavía imberbe, sucio de batalla y de sangre seca, tendido en una esterilla con el corazón al aire. Nunca pudo explicarse por qué introdujo tres dedos de la mano derecha en la espantosa herida, rodeó el órgano y apretó varias veces, rítmicamente, con la mayor calma y naturalidad, durante un tiempo imposible de recordar, tal vez treinta segundos, tal vez una eternidad. Y entonces sintió que el corazón revivía entre sus dedos, primero con un temblor casi imperceptible y pronto con vigor y regularidad.

—Chico, si no lo hubiera visto con mis propios ojos, jamás lo creería —dijo en tono solemne uno de los médicos, que se había aproximado sin que Dalmau lo percibiera.

Llamó a los camilleros de dos gritazos y les ordenó que se llevaran de inmediato al herido a toda carrera, que era un caso especial.

—¿Dónde aprendió eso? —le preguntó a Dalmau, apenas los camilleros levantaron al soldadito, que seguía de color ceniza pero con pulso.

Víctor Dalmau, hombre de pocas palabras, le informó en dos frases de que había alcanzado a estudiar tres años de medicina en Barcelona antes de irse al frente como sanitario.

—¿Dónde lo aprendió? —repitió el médico.

—En ninguna parte, pero pensé que no había nada que perder…

—Veo que cojea.

—Fémur izquierdo. Teruel. Está sanando.

—Bien. Desde ahora va a trabajar conmigo, aquí está perdiendo el tiempo. ¿Cómo se llama?

—Víctor Dalmau, camarada.

—Nada de camarada conmigo. A mí me trata de doctor y no se le ocurra tutearme. ¿Estamos?

—Estamos, doctor. Que sea recíproco. Puede llamarme señor Dalmau, pero les va a sentar como un tiro a los otros camaradas.

El médico sonrió entre dientes. Al día siguiente Dalmau comenzó a entrenarse en el oficio que determinaría su suerte.

Víctor Dalmau supo, como supo todo el personal de Sant Andreu y de otros hospitales, que el equipo de cirujanos pasó dieciséis horas resucitando a un muerto y lo sacaron vivo del quirófano. Milagro, dijeron muchos. Avances de la ciencia y la constitución de caballo percherón del muchacho, rebatieron quienes habían abdicado de Dios y los santos. Víctor se hizo el propósito de visitarlo adondequiera que lo hubieran trasladado, pero con la prisa de esos tiempos le resultó imposible llevar la cuenta de los encuentros y desencuentros, de los presentes y los desaparecidos, de los vivos y los muertos. Por un tiempo pareció que había olvidado ese corazón que tuvo en la mano, porque se le complicó mucho la vida y otros asuntos urgentes lo mantuvieron ocupado, pero años más tarde, al otro lado del mundo, lo vio en sus pesadillas y desde entonces el chico lo visitaba de vez en cuando, pálido y triste, con su corazón inerte en una bandeja. Dalmau no recordaba o tal vez nunca supo su nombre y lo apodó Lázaro por razones obvias, pero el soldadito nunca olvidó el de su salvador. Apenas pudo sentarse y beber agua por sí mismo, le contaron la proeza de ese enfermero de la estación del Norte, un tal Víctor Dalmau, que lo trajo de vuelta del territorio de la muerte. Lo acosaron a preguntas; todos querían saber si acaso el cielo y el infierno existen de verdad o son inventos de los obispos para meter miedo. El muchacho se recuperó antes de que terminara la guerra y dos años más tarde, en Marsella, se hizo tatuar el nombre de Víctor Dalmau en el pecho, debajo de la cicatriz.

Una joven miliciana, con la gorra ladeada en un intento de compensar la fealdad del uniforme, esperó a Víctor Dalmau en la puerta del quirófano y cuando este salió, con una barba de tres días y la bata manchada, le pasó un papel doblado con un mensaje de las telefonistas. Dalmau llevaba muchas horas de pie, le dolía la pierna y acababa de darse cuenta, por el ruido de caverna en el estómago, de que no había comido desde el amanecer. El trabajo era de mula, pero agradecía la oportunidad de aprender en el aura magnífica de los mejores cirujanos de España. En otras circunstancias un estudiante como él no habría podido ni acercarse a ellos, pero a esas alturas de la guerra, los estudios y títulos valían menos que la experiencia y eso a él le sobraba, como opinó el director del hospital cuando le permitió ayudar en cirugía. Para entonces, Dalmau podía mantenerse trabajando cuarenta horas seguidas sin dormir, sostenido por tabaco y café de achicoria, sin prestarle atención al inconveniente de su pierna. Esa pierna lo había liberado del frente; gracias a ella podía hacer la guerra desde la retaguardia. Ingresó en el Ejército republicano en 1936, como casi todos los jóvenes de su edad, y partió con su regimiento a la defensa de Madrid, ocupada en parte por los nacionales, como se autodenominaron las tropas sublevadas contra el gobierno, donde recogía a los caídos, porque con sus estudios de medicina así era más útil que con un fusil en las trincheras. Después lo destinaron a otros frentes.

En diciembre de 1937 durante la batalla de Teruel, con un frío glacial, Víctor Dalmau se movía en una ambulancia heroica prestando primeros auxilios a los heridos, mientras el chófer, Aitor Ibarra, un vasco inmortal que canturreaba sin cesar y se reía con estrépito para burlar a la muerte, se las arreglaba para conducir por senderos de ruina. Dalmau confiaba en que la buena suerte del vasco, quien había sobrevivido intacto a mil peripecias, alcanzaría para los dos. Para eludir el bombardeo, a menudo viajaban de noche; si no había luna, alguien marchaba por delante con una linterna señalándole el camino a Aitor, en caso de que hubiera camino, mientras Víctor socorría a los hombres dentro del vehículo con muy pocos recursos, a la luz de otra linterna. Desafiaban el terreno sembrado de obstáculos y la temperatura de muchos grados bajo cero, avanzando con lentitud de gusanos en el hielo, hundiéndose en la nieve, empujando la ambulancia para remontar las cuestas o sacarla de zanjas y cráteres de explosiones, sorteando hierros retorcidos y cadáveres petrificados de mulas, bajo el ametrallamiento del bando nacional y las bombas de la Legión Cóndor, que pasaba rasando. Nada distraía a Víctor Dalmau, concentrado en mantener vivos a los hombres a su cargo, que se desangraban a ojos vista, contagiado del estoicismo demente de Aitor Ibarra, que conducía sin alterarse con un chiste para cada ocasión.

De la ambulancia, Dalmau pasó al hospital de campaña instalado en unas cuevas de Teruel, para protegerlo de las bombas, donde trabajaban alumbrados con velas, chinchones impregnados de aceite de motor y lámparas de queroseno. Lidiaban con el frío mediante braseros colocados bajo las mesas de cirugía, pero eso no evitaba que los instrumentos congelados se quedaran pegados en las manos. Los médicos operaban deprisa a quienes podían remendar un poco antes de despacharlos a los centros hospitalarios, sabiendo que muchos morirían por el camino. Los otros, los que estaban más allá de toda ayuda, esperaban la muerte con morfina, cuando la había, pero siempre racionada; también el éter se racionaba. Si no había otra cosa para ayudar a los hombres con heridas atroces que bramaban de dolor, Víctor les daba aspirina y les decía que era una portentosa droga americana. Las vendas se lavaban con hielo y nieve derretidos para volver a usarlas. La tarea más ingrata era disponer las piras para piernas y brazos amputados; Víctor nunca pudo acostumbrarse al olor de la carne quemada.

Allí, en Teruel, volvió a ver a Elisabeth Eidenbenz, a la que había conocido en el frente de Madrid, adonde ella llegó de voluntaria con la Asociación de Ayuda a los Niños en la Guerra. Era una enfermera suiza de veinticuatro años con cara de virgen renacentista y coraje de guerrero curtido; estuvo medio enamorado de ella en Madrid y lo habría estado del todo si le hubiera dado la más leve oportunidad, pero nada desviaba a esa joven de su misión: mitigar el sufrimiento de los niños en esos tiempos brutales. En los meses que llevaba sin verla, la suiza había perdido la inocencia inicial, cuando acababa de llegar a España. Se le había endurecido el carácter luchando contra la burocracia militar y la estupidez de los hombres; reservaba su compasión y dulzura para las mujeres y los niños a su cargo. En una pausa entre dos ataques del enemigo, Víctor se encontró con ella ante uno de los camiones de abastecimiento de alimentos. «Hola, chico, ¿te acuerdas de mí?», lo saludó Elisabeth en su español enriquecido con sonidos guturales del alemán. Y cómo no iba a acordarse, pero al verla se le cortó el habla. Le pareció más madura y bella que antes. Se sentaron en un cascote de hormigón, él a fumar y ella a tomar té de una cantimplora.

—¿Qué hay de tu amigo Aitor? —le preguntó ella.

—Ahí sigue, siempre bajo metralla y sin un rasguño.

—No le tiene miedo a nada. Dale mis saludos.

—¿Qué planes tienes para cuando termine la guerra? —le preguntó Víctor.

—Irme a otra. Siempre hay guerra en alguna parte. ¿Y tú?

—Si te parece, nos podríamos casar —le sugirió él, atragantado de timidez.

Ella se rió y por un instante volvió a ser la doncella renacentista de otros tiempos.

—Ni loca, chico, no pienso casarme contigo ni con nadie. No tengo tiempo para el amor.

—Tal vez cambies de idea. ¿Crees que nos volveremos a ver?

—Seguramente, si es que sobrevivimos. Cuenta conmigo, Víctor. Cualquier cosa en que pudiera ayudarte…

—Lo mismo digo. ¿Puedo besarte?

—No.

En esas cuevas de Teruel acabaron de templársele los nervios a Víctor y adquirió el conocimiento médico que ninguna universidad podría haberle dado. Aprendió que uno se acostumbra a casi todo: a la sangre, ¡tanta sangre!, a la cirugía sin anestesia, al olor de la gangrena, a la mugre, al río interminable de soldados heridos y a veces mujeres y niños, a la fatiga de siglos carcomiendo la voluntad y, peor aún, a la sospecha insidiosa de que tanto sacrificio podía ser inútil. Y fue allí, extrayendo muertos y heridos de las ruinas de un bombardeo, donde un derrumbe tardío le cayó encima, partiéndole la pierna izquierda. Lo atendió un médico inglés de las Brigadas Internacionales. Otro habría optado por una rápida amputación, pero el inglés acababa de empezar su turno y había descansado algunas horas. Chapurreó una orden a la enfermera y se dispuso a poner los huesos en su lugar. «Tienes suerte, muchacho, ayer llegaron los suministros de la Cruz Roja y te vamos a dormir», le dijo la enfermera, acercándole la mascarilla de éter.

Víctor atribuyó el accidente al hecho de que Aitor Ibarra no estaba con él para protegerlo con su buena estrella. Fue Aitor quien lo condujo al tren que lo llevó a Valencia junto a docenas de otros heridos. Iba con la pierna inmovilizada por tablas amarradas con tiras, ya que no podían enyesarlo por las heridas, envuelto en una frazada, consumido de frío y de fiebre, torturado por cada estremecimiento del tren, pero agradecido, porque estaba en mejores condiciones que la mayoría de los hombres que yacían con él en el suelo del vagón. Aitor le había dado sus últimos cigarrillos y una dosis de morfina con instrucciones de usarla sólo en extrema necesidad, porque no iba a disponer de otra.

En el hospital de Valencia lo felicitaron por el buen trabajo del médico inglés; si no se producían complicaciones, la pierna iba a quedarle como nueva, aunque algo más corta que la otra, le dijeron. Una vez que las heridas empezaron a cicatrizar y pudo ponerse de pie apoyado en una muleta, lo mandaron enyesado a Barcelona. Se quedó en la casa de sus padres jugando interminables partidas de ajedrez con su viejo, hasta que pudo moverse sin ayuda. Entonces volvió al trabajo en un hospital de la ciudad, que atendía a población civil. Era como estar de vacaciones, porque comparado con lo vivido en el frente aquello era un paraíso de pulcritud y eficiencia. Allí estuvo hasta la primavera, cuando lo mandaron a Sant Andreu, en Manresa. Se despidió de sus padres y de Roser Bruguera, una estudiante de música que los Dalmau habían acogido, y a la que llegó a querer como a una hermana durante las semanas de su convalecencia. Esa joven modesta y amable, que pasaba horas en interminables ejercicios de piano, era la compañía que Marcel Lluís y Carme Dalmau necesitaban desde que sus hijos se habían ido.

Víctor Dalmau desdobló el papel que le había entregado la miliciana y leyó el mensaje de Carme, su madre. No la había visto en siete semanas, aunque el hospital quedaba sólo a sesenta y cinco kilómetros de Barcelona, porque no había tenido ni un solo día libre para tomar el bus. Una vez por semana, siempre el domingo a la misma hora, ella lo llamaba y ese día también le mandaba algo de regalo, un chocolate de los brigadistas internacionales, un salchichón o un jabón del mercado negro y a veces cigarrillos, que para ella eran un tesoro, porque no podía vivir sin nicotina. Su hijo se preguntaba cómo los conseguía. El tabaco era tan apreciado que los aviones enemigos solían tirarlo del cielo junto a hogazas de pan, para burlarse del hambre de los republicanos y hacer alarde de la abundancia imperante entre los nacionales.

Un mensaje de su madre un jueves sólo podía anunciar una emergencia: «Estaré en la Telefónica. Llámame». Su hijo calculó que ella llevaba casi dos horas esperando, lo que él había demorado en el quirófano antes de recibir su mensaje. Bajó a las oficinas del sótano y le pidió a una de las telefonistas que lo conectara con la Telefónica de Barcelona.

Carme se puso en la línea y con la voz entrecortada por ataques de tos, le ordenó a su hijo mayor que fuera a casa, porque a su padre le quedaba poca vida.

—¿Qué le ha pasado? ¡Padre estaba bueno y sano! —exclamó Víctor.

—El corazón no le da para más. Avisa a tu hermano, para que venga también a despedirse, porque se nos puede ir en un abrir y cerrar de ojos.

Ubicar a Guillem en el frente de Madrid le tomó treinta horas. Cuando por fin pudieron comunicarse por radio, en medio de una algarabía de estática y chirridos siderales, su hermano le explicó que le era imposible obtener permiso para ir a Barcelona. Se le oía la voz tan remota y cansada, que Víctor no lo reconoció.

—Cualquiera capaz de disparar un arma es imprescindible, Víctor, lo sabes bien. Los fascistas nos aventajan en tropas y armamento, pero no pasarán —le dijo Guillem, repitiendo la consigna popularizada por Dolores Ibárruri, bien llamada la Pasionaria por su capacidad para encender entusiasmo fanático en los republicanos.

Los militares rebeldes habían ocupado la mayor parte de España, pero no habían logrado tomar Madrid, cuya defensa desesperada calle a calle, casa a casa, la había convertido en el símbolo de la guerra. Contaban con las tropas coloniales de Marruecos, los temidos moros, y la ayuda formidable de Mussolini y Hitler, pero la resistencia de los republicanos los había bloqueado ante la capital. Al comienzo de la guerra, Guillem Dalmau había luchado en Madrid en la columna Durruti. En esos momentos, ambos ejércitos se enfrentaban en la Ciudad Universitaria tan próximos el uno del otro, que en algunos lugares los separaba el ancho de una calle; podían verse las caras e insultarse sin gritar demasiado. Según Guillem, atrincherado en uno de los edificios, los impactos de obuses perforaban los muros de la Facultad de Filosofía y Letras, de la Facultad de Medicina y de la Casa de Velázquez; no había forma de defenderse de los proyectiles, pero habían calculado que tres tomos de filosofía atajaban las balas. Le tocó estar cerca durante la muerte del legendario anarquista Buenaventura Durruti, que había llegado a dar batalla en Madrid con parte de su columna después de propagar y consolidar la revolución por las tierras de Aragón. Murió de un balazo a quemarropa en el pecho en circunstancias poco claras. La columna fue diezmada, perecieron más de mil milicianos y entre los que sobrevivieron, Guillem fue uno de los pocos que resultó ileso. Dos años más tarde, después de pelear en otros frentes, lo habían vuelto a destinar en Madrid.

—Padre entenderá si no puedes venir, Guillem. En casa estamos pendientes de ti. Ven cuando puedas. Aunque no veas al viejo con vida, tu presencia sería un gran consuelo para madre.

—Supongo que Roser está con ellos.

—Sí.

—Dale saludos. Dile que sus cartas me acompañan y que me perdone por no contestarle muy seguido.

—Te estaremos esperando, Guillem. Cuídate mucho.

Se despidieron con un breve adiós y Víctor se quedó con un puño en el estómago rogando para que su padre viviera un poco más, para que su hermano regresara entero, para que la guerra terminara de una vez y se salvara la República.

El padre de Víctor y Guillem, el profesor Marcel Lluís Dalmau, pasó cincuenta años enseñando música, formó a pulso y dirigió con pasión la orquesta sinfónica juvenil de Barcelona y compuso una docena de conciertos para piano, que nadie interpretaba desde los comienzos de la guerra, y varias canciones que en esos mismos años estaban entre las favoritas de los milicianos. Conoció a Carme, su mujer, cuando ella era una adolescente de quince años enfundada en el severo uniforme de su colegio, y él un joven maestro de música, doce años mayor que ella. Carme era hija de un cargador del muelle, alumna de caridad de las monjas, que la estaban preparando para el noviciado desde la niñez y que nunca le perdonaron que dejara el convento para irse a vivir en pecado con un holgazán ateo, anarquista y tal vez masón, que se burlaba del sagrado vínculo del matrimonio. Marcel Lluís y Carme vivieron en pecado varios años, hasta la llegada inminente de Víctor, su primer descendiente; entonces se casaron para evitarle al crío el estigma de la bastardía, que todavía en esos tiempos era una seria limitación en la vida. «De haber tenido a los hijos ahora, no nos habríamos casado, porque nadie es bastardo en la República», declaró Marcel Lluís Dalmau en un momento de inspiración a comienzos de la guerra. «En ese caso yo habría quedado preñada de vieja y tus hijos estarían todavía en pañales», le respondió Carme.

Víctor y Guillem Dalmau se educaron en una escuela laica y crecieron en una casa pequeña del Raval, en un hogar de clase media esforzada, donde la música del padre y los libros de la madre reemplazaron a la religión. Los Dalmau no militaban en ningún partido político, pero la desconfianza de ambos por la autoridad y cualquier tipo de gobierno los alineaba con el anarquismo. Además de la música en varias de sus formas, Marcel Lluís les inculcó a sus hijos curiosidad por la ciencia y pasión por la justicia social. La primera motivó a Víctor a estudiar medicina, y la segunda fue el ideal absoluto de Guillem, que desde niño andaba enojado con el mundo, predicando contra latifundistas, comerciantes, industriales, aristócratas y curas, sobre todo curas, con más fervor mesiánico que argumentos. Era alegre, ruidoso, macizo y atrevido, favorito de las muchachas, que se desvivían en vano por seducirlo, ya que a él le importaba poco el efecto que causaba en ellas, dedicado en cuerpo y alma a deportes, bares y amigos. Desafiando a sus padres, a los diecinueve años se alistó en las primeras milicias de obreros organizados en defensa del gobierno republicano contra los fascistas rebeldes. Tenía vocación de soldado, había nacido para empuñar armas y mandar a otros hombres menos decididos que él. Su hermano Víctor, en cambio, parecía poeta, con sus huesos largos, su pelo indomable y su cara de preocupación, siempre con un libro en las manos y callado. En la escuela Víctor soportaba el implacable hostigamiento de otros chicos, «a ver si te haces cura, marica»; entonces intervenía Guillem, tres años menor, pero más fornido y siempre listo para liarse a tortazos por una razón justa. Guillem abrazó la revolución como a una novia; había encontrado la causa por la que valía la pena dejar su vida.

Los conservadores y la Iglesia católica, que habían invertido dinero, propaganda y prédicas apocalípticas desde el púlpito, fueron derrotados en las elecciones generales de 1936 por el Frente Popular, una coalición de partidos de izquierda. España, convulsionada desde el triunfo republicano cinco años antes, se dividió como si un violento hachazo la hubiese partido. Con el argumento de imponer orden en una situación que juzgaban caótica, aunque en verdad estaba lejos de serlo, la derecha comenzó de inmediato a conspirar con los militares para derrocar al gobierno legítimo, formado por liberales, socialistas, comunistas, sindicalistas y el apoyo eufórico de obreros, campesinos, trabajadores y la mayoría de los estudiantes e intelectuales. Guillem había terminado la secundaria a duras penas y según su padre, amante de las metáforas, tenía el físico de un atleta, el coraje de un torero y el cerebro de un mocoso de ocho años. El ambiente político era ideal para Guillem, que aprovechaba cualquier ocasión de batirse a puñetazos contra sus adversarios, aunque le costaba articular sus razones ideológicas y seguiría costándole hasta que entró en las milicias, donde el adoctrinamiento político era tan importante como el de las armas. La ciudad estaba dividida, los extremos sólo se juntaban para agredirse. Había bares, bailes, deportes y fiestas de izquierda, y otros de derecha. Antes de hacerse miliciano ya andaba peleando. Después de algún encontronazo con señoritos atrevidos, Guillem volvía a su casa machucado, pero feliz. Sus padres no sospecharon que salía a quemar cosechas y robar animales en las fincas de los terratenientes, a golpear, incendiar y cometer destrozos, hasta que apareció un día con un candelabro de plata. Su madre se lo arrebató de un zarpazo y se lo descargó encima; si ella hubiera sido más alta, le habría roto la cabeza, pero el candelabro le dio a Guillem en medio de la espalda. Carme lo obligó a confesar lo que otros sabían, pero que ella se había negado a admitir hasta ese momento: que su hijo andaba, entre otras barrabasadas, profanando iglesias y atacando a curas y monjas, es decir, cometiendo exactamente lo que sostenía la propaganda de los nacionales. «¡Cría cuervos y te sacarán los ojos! ¡Me vas a matar de vergüenza, Guillem! Ahora mismo vas a ir a devolverlo, ¿me oyes?», gritó. Cabizbajo, Guillem salió con el candelabro envuelto en papel de periódico.

En julio de 1936 se alzaron los militares contra el gobierno democrático. Pronto la sublevación fue encabezada por el general Francisco Franco, cuyo aspecto insignificante ocultaba un temperamento frío, vengativo y brutal. Su sueño más ambicioso era devolver a España las glorias imperiales del pasado y su propósito inmediato acabar definitivamente con el desorden de la democracia y gobernar con mano de hierro mediante las Fuerzas Armadas y la Iglesia católica. Los sublevados esperaban ocupar el país en una semana y se encontraron con la resistencia inesperada de los trabajadores, organizados en milicias y decididos a defender los derechos ganados con la República. Entonces comenzó la época del odio desatado, la venganza y el terror, que habría de costarle a España un millón de víctimas. La estrategia de los hombres al mando de Franco era verter el máximo de sangre y sembrar el miedo, única forma de extirpar cualquier ápice de resistencia en la población vencida. En ese momento Guillem Dalmau estaba listo para participar de lleno en la Guerra Civil. Ya no se trataba de robar candelabros sino de empuñar el fusil.

Si antes Guillem encontraba pretextos para hacer desmanes, con la guerra ya no los necesitaba. Se abstuvo de cometer atrocidades, porque los principios inculcados en su casa se lo impedían, pero tampoco defendió a las víctimas, a menudo inocentes, de las represalias de sus camaradas. Se perpetraron miles de asesinatos, sobre todo de sacerdotes y monjas; eso obligó a mucha gente de derechas a buscar refugio en Francia para escapar de las hordas rojas, como las llamaba la prensa. Pronto los partidos políticos de la República dieron orden de suspender esos actos de violencia por ser contrarios al ideal revolucionario, pero siguieron ocurriendo. Entre los soldados de Franco, en cambio, la orden era exactamente opuesta: dominar y castigar a fuego y sangre.

Entretanto, absorto en sus estudios, Víctor cumplió veintitrés años viviendo en el hogar de sus padres, hasta que fue reclutado por el Ejército republicano. Mientras vivió con sus viejos, se levantaba de amanecida y antes de irse a la universidad les preparaba el desayuno, su única contribución a las tareas domésticas; regresaba muy tarde a comer lo que su madre le dejaba en la cocina —pan, sardinas, tomate y café— y seguir estudiando. Se mantenía al margen de la pasión política de sus padres y la exaltación de su hermano. «Estamos haciendo historia. Vamos a sacar a España del feudalismo de siglos, somos el ejemplo de Europa, la respuesta al fascismo de Hitler y Mussolini —predicaba Marcel Lluís Dalmau a sus hijos y a sus compinches del Rocinante, una tasca tenebrosa de aspecto y elevada en espíritu, donde se juntaban a diario los mismos clientes a jugar al dominó y beber vino peleón—. Vamos a acabar con los privilegios de la oligarquía, la Iglesia, los latifundistas y el resto de los explotadores del pueblo. Debemos defender la democracia, amigos; pero recuerden que no todo ha de ser política. Sin ciencia, industria y técnica no hay progreso posible, y sin música y arte no hay alma», sostenía. En principio, Víctor estaba de acuerdo con su padre, pero procuraba escapar de sus arengas, que con pocas variantes eran siempre las mismas. Con su madre tampoco hablaba de ese tema: se limitaban a alfabetizar juntos a milicianos en el sótano de una cervecería. Carme había sido maestra de preparatoria durante muchos años y creía que la educación era tan importante como el pan, y que cualquiera que supiera leer y escribir tenía la obligación de enseñar a otros. Para ella, las clases impartidas a los milicianos eran pura rutina, pero para Víctor solían ser un suplicio. «¡Son unos asnos!», concluía, frustrado después de pasar dos horas en la letra A. «De asnos, nada. Estos muchachos nunca han visto un silabario. A ver cómo te las arreglarías tú detrás de un arado», le respondía su madre.

Azuzado por ella, que temía verlo convertido en un ermitaño y le predicaba la necesidad de convivir con el resto de la humanidad, Víctor aprendió temprano a tocar canciones de moda con la guitarra. Tenía una voz acariciante de tenor, en contraste con su físico desmañado y su expresión adusta. Parapetado detrás de la guitarra disimulaba su timidez, evitaba las conversaciones banales, que lo irritaban, y daba la impresión de participar en el grupo. Las muchachas lo dejaban de lado hasta que lo oían cantar; entonces se le iban acercando y acababan canturreando con él. Después, entre cuchicheos, decidían que el mayor de los Dalmau era bastante bien parecido, aunque no podía compararse, claro, con su hermano Guillem.

La pianista más destacada entre los alumnos de música del profesor Dalmau era Roser Bruguera, una joven del pueblo de Santa Fe, que sin la generosa intervención de Santiago Guzmán, habría sido pastora de cabras. Guzmán era de una familia ilustre, pero empobrecida por generaciones de señoritos indolentes, que derrocharon fortuna y tierras. Pasaba sus últimos años retirado en su finca en un descampado de cerros y piedras, pero llena de recuerdos sentimentales. Se mantenía activo, aunque tenía mucha edad, dado que ya era catedrático de Historia de la Universidad Central en tiempos del rey Alfonso XII. Salía a diario, bajo el sol inclemente de agosto o el viento gélido de enero, a caminar durante horas con su bastón de peregrino, su gastado sombrero de cuero y su perro de caza. Su mujer estaba atrapada en los laberintos de la demencia y pasaba sus días vigilada dentro de la casa, creando monstruosidades con papel y pinceles. En el pueblo la llamaban la Loca Mansa y en verdad lo era; no daba problemas, salvo su tendencia a extraviarse caminando en dirección al horizonte y a pintar las paredes con su propia caca. Roser tenía más o menos siete años, aunque nadie recordaba la fecha de su nacimiento, cuando en uno de sus paseos don Santiago la vio cuidando a unas cabras flacas; le bastó intercambiar unas frases con ella para comprender que estaba ante una mente alerta y curiosa. El catedrático y la pequeña pastora establecieron una rara amistad basada en las lecciones de cultura impartidas por él y el deseo de aprender de ella.

Un día de invierno, en que la encontró agazapada en una zanja con sus tres cabras, tiritando, mojada de lluvia y colorada de fiebre, don Santiago amarró las cabras y se echó a la niña al hombro como un saco, agradecido de que fuera tan pequeña y pesara tan poco. De todos modos el esfuerzo casi le revienta el corazón y a escasos pasos abandonó su intento; la dejó allí mismo y fue a llamar a uno de sus peones, quien la cargó hasta la casa. Le ordenó a su cocinera que diera de comer a la niña, a la criada que le preparara un baño y una cama y al mozo de la caballeriza que fuera primero a Santa Fe a llamar al doctor y después a buscar a las cabras, para evitar que se las robaran.

El médico determinó que la chiquilla tenía gripe y estaba seriamente desnutrida. También tenía sarna y piojos. Como nadie llegó a la propiedad de Guzmán a preguntar por ella ni ese día ni en los siguientes, dieron por supuesto que era huérfana hasta que se les ocurrió preguntárselo y ella explicó que tenía familia al otro lado del cerro. A pesar de su esqueleto de perdiz, la niña se repuso rápidamente, porque resultó ser más fuerte de lo que parecía. Se dejó afeitar la cabeza por los piojos y soportó el tratamiento de azufre para la sarna sin oponer resistencia, comía con voracidad y dio muestras de tener un temperamento injustificadamente ecuánime, dadas sus tristes circunstancias. En las semanas que pasó en esa casa, desde la señora delirante hasta el último sirviente se prendaron de ella. Nunca habían tenido una niña en esa sombría mansión de piedra, donde deambulaban gatos medio salvajes y fantasmas de otras épocas. El más seducido era el catedrático, quien recordaba de manera vívida el privilegio de enseñar a una mente ávida; pero la estadía de la niña no podía prolongarse indefinidamente. Don Santiago esperó a que sanara por completo y pegara algo de carne a los huesos antes de ir al otro lado del cerro a cantarles unas cuantas verdades a aquellos padres negligentes. Echó a la chica bien arropada en su coche, haciendo oídos sordos a los ruegos de su mujer, y se la llevó.

Llegaron a una vivienda chata de barro en las afueras del pueblo, tan miserable como otras de la zona. Los campesinos subsistían con ingresos de hambre, labrando la tierra como siervos en propiedades de los señores o de la Iglesia. El catedrático llamó a gritos y salieron a la puerta varios niños asustados, seguidos de una bruja de negro, que no era la bisabuela, como él supuso, sino la madre de Roser. Esa gente nunca había recibido una visita en berlina con relucientes caballos y quedaron perplejos cuando Roser descendió del vehículo con ese caballero tan distinguido. «Vengo a hablarle sobre esta niña», anunció don Santiago en el tono autoritario que en la universidad hacía temblar a sus alumnos; pero antes de que pudiera agregar más, la mujer cogió a Roser del pelo, increpándola por haber abandonado las cabras con gritos y bofetones. Entonces él comprendió la inutilidad de reprocharle nada a esa madre agobiada y en un instante formuló el plan que habría de cambiar la suerte de la chica.

Roser pasó el resto de su infancia en la finca de Guzmán, oficialmente en calidad de recogida y sirvienta personal de la señora, pero también como alumna del patrón. A cambio de ayudar a las criadas y alegrarle los días a la Loca Mansa, tuvo hospedaje y educación. El historiador compartió con ella buena parte de su biblioteca, le enseñó más de lo que ella habría aprendido en cualquier escuela y puso a su disposición el piano de cola de su mujer, quien ya no recordaba para qué diablos servía ese armatoste negro. Roser, que había pasado los siete primeros años de su vida sin escuchar más música que el acordeón de los borrachos la noche de San Juan, resultó tener un oído extraordinario. En la casa había un fonógrafo de cilindro, pero al comprobar que su protegida podía tocar las melodías en el piano después de haberlas escuchado una sola vez, don Santiago encargó a Madrid un gramófono moderno con una colección de discos. En poco tiempo Roser Bruguera, cuyos pies todavía no alcanzaban los pedales, interpretaba la música de los discos a ojos cerrados. Encantado, él le consiguió una maestra de piano en Santa Fe. La mandaba a clases tres veces por semana y vigilaba personalmente sus ejercicios. Para Roser, capaz de tocar cualquier cosa de memoria, tenía poco sentido aprender a leer música y practicar durante horas las mismas escalas, pero cumplía por respeto a su mentor.

A los catorce años Roser superó con creces a la maestra de piano y a los quince don Santiago la instaló en una pensión de señoritas católicas en Barcelona, para que estudiara música. Habría deseado retenerla a su lado, pero prevaleció su deber de educador sobre su sentimiento paternal. La muchacha había recibido de Dios un talento especial y su papel en este mundo consistía en ayudarla a desarrollarlo, decidió. En ese tiempo la Loca Mansa se fue apagando y por último se murió sin bulla. A Santiago Guzmán, solo en su caserón, comenzaron a pesarle en serio los años, tuvo que renunciar a sus caminatas con el bastón de peregrino y pasaba el tiempo sentado frente a la chimenea leyendo. También su perro de caza se murió y no quiso reemplazarlo, para no morirse antes y dejar al chucho sin amo.

Al anciano se le agrió definitivamente el carácter con el advenimiento de la Segunda República, en 1931. Apenas se supieron los resultados de la elección, que favorecieron a la izquierda, el rey Alfonso XIII se fue al exilio en Francia y don Santiago, monárquico, conservador a ultranza y católico, vio que su mundo se desmoronaba. Jamás iba a tolerar a los rojos y menos iba a adaptarse a su vulgaridad: esos desalmados eran lacayos de los soviéticos y andaban quemando iglesias y fusilando curas. Eso de que todos somos iguales podría argumentarse como jerigonza teórica, sostenía, pero en la práctica era una aberración: ante Dios no somos iguales, ya que Él mismo impuso clases sociales y otras diferencias entre los humanos. La reforma agraria le expropió la tierra, que tenía poco valor, pero había sido siempre de su familia. De un día a otro los campesinos le hablaban sin quitarse la gorra ni bajar los ojos. La soberbia de sus inferiores le dolía más que la tierra perdida, porque era una afrenta directa a su dignidad y a la posición que siempre había ocupado en este mundo. Despidió a los sirvientes, que habían vivido durante décadas bajo su techo, mandó empacar su biblioteca, sus obras de arte, sus colecciones y recuerdos y cerró la mansión a cal y canto. El cargamento llenó tres camiones, pero no pudo llevarse los muebles más voluminosos ni el piano, que no cabían en su piso de Madrid. Meses más tarde el alcalde republicano de Santa Fe confiscó la casa para instalar un orfanato.

Entre los graves desencantos y los muchos motivos de furia que sufrió don Santiago en esos años estaba la transformación de su protegida. Bajo las malas influencias de los revoltosos de la universidad, especialmente de un tal profesor Marcel Lluís Dalmau, comunista, socialista o anarquista, en fin, daba igual, un bolchevique perverso, su Roser estaba convertida en una roja. Se había ido de la pensión de señoritas de buenas costumbres y vivía con unas pelanduscas que se vestían de soldado y practicaban el amor libre, como se llamaba entonces a la promiscuidad y la indecencia. Admitía, eso sí, que Roser nunca le faltó al respeto, pero como se dio el gusto de no hacer caso de sus advertencias, naturalmente, tuvo que suspenderle su ayuda. Mediante una carta, la chica le agradeció con el alma lo mucho que había hecho por ella, le prometió que trataría de mantenerse siempre en el camino recto de acuerdo a sus principios y le explicó que estaba trabajando de noche en una panadería, mientras de día seguía estudiando música.

Don Santiago Guzmán, instalado en su piso lujoso de Madrid, donde apenas se podía circular entre la profusión de muebles y objetos, separado del ruido y la ordinariez de la calle por pesados cortinajes de felpa color sangre de toro, y aislado socialmente por su sordera y orgullo desmedido, no se enteró de cómo afloraba el más terrible rencor en su país, un rencor que llevaba siglos alimentándose de la miseria de unos y la prepotencia de otros. Murió solitario y furioso en su apartamento del barrio de Salamanca, cuatro meses antes de la sublevación de las tropas de Franco. Estuvo cuerdo hasta el último momento y tan conforme con la muerte, que preparó su propio obituario, porque no quería que algún ignorante publicara falsedades sobre él. No se despidió de nadie, tal vez porque nadie cercano le quedaba en el mundo, pero se acordó de Roser Bruguera y en un noble gesto de reconciliación le dejó el piano de cola, que todavía estaba embalado en un cuarto del nuevo orfanato en Santa Fe.

El profesor Marcel Lluís Dalmau distinguió muy pronto a Roser entre los otros estudiantes. En el afán de enseñarles a sus alumnos lo que sabía de música y de la vida, se le colaban ideas políticas y filosóficas, que seguramente influyeron en ellos más de lo que él mismo suponía. En ese punto Santiago Guzmán tuvo razón. Por experiencia, Dalmau desconfiaba de los alumnos con excesiva facilidad para la música, porque tal como decía a menudo, no le había tocado ningún Mozart todavía. Había visto casos como el de Roser, jóvenes con buen oído para tocar cualquier instrumento, que se volvían perezosos, convencidos de que eso les bastaba para dominar el oficio y podían prescindir del estudio y la disciplina. Más de uno terminaba ganándose la vida en bandas populares, tocando en fiestas, hoteles y restaurantes, convertido en musiquillo de bodas, como él los llamaba. Se propuso salvar a Roser Bruguera de esa calamidad y la acogió bajo su ala. Al enterarse de que estaba sola en Barcelona, le abrió las puertas de su hogar y más tarde, cuando supo que ella había heredado un piano y no tenía dónde ponerlo, quitó los muebles de su sala para acomodarlo y nunca puso objeciones a las interminables escalas de la muchacha, que los visitaba a diario después de sus clases. Carme, su mujer, le prestaba a Roser la cama de Guillem, que estaba en la guerra, para que durmiera unas horas antes de irse a la panadería a las tres de la madrugada a hornear los panes del amanecer y así, de tanto dormir en la almohada del hijo menor de los Dalmau, aspirando el rastro de su olor a hombre joven, la muchacha se enamoró de él sin que la distancia, el tiempo o la guerra la disuadieran.

Roser llegó a formar parte de la familia tan inadvertidamente como si fuera de la misma sangre; se convirtió en la hija que los Dalmau hubieran querido tener. Vivían en una casa modesta, un poco lúgubre y bastante deteriorada por muchos años de uso sin mantenimiento, pero espaciosa. Cuando los dos hijos se fueron a la guerra, Marcel Lluís le ofreció a Roser que viviera con ellos. Así podría reducir sus gastos, trabajar menos horas, practicar con el piano cuando quisiera y de paso ayudar a su mujer con las tareas domésticas. Aunque bastante menor que su marido, Carme se sentía mayor, porque andaba ahogada y jadeando, mientras que a él le sobraba vitalidad. «Las fuerzas apenas me alcanzan para alfabetizar a milicianos y cuando eso ya no sea necesario, no tendré más remedio que morirme», suspiraba Carme. En el primer año de la carrera de medicina, su hijo Víctor le diagnosticó que tenía los pulmones como coliflores. «Joder, Carme, si vas a morirte, será de fumar», le reprochaba su marido al oírla toser, sin sacar la cuenta del tabaco que él mismo consumía ni imaginar que la muerte le llegaría antes a él.

Así fue como Roser Bruguera, apegada a la familia Dalmau, estuvo junto al profesor en los días del infarto. Dejó de ir a clases, pero siguió trabajando en la panadería y se turnaba con Carme para atenderlo en sus necesidades. En las horas ociosas lo entretenía con conciertos de piano, que llenaban la casa de música y tranquilizaban al moribundo. Como estaba allí, presenció las últimas recomendaciones del profesor a su hijo mayor.

—Cuando yo no esté, Víctor, tú serás responsable de tu madre y de Roser, porque Guillem va a morir peleando. La guerra está perdida, hijo —le dijo entre largas pausas para tomar aire.

—No diga eso, padre.

—Lo supe en marzo, cuando bombardearon Barcelona. Eran aviones italianos y alemanes. Tenemos la razón de nuestro lado, pero eso no evitará la derrota. Estamos solos, Víctor.

—Todo puede cambiar si intervienen Francia, Inglaterra y Estados Unidos.

—Olvídate de Estados Unidos, no nos va a ayudar en nada. Me han dicho que Eleanor Roosevelt ha tratado de convencer a su marido para que intervenga, pero el presidente tiene a la opinión pública en contra.

—No debe de ser unánime, padre, ya ve que hay tantos muchachos en la Brigada Lincoln que han venido dispuestos a morir con nosotros.

—Son idealistas, Víctor. De esos hay muy pocos en el mundo. Muchas de las bombas que nos cayeron encima en marzo eran americanas.

—Padre, el fascismo de Hitler y Mussolini se extenderá por Europa si no lo atajamos aquí en España. No podemos perder la guerra; eso significaría el fin de todo lo que el pueblo ha obtenido y volver al pasado, a la miseria feudal en que hemos vivido durante siglos.

—Nadie vendrá en nuestra ayuda. Fíjate en lo que te digo, hijo, hasta la Unión Soviética nos ha abandonado. A Stalin ya no le interesa España. Cuando caiga la República la represión será espantosa. Franco ha impuesto su limpieza, es decir, el terror máximo, el odio total, el desquite más sangriento. No negocia ni perdona. Sus tropas cometen atrocidades indescriptibles…

—También nosotros —replicó Víctor, que había visto mucho.

—¡Cómo te atreves a comparar! En Cataluña habrá un baño de sangre. No viviré para sufrirlo, hijo, pero quiero morir tranquilo. Debes prometerme que te llevarás a tu madre y a Roser al extranjero. Los fascistas se van a ensañar con Carme porque alfabetiza a los soldados; fusilan por mucho menos. De ti se vengarán porque trabajas en un hospital del ejército y de Roser por ser una muchacha joven. Sabes lo que les hacen a las chicas, ¿no? Se las dan a los moros. Lo tengo planeado. Os iréis a Francia hasta que se calme la situación y podáis volver. En mi escritorio encontrarás un mapa y algo de dinero ahorrado. Prométeme que lo harás.

—Se lo prometo, padre —le respondió Víctor, sin verdadera intención de cumplir.

—Entiende, Víctor, que no se trata de cobardía sino de sobrevivir.

Marcel Lluís Dalmau no era el único con dudas sobre el futuro de la República, pero nadie se atrevía a expresarlas, porque la peor traición sería fomentar el desaliento o el pánico en una población extenuada, que ya había sufrido demasiado.

Al día siguiente enterraron al profesor Marcel Lluís Dalmau. Quisieron hacerlo discretamente, porque no estaban los tiempos para duelos privados, pero se corrió la voz y se presentaron en el cementerio de Montjuïc sus amigos de la taberna Rocinante, colegas de la universidad y antiguos alumnos de cierta edad, porque los más jóvenes estaban en el frente o bajo tierra. Carme, de luto riguroso, desde el velo hasta las medias negras, a pesar del calor de junio, caminó detrás del ataúd del hombre de su vida, apoyada en Víctor y Roser. No hubo oraciones ni discursos ni lágrimas. Sus alumnos lo despidieron tocando el segundo movimiento del quinteto para cuerdas de Schubert, cuya melancolía se prestaba a la ocasión, y después cantaron una de las canciones de los milicianos que el profesor había compuesto.

II

1938

Nada, ni la victoria,
borrará el agujero terrible de la sangre...

PABLO NERUDA,
«Tierras ofendidas»,
«España en el corazón»,
Tercera residencia

Roser Bruguera vivió su primer amor en casa del profesor Dalmau, cuando él la invitó con el pretexto de ayudarla en sus estudios, aunque ambos sabían que se trataba de un gesto caritativo, más que didáctico. El profesor sospechaba que su alumna favorita comía muy poco y necesitaba una familia, especialmente alguien como Carme, cuyos afanes maternales encontraban poco eco en Víctor y ninguno en Guillem. Fue el año en que Roser, harta del régimen cuartelario imperante en la pensión de señoritas respetables, se fue a vivir a la Barceloneta, el barrio pesquero, al único cuarto que pudo conseguir a un precio asequible, con tres chicas de las milicias populares. Tenía diecinueve años y las otras jóvenes la aventajaban cuatro o cinco en edad, pero veinte en experiencia y mentalidad. Las milicianas, que vivían en un mundo muy diferente al de Roser, la habían apodado «la Novicia» y la mayor parte del tiempo le daban de lado por completo. Compartían con ella una habitación con cuatro camas de litera —Roser dormía en una de las de arriba—, un par de sillas, lavamanos, jarro y bacinilla, una hornilla de queroseno, clavos en las paredes para colgar la ropa y un baño comunitario que servía a los treinta y tantos inquilinos. Eran mujeres alegres y atrevidas, que gozaban con plenitud la libertad de esos tiempos tumultuosos; se vestían con el uniforme, los zapatones y la boina reglamentarios, pero se pintaban los labios y se encrespaban el pelo con un hierro calentado en un brasero a carbón. Se entrenaban con palos o con fusiles prestados y aspiraban a ir al frente y verse cara a cara con el enemigo, en vez de cumplir las labores de transporte, abastecimiento, cocina y enfermería que les eran asignadas con el argumento de que las armas soviéticas y mexicanas apenas alcanzaban para los hombres y estarían mal aprovechadas en manos femeninas. Unos meses más tarde, cuando las tropas nacionales ocupaban dos tercios de España y seguían avanzando, las muchachas cumplieron su deseo de estar en la vanguardia. Dos de ellas fueron violadas y degolladas en un ataque de las tropas marroquíes. La tercera sobrevivió a los tres años de la Guerra Civil y después a los seis de la Segunda Guerra Mundial, vagando en la sombra de un punto a otro de Europa, hasta que pudo emigrar a Estados Unidos en 1950. Terminó en Nueva York, casada con un intelectual judío que había luchado en la Brigada Lincoln, pero esa era otra historia.

Guillem Dalmau era un año mayor que Roser Bruguera.

Mientras ella hacía honor al apodo de Novicia con sus vestidos pasados de moda y su seriedad, él era jactancioso y desafiante, dueño del mundo. A ella, sin embargo, le bastó estar con él sólo un par de ocasiones para comprender que bajo su apariencia insolente se escondía un corazón infantil, confundido y romántico. En cada ocasión que Guillem volvía a Barcelona aparecía más concentrado; ya nada quedaba del chico atolondrado que robaba candelabros: era un hombre maduro, con el ceño fruncido y una tremenda carga de violencia contenida, lista para estallar ante cualquier provocación. Dormía en el cuartel, pero solía pasar un par de noches en casa de sus padres, más que nada por la posibilidad de encontrarse con Roser. Se felicitaba por haber evitado las ataduras sentimentales, que tanto angustiaban a los soldados separados de la novia o la familia. La guerra lo absorbía por completo y no se permitía distracciones, pero la alumna de su padre no representaba un peligro para su independencia de soltero; era apenas una inocente diversión. Roser podía ser atractiva, dependiendo del ángulo y la luz, pero no hacía nada por parecerlo y esa sencillez tocaba una cuerda misteriosa en el alma de Guillem. Estaba acostumbrado al efecto que causaba en las mujeres en general y no se le escapó que también lo tenía sobre Roser, aunque ella era incapaz de cualquier coquetería. «La chica está enamorada de mí, cómo no iba a estarlo, si la pobre no tiene más vida que el piano y la panadería, ya se le pasará», pensaba. «Cuidado, Guillem, esta niña es sagrada y si te pillo en alguna falta de respeto...», le había advertido su padre. «¡Cómo se le ocurre, padre! Roser es como mi hermana.» Pero no lo era, afortunadamente. A juzgar por la forma en que sus padres la cuidaban, Roser debía de ser virgen, una de las últimas que quedaban en la España republicana. Nada de sobrepasarse con ella, eso de ninguna manera, pero nadie podía reprocharle un poco de ternura, un roce con las rodillas bajo la mesa, una invitación al cine para tocarla en la oscuridad, mientras ella lloraba con la película y temblaba de timidez y deseo. Para caricias más atrevidas contaba con algunas de sus camaradas, milicianas libres, bien dispuestas y con experiencia.

Terminado su breve permiso en Barcelona, Guillem volvía al frente con la intención de concentrarse sólo en sobrevivir y vencer, pero le resultaba difícil olvidar el rostro ansioso y la mirada clara de Roser Bruguera. No admitía ni en lo más callado del corazón cómo necesitaba sus cartas y paquetes de golosinas, los calcetines y bufandas que le tejía. Tenía un fotografía de ella, la única en su billetera. Roser estaba de pie junto a un piano, tal vez durante un concierto, con un vestido oscuro, modesto, de falda más larga de lo habitual, mangas cortas y cuello de encaje, un absurdo vestido de colegiala que ocultaba sus formas. En esa cartulina en blanco y negro Roser aparecía lejana y borrosa, una mujer sin gracia, sin edad, sin expresión; había que adivinar el contraste entre sus ojos color ámbar y su cabello negro, su nariz recta de estatua, sus cejas expresivas, sus orejas salidas, sus dedos largos, su olor a jabón, detalles que le penaban a Guillem, lo asaltaban de repente, lo invadían dormido. Esos detalles eran la distracción que podía costarle la vida.

Nueve días después del entierro de su padre, un domingo por la tarde, Guillem Dalmau llegó a su casa sin anunciarse, en un baqueteado vehículo militar. Roser le salió al encuentro secándose las manos en un trapo de cocina y por un momento no reconoció al hombre flaco y demacrado que dos milicianas traían sostenido por los brazos. Llevaba cuatro meses sin verlo, cuatro meses alimentando su ilusión con las pocas frases que él le mandaba esporádicamente dando cuenta de la acción en Madrid, sin una palabra de cariño, mensajes como informes, en hojas arrancadas de un cuaderno, escritos con letra escolar. Aquí todo igual, te habrás enterado de cómo estamos defendiendo la ciudad, los muros están agujereados como un colador por los morteros, ruinas por todas partes, los fascistas cuentan con municiones italianas y alemanas, están tan cerca que a veces podemos oler el tabaco que fuman, los desgraciados; los oímos conversar, nos gritan para provocarnos, pero están ebrios de miedo, excepto los moros, que son como hienas y no tienen miedo de nada, prefieren sus cuchillos de matarife a los fusiles, cuerpo a cuerpo, el sabor de la sangre; a ellos les llegan refuerzos a diario, pero no avanzan ni un metro; aquí nos falta agua y electricidad, la comida es escasa, pero nos arreglamos; estoy bien. La mitad de los edificios están por el suelo, apenas alcanzan a recoger los cuerpos, se quedan tirados donde caen hasta el otro día, cuando pasan los del depósito de cadáveres, no han podido evacuar a todos los niños, si vieras lo testarudas que son algunas madres, no obedecen, rehúsan irse o separarse de sus críos, quién las entiende. ¿Cómo va tu piano? ¿Cómo están mis padres? Dile a madre que no se preocupe por mí.

—¡Jesús! ¡Qué te ha pasado, Guillem, por Dios! —exclamó Roser en el umbral, volviendo en un instante a su formación católica.

Guillem no respondió, la cabeza le colgaba sobre el pecho, las piernas no lo sostenían. En eso apareció Carme, también desde la cocina, y el grito le subió desde los pies, le llegó a la garganta y la dobló en un ataque de tos.

—Calma, camaradas. No está herido. Está enfermo —dijo con firmeza una de las milicianas.

—Por aquí —les indicó Roser, conduciéndolas con su carga a la habitación que antes había sido de Guillem y ahora ocupaba ella. Las dos mujeres lo tendieron sobre la cama y se retiraron, aunque volvieron un minuto después con la mochila, la frazada y el fusil de Guillem. Se fueron con un breve adiós y deseos de buena suerte. Mientras Carme seguía tosiendo desesperada, Roser le quitó las botas agujereadas y los calcetines inmundos al enfermo, haciendo esfuerzos por dominar las náuseas que le provocaba su hedor. Ni pensar en llevarlo al hospital, que era un centro de infecciones, o tratar de conseguir un médico, pues todos estaban atareados con los heridos de guerra.

—Hay que lavarlo, Carme, está pringoso. Trate de darle a beber agua. Voy corriendo a la Telefónica a llamar a Víctor —dijo la muchacha, que no quería ver a Guillem desnudo, encharcado en sus excrementos y orina.

Por el teléfono Roser le explicó los síntomas a Víctor: fiebre muy alta, dificultad para respirar, diarrea.

—Gime cuando lo tocamos. Debe de estar con mucho dolor, creo que en la barriga, pero también en el resto del cuerpo, ya sabes que tu hermano no se queja.

—Tifus, Roser. Hay epidemia entre los combatientes; lo transmiten los piojos, las pulgas, el agua contaminada y la mugre. Trataré de ir a verlo mañana, pero me es muy difícil dejar mi puesto, el hospital está a tope, cada día nos llegan docenas de nuevos heridos. Por el momento lo primero es hidratar a Guillem y bajarle la fiebre. Envuélvelo en toallas mojadas con agua fría y dale de beber agua hervida con un poco de azúcar y sal.

Guillem Dalmau pasó dos semanas cuidado por su madre y Roser y vigilado desde Manresa por su hermano, a quien Roser llamaba a diario para informarlo de su estado y recibir instrucciones para evitar el contagio. Debían acabar con los piojos de la ropa, lo mejor era quemarla, lavar todo con lejía, utilizar recipientes separados para Guillem y lavarse las manos cada vez que lo atendían. Los tres primeros días fueron críticos. La fiebre le subió a Guillem a cuarenta grados, deliraba, se crispaba del dolor de cabeza y las náuseas, lo sacudía una tos seca y sus heces eran un líquido verdoso como sopa de guisantes. Al cuarto día le bajó la fiebre, pero no pudieron despertarlo. Víctor les indicó que lo sacudieran para obligarlo a tomar agua y el resto del tiempo lo dejaran dormir. Necesitaba descansar y reponerse.

El cuidado directo del enfermo recayó en Roser, porque Carme, por su edad y la condición de sus pulmones, era más vulnerable al contagio. Mientras Roser pasaba el día en casa, leyendo o tejiendo junto a la cama de Guillem, Carme salía a alfabetizar y a hacer las colas en las tiendas. Roser siguió trabajando de noche, porque le pagaban con pan. Las raciones de lentejas se habían reducido a media taza por persona al día, ya no quedaban gatos para el estofado ni palomas para el cocido, el pan de Roser era un ladrillo oscuro y denso con sabor a aserrín, el aceite se había convertido en un lujo, lo mezclaban con aceite de motor para cundirlo. La gente cultivaba vegetales en las bañeras o en los balcones. Se transaban reliquias de familias y joyas por patatas y arroz.

Aunque Roser no veía a su familia, mantenía contacto con algunos campesinos de la región y así obtenía verduras, un trozo de queso de cabra, un salchichón en las raras ocasiones en que mataban a un cerdo. El presupuesto de Carme no alcanzaba para el mercado negro, donde había muy pocos comestibles, pero era el último recurso para adquirir cigarrillos y jabón. Ante la necesidad de fortalecer a Guillem, que parecía un esqueleto, Carme echó mano de los escasos ahorros dejados por su marido y mandó a Roser a Santa Fe a comprar cualquier cosa disponible para la sopa. Sabía que Marcel Lluís había destinado ese dinero para enviar a la familia lejos de España, pero en verdad ninguno de ellos pensaba en serio en emigrar. ¿Qué harían en Francia o en cualquier otro lado? No podían dejar su casa, su barrio, su lengua, sus parientes y amigos. La probabilidad de ganar la guerra era cada vez menor y, calladamente, se habían resignado a la posibilidad de una paz negociada y soportar la represión de los fascistas, pero eso era preferible al exilio. Por despiadado que fuese Franco, no podía ejecutar a la totalidad de la población catalana. Así que Roser invirtió el dinero en dos gallinas vivas y viajó con ellas, escondidas en una bolsa que se ató a la barriga debajo del vestido, para que no se las quitara algún desesperado o las confiscaran los soldados. Creyéndola preñada, le cedieron el asiento en el autobús, donde se instaló tapándose el bulto lo mejor posible y rogando para que las aves no empezaran a moverse.

Carme cubrió el piso de una de las habitaciones con papel de periódico y allí instaló a las gallinas. Las alimentaron con migajas y desperdicios que sacaban del bar Rocinante y algo de cebada y centeno, que Roser escamoteaba de la panadería. Las aves se repusieron del trauma de la bolsa y pronto Guillem contó con uno o dos huevos en el desayuno.

A los pocos días de convalecencia, el enfermo estaba dispuesto a volver a la vida, pero la energía apenas le alcanzaba para sentarse en la cama a escuchar a Roser tocar el piano desde la sala o leerle en voz alta novelas de detectives. Nunca había sido buen lector, de chico pasaba de curso a duras penas gracias a su madre, que le supervisaba los deberes, y de Víctor, quien por lo general se los hacía. En el frente de Madrid, donde tenía oportunidad de aburrirse en eternas esperas sin que nada sucediera, habría sido estupendo contar con Roser para que le leyera. Libros sobraban, pero a él las letras le bailaban en la página. En las pausas de la lectura, le hablaba a Roser de su vida de soldado, de los voluntarios llegados de más de cincuenta países a pelear y morir en una guerra que no era de ellos, de los brigadistas americanos, los de la Lincoln, que siempre estaban en la vanguardia y eran los primeros en caer. «Dicen que son más de treinta y cinco mil hombres y varios cientos de mujeres los que han venido a dar batalla por España contra el fascismo, así de importante es esta guerra, Roser.» Le hablaba de la falta de agua, electricidad y letrinas, de los pasillos llenos de escombros, de basura, de polvo y de vidrios rotos. «En las horas ociosas, enseñamos y aprendemos. Madre estaría en la dicha alfabetizando a los muchachos que no saben leer ni escribir; muchos nunca han ido a la escuela.» Pero nada le decía a Roser de las ratas y los piojos, las heces, la orina y la sangre, de los camaradas heridos que aguardaban horas y horas desangrándose antes de que pudieran llegar los camilleros, del hambre y las escudillas con alubias duras y café frío, del valor irracional de algunos, que se exponían indiferentes a las balas, y del terror de otros, sobre todo de los más jóvenes, los recién llegados, los muchachitos de la Quinta del Biberón, que por suerte a él no le habían tocado por compañeros, porque se habría muerto de pena. Y mucho menos admitía frente a Roser las ejecuciones en masa perpetradas por sus propios compañeros, cómo ataban de dos en dos a los prisioneros enemigos, se los llevaban en camiones a un descampado, los ejecutaban sin más y los enterraban en fosas comunes. Más de dos mil nada más que en Madrid.

Había comenzado el verano. Anochecía más tarde y el día se estiraba en horas calientes y perezosas. Guillem y Roser pasaban tanto tiempo juntos, que llegaron a conocerse a fondo. Por mucho que compartieran lecturas o charlaran, se producían largos silencios, en los que predominaba una sensación dulce de intimidad. Después de cenar, Roser se acostaba en la cama que ahora compartía con Carme y dormía hasta las tres de la madrugada. A esa hora se iba a la panadería a preparar el pan que se repartía, racionado, al amanecer.

Las noticias de la radio, los periódicos y los altoparlantes en las calles eran optimistas. En el aire atronaban las canciones de los milicianos y los discursos inflamados de la Pasionaria, mejor morir de pie que vivir de rodillas. No se admitía un avance del enemigo, se le llamaba una retirada estratégica. Tampoco se mencionaban el racionamiento y la escasez de casi todo, desde alimento hasta medicinas. Víctor Dalmau le daba a su familia una versión más realista que la de los altoparlantes. Podía juzgar la situación de la guerra por los trenes de heridos y las cifras de muertos, que aumentaban trágicamente en su hospital. «Debo volver al frente», decía Guillem, pero no alcanzaba a ponerse las botas antes de desplomarse agotado en la cama.

Los rituales cotidianos de cuidar a Guillem en las miserias del tifus, de lavarlo con una esponja, vaciar la bacinilla, alimentarlo a cucharaditas con papilla de infante, vigilar su sueño y volver a lavarlo, vaciar la bacinilla y alimentarlo en una rutina inacabable de aprensión y amor, afirmaron en Roser la convicción de que él era el único hombre que ella podía amar. Nunca habría otro, estaba segura. Al noveno día de convalecencia, al verlo bastante mejorado, Roser comprendió que no le quedaban pretextos para sujetarlo en cama, donde podía tenerlo entero para ella sola. Muy pronto Guillem tendría que volver al frente. Habían sido tantas las bajas del último año, que el Ejército republicano reclutaba adolescentes, ancianos y presos de mala catadura, a quienes se les daba a elegir entre el frente de batalla o pudrirse en la cárcel. Roser le anunció a Guillem que había llegado la hora de levantarse y que el primer paso sería un buen baño. Calentó agua en la olla más grande de la cocina, puso a Guillem en la batea de lavar la ropa, lo enjabonó desde el cabello hasta los pies y después lo enjuagó y secó hasta dejarlo colorado y reluciente. Lo conocía tan bien, que ya no se percataba de su desnudez. Por su parte, Guillem había perdido el pudor con ella; en manos de Roser volvía a la infancia. «Me voy a casar con ella cuando termine la guerra», decidió para sus adentros en un momento de agradecimiento profundo. Hasta entonces nada había más alejado de su mente que echar raíces en un sitio y casarse. La guerra lo había salvado de planear un futuro posible. «No estoy hecho para la paz —pensaba—, mejor ser soldado que obrero en una fábrica, qué otra cosa podría hacer sin estudios y con este carácter mío, tan arrebatado.» Pero Roser, con su frescura e inocencia, con su firme bondad, se le había introducido bajo la piel; su imagen lo acompañaba en las trincheras y mientras más la recordaba, más la necesitaba y más bonita le parecía. Su atractivo era discreto, como todo en ella. En los peores días del tifus, cuando se ahogaba en un muladar de dolor y miedo, se aferraba con desesperación a Roser para mantenerse a flote. En su confusión, la única brújula era su rostro atento inclinado sobre él, la única ancla eran sus ojos fieros, que de pronto se volvían risueños y mansos.

Con ese primer baño en la batea de lavar ropa, Guillem volvió al mundo de los vivos, después de tanto agonizar y sudar. Resucitó con el roce del trapo con jabón, la espuma en el pelo, los baldes de agua tibia, las manos de Roser en su cuerpo, manos de pianista, fuertes, livianas, precisas. Se rindió por completo, agradecido. Ella lo secó, le puso un pijama de su padre, lo afeitó y le cortó el pelo y las uñas, crecidas como garras. Guillem todavía tenía las mejillas hundidas y los ojos enrojecidos, pero ya no era el espantapájaros que llegara a la casa arrastrado por dos milicianas. Después, Roser calentó los restos del café del desayuno y le echó un chorro de coñac, para darse ánimo.

—Estoy listo para irnos de fiesta —sonrió Guillem al verse en el espejo.

—Estás listo para volver a la cama —le anunció Roser, alcanzándole una taza—. Conmigo —agregó.

—¿Cómo has dicho?

—Lo que oyes.

—No estarás pensando en...

—En lo mismo que deberías pensar tú —replicó ella, quitándose el vestido por la cabeza.

—¿Qué haces, mujer? Madre puede regresar en cualquier momento.

—Es domingo. Carme está bailando sardanas en la plaza y después irá a hacer cola a la Telefónica para hablar con Víctor.

—Puedo contagiarte...

—Si no me contagiaste ya, es difícil que suceda ahora. Basta de excusas. Muévete, Guillem —le ordenó Roser, quitándose el sostén y las bragas y empujándolo para entrar en su cama.

Nunca había estado desnuda delante de un hombre, pero había perdido la timidez en ese tiempo de vivir con racionamiento, en estado de alerta permanente, sospechando de vecinos y amigos, con el ángel de la muerte siempre presente. La virginidad, tan valiosa en el colegio de monjas, le pesaba como un defecto a los veinte años. Nada era seguro, no existía el futuro, sólo tenían ese momento para saborearlo antes de que la guerra se lo arrebatara.

La derrota se definió en la batalla del río Ebro, que comenzó en julio de 1938; habría de durar cuatro meses y dejar un saldo de treinta mil muertos, entre ellos Guillem Dalmau, quien cayó poco antes del éxodo masivo de los vencidos. La situación de los republicanos era angustiosa; la única esperanza consistía en que Francia y Gran Bretaña intervinieran en su favor, pero pasaban los días sin que eso tuviera visos de ocurrir. Para ganar tiempo, concentraron su esfuerzo y el grueso de sus tropas en cruzar el río Ebro, penetrar en territorio enemigo y ocuparlo, apoderarse de sus pertrechos y demostrarle al mundo que la guerra no estaba perdida, que con la ayuda necesaria, España podía vencer al fascismo. Ochenta mil hombres fueron transportados sigilosamente de noche a la ribera oriental del río con la misión de cruzarlo y enfrentar a tropas enemigas, muy superiores en número y armamento. Guillem iba entre las brigadas mixtas de la 45.ª División Internacional junto a voluntarios ingleses, americanos y canadienses, los adelantados, la fuerza de choque, que ellos mismos llamaban carne de cañón. Peleaban en un terreno abrupto y un verano inclemente, con el enemigo al frente, el río a las espaldas y los aviones alemanes e italianos arriba.

El ataque sorpresivo dio cierta ventaja a los republicanos. A medida que iban llegando al frente, los combatientes cruzaban el río en improvisadas embarcaciones, arrastrando a las aterrorizadas mulas con la carga. Los ingenieros construían puentes flotantes, que con la misma rapidez con que eran bombardeados de día, eran reconstruidos de noche. En la vanguardia Guillem tenía que pasar días sin comer y sin agua cuando fallaba la distribución, semanas sin darse un baño, durmiendo sobre las piedras, enfermo de insolación y diarrea, siempre expuesto al hierro enemigo, los mosquitos y las ratas, que se comían lo que hallaban y atacaban a los caídos. Al hambre, la sed, los retortijones de las tripas y la extenuación se sumaba el calor extremo del verano. Estaba tan deshidratado que ya no sudaba, con la piel quemada, partida y negra, como cuero de lagarto. En ocasiones pasaba horas agazapado con el fusil en la mano, los dientes apretados, cada fibra del cuerpo tensa, esperando la muerte, y después las piernas entumecidas no le obedecían. Supuso que el tifus lo había debilitado y ya no era el mismo de antes. Sus compañeros iban cayendo a un ritmo aterrador y él se preguntaba cuándo iba a llegarle su turno. Los heridos eran evacuados de noche en vehículos sin luces para evitar los ametrallamientos de los aviones; algunos muy mal heridos clamaban por un tiro de gracia, porque la posibilidad de caer vivo en manos del enemigo era peor que mil muertes. Los cadáveres que no se podían retirar antes que comenzaran a heder bajo el sol despiadado, eran tapados con piedras o quemados, como los de caballos y mulas, porque era imposible cavar fosas en ese suelo de peñascos y tierra dura como cemento. Guillem se exponía a balas y granadas para llegar hasta los cuerpos, identificarlos y rescatar algún efecto personal para enviarlo a sus familias.

Entre los combatientes nadie entendía la estrategia de morir en las riberas del Ebro, ya que era inútil tratar de avanzar en el territorio de Franco y el costo en vidas para mantener la posición era absurdo, pero manifestar descontento en voz alta suponía un acto de cobardía o traición, que se pagaba caro. A Guillem le tocó un oficial americano con el coraje de un león, que había sido universitario en California y se unió al batallón Lincoln. Sin tener experiencia militar previa, demostró que estaba hecho para la guerra, era soldado nato y sabía mandar; sus hombres lo veneraban. Guillem había sido de los primeros voluntarios en las milicias de Barcelona, cuando imperaba el ideal socialista de igualdad, que la revolución había extendido en cada ámbito de la sociedad incluso en el ejército, donde nadie estaba por encima de otro ni poseía más; los oficiales convivían con el resto de la tropa sin ningún privilegio, comían lo mismo y usaban la misma ropa. Nada de jerarquías, de protocolo, de cuadrarse para saludar, nada de tiendas, armas o vehículos especiales para los oficiales, nada de botas lustrosas, ayudantes solícitos y cocineros, como en los ejércitos convencionales y ciertamente en el de Franco. Eso cambió en el primer año de la guerra, cuando se calmó en buena parte el entusiasmo revolucionario. Guillem, asqueado, presenció cómo volvían sutilmente en Barcelona las formas burguesas de convivencia, las clases sociales, la prepotencia de unos y el servilismo de otros, las propinas, la prostitución, los privilegios de los ricos, a quienes nada les faltaba, ni alimento, ni tabaco, ni ropa a la moda, mientras el resto de la población sufría escasez y racionamiento. Guillem también vio cambios entre los militares. El Ejército Popular, formado mediante conscripción, absorbió a las milicias voluntarias e impuso las jerarquías y la disciplina tradicionales. Sin embargo, el oficial americano seguía creyendo en el triunfo del socialismo; para él la igualdad no sólo era posible, sino inevitable, y la practicaba como una religión. Los hombres bajo su mando lo trataban como camarada, pero jamás cuestionaban sus órdenes. El americano había aprendido suficiente español para traducir las explicaciones que solía dar en inglés sobre la campaña del Ebro. Se trataba de proteger a Valencia y restaurar el contacto con Cataluña, separada del resto del territorio republicano por una ancha franja que habían conquistado los nacionales. Guillem lo respetaba y lo habría seguido a cualquier parte con o sin explicaciones. A mediados de septiembre el americano fue ametrallado por la espalda y cayó junto a Guillem sin un quejido. Desde el suelo continuó alentando a sus hombres, hasta que perdió el conocimiento. Guillem y otro soldado lo llevaron en andas y lo tendieron detrás de un montón de escombros para protegerlo hasta la noche, cuando pudieron acercarse los camilleros y llevarlo a una estación de primeros auxilios. Días después Guillem oyó que en caso de salvar la vida, el brigadista quedaría inválido. Le deseó de todo corazón una muerte rápida.

El americano cayó una semana antes de que el gobierno republicano anunciara la retirada de España de los combatientes extranjeros, con la esperanza de que Franco, que contaba con tropas alemanas e italianas, hiciera lo mismo. No resultó así. El oficial americano, enterrado deprisa en una fosa sin nombre, no alcanzó a desfilar con sus camaradas por las calles de Barcelona, vitoreados por un pueblo agradecido en una ceremonia multitudinaria que cada uno de ellos habría de recordar para el resto de sus días. Las palabras de despedida más memorables serían de la Pasionaria, cuyo entusiasmo incandescente había sostenido el ánimo de los republicanos durante esos años. Los llamó cruzados de la libertad, heroicos, idealistas, valientes y disciplinados, que dejaron sus países y sus hogares, llegaron a darlo todo y sólo pidieron el honor de morir por España. Nueve mil de esos cruzados se quedaron para siempre, enterrados en suelo español. Terminó diciéndoles que después de la victoria volvieran a España, donde encontrarían patria y amigos.

La propaganda de Franco invitaba a rendirse por altavoces y con panfletos lanzados desde los aviones ofreciendo pan, justicia y libertad, pero ya todos sabían que desertar equivalía a ir a dar con los huesos a una prisión o a una fosa común, que ellos mismos tendrían que cavar. Habían escuchado que en los pueblos ocupados por Franco, obligaban a las viudas y a las familias de los ejecutados a pagar las balas del fusilamiento. Y ejecutados los había por docenas de miles; tanta sangre habría de correr, que al año siguiente los campesinos aseguraban que las cebollas salían rojas y encontraban dientes humanos dentro de las patatas. Así y todo, la tentación de pasarse al enemigo por una hogaza de pan logró que más de uno desertara, por lo general los reclutas más jóvenes. En una ocasión Guillem debió dominar por la fuerza a un muchacho de Valencia que perdió la cabeza, aterrorizado; lo apuntó a la frente jurándole que lo iba a matar si se movía de su sitio. Le costó dos horas calmarlo y lo hizo sin que nadie más se enterara. Treinta horas más tarde el chico estaba muerto.

Y en medio de aquel infierno, donde no podían contar ni con las provisiones más básicas, aparecía de vez en cuando una ambulancia con la bolsa del correo. Era Aitor Ibarra, quien se había impuesto esa tarea para levantarles la moral a los combatientes. La correspondencia privada era una de las últimas prioridades en el frente del Ebro y en realidad pocos hombres recibían cartas, los brigadistas extranjeros por estar muy lejos de los suyos, y muchos de los españoles, especialmente los del sur del país, porque provenían de familias analfabetas. Guillem Dalmau tenía quien le escribiera. Aitor solía bromear con que estaba arriesgando el pellejo para llevarle cartas a un solo destinatario. A veces le entregaba un fajo grueso de varias cartas amarradas con un cordel. Siempre había alguna de la madre y el hermano de Guillem, pero la mayoría eran de Roser, que le escribía a diario uno o dos párrafos, hasta juntar un par de páginas, que metía en un sobre y lo llevaba al correo militar canturreando la más popular canción de los milicianos: «*Si me quieres escribir, / ya sabes mi paradero: / Tercera Brigada Mixta, / primera línea de fuego*». No podía saber que Ibarra saludaba a Guillem con la misma canción u otra parecida al entregarle las cartas. El vasco cantaba hasta en sueños para espantar al susto y seducir a su hada de la buena suerte.

Las tropas de Franco avanzaban inexorablemente, después de haber conquistado la mayor parte del país, y fue evidente que también Cataluña caería. El terror se fue apoderando de la ciudad, la gente se preparaba para huir, muchos ya lo habían hecho. A mediados de enero de 1939, Aitor Ibarra llegó al hospital de Manresa conduciendo un destartalado camión con diecinueve hombres heridos de gravedad. A la partida eran veintiuno, pero dos murieron en el trayecto y sus cuerpos quedaron en el camino. Varios médicos civiles habían abandonado sus puestos y los que quedaban procuraban evitar el pánico entre los pacientes del hospital. También los miembros del gobierno republicano habían optado por el exilio, con la idea de seguir gobernando desde París, y eso acabó de minar la moral de la población civil. Para esa fecha los nacionales estaban a menos de veinticinco kilómetros de Barcelona.

Ibarra llevaba cincuenta horas sin dormir. Entregó su lamentable carga y cayó rendido en brazos de Víctor Dalmau, quien había salido a recibir al camión. Este lo acomodó en su alcoba real, como llamaba al catre de campaña, la lámpara de queroseno y la bacinilla que constituían su alojamiento. Había decidido vivir en el hospital para ahorrar tiempo. Horas más tarde, cuando hubo una pausa en la frenética actividad de la sala de cirugía, Víctor le llevó a su amigo una escudilla con sopa de lentejas, la salchicha seca que su madre le había mandado esa semana y un jarro de café de achicoria. Le costó despertar a Aitor. Mareado de fatiga, el vasco comió con avidez y procedió a contarle la batalla del Ebro en detalle, que Víctor ya sabía a grandes rasgos por boca de los heridos de los meses anteriores. Allí el Ejército republicano había sido diezmado y, según Ibarra, sólo quedaba prepararse para la derrota final. «En los ciento trece días de combate perecieron más de diez mil hombres nuestros y no sé cuántos miles fueron hechos prisioneros ni cuántas son las bajas entre los civiles de los pueblos bombardeados y no vamos a contar las bajas del enemigo», añadió el vasco. Tal como había previsto el profesor Marcel Lluís Dalmau antes de morir, la guerra estaba perdida. No habría una paz negociada, como pretendía el mando republicano; Franco sólo aceptaría una rendición incondicional. «No creas la propaganda franquista, no habrá clemencia ni justicia. Habrá un baño de sangre, como ha sido en el resto del país. Estamos jodidos.»

Para Víctor, que había compartido momentos trágicos con Ibarra sin que este abandonara su sonrisa desafiante, sus cantos y chistes, la sombría expresión de su rostro resultó más elocuente que sus palabras. Su amigo sacó de su mochila un pequeño frasco de licor, lo vertió en el café aguado y se lo ofreció a Víctor. «Toma, lo vas a necesitar», le dijo. Llevaba un buen rato buscando la forma más delicada de darle a Víctor Dalmau la mala noticia de su hermano, pero sólo atinó a decirle sin atenuantes que Guillem había muerto el 8 de noviembre.

—¿Cómo? —fue todo lo que Víctor consiguió preguntar.

—Una bomba en la trinchera. Perdona, Víctor, prefiero ahorrarte los detalles.

—Dime cómo —repitió Víctor.

—La bomba despedazó a varios. No hubo tiempo de reconstituir los cuerpos. Enterramos los pedazos.

—Entonces no pudieron identificarlos.

—No pudieron identificarlos con precisión, Víctor, pero se sabía quiénes estaban en la trinchera. Guillem era uno de ellos.

—Pero no hay certeza, ¿verdad?

—Me temo que sí —dijo Aitor y sacó de su mochila una billetera medio quemada.

Víctor abrió con cuidado la billetera, que parecía a punto de desintegrarse, y extrajo la identificación militar de Guillem y una fotografía milagrosamente intacta, donde aparecía la imagen de una muchacha junto a un piano de cola. Víctor Dalmau permaneció sentado a los pies del catre de campaña, junto a su amigo, sin articular palabra durante varios minutos. Aitor no se atrevió a abrazarlo, como hubiera deseado, y esperó a su lado, inmóvil y callado.

—Es su novia, Roser Bruguera. Iban a casarse después de la guerra —dijo Víctor finalmente.

—Te compadezco, Víctor, tendrás que decírselo.

—Está encinta, creo que de seis o siete meses. No puedo decírselo sin estar seguro de que Guillem ha muerto.

—¿Qué más seguridad quieres, Víctor? Nadie salió con vida de ese agujero.

—Puede ser que él no estuviera allí.

—En ese caso tendría su billetera en el bolsillo, estaría vivo en alguna parte y ya sabríamos de él. Han pasado dos meses. ¿No te parece que la billetera es prueba suficiente?

Ese fin de semana Víctor Dalmau fue a Barcelona a casa de su madre, que lo esperaba con un arroz negro hecho con una taza de arroz conseguida de contrabando, unos cuantos ajos y un pulpo que le costó el reloj de su marido en el puerto. La pesca se requisaba para los soldados y lo poco que se distribuía entre la población civil iba supuestamente a hospitales y centros infantiles, aunque era bien sabido que no faltaba en la mesa de los políticos ni en los hoteles y restaurantes de la burguesía. Al ver a su madre tan delgada y pequeña, envejecida por las penas y preocupaciones, y a Roser radiante con una panza pronunciada y la luz interna de las embarazadas, Víctor no pudo anunciarles la muerte de Guillem; todavía estaban de duelo por la de Marcel Lluís. Varias veces trató de decirlo, pero las palabras se le helaban en el pecho y decidió esperar a que Roser diera a luz o que terminara la guerra. Con el bebé en los brazos, el dolor de Carme de perder a su hijo y de Roser de perder a su amor sería más soportable, pensó.

III

1939

*Pasaron los días de un siglo y siguieron las
horas detrás de tu exilio...*

Pablo Neruda,
«Artigas», *Canto general*

Ese día a finales de enero en Barcelona, cuando comenzó
el éxodo que llamarían la Retirada, amaneció tan frío que
el agua se congelaba en las cañerías, los vehículos y los animales se quedaban pegados en el hielo, y el cielo, encapotado de
nubes negras, estaba de duelo profundo. Fue uno de los in-
viernos más crudos en la memoria colectiva. Las tropas franquistas bajaban por el Tibidabo y el pánico se apoderó de la
población. Cientos de prisioneros del Ejército nacional fueron
arrancados de sus celdas y ejecutados a última hora. Soldados,
muchos de ellos heridos, emprendieron la marcha hacia la
frontera con Francia detrás de miles y miles de civiles, familias enteras, abuelos, madres, niños, infantes de pecho, cada
uno con lo que podía llevar consigo, algunos en buses o camiones, otros en bicicleta, en carretones, a caballo o en mula,

la gran mayoría a pie arrastrando sus pertenencias en sacos, una lamentable procesión de desesperados. Atrás quedaban las casas cerradas y los objetos queridos. Las mascotas seguían a sus amos durante un trecho, pero pronto se perdían en la vorágine de la Retirada y quedaban rezagadas.

Víctor Dalmau había pasado la noche evacuando a los heridos que podían ser trasladados en los escasos vehículos disponibles, en camiones y trenes. A eso de las ocho de la mañana comprendió que debía seguir las órdenes de su padre y salvar a su madre y a Roser, pero no podía abandonar a sus pacientes. Logró encontrar a Aitor Ibarra y convencerlo de que se llevara a las dos mujeres. El vasco tenía una vieja motocicleta alemana con acoplado, que había sido su mayor tesoro en tiempos de paz, pero no la había usado en tres años por falta de combustible. La mantenía a buen resguardo en el garaje de un amigo. Dadas las circunstancias, consideró que se requerían medidas extremas y robó dos bidones de gasolina del hospital. La motocicleta hizo honor a la excelente tecnología teutona y al tercer intento arrancó como si nunca hubiera estado sepultada en un garaje. A las diez y media Aitor se presentó en casa de los Dalmau en medio de un ruido atronador y la humareda del tubo de escape, zigzagueando a duras penas entre la muchedumbre que abarrotaba las calles en la huida. Carme y Roser estaban esperándolo porque Víctor se las había arreglado para avisarlos. Sus instrucciones eran claras: aferrarse a Aitor Ibarra, cruzar la frontera y al otro lado ponerse en contacto con la Cruz Roja para localizar a una tal Elisabeth Eidenbenz, una enfermera de confianza. Ella sería el enlace cuando todos estuvieran en Francia.

Las mujeres habían empacado ropa abrigada, unas pocas provisiones y fotos de familia. Hasta el último momento, Carme dudaba de la necesidad de irse, decía que no hay mal que dure cien años y tal vez podrían esperar y ver cómo se daban las cosas; no se hallaba capaz de empezar una nueva vida en otra parte, pero Aitor le dio ejemplos vívidos de lo que sucedía cuando llegaban los fascistas. Lo primero, banderas por todas partes y una misa solemne en la plaza mayor con obligación de asistir. Los vencedores serían recibidos con vítores por una multitud de enemigos de la República, que habían permanecido disimulados en la ciudad durante tres años, y por muchos otros que impulsados por el miedo pretendían congraciarse y hacerse cuentas de que nunca participaron en la revolución. Creemos en Dios, creemos en España, creemos en Franco. Amamos a Dios, amamos a España, amamos al generalísimo Francisco Franco. Luego comenzaba la purga. Primero arrestaban a los combatientes, si los hallaban, en cualquier condición que estuviesen, y personas denunciadas por otros como colaboradores o sospechosas de alguna actividad considerada antiespañola o anticatólica; eso incluía miembros de sindicatos, partidos de izquierda, practicantes de otras religiones, agnósticos, masones, profesores, maestros, científicos, filósofos, estudiosos de esperanto, extranjeros, judíos, gitanos, y así seguía la lista interminable.

—Las represalias son bárbaras, señora Carme. ¿Sabía que les quitan los hijos a las madres y los ponen en orfelinatos de monjas para adoctrinarlos en la única fe verdadera y en los valores de la patria?

—Los míos ya están mayores para eso.

—Es sólo un ejemplo. Lo que quiero explicarle es que no le queda más remedio que venir conmigo, porque a usted la van a fusilar por andar alfabetizando a revolucionarios y por no ir a misa.

—Mire, joven, tengo cincuenta y cuatro años y una tos de tísica. No voy a vivir mucho más. ¿Qué vida me espera en el exilio? Prefiero morirme en mi propia casa, en mi ciudad, con Franco o sin él.

Aitor pasó quince minutos más tratando en vano de convencerla, hasta que Roser intervino.

—Venga con nosotros, doña Carme, porque yo y su nieto la necesitamos. Dentro de un tiempo, cuando estemos instalados y sepamos cómo están las cosas en España, puede volver, si quiere.

—Tú eres más fuerte y capaz que yo, Roser. Te vas a arreglar muy bien sola. No llores, mujer...

—¿Cómo no voy a llorar? ¿Qué voy a hacer sin usted?

—Está bien, pero que conste que lo hago por ti y el crío. Si fuera por mí, aquí me quedo, y al mal tiempo buena cara.

—Basta, señoras, hay que salir ya —insistió Aitor.

—¿Y las gallinas?

—Suéltelas, alguien las recogerá. Vamos, es hora de irnos.

Roser pretendía viajar acaballada en la moto detrás de Aitor, pero Carme y él la convencieron de que fuera en el acoplado, donde había menos peligro de dañar al niño o provocar un aborto. Carme, envuelta en varios chalecos y un manto de Castilla de lana negra, impermeable y pesado como una alfombra, se subió en el asiento de atrás. Era tan liviana, que sin el manto podría haber salido volando. Avanzaban muy lentamente, sorteando a la gente, otros vehículos y animales de tiro, resbalando en el camino escarchado y defendiéndose de los desesperados que pretendían encaramarse a la fuerza en la moto.

La salida de Barcelona presentaba un espectáculo dantesco de miles de seres tiritando de frío en una estampida que poco a poco se convirtió en una lenta procesión avanzando al paso de los amputados, los heridos, los viejos y los niños. Los pacientes de los hospitales que podían moverse se unieron al éxodo, otros serían transportados en trenes hasta donde se pudiera, el resto habría de enfrentarse a los cuchillos y bayonetas de los moros. Pronto la ciudad quedó atrás y se encontraron en campo abierto. De los pequeños pueblos salían los campesinos, algunos con sus animales o con carretones abarrotados de bultos, y se mezclaban con el gentío en movimiento. Quienes disponían de algo de valor, lo cambiaban por un lugar en los escasos vehículos, el dinero no valía nada. Las mulas y caballos se doblaban con el peso de las carretas y muchos caían boqueando; entonces los hombres se enganchaban al arnés y tiraban, mientras las mujeres empujaban detrás. Por el camino iban quedando los objetos que ya nadie podía cargar, desde valijas hasta muebles; también quedaban los muertos y heridos donde caían, porque nadie se detenía a socorrerlos. La capacidad de compasión había desaparecido, cada uno velaba sólo por sí mismo y por los suyos. Los aviones de la Legión Cóndor volaban bajo sembrando muerte y dejaban a su paso un reguero de sangre mezclada con el lodo y el hielo. Muchas de las víctimas eran niños. La comida escaseaba. Los más precavidos llevaban provisiones, que les alcanzaron para uno o dos días, el resto soportaba el hambre, a menos que algún campesino estuviera dispuesto a hacer trueque con alimento. Aitor se maldijo por haber dejado las gallinas.

Cientos de miles de refugiados aterrorizados escapaban a Francia, donde los esperaba una campaña de temor y odio. Nadie quería a esos extranjeros, los rojos, seres repugnantes, sucios, fugitivos, desertores, delincuentes, como los llamaba la prensa, que iban a propagar epidemias, cometer robos y violaciones y propiciar una revolución comunista. Desde hacía tres años había ido llegando un goteo de españoles escapados de la guerra, que fueron recibidos con muy poca simpatía, pero se distribuyeron por el país y eran casi invisibles. Con la derrota de los republicanos se suponía que el flujo aumentaría; las autoridades esperaban un número indeterminado, máximo diez o quince mil, cifra que alarmaba a la derecha francesa. Nadie imaginó que en pocos días habría casi medio millón de españoles en el último estado de confusión, terror y miseria, agolpados en la frontera. La primera reacción francesa fue cerrar los pasos fronterizos mientras las autoridades se ponían de acuerdo sobre la forma de abordar el problema.

La noche se dejó caer temprano. Llovió un rato, lo suficiente para empapar la ropa y convertir el suelo en un lodazal. Después la temperatura descendió varios grados bajo cero y comenzó a soplar un viento como puñales que se clavaban en los huesos. Los caminantes tuvieron que detenerse, no se podía seguir andando en la oscuridad. Se echaron acurrucados donde pudieron, cubiertos con mantas húmedas, las madres abrazadas a sus hijos, los hombres tratando de proteger a sus familias, los viejos rezando. Aitor Ibarra acomodó a las dos mujeres en el acoplado de la moto con instrucciones de esperarlo, le arrancó un cable al motor para evitar que se la arrebataran y se alejó un poco del camino buscando donde aliviarse; llevaba meses con diarrea, como casi todos los que habían estado en el frente. Su linterna alumbró en una hendidura del terreno a una mula inmóvil; tal vez tenía las patas quebradas o simplemente se había tumbado a morir de fatiga. Estaba viva. Sacó su pistola y le disparó a la cabeza. El balazo aislado, distinto a la metralla del enemigo, atrajo a algunos curiosos. Aitor estaba entrenado para recibir órdenes, no para darlas, pero en ese momento le afloró un inesperado don de mando, organizó a los hombres para faenar al animal y a las mujeres para asar la carne en pequeñas fogatas que no llamaran la atención de los aviones. La idea corrió a lo largo y ancho de la multitud y pronto se escuchaban tiros solitarios aquí y allá. Llevó a Carme y a Roser un par de porciones de esa carne tiesa y sendos tazones de agua, que había calentado en una de las hogueras. «Imaginad que es un carajillo, sólo falta el café», dijo, echándole un chorrito de coñac a cada taza. Guardó algo de carne, confiando en que el frío la preservaría, y media hogaza de pan, que consiguió a cambio de los lentes de un aviador italiano que se había estrellado. Supuso que esos lentes habían pasado de mano en mano veinte veces antes de caer en las suyas y que seguirían dando vueltas por el mundo hasta desintegrarse.

Carme se negó a comer la carne, dijo que se le romperían los dientes masticando esa suela de chancleta, y le dio su parte a Roser. Ya empezaba a darle vueltas a la idea de aprovechar la noche para escabullirse y desaparecer. El frío le impedía respirar, cada inhalación le provocaba tos, le dolía el pecho y se ahogaba. «Ojalá me diera pulmonía de una vez por todas», murmuró. «No diga eso, señora Carme, piense en sus hijos», le contestó Roser, que alcanzó a oírla. A falta de pulmonía, morir congelada era una buena opción, concluyó Carme para sus adentros; había leído que así se suicidaban los ancianos en el Polo Norte. Le hubiera gustado conocer al nieto o a la nieta que estaba por nacer, pero ese deseo se iba disolviendo en su mente como un sueño. Sólo le importaba que Roser llegara sana y salva a Francia y allí diera a luz y se reuniera con Guillem y Víctor. No quería ser una carga para los jóvenes; a su edad, era un estorbo, sin ella llegarían más lejos y más rápido. Roser debió de haber adivinado sus intenciones, porque la vigiló hasta que fue derrotada por el cansancio y se durmió encogida. No sintió a Carme cuando se apartó de ella, sigilosa como un felino.

Aitor fue el primero en descubrir la ausencia de la mujer, cuando todavía estaba oscuro; sin despertar a Roser, salió a buscarla en medio de aquella masa de sufrida humanidad. Con la linterna alumbraba el suelo para poner el pie sin pisar a alguien; calculó que también a Carme le habría costado avanzar y no podía estar lejos. La primera luz del alba lo sorprendió vagando en el barullo de gente y bultos, llamándola entre otros que también gritaban los nombres de sus familiares. Una niña de unos cuatro años, con la voz ronca de tanto llorar, mojada, azul de frío, se aferró a su pierna. Aitor le sonó los mocos, lamentando no tener con qué cubrirla, y se la subió en los hombros a ver si alguien podía identificarla, pero nadie se fijaba en la suerte de otros. «¿Cómo te llamas, guapa?» «Nuria», murmuró la pequeña, y él la distrajo canturreando las coplas populares de los milicianos, que todos conocían de memoria y que él tenía pegadas en los labios desde hacía meses. «Canta conmigo, Nuria, porque cantando se van las penas», le dijo, pero la niña siguió llorando. Anduvo con ella en los hombros un buen rato, abriéndose paso a duras penas y llamando a Carme, hasta que se topó con un camión detenido en la cuneta, donde un par de enfermeras distribuían leche y pan a un grupo de niños. Les explicó que la niña buscaba a su familia y le respondieron que la dejara con ellas; los chicos del camión también estaban perdidos. Una hora más tarde, sin haber hallado a Carme, Aitor inició el regreso al sitio donde había dejado a Roser. Entonces se dieron cuenta de que Carme se había ido sin llevarse el manto de Castilla.

Con el despuntar del día la multitud desesperada se puso en movimiento como una inmensa mancha oscura y lenta. El rumor de que habían cerrado la frontera y más y más gente se aglomeraba frente a los puestos de paso corrió de boca en boca, aumentando el pánico. Llevaban muchas horas sin comer y los niños, los ancianos y los heridos estaban cada vez más debilitados. Cientos de vehículos, desde carretas hasta camiones, yacían abandonados a ambos lados del camino, porque los animales de tiro no podían continuar o por falta de combustible. Aitor decidió dejar la carretera, donde estaban inmovilizados por la muchedumbre, y aventurarse hacia las montañas en busca de un paso menos vigilado. Roser se negó a irse sin Carme, pero él la convenció de que seguramente Carme llegaría a la frontera con el resto de la muchedumbre y en Francia volverían a reunirse. Pasaron un buen rato discutiendo, hasta que Aitor perdió la paciencia y la amenazó con irse y dejarla tirada. Roser, que no lo conocía, le creyó. De muchacho, Aitor andaba con su padre por las montañas y en ese momento pensó que daría cualquier cosa por tener al viejo consigo. No fue el único con esa idea: había grupos que ya se encaminaban hacia las montañas. Si el trayecto iba a ser duro para Roser, con su panza de embarazada, las piernas hinchadas y ciática, peor sería para las familias con niños y abuelos y para algunos combatientes amputados o con vendajes ensangrentados. La moto les serviría sólo mientras hubiera un sendero y dudaba si Roser, en su estado, podría seguir a pie.

Como el vasco había calculado, el vehículo los llevó hacia las montañas, subió carraspeando y echando humo hasta donde pudo y al fin se paró. A partir de ese punto debían comenzar el ascenso a pie. Antes de esconder su moto entre unos arbustos, Aitor le dio un beso de despedida a esa máquina, que consideraba más fiel que una buena esposa, prometiéndose que volvería a por ella. Roser lo ayudó a organizar y distribuir los bultos, que se amarraron a las espaldas. Debieron dejar la mayor parte y cargar sólo lo esencial: ropa abrigada, zapatos de repuesto, el poco alimento disponible y el dinero francés que Víctor, siempre precavido, le había dado a Aitor. Roser se echó encima el manto de Castilla y se puso dos pares de guantes, porque debía cuidarse las manos si pretendía volver a tocar el piano. Comenzaron a subir. Roser iba lentamente, pero con determinación y sin detenerse, empujada o halada en algunos trechos por Aitor, que bromeaba y cantaba para darle ánimos como si anduvieran de pícnic. Los escasos viajeros que habían escogido esa ruta y habían llegado a esa altura los alcanzaban y seguían de largo con un breve saludo. Pronto estuvieron solos. El estrecho sendero de cabras, resbaladizo por el hielo, desapareció. Los pies se hundían en la nieve, iban sorteando rocas y troncos caídos, bordeando el abismo. Un mal paso y se estrellarían cien metros más abajo. Las botas de Aitor, que como los lentes habían pertenecido a un oficial enemigo caído en combate, estaban gastadas, pero lo protegían mejor que el calzado de ciudad de Roser. Al poco rato ninguno de los dos sentía los pies. La montaña, enorme, escarpada, blanca de nieve, se alzaba amenazante contra un cielo morado. Aitor temió haberse perdido y comprendió que en el mejor de los casos les tomaría varios días alcanzar Francia, y a menos que pudieran unirse a un grupo, no lo lograrían. Maldijo silenciosamente su ocurrencia de abandonar la carretera, pero tranquilizó a Roser asegurándole que conocía el terreno como la palma de su mano.

Al atardecer vieron a lo lejos un tenue resplandor y con un último esfuerzo desesperado alcanzaron la proximidad de un minúsculo campamento. De lejos distinguieron figuras humanas y Aitor decidió correr el riesgo de que fueran nacionales, porque la alternativa era pasar la noche enterrados en la nieve. Dejó a Roser atrás y se acercó agazapado hasta que pudo ver en la luz de una pequeña fogata a cuatro tipos flacos, barbudos, en harapos y uno de ellos con la cabeza vendada. No disponían de caballos, uniformes, botas ni tiendas de campaña, eran unos zaparrastrosos que no parecían soldados enemigos, pero podían ser bandidos. Por precaución amartilló su pistola, disimulada bajo el abrigo, una Luger alemana, un verdadero tesoro en esos tiempos, que había conseguido meses antes en uno de sus prodigiosos trueques, y se aproximó con gestos conciliadores. Uno de los hombres, armado con un fusil, le salió al encuentro seguido a pocos pasos por otros dos que le cuidaban las espaldas con un par de escopetas, tan cautelosos y desconfiados como él mismo. Se midieron a cierta distancia. En una corazonada, Aitor los llamó en catalán y euskera, «*Bona nit! Kaixo! Gabon!*». Hubo una pausa que le pareció interminable y por fin quien parecía el jefe le dio la bienvenida con un breve «*Ongi etorri, burkide!*». Aitor comprendió que eran sus camaradas, seguramente desertores. Le flaquearon las rodillas de alivio. Los hombres se le acercaron, rodeándolo, y al ver su actitud pacífica lo saludaron con palmetazos en las espaldas. «Soy Eki y estos son Izan y su hermano Julen», dijo el del fusil. Aitor se presentó a su vez y les explicó que iba con una mujer encinta y lo acompañaron a buscar a Roser. La llevaron entre dos prácticamente en vilo al mísero campamento, que a los recién llegados les pareció de lujo, porque había un techo de lona, lumbre y comida.

De entonces en adelante el tiempo se les pasó intercambiando malas noticias y compartiendo latas de garbanzos calentadas al fuego y el poco licor que quedaba en la cantimplora de Aitor, quien también les ofreció la carne de mula y el trozo de pan que llevaba en la mochila. «Guarda tus provisiones, a vosotros os harán más falta que a nosotros», determinó Eki. Agregó que esperaban para el día siguiente a un montañés que les traería algunas provisiones. Aitor insistió en retribuir la generosa hospitalidad y les dio su tabaco. En los últimos dos años sólo los ricos y los dirigentes políticos fumaban cigarrillos, de contrabando, los demás se conformaban con una mezcla de hierba seca y regaliz, que desaparecía de una sola chupada. La bolsita de tabaco inglés de Aitor fue recibida con religiosa solemnidad. Liaron cigarrillos y fumaron extasiados, en silencio. A Roser le sirvieron su ración de garbanzos, la instalaron en la improvisada tienda, acomodándola con una botella con agua caliente para los pies helados. Mientras ella descansaba, Aitor les contó a sus anfitriones la caída de Barcelona, la inminente derrota de la República y el caos de la Retirada.

Los hombres recibieron la información sin inmutarse, porque la esperaban. Habían salido con vida de Guernica, bombardeada por los temidos aviones de la Legión Cóndor, que habían arrasado la histórica villa vasca, dejando a su paso mortandad y ruina, y también sobrevivieron al fuego causado por las bombas incendiarias en los bosques cercanos, donde se habían refugiado. Lucharon hasta el último día en el Cuerpo de Ejército de Euzkadi durante la batalla de Bilbao. Antes de caer la ciudad en manos del enemigo, el alto mando vasco organizó la evacuación de civiles hacia Francia, mientras los soldados continuaron la guerra repartidos en diferentes batallones. Un año después de la derrota de Bilbao, Izan y Julen se enteraron de que su padre y su hermano menor, presos en cárceles franquistas, habían sido fusilados. Ellos eran los últimos que quedaban de una familia numerosa. Entonces decidieron desertar apenas se diera la oportunidad; la democracia, la República y la guerra perdieron sentido, ya no sabían por qué luchaban.

Vagaban por bosques y cerros escarpados, sin detenerse más de unos pocos días en el mismo sitio, bajo la dirección tácita de Eki, que conocía bien los Pirineos.

En las últimas semanas, a medida que se acercaba el fin inevitable de la guerra, se habían encontrado con otros hombres que huían. En ninguna parte estaban a salvo. En Francia no serían tratados con la consideración debida a un ejército vencido o a combatientes en retirada, ni siquiera como refugiados, sino como desertores. Serían arrestados y deportados a España, a manos de Franco. Sin tener adónde ir, andaban de aquí para allá en pequeños grupos, algunos escondiéndose en cuevas o en los terrenos más inaccesibles para salvarse hasta que se normalizara la situación y otros con la determinación suicida de seguir peleando en una guerrilla contra el poderío del ejército vencedor. Se negaban a aceptar la derrota definitiva del ideal revolucionario por el cual tanto habían sacrificado y mucho menos podían aceptar que ese ideal había sido siempre un sueño. Sin embargo, ese no era el caso de aquellos hermanos de la montaña, que estaban desilusionados de todo, y de Eki, a quien sólo le interesaba sobrevivir para reunirse algún día con su mujer y sus hijos.

El hombre de la cabeza vendada, que parecía muy joven y no participaba en la conversación, resultó ser un asturiano a quien la herida había dejado sordo y confundido. Entre broma y broma los otros le explicaron a Aitor que no se podían deshacer de él, como quisieran, porque tenía una puntería fantástica, podía darle un tiro a una liebre con los ojos cerrados, no perdía una sola bala y gracias a él comían carne de vez en cuando. De hecho, tenían unos conejos listos para cambiar por otras provisiones al montañés que llegaría al día siguiente. A Aitor no le pasó inadvertida la brusca ternura con que trataban al asturiano, como a un crío bobo. Supusieron que Aitor y Roser estaban casados y obligaron a Aitor a ocupar un lugar en la tienda junto a su mujer; eso dejaba a dos de ellos a la intemperie. «Nos vamos a turnar», dijeron, y se negaron a aceptar que Aitor también tuviera su turno. Qué clase de hospitalidad sería esa, alegaron.

Aitor se echó al lado de Roser, ella hecha un ovillo, protegiéndose la barriga, y él detrás, abrazándola para darle calor. Le dolían los huesos, estaba entumecido y temía por la seguridad y hasta por la vida de la futura madre; era responsable de ella, como le había prometido a Víctor Dalmau. Durante el duro ascenso en la montaña Roser le había asegurado que le sobraban fuerzas, no debía preocuparse por ella. «Me crié entre cerros cuidando cabras en invierno y verano, Aitor, estoy acostumbrada a la intemperie, no creas que me canso fácilmente.» Ella debió de adivinarle el susto, porque le tomó la mano y la llevó a su vientre para que sintiera el movimiento. «No te preocupes, Aitor, este niño está seguro y de lo más contento», dijo, entre dos bostezos. Y entonces ese vasco alegre y corajudo, que había visto tanta muerte y sufrimiento, tanta violencia y maldad, lloró disimuladamente con la cara escondida en la nuca de la joven, cuyo olor no olvidaría. Lloró por ella, porque todavía no sabía que era viuda, lloró por Guillem, que nunca conocería a su hijo ni volvería a abrazar a su novia, lloró por Carme, que se había ido sin despedirse, lloró por sí mismo, porque estaba muy cansado y por primera vez en su vida dudaba de su buena suerte.

Al día siguiente el montañés que esperaban llegó temprano a paso lento en un caballo viejo. Se presentó como Ángel, a sus órdenes, y agregó que el nombre le calzaba, porque era el ángel de fugitivos y desertores. Traía las ansiadas provisiones, algunos cartuchos para las escopetas y una botella de aguardiente, que serviría para aliviar el aburrimiento y limpiar la herida del asturiano. Cuando le cambiaron el vendaje, Aitor vio que tenía un corte profundo y el cráneo hundido. Pensó que seguramente el frío intenso había impedido la infección; ese hombre debía de ser de hierro para seguir vivo. El montañés les confirmó la noticia de que Francia había cerrado la frontera, de eso hacía ya dos días, y había cientos de miles de refugiados bloqueados, esperando medio muertos de frío y de hambre. Guardias armados les impedían el paso.

Ángel dijo ser pastor, pero Aitor no se dejó engañar; tenía los visos de ser contrabandista, como su padre, una ocupación más lucrativa que cuidar cabras. Aclarado ese punto, resultó que el montañés conocía al viejo Ibarra, por esos lados todos los de la profesión se conocían, dijo. Los pasos de la montaña eran pocos, las dificultades eran muchas y el clima era tan temible como las autoridades de ambos lados de la frontera. En esas circunstancias, la solidaridad resultaba indispensable. «No somos delincuentes, proveemos un servicio necesario, como seguramente tu padre te lo habrá explicado. La ley de la oferta y la demanda», agregó. Les aseguró que era imposible llegar a Francia sin un guía, porque los franceses habían reforzado los pasos fronterizos y tendrían que usar una ruta secreta, peligrosa en cualquier época, pero peor en invierno. Él la conocía bien, porque al inicio de la guerra había usado esa ruta para conducir brigadistas internacionales a España. «Eran buenos muchachos esos extranjeros, pero muchos eran señoritos de ciudad y algunos se me quedaron por el camino. El que se rezagaba o se caía en un precipicio, ahí se quedaba.» Se ofreció para llevarlos hasta el otro lado y aceptó el pago en moneda francesa. «Su mujer puede ir en mi caballo, nosotros caminamos», le dijo a Aitor.

A media mañana, después de compartir un brebaje sucedáneo del café, Aitor y Roser se despidieron de los hombres y prosiguieron su viaje. El guía les advirtió de que la marcha iba a continuar mientras hubiera luz y si aguantaban sin detenerse más de lo indispensable, podrían pasar la noche en un refugio de pastores. Aitor lo vigilaba, alerta por si los asaltaba. En esas soledades, en un terreno desconocido, podía muy bien degollarlos a ambos. Más que el dinero, el botín valioso eran su pistola, su cortaplumas, sus botas y el manto de Castilla. Anduvieron horas y horas, calados, con frío, extenuados, hundiéndose en la nieve. Durante largos trechos Roser también caminaba para aliviar al caballo, que su dueño cuidaba como a un pariente anciano. Se detuvieron un par de veces para descansar, beber nieve derretida y comer los restos de la carne de mula y del pan. Cuando empezaba a oscurecer y la temperatura descendió al punto de que apenas podían abrir los ojos por la escarcha en las pestañas, Ángel señaló un promontorio a la distancia. Era el refugio anunciado.

Resultó ser un domo de peñascos sobrepuestos como ladrillos, con una angosta abertura sin puerta por donde metieron al caballo a la fuerza para evitar que se congelara afuera. El espacio interior, redondo y de techo bajo, era más grande y abrigado de lo que parecía por fuera: había unos cuantos leños, montones de paja, un cubo grande con agua, un par de hachas y varios cacharros de cocina. Aitor hizo un fuego para cocinar uno de los conejos de Ángel, que también extrajo de sus alforjas embutidos, queso duro y un pan oscuro y seco, pero mejor que el pan de guerra que horneaba Roser en la panadería de Barcelona. Después de comer y alimentar al caballo, se echaron envueltos en las mantas sobre la paja, alumbrados por el fuego. «Mañana, antes de irnos, debemos dejar esto como lo hallamos. Hay que cortar leña y llenar el cubo de nieve. Y otra cosa, *gudari*, no necesitas el arma, puedes dormir tranquilo. Soy contrabandista, pero no soy un asesino», dijo Ángel.

El cruce de los Pirineos hacia Francia duró tres largos días con sus noches, pero gracias a Ángel no se perdieron ni tuvieron que dormir a campo abierto, cada jornada terminaba en algún lugar donde pernoctar. La segunda noche fue en una choza de dos carboneros y un perro con aspecto de lobo. Los hombres, que se ganaban la vida juntando leña para hacer carbón, eran rudos y poco hospitalarios, pero los alojaron por la paga. «Cuidado con estos tíos, *gudari*, son italianos», advirtió Ángel a Aitor en un aparte. Eso le dio la pauta al vasco para relacionarse con ellos mediante la media docena de canciones italianas que conocía. Una vez superada la sospecha inicial, comieron, bebieron y se instalaron a jugar con una baraja muy sobada. Roser resultó imbatible, había aprendido a jugar al tute y hacer trampas en el colegio de monjas. Eso les hizo una tremenda gracia a los anfitriones, que perdieron de buen talante el trozo de salami seco que habían apostado. Roser durmió echada sobre unos sacos en el suelo, con la nariz enterrada en el pelambre duro del perro, que se había acurrucado a su lado buscando calor. Al despedirse por la mañana besó a los carboneros tres veces en la cara, como era lo correcto, y les dijo que ni en cama de plumas hubiera estado más cómoda. El perro los acompañó un buen trecho, pegado a los tobillos de Roser.

Al tercer día de marcha por la tarde, Ángel les anunció que de allí en adelante debían seguir solos. Estaban a salvo, todo era cuestión de bajar. «Seguid por la cornisa de la montaña y hallaréis un caserío en ruinas. Allí podéis cobijaros.» Les dio algo de pan y queso, recibió su dinero y se despidió con un breve abrazo. «Tu mujer vale oro, *gudari*, cuídala. He guiado a cientos de hombres, desde soldados curtidos hasta criminales, pero nunca me había tocado alguien que aguantara sin una queja, como ella. Y con su panza, para más mérito.»

Al aproximarse al caserío, una hora más tarde, les salió al encuentro desde la distancia un hombre armado con un fusil. Se detuvieron, quietos, reteniendo el aliento, Aitor con la pistola lista en la espalda. Durante unos instantes eternos se contemplaron separados por unos cincuenta metros, hasta que Roser dio un paso adelante y gritó que eran refugiados. Al comprender que se trataba de una mujer y que los recién llegados estaban más asustados que él, el hombre bajó el arma y los llamó en catalán: «*Veniu, veniu, no us faré res*». No eran los primeros ni serían los últimos refugiados que pasaban por allí, les dijo, y agregó que esa misma mañana se había ido su hijo a Francia, temiendo que lo cogieran los franquistas. Los llevó a una casucha con piso de tierra a la cual le faltaba la mitad del techo, les dio de comer unas sobras de su fogón y pudieron echarse en un camastro humilde, pero limpio, donde antes dormía el hijo. Unas horas más tarde llegaron otros tres españoles, que también recibieron alojamiento del buen hombre. Al amanecer les dio un caldo de agua caliente con sal, trocitos de patatas y unas hierbas, que según dijo ayudaban a soportar el frío. Antes de indicarles el camino que debían seguir, le regaló a Roser cinco terrones de azúcar, los últimos que tenía, para endulzarle el viaje al niño.

El grupo, encabezado por Aitor y Roser, echó a andar hacia la frontera. La marcha duró el día entero y, tal como les había dicho el catalán que les dio hospedaje, al anochecer alcanzaron una cima y vieron súbitamente unas casas con luces. Supieron que estaban en Francia, porque en España nadie encendía luces por temor a los bombardeos de la aviación. Continuaron el descenso en esa dirección y fueron a dar a una carretera, donde a poco de andar apareció una camioneta de la *garde mobile*, la guardia rural francesa, y se entregaron de buen ánimo, porque estaban en la Francia solidaria, la Francia de la libertad, la igualdad y la fraternidad, la Francia con gobierno de izquierda presidido por un socialista. Los gendarmes los cachearon bruscamente y a Aitor le quitaron la pistola, el cortaplumas y el poco dinero que le quedaba. Los otros españoles iban desarmados. Los condujeron a un galpón, la bodega de un molino de granos habilitado para albergar a los refugiados que iban llegando por centenares. Estaba abarrotado de gente, hombres, mujeres y niños, apretujados, aterrados, hambrientos, sofocados por la falta de ventilación y el polvillo de grano que flotaba en el ambiente. Para apagar la sed contaban con unos bidones de agua de dudosa limpieza. En lugar de letrinas había solo unos hoyos fuera del galpón, donde debían acuclillarse, vigilados. Las mujeres lloraban de humillación, mientras los guardias se burlaban. Aitor insistió en acompañar a Roser y los guardias, al verla balancear precariamente la barriga, se lo permitieron. Después, acurrucados en un rincón, compartieron el último trozo de pan y el salami seco de los italianos, mientras él trataba de protegerla del gentío y de los arranques de desesperación que estallaban de pronto entre los detenidos. Se corrió la voz de que ese era un lugar de tránsito y pronto serían conducidos a un *centre de rétention administrative.* No sabían el significado de eso.

Al día siguiente se llevaron a las mujeres y a los niños en camiones militares. Hubo escenas de pánico entre las familias; los gendarmes debían separarlos a bastonazos. Roser abrazó a Aitor, le agradeció lo mucho que había hecho por ella, le aseguró que iba a estar bien y salió en dirección al camión tranquila. «¡Te voy a buscar, Roser, te lo prometo!», alcanzó a gritarle Aitor antes de caer de rodillas, furioso, maldiciendo.

Mientras gran parte de la población civil escapaba como podía hacia la frontera con Francia, seguida por los restos del ejército vencido, Víctor Dalmau, los médicos que todavía estaban en sus puestos y algunos voluntarios transportaron a los heridos del hospital en trenes, ambulancias y camiones. Las condiciones era tan precarias que el director, quien seguía al mando del hospital, debió tomar la desgarradora decisión de dejar atrás a los pacientes de gravedad, ya que morirían de todos modos por el camino, y darles cabida en los vehículos a aquellos con esperanza de sobrevivir. Apiñados en vagones de ganado o en desvencijados vehículos, tirados por el suelo, helados de frío, zarandeados, sin alimento, los combatientes recién operados, heridos, ciegos, amputados, febriles de tifus, disentería o gangrena, partieron. El personal médico, sin recursos para aliviar el sufrimiento, sólo podía ofrecer agua, palabras de consuelo y a veces, si un moribundo lo pedía, oraciones.

Víctor llevaba más de dos años trabajando codo a codo con los médicos más expertos; había aprendido mucho en el frente de batalla y otro tanto en el hospital, donde ya nadie le preguntaba por sus calificaciones, allí sólo contaba la dedicación. Él mismo solía olvidar que le faltaban años de estudio para graduarse y se hacía pasar por médico entre los pacientes para darles sensación de seguridad. Había visto heridas horrorosas, había asistido a amputaciones en frío, había ayudado a morir a varios infelices y creía tener piel de cocodrilo para soportar el sufrimiento y la violencia, pero ese trayecto trágico en los vagones que le asignaron quebró su entereza. Los trenes llegaban hasta Gerona y allí se detenían a la espera de otros transportes. A las treinta y ocho horas sin comer ni dormir, tratando de darle agua de beber a un chico adolescente que se estaba muriendo en sus brazos, algo se le reventó a Victor en el pecho. «Se me rompió el corazón», musitó. En ese momento entendió el significado profundo de esa frase, creyó escuchar un sonido de cristal quebrado y sintió que la esencia de su ser se derramaba e iba quedando vacío, sin memoria del pasado, sin consciencia del presente, sin esperanza para el futuro. Concluyó que así debía de ser irse en sangre, como tantos hombres que no había alcanzado a socorrer. Demasiado dolor, demasiada vileza en esa guerra entre hermanos; la derrota era preferible a seguir matando y muriendo.

Francia observaba con espanto cómo se iba juntando en la frontera una inmensa multitud abatida, que apenas lograba mantener a raya con militares armados y las temibles tropas coloniales del Senegal y Argelia, a caballo, con sus turbantes y sus fusiles y sus látigos. El país estaba desbordado por ese éxodo masivo de indeseables, como fueron calificados oficialmente. Al tercer día, ante el clamor internacional, el gobierno dejó pasar a las mujeres, los niños y los ancianos. Después fueron entrando el resto de los civiles y al final los combatientes, que desfilaban en el último estadio de hambre y fatiga, pero cantando y con el puño en alto, tras dejar sus armas. Se formaron cerros de fusiles a ambos lados de la carretera. Fueron conducidos a pie, a marchas forzadas, a varios campos de concentración improvisados deprisa para contener a los españoles. «*Allez! Allez-y!*», los azuzaban los guardias de a caballo, con amenazas, insultos y golpes de látigo.

Cuando ya nadie se acordaba de ellos, fueron trayendo a los heridos que iban quedando vivos. Entre ellos iban Víctor y los pocos médicos y enfermeros que los habían acompañado hasta allí. Entraron a Francia más fácilmente que las primeras olas de refugiados, pero no tuvieron mejor acogida. A menudo los heridos eran atendidos de mala manera en escuelas, estaciones y hasta en la calle, porque los hospitales locales no daban abasto y nadie los quería. Eran los más necesitados entre la masa de «indeseables». No había suficientes recursos ni personal médico para tantos pacientes. A Víctor le permitieron quedarse al cuidado de los hombres que estaban a su cargo y así pudo tener una relativa libertad.

Después de ser separada de Aitor Ibarra, Roser fue conducida con otras mujeres y niños al campo de Argelès-sur-Mer, a treinta y cinco kilómetros de la frontera, donde ya había docenas de miles de españoles. Era una playa cercada y vigilada por gendarmes y tropas senegalesas. Arena y mar y alambres de púas. Roser comprendió que eran prisioneros abandonados a su suerte y decidió sobrevivir como fuera; si había resistido el paso de las montañas, iba a aguantar lo que viniera, por el niño que llevaba dentro, por ella y por la esperanza de reunirse con Guillem. Los refugiados permanecían a la intemperie, expuestos al frío y la lluvia, sin mínimas condiciones higiénicas; no contaban con letrinas ni agua potable. De los pozos que cavaban salía agua salada, turbia y contaminada por heces, orina y los cadáveres que no eran retirados a tiempo. Las mujeres se juntaban en grupos apretados para defenderse de la agresión sexual de los guardias y de algunos refugiados, que después de haberlo perdido todo, ya no les quedaba ni decencia. Roser cavó un hueco a mano, para echarse a dormir y protegerse de la tramontana, un viento gélido que arrastraba arena abrasiva que rompía la piel, cegaba, se introducía en todas partes y producía llagas que se infectaban. Una vez al día repartían lentejas aguadas y a veces café frío, o pasaban camiones tirando hogazas de pan. Los hombres se peleaban a muerte para cogerlas; las mujeres y los niños recibían las migajas si alguien se apiadaba y compartía su porción. Morían muchos, entre treinta y cuarenta al día, primero los niños de disentería, después los viejos de pulmonía y luego el resto de a poco. En las noches alguien hacía turno para despertar a otros cada diez o quince minutos para que se movieran y evitar así que murieran congelados. Una mujer, que había cavado su propia madriguera junto a Roser, amaneció abrazada al cadáver de su hija de cinco meses. La temperatura había descendido bajo cero. Otros refugiados se llevaron el cuerpo de la niña para enterrarlo en la playa algo más lejos. Roser pasó el día acompañando a la madre, que permanecía callada, sin lágrimas, con la vista fija en el horizonte. Esa misma noche la mujer se fue a la orilla y entró al mar hasta perderse. No fue la única. Mucho más tarde el mundo habría de sacar las cuentas debidas: murieron cerca de quince mil personas en esos campos franceses de hambre, inanición, maltrato y enfermedades. Nueve de cada diez niños perecieron.

Finalmente las autoridades instalaron a las mujeres y los niños en otra parte de la playa, separada de los hombres por una doble hilera de alambres de púas. Ya empezaban a llegar materiales para barracones, que los mismos refugiados construían, y mandaron a varios hombres a hacer techos para las mujeres. Roser pidió hablar con el militar a cargo del campo y lo convenció de que organizara la distribución del poco alimento disponible para que las madres no tuvieran que pelear por unos mendrugos de pan para sus hijos. En eso llegaron dos enfermeras de la Cruz Roja a repartir vacunas y leche en polvo, con instrucciones de filtrar el agua con trapos y hervirla varios minutos antes de preparar los biberones. También traían mantas, ropa abrigada para los niños y los nombres de familias francesas dispuestas a emplear a algunas españolas como domésticas o en industrias caseras. Eso sí, las preferían sin niños. A través de las enfermeras, Roser mandó un recado a Elisabeth Eidenbenz, con la esperanza de que estuviera en Francia. «Díganle que soy cuñada de Víctor Dalmau y estoy encinta.»

Elisabeth había acompañado primero a los combatientes en el frente y después, cuando la derrota fue inminente, a la masa de fugitivos en su camino al exilio. Cruzó la frontera con su delantal blanco y su capa azul, sin que nadie pudiera detenerla. Recibió el mensaje de Roser entre cientos de peticiones de socorro y tal vez no le habría dado prioridad sin el nombre de Víctor Dalmau. Lo recordaba con cierta ternura como el hombre tímido que tocaba la guitarra y quería casarse con ella. Se había preguntado a menudo qué sería de él y era un consuelo imaginar que podía estar vivo. Al día siguiente de recibir el mensaje fue a Argelès-sur-Mer a buscar a Roser Bruguera. Conocía las condiciones deplorables en los campos de concentración, pero igual se conmovió al ver a esa joven desgreñada y mugrienta, pálida, con ojeras moradas, los ojos inflamados por la arena y tan delgada que el vientre parecía despegado del esqueleto. A pesar de su aspecto, Roser se presentó erguida, con la voz entera y su dignidad de siempre. Nada en sus palabras reveló angustia o resignación, como si estuviera en pleno control de sus circunstancias.

—Víctor nos dio su nombre, señorita, dijo que usted nos serviría de contacto para poder reunirnos.

—¿Quiénes están contigo?

—Por el momento estoy sola, pero llegarán Víctor y su hermano Guillem, él es el padre de mi bebé, un amigo llamado Aitor Ibarra y tal vez la madre de Víctor y Guillem, la señora Dalmau. Cuando lleguen, dígales dónde estoy, por favor. Espero que me encuentren antes del nacimiento.

—No puedes quedarte aquí, Roser. Estoy tratando de ayudar a las mujeres embarazadas y a las que tienen niños de pecho. Ningún recién nacido sobrevive en estos campos.

Le contó que había abierto una casa para recibir a las futuras madres, pero como era mucha la demanda y limitado el espacio, le tenía puesto el ojo encima a un palacete abandonado en Elna, donde soñaba con crear una maternidad adecuada, un oasis para las mujeres y sus bebés en medio de tanta aflicción. Habría que levantarlo de la ruina y eso iba a demorar meses.

—Pero tú no puedes esperar, Roser, debes salir de aquí de inmediato.

—¿Cómo?

—El director sabe que vendrás conmigo. En realidad lo único que quieren es deshacerse de los refugiados, están tratando de obligarlos a repatriarse. Cualquiera que consiga auspicio o trabajo, queda libre. Vamos.

—Aquí hay muchas mujeres y niños, también hay embarazadas.

—Haré lo que pueda. Volveré con más ayuda.

Afuera las esperaba un auto con el emblema de la Cruz

Roja. Elisabeth decidió que antes que nada Roser necesitaba comida caliente y la llevó al primer restaurante que apareció en el camino. Los pocos clientes que había a esa hora no disimularon su repugnancia ante esa pordiosera maloliente que acompañaba a la pulcra enfermera. Roser se comió todo el pan de la mesa antes de que llegara el pollo estofado. La joven suiza conducía el coche como si fuera una bicicleta, zigzagueando entre los otros vehículos, subiéndose a las veredas e ignorando altivamente los cruces del camino y las señales de tráfico, que consideraba optativas, y así llegaron en muy poco tiempo a Perpiñán. Llevó a Roser a la casa que funcionaba como maternidad, donde había ocho mujeres jóvenes, algunas en el último mes de embarazo, otras con su recién nacido en los brazos. La recibieron con ese afecto sin sentimentalismo de los españoles, le dieron una toalla, jabón y champú y la mandaron a darse una ducha mientras le conseguían ropa. Una hora después Roser se presentó ante Elisabeth, limpia, con el pelo mojado, vestida con una falda negra, una túnica corta de lana que le cubría la barriga y zapatos de tacón. Esa misma noche Elisabeth la llevó a donde una pareja de cuáqueros ingleses con quienes había colaborado en el frente de Madrid, procurando alimento, ropa y protección a los niños víctimas del conflicto.

—Te vas a quedar con ellos el tiempo necesario, Roser, por lo menos hasta que des a luz. Después veremos. Son gente muy buena. Los cuáqueros siempre están donde más se necesitan. Son santos, los únicos santos que respeto.

IV

1939

El *Reina del Pacífico* salió del puerto chileno de Valparaíso a comienzos de mayo para atracar en Liverpool veintisiete días más tarde. En Europa la primavera daba paso a un verano incierto, amenazado por los tambores de una guerra inevitable. Unos meses antes las potencias europeas habían firmado los acuerdos de Munich, que Hitler no tenía intención alguna de cumplir. El mundo occidental observaba paralizado la expansión de los nazis. A bordo del *Reina del Pacífico,* sin embargo, los ecos del conflicto que se avecinaba llegaban amortiguados por la distancia y el ruido de los motores diésel, que impulsaban aquella ciudad flotante de 17.702 toneladas a través de dos océanos. Para los 162 pasajeros de segunda clase y los 446 de tercera, la travesía se hacía larga, pero en primera clase los inconvenientes propios de la navegación desaparecían en un ambiente refinado, donde los días pasaban volando y el ímpetu del oleaje no lograba alterar el placer del viaje. En la cubierta superior apenas se oían los motores; allí prevalecían los sonidos amables de la música de fondo, la conversación en varias lenguas de 280 pasajeros, del ir y venir de marinos y oficiales vestidos de blanco de la cabeza a los pies y camareros con uniforme de botones dorados, de una orquesta y un cuarteto femenino de cuerdas, del tintineo eterno de copas de cristal, vajillas de porcelana y cubiertos de plata. La cocina sólo descansaba en la hora más oscura que precede al amanecer.

En su suite de dos habitaciones, dos baños, salón y terraza, Laura del Solar gemía tratando de introducirse a presión en una faja elástica, mientras su traje de baile esperaba sobre la cama. Estaba reservado para esa noche, la penúltima del viaje, en que los pasajeros de primera clase lucían lo más elegante de sus baúles y sus mejores joyas. A su traje drapeado de satén azul, diseño de Chanel, encargado en Buenos Aires, su modista de Santiago ya le había dado seis centímetros en las costuras, pero tras varias semanas de navegación, a Laura apenas le entraba. En el espejo de cristal biselado, su marido, Isidro del Solar, se ajustaba la corbata blanca del traje de etiqueta con aire satisfecho. Menos goloso y más disciplinado que ella, se había mantenido en su peso y a los cincuenta y nueve años se veía guapo. Había cambiado poco en los años que llevaban casados, a diferencia de ella, deformada por la maternidad y los dulces. Laura se sentó en la poltrona tapizada en tela de gobelinos, la cabeza inclinada, los hombros caídos, desolada.

—¿Qué pasa, Laurita?

—¿Le importa si no lo acompaño esta noche, Isidro? Me duele la cabeza.

Su marido se le plantó al frente con la expresión de fastidio que siempre terminaba por derrotar a Laura.

—Tómese un par de aspirinas, Laurita. Hoy es la cena del capitán. Tenemos una mesa importante, fue toda una hazaña sobornar al mayordomo para obtenerla. Somos ocho personas y su ausencia se notaría mucho.

—Es que me siento mal, Isidro…

—Haga un esfuerzo. Esta es una comida de negocios para mí. Vamos a compartir la mesa con el senador Trueba y dos empresarios ingleses interesados en comprar mi lana. ¿Se acuerda de que le hablé de ellos? Ya tengo una oferta de una fábrica de uniformes militares de Hamburgo, pero es difícil entenderse con los alemanes.

—No creo que la señora del senador Trueba asista.

—Esa mujer es muy estrafalaria, dicen que habla con los muertos —dijo Isidro.

—Todo el mundo habla con los muertos de vez en cuando, Isidro.

—¡Qué tonterías dice, Laurita!

—El vestido no me entra.

—¿Qué importan unos kilos de más? Póngase otro vestido. Usted siempre se ve linda —dijo él con el tono de quien ha repetido lo mismo cien veces.

—¿Cómo no voy a engordar, Isidro? Lo único que hemos hecho a bordo es comer y comer.

—Bueno, podría haber hecho ejercicio, nadar en la piscina, por ejemplo.

—¡Cómo se le ocurre que me iba a mostrar en traje de baño!

—No puedo obligarla, Laura, pero le repito que su presencia es importante en esta cena. No me deje plantado. Voy a ayudarla a abrocharse el vestido. Póngase el collar de zafiros, se verá perfecto.

—Es muy ostentoso.

—Nada de eso. Es modesto, comparado con las joyas que hemos visto en otras mujeres aquí, en el barco —decidió Isidro, abriendo la caja fuerte con la llave que llevaba en el bolsillo del chaleco.

Ella añoró la terraza de las camelias de su casa de Santiago, a Leonardo jugando en ese refugio, donde ella podía tejer y rezar tranquila, protegida de la ventolera de bulla y febril actividad de su marido. Isidro del Solar era su destino, pero el matrimonio le pesaba como una obligación. Solía envidiar a su hermana menor, la dulce Teresa, monja de clausura, ocupada en la meditación, las lecturas piadosas y el bordado de ajuares para novias de la alta sociedad. Una existencia dedicada a Dios, sin las distracciones que sufría ella, sin preocuparse por los melodramas de hijos y parientes, de lidiar con empleadas domésticas, de perder tiempo en visitas y cumplir como esposa abnegada. Isidro era omnipresente, el universo giraba en torno a él, a sus deseos y exigencias. Así habían sido su abuelo y su padre, así eran todos los hombres.

—Arriba el ánimo, Laurita —dijo Isidro, luchando con el cierre diminuto de la joya, que le había puesto al cuello—. Quiero que lo pase bien, que este viaje sea memorable.

Memorable era el viaje que habían hecho hacía algunos

años en el recién inaugurado transatlántico *Normandie*, con su comedor para setecientos comensales, lámparas y fuentes de luz diseñadas por Lalique, decoración *art déco* y su jardín de invierno con jaulas de pájaros exóticos. En sólo cinco días entre Francia y Nueva York, los Del Solar habían experimentado un lujo desconocido en Chile, donde la sobriedad era una virtud. Mientras más dinero se tenía, más cuidado se ponía en disimularlo, sólo los inmigrantes árabes enriquecidos en el comercio hacían alarde de riqueza, pero Laura no conocía a ninguno; esa gente estaba fuera de su círculo y siempre lo estaría. En el *Normandie* iba con su marido en una segunda luna de miel, después de haber dejado a los cinco niños con los abuelos, la institutriz inglesa y las empleadas. El resultado por sorpresa fue otro embarazo, cuando menos lo esperaba. Estaba segura de que en esa corta travesía gestaron a Leonardo, pobre inocente, su Bebe. El niño nació varios años después que Ofelia, quien hasta ese momento era la menor de la familia.

El *Reina del Pacífico* no podía competir en lujo con el *Normandie*, pero no estaba nada mal. Laura desayunaba en la cama, como había hecho siempre, se vestía a eso de las diez de la mañana para la misa en la capilla y se iba a tomar el aire al puente, en la silla de playa reservada para ella, donde un camarero le traía caldo de buey y bocadillos; de allí a la mesa del almuerzo, cuatro platos por lo menos, y luego la hora del té con panecillos y pasteles. Apenas tenía tiempo de dormir la siesta y jugar unas manos de canasta antes de vestirse para los cócteles y la cena, donde debía sonreír sin ganas y fingir que escuchaba opiniones ajenas. Después, el baile era obligatorio. Isidro era de pies livianos y tenía buen oído, pero ella se movía con la pesadez de una foca en la arena. En el tentempié de la medianoche, en una pausa de la orquesta, se servía *foie gras*, caviar, champán y postres. Ella se abstenía de los tres primeros, pero no podía resistir los dulces. La noche anterior el chef de a bordo, un francés inmoderado, había presentado una orgía de chocolate en varias formas, presidida por una ingeniosa fuente que derramaba chocolate derretido por la boca de un pez de cristal.

Para ella ese viaje era otra imposición de su marido. Si de vacaciones se trataba, prefería ir a su fundo en el sur o a su casa de la playa en Viña del Mar, donde los días transcurrían lánguidos y ociosos. Largos paseos, té a la sombra de los árboles, rosario en familia con los niños y el personal doméstico. Para su marido ese viaje a Europa era la oportunidad de fortalecer relaciones sociales y plantar las semillas de nuevos negocios. Llevaba una agenda completa para cada capital que iban a visitar. Laura se sentía engañada, no se trataba realmente de vacaciones. Isidro era un hombre con visión de futuro, como él mismo se definía. En la familia de Laura eso resultaba sospechoso; la facilidad para ganar dinero en aventuras comerciales era propia de los nuevos ricos, los *parvenus*, los arribistas. Toleraban ese defecto en Isidro porque nadie ponía en duda su buen linaje castellano-vasco, nada de sangre árabe o judía en sus venas. Provenía de una rama de los Del Solar de intachable honorabilidad, excepto por su padre, que en la madurez se enamoró de una modesta maestra de escuela y tuvo con ella dos hijos antes de que se descubriera el hecho. Su extensa familia y otras de su misma clase cerraron filas en torno a la esposa y los hijos legítimos, pero él se negó a dejar a su amante. El escándalo lo hundió. Isidro tenía quince años. No volvió a ver a su padre, quien siguió viviendo en la misma ciudad, pero descendió un par de escalones en la estricta jerarquía de las clases sociales y desapareció de su antiguo entorno. El drama no se mencionaba, pero todo el mundo lo conocía. Los hermanos de la esposa abandonada la ayudaron con una pensión mínima y emplearon a Isidro, el mayor de los hijos, quien tuvo que dejar el colegio y ponerse a trabajar. El chico resultó más inteligente y enérgico que toda su parentela junta y pocos años más tarde había alcanzado la situación económica que le correspondía por apellido. Tenía el orgullo de no deberle nada a nadie. A los veintinueve años pidió la mano de Laura Vizcarra, respaldado por su buena reputación y por varios negocios aceptables en su medio social: criadero de ovejas en Patagonia, importación de antigüedades de Ecuador y Perú, un fundo que daba poca ganancia, pero bastante prestigio. La familia de la novia, descendiente de don Pedro de Vizcarra, gobernador interino de la Colonia en el siglo XVI, era un clan católico, ultraconservador, inculto y cerrado; sus miembros vivían, se casaban y morían entre ellos, sin mezclarse con otra gente y sin interés por conocer las nuevas ideas del siglo. Eran inmunes a la ciencia, al arte y la literatura. Isidro fue aceptado porque se ganó la simpatía general y pudo demostrar que estaba emparentado con los Vizcarra por el lado de su madre.

A bordo del *Reina del Pacífico,* Isidro del Solar pasó los veintitantos días de navegación cultivando sus contactos y haciendo deporte: jugaba al ping pong y tomaba clases de esgrima. Comenzaba el día trotando varias vueltas por la cubierta y lo terminaba pasada la medianoche con amigos y conocidos en el bar y el salón de fumadores, donde las damas no eran bienvenidas. Los caballeros hablaban de negocios de pasada, con fingida indiferencia, porque era de mal gusto demostrar demasiado interés, pero el tema político avivaba pasiones. Se enteraban de las novedades por el periódico de a bordo, dos hojas impresas con las noticias del telégrafo, que se repartían entre los pasajeros por la mañana. Por la tarde las noticias carecían de vigencia; todo cambiaba vertiginosamente, el mundo conocido estaba patas arriba. Comparado con Europa, Chile era un paraíso felizmente atrasado y lejano. Cierto, por el momento tenía un gobierno de centro izquierda, el presidente era del Partido Radical y masón, detestado por la derecha, su nombre no se pronunciaba entre las «familias bien», pero iba a durar poco. La izquierda, con su realismo ramplón y su ordinariez, carecía de futuro; los dueños de Chile se encargarían de eso. Isidro se juntaba con su esposa para comer y para los espectáculos de la tarde. En el barco ofrecían cine, teatro, música, circo, ventrílocuos y conferencias de hipnotizadores y videntes, que provocaban fascinación entre las damas y burlas entre los hombres. Expansivo y buen vividor, Isidro todo lo celebraba con un cigarro en una mano y una copa en la otra, sin desanimarse por la actitud de su esposa, escandalizada ante esa forzosa alegría, que olía a pecado y disipación.

Laura se miró en el espejo defendiéndose de las lágrimas. El vestido se veía espléndido en otra mujer, pensó; ella no lo merecía, como no merecía casi nada de lo que tenía. Era consciente de su situación privilegiada, de la buena suerte de haber nacido en la familia Vizcarra, de haberse casado con Isidro del Solar y de tantos otros beneficios obtenidos misteriosamente, sin que mediara esfuerzo o planificación por su parte. Siempre había estado protegida y servida. Había dado a luz a seis hijos y no había cambiado un pañal ni preparado un biberón; de eso se encargaba la buena Juana, que supervisaba a las nodrizas y sirvientes. Juana había criado a los niños, incluso a Felipe, quien pronto iba a cumplir veintinueve años. A Laura no se le había ocurrido preguntarle a Juana cuántos años tenía ni cuántos llevaba trabajando en su casa, tampoco se acordaba de cómo llegó. Dios le había dado demasiado. ¿Por qué a ella? ¿Qué le pedía a cambio? No lo sospechaba, y esa deuda con la divinidad la atormentaba. En el *Normandie* se había asomado por curiosidad a observar la vida en la cubierta de tercera, violando las instrucciones de no mezclarse con pasajeros de otra clase por razones de sanidad, como rezaba el aviso en la puerta de su suite. Si por desgracia hubiera un brote de tuberculosis o de otra enfermedad contagiosa, podían terminar todos en cuarentena, le explicó el oficial que la llamó al orden. Laura alcanzó a ver suficiente y comprobó lo que había notado cuando acudía con las Damas Católicas a repartir caridad en las poblaciones marginales; los pobres son de otro color, huelen raro, tienen la piel más oscura, el pelo sin brillo, la ropa desteñida. ¿Quiénes eran los de la tercera clase? No parecían rotosos ni desesperados, como los indigentes de Santiago, pero tenían la misma pátina ceniciente. «¿Por qué ellos y yo no?», se preguntó Laura en esa ocasión con una mezcla de alivio y vergüenza. La pregunta le quedó flotando en la mente como un ruido tenaz. En el *Reina del Pacífico* la división de clases era similar a la del *Normandie*, pero el contraste resultaba menos dramático, porque los tiempos habían cambiado y el vapor era menos lujoso. Los pasajeros de la clase turista, como se llamaba ahora a los de las cubiertas inferiores, embarcados en Chile, Perú y otros puertos del Pacífico eran funcionarios, empleados, estudiantes, pequeños comerciantes, inmigrantes que regresaban a visitar a sus familias en Europa. Laura se dio cuenta de que lo pasaban mucho mejor que los de primera clase, en un ambiente relajado y festivo, con canto, baile, cerveza, concursos y juegos; nadie se vestía de tweed para almorzar, de seda para tomar té y de etiqueta para cenar.

Esa penúltima noche frente al espejo, enfundada en su traje de baile, perfumada y con el collar heredado de su madre, Laura sólo deseaba su copita de jerez con unas gotas de valeriana, acomodarse en su cama y dormir y dormir durante meses, hasta el fin del viaje, hasta hallarse de regreso en su casa de frescas habitaciones, en su ambiente, con Leonardo. Lo echaba mucho de menos, era un suplicio pasar tanto tiempo lejos de su hijo; tal vez a su regreso él no la reconocería, su memoria era frágil, como todo en él. ¿Y si enfermaba? Mejor no pensar en eso. Dios le había dado cinco hijos normales y por añadidura le había enviado a ese inocente, un alma pura. Dormir, si pudiera dormir. La frustración le quemaba el estómago, sentía un gruñido atrapado en el pecho. «Siempre soy yo quien debe ceder, siempre se hace la voluntad de Isidro, primero él, segundo él y tercero él, así me lo repite, como si fuera gracioso, y yo lo acepto. ¡Cómo quisiera ser viuda!», pensó.

Debía combatir ese pensamiento recurrente con oraciones y penitencias. Desearle la muerte a otra persona era pecado mortal; Isidro tenía mal genio, pero era excelente marido y padre, no merecía ese deseo perverso de su propia esposa, la mujer que le había jurado lealtad y obediencia cuando se casaron, se lo había jurado ante el altar. «Estoy loca, además de gorda», suspiró, y de pronto esa conclusión le pareció divertida. No pudo evitar una sonrisa de regocijo, que su marido interpretó como aceptación. «Así me gusta, mi linda», y se fue al baño canturreando.

Ofelia entró a la suite de sus padres sin llamar. A los diecinueve años seguía siendo una muchacha impertinente, cuándo iba a madurar, alegaba su padre sin convicción, porque era su regalona, la única de sus descendientes que se le parecía, audaz y testaruda como él, imposible de doblegar. La chica no había dado pie con bola en el colegio, se había graduado sólo porque las monjas deseaban quitársela de encima. Había aprendido muy poco en los doce años de escolaridad, pero se las arreglaba para disimular su ignorancia con simpatía, instinto para callarse y capacidad de observación. Su buena memoria no le alcanzó para pasar el curso de historia o aprender las tablas de multiplicar, pero sabía la letra de cuanta canción ponían en la radio. Era distraída, coqueta y demasiado bonita, su padre temía que fuera presa fácil de hombres sin escrúpulos. Todos los oficiales de a bordo y la mitad de los pasajeros varones, incluso los ancianos, la tenían en su punto de mira, de eso él estaba seguro. Más de uno le había comentado cuánto talento tenía su hija, refiriéndose a las acuarelas que Ofelia pintaba en la cubierta, pero no la rondaban para admirar sus insípidos cuadritos, sino por otros motivos. Isidro esperaba verla casada pronto, así pasaría a ser responsabilidad de Matías Eyzaguirre —harina de otro costal, como decía— y él podría respirar tranquilo, pero también sería mejor que esperara un poco, porque si se casaba muy joven, como sus hermanas, en pocos años estaría convertida en una matrona enojada.

Viniendo de Chile, en el remoto sur de América, el viaje a Europa era una odisea larga y costosa que pocas familias podían afrontar. Los Del Solar no se contaban entre las mayores fortunas chilenas, como tal vez serían si el padre de Isidro hubiera dejado en herencia lo que él recibió y se gastó entero antes de abandonar a la familia, pero estaban muy cerca. En todo caso, la posición social dependía menos del dinero que del linaje. A diferencia de muchas familias ricas, pero de mentalidad provinciana, Isidro creía que era necesario ver mundo. Chile era una isla delimitada al norte por el más inhóspito desierto, al este por la impenetrable cordillera de los Andes, al oeste por el océano Pacífico y al sur por el continente helado de la Antártida, con razón los chilenos vivían examinándose el ombligo, mientras más allá de sus fronteras corría el siglo XX al galope. Para él, viajar era una inversión necesaria. A sus dos hijos varones los mandó a Estados Unidos y a Europa apenas tuvieron edad suficiente y hubiera querido ofrecerles lo mismo a sus hijas, pero se casaron antes de que él encontrara el momento adecuado de hacerlo. Iba a evitar ese descuido con Ofelia; debía sacarla de su ambiente cerrado y santurrón en Santiago y darle un barniz de cultura. Llevaba la idea secreta, que ni siquiera su mujer conocía por el momento, de dejar a Ofelia en un colegio para señoritas en Londres al término de la gira. Uno o dos años de educación británica le vendrían bien; podría mejorar el inglés, que había estudiado desde chica con la institutriz y tutores privados, como el resto de sus hijos, menos Leonardo, claro. El inglés podría llegar a ser el idioma del futuro, a menos que Alemania se apoderara de Europa. Un colegio en Londres era lo que su hija necesitaba antes de casarse con Matías Eyzaguirre, el novio eterno, quien se estaba labrando un futuro en la diplomacia.

Ofelia ocupaba la segunda habitación de la suite, separada por una puerta de la de sus padres. Durante días había reinado el caos en su cabina: baúles, maletas y sombrereras abiertos, ropa, zapatos y cosméticos desparramados, raquetas de tenis y revistas de moda por el suelo. Atendida por sirvientes, la muchacha andaba por el mundo regando confusión, sin preguntarse quién recogía o limpiaba su desorden. Al toque de una campanilla o un timbre, alguien aparecía mágicamente a servirla. Esa noche había rescatado del caos un traje liviano y ceñido, que provocó una exclamación de disgusto en su padre.

—¿De dónde sacó ese vestido de mujerzuela?

—Está de moda, papá. ¿Quiere verme de hábito, como la tía Teresa?

—No sea insolente. ¡Qué pensaría Matías si la viera así!

—Se quedaría con la boca abierta, como la tiene siempre, papá. No se haga ilusiones, no pienso casarme con él.

—Entonces no debería tenerlo esperando.

—Es beato.

—¿Preferiría que fuera ateo?

—Ni calvo ni con dos pelucas, papá. Mamá, venía a pedirle prestado el collar de la abuela, pero veo que lo tiene puesto. Se le ve muy lindo.

—Póngaselo usted, Ofelita, lo va a lucir mejor que yo —se apresuró a decir su madre, llevándose las manos al cierre.

—¡De ninguna manera, Laura! ¿No me oyó que quiero que lo use esta noche? —la interrumpió secamente su marido.

—Qué importa, Isidro, se verá mejor en la niña.

—¡A mí me importa! Basta. Ofelia, póngase un chal o un chaleco, está muy escotada —le ordenó, recordando la vergüenza que había pasado en la fiesta de disfraces de a bordo, al cruzar la línea ecuatorial, cuando Ofelia apareció convertida en odalisca, con un velo en la cara y un pijama revelador.

—Haga cuenta que no me conoce, papá. Por suerte no tengo que sentarme a su mesa con esos vejestorios aburridos. Espero que me toque con algunos tipos de buena pinta.

—¡No sea ordinaria! —alcanzó a exclamar su padre antes de que ella saliera con un gesto de bailaora flamenca.

La cena del capitán resultó eterna para Laura y Ofelia del Solar. Después del postre, un volcán de helado y merengue con una llama encendida al centro, la madre se retiró con migraña a su suite y la hija se desquitó en el salón bailando swing al son de trompetas magistrales. Se pasó con el champán y terminó en un rincón de la cubierta besándose con un oficial escocés de pelo color zanahoria y manos atrevidas. De allí la rescató su padre. «¡Por Dios, los disgustos que me da! ¿No sabe que los chismes vuelan? Matías se va a enterar de esto antes de que atraquemos en Liverpool. ¡Ya lo verá!»

106

En Santiago, en la casa de la calle Mar del Plata, se respiraba un aire de prolongadas vacaciones. Los patrones llevaban cuatro semanas de viaje y ya ni el perro los echaba de menos. Su ausencia no alteraba las rutinas ni aliviaba los deberes de la servidumbre, pero nadie se apuraba demasiado. Las radios atronaban con radionovelas, boleros y fútbol, había tiempo para dormir la siesta. Hasta Leonardo, tan apegado a su madre, parecía contento y había dejado de preguntar por ella. Era la primera vez que se separaban y, lejos de lamentarlo, el Bebe aprovechó para explorar los recovecos prohibidos de esa mansión de tres pisos, el sótano, la cochera, la bodega y la buhardilla. El hijo mayor, Felipe, a cargo de la casa y de su hermano menor, asumía su papel superficialmente, porque carecía de vocación de jefe de familia y tenía entre manos asuntos más interesantes. La política ardía con la cuestión de los refugiados españoles, de modo que le daba lo mismo si servían sopa aguada o cangrejo en la mesa o que el Bebe durmiera con el perro en la cama, no revisaba las cuentas del almacén y si le pedían instrucciones replicaba que hicieran como siempre.

Juana Nancucheo, mestiza de criollo e indígena mapuche del sur profundo, de edad difícil de adivinar, baja de estatura y sólida como los troncos antiguos de sus bosques nativos, de trenza larga y piel cetrina, ruda de modales y fiel por hábito, estaba al mando de la administración doméstica desde tiempos inmemoriales. Dirigía con gesto adusto a las tres mucamas, la cocinera, la lavandera, el jardinero y el hombre que enceraba los pisos, acarreaba la leña y el carbón, cuidaba a las gallinas y realizaba las tareas pesadas; nadie recordaba su nombre, era simplemente «el hombrecito de los mandados». El único libre de la vigilancia de Juana era el chófer, que vivía en los altos del garaje y dependía directamente de los patrones, aunque, según ella, eso se prestaba para mucho abuso; lo tenía en la mira, no era de fiar, metía mujeres en su pieza, estaba segura. «En esta casa sobra personal doméstico», solía opinar Isidro del Solar. «¿A quién piensa echar pues, patrón?», lo atajaba ella. «A nadie, lo digo por decir», se retractaba él de inmediato. «Algo de razón ha de tener», admitía Juana para sus adentros; los niños habían crecido y había varias habitaciones cerradas. Las dos hijas mayores estaban casadas y con hijos propios, el segundo hijo andaba estudiando las alteraciones del clima en el Caribe, «aunque a eso no hay nada que estudiarle, aguantarlo no más», sostenía Juana, y Felipe vivía en su propia casa. Quedaba la niña Ofelia, que se iba a casar con el joven Matías, tan amable, tan caballero, tan enamorado, y el Bebe, su angelito, que se quedaría para siempre con ella, porque no iba a crecer.

Sus patrones habían viajado antes, cuando los niños eran más chicos, antes de que naciera Leonardo, y ella había quedado de dueña de casa. En esa ocasión había cumplido sus obligaciones sin llegar a merecer ni un solo reproche, pero esta vez a los patrones se les había ocurrido dejar a Felipe a cargo, como si ella fuera una tonta inútil. Tantos años sirviendo a la familia para que le pagaran con ese desaire, pensaba. Ganas tenía de coger sus pilchas y mandarse a cambiar, pero no tenía adónde ir. Seis o siete años debía de tener cuando se la regalaron a Vicente Vizcarra, el padre de Laura, en pago de un favor.

Era la época en que el señor Vizcarra negociaba con maderas finas, pero ya nada quedaba de esos bosques fragantes de la región mapuche, derrotados por el hacha y la sierra: habían sido reemplazados por árboles ordinarios plantados en hileras, como soldados, para hacer papel. Juana era una mocosa descalza que apenas entendía algunas palabras en español, su lengua era el mapudungún. A pesar de su aspecto de criatura salvaje, Vizcarra la aceptó, porque rechazarla habría sido un tremendo insulto a su deudor. Se la llevó a Santiago y se la entregó a su esposa, quien a su vez se la pasó a las empleadas de la casa para que la entrenaran en las labores básicas; Juana aprendió sola el resto, sin más escuela que su capacidad de escuchar y su voluntad de obedecer. Cuando Laura, una de las hijas de la familia Vizcarra, se casó con Isidro del Solar, a ella la mandaron a servirla. Juana calculaba que en ese tiempo debía de tener unos dieciocho años, aunque nadie la había inscrito cuando nació y legalmente no existía. Desde un comienzo Isidro y Laura del Solar le asignaron el papel de ama de llaves; confiaban en ella a ciegas. Un día se atrevió a preguntar tartamudeando si acaso podrían los patrones pagarle un poco, no mucho, «y perdonen que lo pida», ella tenía algunos gastos, algunas necesidades. «¡Pero, por Dios, si eres de la familia, cómo te vamos a pagar!», fue la respuesta. «Disculpen, pero de la familia no soy, soy del servicio no más.» Por primera vez Juana Nancucheo empezó a recibir un sueldo, que gastaba en golosinas para los niños y un par de zapatos nuevos al año; ahorraba el resto. Nadie conocía mejor a cada miembro de esa familia, era la guardiana de los secretos. Cuando nació Leonardo y fue evidente que era diferente a los demás, con su dulce rostro de luna, Juana se propuso vivir lo necesario para cuidarlo hasta su último día. El Bebe tenía problemas del corazón y según los doctores iba a durar poco, pero el instinto y el cariño de Juana rechazaban ese diagnóstico. Con paciencia le enseñó a comer solo y usar el excusado. Otras familias escondían a los niños como él, se avergonzaban como si fueran un castigo de Dios, pero gracias a ella no fue así con el Bebe. Mientras estuviera limpio y sin gritos ni pataletas, sus padres lo presentaban como uno más entre los hijos.

Felipe, el hijo mayor de la familia, era la luz de los ojos de Juana Nancucheo y siguió siéndolo después del nacimiento de Leonardo, porque se trataba de amores diferentes. A Felipe lo consideraba su mentor, el bastón que la sostendría en la vejez. Siempre había sido un buen chiquillo y para ella seguía siéndolo. Era abogado, pero a regañadientes, porque lo suyo era el arte, la conversación y las ideas, nada que sirva de mucho en este mundo, como decía su padre. Felipe había enseñado a Juana a leer, escribir y sacar cuentas a medida que él mismo aprendía en el colegio religioso donde se educaban los hijos de las familias más conservadoras y destacadas del país. Eso los unió en una firme complicidad. Juana le tapaba las travesuras y él la mantenía informada. «¿Qué está leyendo ahora, niño Felipe?» «Espérate que termine el libro y te lo cuento, es de piratas», o bien: «Nada que te interese, Juana, es sobre los fenicios, que vivieron hace muchos siglos y a nadie le importan un bledo, no sé para qué nos enseñan los curas estas estupideces». Felipe había crecido en tamaño y en edad, pero siguió contándole sus lecturas y explicándole las cosas del mundo; más tarde la ayudó a invertir sus ahorros en algunas acciones de la Bolsa, las mismas que compraba Isidro del Solar. Tenía gestos delicados con ella, se introducía sigilosamente en su pieza para dejarle dinero o caramelos debajo de la almohada. Ella andaba pendiente de la salud de Felipe, era enclenque, se resfriaba con las corrientes de aire y se indigestaba con los disgustos y la comida pesada. Por desgracia, su Felipe era tan inocente como Leonardo, incapaz de percibir la falsedad y la perfidia de otros. Idealista, le llamaban. Y además, bastante distraído, todo se le perdía, y débil de carácter, la gente se aprovechaba de él. Se lo pasaba prestando dinero, que nadie le devolvía, y contribuyendo a causas nobles que Juana consideraba inútiles, porque el mundo no tiene remedio. Con razón no se había casado, qué mujer le iba a aguantar esos caprichos, que están bien para los santos del calendario, pero no para un caballero razonable, como ella decía. Isidro del Solar tampoco apreciaba la generosidad de su hijo, que se extendía más allá de sus impulsos caritativos y afectaba a su claridad de pensamiento. «Cualquier día nos va a llegar con la novedad de que se hizo comunista», suspiraba. Las discusiones entre el padre y el hijo eran terribles. Terminaban a portazos, siempre por asuntos ajenos a la familia, como el estado del país y del mundo, que según Juana a ninguno de los dos le incumbía. En uno de esos enfrentamientos, Felipe optó por irse a una casa que alquiló a seis cuadras de distancia. Juana puso el grito en el cielo, porque un buen hijo deja la casa paterna cuando se casa y no antes, pero el resto de la familia lo aceptó sin armar drama. Felipe no desapareció, llegaba a almorzar a diario, había que prepararle su dieta y lavarle y planchar la ropa como a él le gustaba. Juana iba a su casa a vigilar el trabajo de sus empleadas, un par de indias flojas y sucias, a su parecer. Total, más trabajo, mejor hubiera sido que se quedara en su pieza de soltero, mascullaba Juana. El lío entre Felipe y su padre tenía visos de eternizarse, pero un grave ataque hepático de doña Laura los obligó a reconciliarse.

Juana recordaba la causa de aquella pelea, era imposible olvidarla, porque sacudió al país y todavía se hablaba de eso en la radio. Ocurrió en la primavera del año anterior, tiempo de elecciones presidenciales. Había tres candidatos. El favorito de Isidro del Solar, un millonario conservador con fama de especulador; otro del Partido Radical, educador, abogado y senador, por quien Felipe iba a votar; y un general que previamente había ejercido la presidencia como dictador, y se postulaba apoyado entre otros por el partido de los nazis. Ese no gustaba a nadie de la familia. De chico Felipe tenía una colección de soldaditos de plomo del ejército prusiano, pero perdió toda simpatía por los alemanes cuando Hitler llegó al poder. «¿Has visto a los nazis desfilando con uniformes pardos y el brazo en alto por el centro de Santiago, Juana? ¡Qué ridiculez!» Sí, ella los había visto y sabía de un tal Hitler, porque Felipe se lo había contado.

—Su papá estaba seguro de que su candidato iba a ganar.

—Sí, porque aquí siempre gana la derecha. Los partidarios del general quisieron impedir que ganaran y trataron de provocar un golpe de Estado. No les resultó.

—Dijeron por la radio que a unos muchachos los mataron como a perros.

—Era un puñado de nazis exaltados, Juana. Tomaron el edificio de la Universidad de Chile y otro frente al palacio presidencial. Los carabineros y los militares los reprimieron rápidamente. Se rindieron con los brazos en alto y estaban desarmados, pero igual los mataron a tiros. Tenían orden de no dejar a ninguno con vida.

—Su papá dijo que se lo merecían por cretinos.

—Nadie merece eso, Juana. Mi papá debiera tener más cuidado con sus opiniones. Fue una matanza indigna de Chile. El país está furioso, eso le costó la elección a la derecha. Ganó Pedro Aguirre Cerda, como sabes, Juana. Tenemos un presidente radical.

—¿Qué es eso?

—Es un hombre de ideas progresistas. Según mi papá, es de izquierda. Cualquiera que no piense como mi papá es de izquierda.

Para Juana izquierda y derecha eran direcciones de las calles, no de las personas, y el nombre de ese presidente nada significaba. No era de familia conocida.

—Pedro Aguirre Cerda representa al Frente Popular, formado por partidos de centro y de izquierda, parecido a lo que tuvieron en España y en Francia. ¿Te acuerdas que te expliqué de la Guerra Civil en España?

—O sea, puede pasar lo mismo aquí.

—Espero que no, Juana. Si pudieras votar, habrías votado por Aguirre Cerda. Un día las mujeres podrán votar en las elecciones presidenciales, te lo prometo.

—¿Y usted por quién votó, niño Felipe?

—Por Aguirre Cerda. Era el mejor candidato.

—Y a su papá no le gusta ese señor.

—Pero a mí sí y a ti también.

—Yo no sé nada de eso.

—Mala cosa que no lo sepas, mujer. El Frente Popular representa a los obreros, los campesinos, los mineros del norte, las personas como tú.

—Yo no soy ninguna de esas cosas y usted tampoco. Yo soy empleada doméstica.

—Tú perteneces a la clase trabajadora, Juana.

—Que yo sepa, usted es un señorito, no veo por qué votó por la clase trabajadora.

—A ti te falta educación. El presidente dice que gobernar es educar. Educación gratis y obligatoria para todos los niños de Chile. Salud pública para todos. Mejores salarios. Fortalecer los sindicatos. ¿Qué te parece?

—A mí me da lo mismo.

—¡Pero qué bruta eres, Juana! ¡Cómo te va a dar lo mismo! Te hizo mucha falta ir a la escuela.

—Mucha educación tiene usted, niño Felipe, pero no sabe ni sonarse los mocos. Y aprovecho para decirle aquí mismo que no me traiga gente a la casa sin avisar. La cocinera se enoja y yo no quiero pasar bochornos, que las visitas se vayan diciendo que aquí no sabemos recibir como Dios manda. Mucha educación tendrán también sus amigotes, pero se toman los licores del patrón sin pedir permiso. Espérese que vuelva su papá, a ver qué dice cuando descubra lo que falta en la bodega.

Era el penúltimo sábado del mes, día de la reunión informal del Club de Los Furiosos, el grupo de amigotes de Felipe, como los llamaba Juana Nancucheo. En tiempos normales se juntaban donde Felipe, pero desde que sus padres estaban ausentes, Felipe los recibía en la casa de la calle Mar del Plata, donde la comida era excelente. A pesar del disgusto que esa gente le causaba, Juana se esmeraba en conseguirles ostras frescas y servirles los mejores guisos de la cocinera, una mujerona de mal genio y buena sazón. Los amigos de Felipe eran miembros del Club de la Unión, como todo varón de su clase; allí se ventilaban los asuntos personales, tanto como los financieros y políticos del país, pero esos salones lúgubres con paneles de madera oscura, lámparas de lágrimas y poltronas de felpa se prestaban poco para las animadas discusiones filosóficas de Los Furiosos. Además, el Club de la Unión era sólo para hombres y qué sería de las tertulias sin la presencia refrescante de algunas mujeres solteras y libres, artistas, escritoras, aventureras de calidad, entre ellas una amazona de apellido croata que viajaba sola a lugares que no figuraban en el mapa. El tema recurrente de los últimos tres años había sido la situación de España y en los últimos meses, la suerte de los refugiados republicanos, que languidecían y morían desde enero en campos de concentración en Francia. El éxodo masivo de gente desde Cataluña hacia la frontera con Francia coincidió con el terremoto que sacudió a Chile en enero, el peor de su historia. Aunque Felipe se jactaba de ser un racionalista incurable, veía en esa coincidencia un llamado a la compasión y la solidaridad. El terremoto dejó un saldo de veintitantos mil muertos y ciudades enteras por el suelo, pero por comparación, la Guerra Civil de España, con cientos de miles de muertos, heridos y refugiados, era una tragedia mucho mayor.

Esa noche contaban con un invitado especial, Pablo Neruda, quien a los treinta y cuatro años era considerado el mejor poeta de su generación, una proeza, porque en Chile los poetas se daban como maleza. Algunos de sus *Veinte poemas de amor* se habían convertido en parte del folclore popular y hasta los analfabetos los recitaban. Neruda era un hombre del sur, de la lluvia y la madera, hijo de un obrero ferroviario, que recitaba sus versos con voz cavernaria y se definía como duro de nariz y mínimo de ojos. Personaje polémico, por su celebridad y su simpatía por la izquierda, especialmente el Partido Comunista, donde en el futuro iba a militar, había sido cónsul en Argentina, Birmania, Ceilán, España y recientemente en Francia, porque los gobiernos de turno preferían mantenerlo alejado del país, según decían sus enemigos políticos y literarios. En Madrid, donde estuvo justo antes de que estallara la Guerra Civil, hizo amistad con intelectuales y poetas, entre otros Federico García Lorca, asesinado por los franquistas, y Antonio Machado, muerto en Francia, en un pueblo cerca de la frontera durante la Retirada. Había publicado un himno a las glorias de los combatientes republicanos, *España en el corazón*, quinientos ejemplares numerados impresos por los milicianos del Ejército del Este en la abadía de Montserrat, en plena guerra, con papel hecho de lo que había a mano, desde camisas ensangrentadas hasta una bandera enemiga. El poema también fue publicado en Chile en una edición corriente, pero Felipe tenía uno de los ejemplares originales. «*Y por las calles la sangre de los niños / corría simplemente, como sangre de niños. / [...] Venid a ver la sangre por las calles, / venid a ver / la sangre por las calles, / venid a ver la sangre / por las calles!»* Neruda amaba a España con pasión, aborrecía el fascismo y tanto le angustiaba la suerte de los republicanos vencidos que había logrado convencer al nuevo presidente para que admitiera un cierto número de ellos en Chile, desafiando a la oposición intransigente de los partidos de derecha y la Iglesia católica. Para hablar de eso había sido invitado a la reunión de Los Furiosos. Estaba de paso por Santiago, después de semanas gestionando ayuda económica para los refugiados en Argentina y Uruguay. Como decían los diarios de la derecha, otros países ofrecían dinero, pero ninguno quería recibir a los rojos, esos violadores de monjas, asesinos, gente de armas, ateos sin escrúpulos y judíos, que harían peligrar la seguridad del país.

Neruda anunció a Los Furiosos que partiría en los días siguientes a París, como cónsul especial para la emigración española.

—En la legación de Chile en Francia no me quieren, son todos unos emboscados de derecha decididos a obstaculizar mi misión —dijo el poeta—. El gobierno me manda sin un peso y debo conseguir un barco. Veremos cómo me las arreglo.

Explicó que llevaba órdenes de elegir a trabajadores especializados que pudieran enseñar sus oficios a obreros chilenos, personas pacíficas y honorables, nada de políticos, periodistas ni intelectuales potencialmente peligrosos. Según Neruda, el criterio chileno de inmigración había sido desde siempre racista, existían instrucciones confidenciales a los cónsules de negar visas a personas de varias categorías, razas y nacionalidades, desde gitanos, negros y judíos hasta los llamados orientales, término vago que se prestaba a interpretaciones. A la xenofobia se agregaba ahora el componente político, nada de comunistas, socialistas ni anarquistas, pero como eso todavía no estaba especificado por escrito en las instrucciones a los cónsules, había cierto margen de acción. Neruda tenía una tarea hercúlea por delante: debía financiar y acondicionar un barco, seleccionar a los inmigrantes y conseguirles la cuota de dinero exigida por el gobierno para garantizar su manutención, en caso de que no contaran con parientes o amigos en Chile para recibirlos. Se trataba de tres millones en moneda chilena, que debían ser depositados en el Banco Central antes de embarcarlos.

—¿De cuántos refugiados estamos hablando? —le preguntó Felipe.

—Digamos unos mil quinientos, pero serán más, porque cómo vamos a traer a los hombres y dejar atrás a sus mujeres y niños.

—¿Cuándo llegarán aquí?

—A fines de agosto o principios de septiembre.

—Es decir, tenemos más o menos tres meses para organizar ayuda económica y conseguirles vivienda y trabajo. También se requiere una campaña para contrarrestar la propaganda de la derecha y movilizar a la opinión pública en favor de estos españoles —dijo Felipe.

—Eso será fácil. La simpatía popular está con los republicanos. La mayor parte de la colonia española en Chile, los vascos y catalanes, están listos para ayudar.

A la una de la madrugada Los Furiosos se despidieron y Felipe fue en su Ford a dejar al poeta en la casa donde estaba alojado. Al volver encontró a Juana esperándolo en el salón con una jarra de café caliente.

—¿Qué pasa, Juana? Deberías estar durmiendo.

—Estuve escuchando lo que decían sus amigotes.

—¿Espiándonos?

—Sus amigotes comen como presos y para qué decir cómo toman. Esas mujeres con los ojos pintados toman más que los hombres. Son un montón de ordinarios, no saludan ni dan las gracias.

—No puedo creer que me esperaste para decirme eso.

—Lo esperé para que me explique por qué es famoso ese poeta. Se puso a recitar y no se callaba nunca, una tontería tras otra sobre peces con chaleco y ojos crepusculares, vaya una a saber qué enfermedad será esa.

—Metáforas, Juana. Eso es poesía.

—Vaya a burlarse de su abuela, que en paz descanse. Cómo no voy a saber lo que es poesía, si el mapudungún es pura poesía. ¡Apuesto que usted no lo sabía! Y seguro que el Neruda ese, tampoco. Hace muchos años que no oigo mi idioma, pero me acuerdo. Poesía es lo que se queda en la cabeza y no se olvida.

—Ajá. Y música es lo que se puede silbar, ¿verdad?

—Usted lo ha dicho, niño Felipe.

Isidro del Solar recibió el telegrama de su hijo Felipe en el último día de su estadía en el Hotel Savoy, después de pasar un mes completo con su mujer y su hija en Gran Bretaña. En Londres fueron a los sitios turísticos obligatorios, de compras, al teatro, a conciertos y carreras de caballos. El embajador de Chile en Inglaterra, otro de los numerosos primos de Laura Vizcarra, puso a su disposición un automóvil oficial para que recorrieran la campiña y visitaran los colegios de Oxford y Cambridge. También hizo que los invitaran a un almuerzo en el castillo de un duque o un marqués, no estaban seguros del título, porque en Chile los títulos nobiliarios se habían abolido hacía mucho y ya nadie los recordaba. El embajador los instruyó en los códigos de comportamiento y vestuario: debían fingir que la servidumbre no existía, pero convenía saludar a los perros; abstenerse de comentar sobre la comida, pero extasiarse con las rosas; ponerse ropa sencilla y en lo posible vieja, nada de volantes ni corbatines de seda, porque la nobleza se vestía de pobre en el campo. Fueron a Escocia, donde Isidro había amarrado un negocio de su lana de Patagonia, y a Gales, donde pensaba hacer lo mismo y no le resultó.

A espaldas de su mujer y su hija, Isidro visitó un antiguo *finishing school* para señoritas que databa del siglo XVII, una mansión apabullante frente al palacio y los jardines de Kensington. Allí Ofelia aprendería etiqueta, el arte de relacionarse socialmente, a recibir invitados en buena forma, disponer un menú, modales, como postura, imagen personal y decoración del hogar, entre otras virtudes que le hacían mucha falta. Una lástima que su mujer no hubiera aprendido nada de eso, pensó Isidro; sería buen negocio fundar un establecimiento similar en Chile, para refinar a tanta señorita en bruto que había por esos lados. Iba a estudiar esa posibilidad. Por el momento le ocultaría sus planes a Ofelia, porque iba a montar un berrinche y arruinarles el resto del viaje. Se lo diría al final, cuando no hubiera tiempo para pataletas.

Estaban en el salón de la cúpula de vidrio del hotel, una sinfonía en blanco, dorado y marfil, en el ineludible té de las cinco con tazas de porcelana floreada, cuando se presentó un botones con uniforme de almirante trayendo el telegrama de Felipe. «Exiliados del poeta ocuparán piezas. Juana no suelta llaves. Mande instrucciones.» Isidro lo leyó tres veces y se lo pasó a Laura y Ofelia.

—¿Qué significa esta huevada?

—Por favor, no hable así delante de la niña.

—Espero que a Felipe no le haya dado por tomar —masculló.

—¿Qué le va a contestar? —preguntó Laura.

—Que se vaya al carajo.

—No se enoje, Isidro. Mejor no le contesta nada, las cosas casi siempre se arreglan solas.

—¿A qué se refiere mi hermano? —preguntó Ofelia.

—No tengo idea. Nada que nos importe —replicó su padre.

Otro telegrama idéntico los pilló en el hotel de París. Isidro podía leer a duras penas *Le Figaro*, porque había aprendido algo de francés en el colegio, pero como nada sabía de inglés, en Inglaterra no supo las noticias. Por el diario se enteró de que el Partido Comunista Francés y el Servicio de Evacuación de Refugiados Españoles habían adquirido un barco de carga, el *Winnipeg*, y lo estaban acondicionando para mandar cerca de dos mil exiliados a Chile. Casi le dio una apoplejía. Era lo que faltaba en ese tiempo de desgracias, gruñó. Primero, un presidente del Partido Radical, después el terremoto apocalíptico y ahora iban a llenar el país de comunistas. El telegrama se reveló en todo su siniestro significado: su hijo pretendía nada menos que meter a esa gentuza en su propia casa. Bendita la Juana, que no soltaba las llaves.

—Explíqueme qué es eso de exiliados, papá —insistió Ofelia.

—Mire, linda, hubo una revolución de gente mala en España, algo tremendo. Los militares se alzaron y pelearon por los valores de la patria y la moral. Ganaron, por supuesto.

—¿Qué fue lo que ganaron?

—La Guerra Civil. Salvaron a España. Los exiliados que menciona Felipe son los cobardes que escaparon y están en Francia.

—¿Por qué escaparon?

—Porque perdieron y tenían que pagar las consecuencias.

—Me parece que hay muchas mujeres y niños entre los refugiados, Isidro. El diario dice que son cientos de miles… —intervino Laura tímidamente.

—Como sea. ¿Qué tiene que ver Chile con eso? ¡Esto es culpa de Neruda! ¡Ese comunista! Felipe no tiene ni el menor criterio, no parece hijo mío. Voy a tener una buena aclarada con él cuando volvamos.

Laura se aferró a eso para sugerir que sería mejor regresar a Santiago antes de que Felipe hiciera una locura, pero el periódico indicaba que el barco saldría en agosto. Tenían tiempo sobrado para ir a los baños termales de Évian, visitar Lourdes y el templo de San Antonio de Padua en Italia para pagar las frecuentes promesas de Laura, e ir al Vaticano a recibir la bendición privada del nuevo papa Pío XII, que le había costado influencias y dinero, antes de volver a Inglaterra. Allí dejaría a Ofelia en el *finishing school* de viva fuerza, si fuera necesario, y se embarcaría con su mujer de regreso a Chile en el *Reina del Pacífico*. Total, un viaje perfecto.

SEGUNDA PARTE

Exilio, amores y desencuentros

V

1939

Guardemos cólera, dolor y lágrimas,
llenemos el vacío desolado
y que la hoguera en la noche recuerde
la luz de las estrellas fallecidas.

PABLO NERUDA,
«José Miguel Carrera (1810)»,
Canto general

Víctor Dalmau pasó varios meses en el campo de concentración de Argelès-sur-Mer, sin sospechar que también Roser había estado allí. No había tenido noticias de Aitor, pero suponía que había cumplido el encargo de sacar de España a su madre y a Roser. Para entonces la población del campo se componía casi exclusivamente de decenas de miles de soldados republicanos sometidos al hambre, la miseria, los golpes y las humillaciones constantes de sus carceleros. Las condiciones seguían siendo inhumanas, pero al menos fue pasando lo más crudo del invierno. Los prisioneros se organizaron para sobrevivir sin enloquecer. Hacían mítines revolucionarios, divididos en partidos políticos, como durante la guerra. Cantaban, leían lo que les caía en las manos, alfabetizaban a quienes lo necesitaban, publicaban un periódico —una hoja escrita a mano que circulaba de un lector a otro— e intentaban preservar la dignidad cortándose el pelo y quitándose los piojos mutuamente, lavándose y lavando la ropa en el agua helada del mar. Dividieron el campo en calles con nombres poéticos, crearon el delirio de plazas y ramblas como las de Barcelona en la arena y el lodo, inventaron la ilusión de una orquesta sin instrumentos para tocar música clásica y popular y de restaurantes de comida invisible, que los cocineros describían en detalle y los demás saboreaban a ojos cerrados. Con el poco material que lograban conseguir levantaron cobertizos, barracones y chabolas. Vivían pendientes de las noticias del mundo, que estaba al borde de otra guerra, y de la posibilidad de salir en libertad. Algunos, los mejor preparados, solían ser empleados en el campo o en la industria, pero la mayoría antes de ser soldados habían sido labriegos, leñadores, pastores, pescadores, en fin, carecían de un oficio útil en Francia. Soportaban la presión constante de las autoridades para ser repatriados y en algunos casos los llevaban a la frontera española engañados.

Víctor se quedó junto a un pequeño grupo de médicos y enfermeros porque en esa playa infernal tenía una misión, estaba al servicio de los enfermos, los heridos y los locos. Lo había precedido la leyenda de que había echado a andar el corazón de un chico muerto en la estación del Norte. Eso le ganó la confianza ciega de los pacientes, aunque él les repetía que para los males mayores debían acudir a los médicos. Le faltaban horas del día para su tarea. El tedio y la depresión, flagelos de la mayoría de los refugiados, no lo afectaban; al contrario, en el trabajo encontraba una exaltación parecida a la felicidad. Estaba tan flaco y debilitado como el resto de la población del campo, pero no sentía hambre y en más de una ocasión le dio su magra porción de bacalao seco a otro. Sus camaradas decían que se alimentaba de arena. Trabajaba desde el amanecer, pero al ponerse el sol todavía le quedaban algunas horas que llenar. Entonces cogía la guitarra y cantaba. Lo había hecho rara vez durante los años de la Guerra Civil, pero se acordaba de las canciones románticas que le enseñó su madre para combatir la timidez y, por supuesto, de las revolucionarias, que los otros coreaban. La guitarra había pertenecido a un joven andaluz que hizo la guerra abrazado a ella, salió al exilio sin soltarla y vivió con ella en Argelès-sur-Mer hasta finales de febrero, cuando lo despachó una pulmonía. Como Víctor lo cuidó en sus últimos días, le dejó la guitarra en herencia. Era de los pocos instrumentos reales en el campo; había otros de fantasía cuyos sonidos eran imitados por los hombres con buen oído.

En esos meses se fue aliviando la congestión humana en el campo. Los viejos y los enfermos se morían y eran enterrados en un cementerio adyacente. Los más afortunados consiguieron auspicio y visas para emigrar a México y Sudamérica. Muchos soldados se incorporaron a la Legión Extranjera, a pesar de su disciplina brutal y su reputación de albergar criminales, porque cualquier cosa era preferible a permanecer en el campo. Quienes reunían los requisitos fueron empleados en la Compañía de Trabajadores Extranjeros, creada para reemplazar a la fuerza laboral francesa movilizada en preparación para la guerra. Más tarde otros se irían a la Unión Soviética a luchar en el Ejército Rojo o se unirían a la resistencia francesa. De estos, miles morirían en campos de exterminio de los nazis y otros en los gulags de Stalin.

Un día de abril, cuando el frío insoportable del invierno había dado paso a la primavera y ya se anunciaban los primeros calores del verano, llamaron a Víctor a la oficina del comandante del campo, porque tenía una visita. Era Aitor Ibarra, con sombrero de pajilla y zapatos blancos. Le costó casi un minuto reconocer a Víctor en el espantapájaros harapiento que tenía delante. Se abrazaron emocionados, ambos con los ojos húmedos.

—No sabes cómo me ha costado encontrarte, hermano. No figuras en ninguna lista, pensé que estabas muerto.

—Casi. Y tú ¿cómo es que andas vestido de chulo?

—De empresario, dirás. Ya te contaré.

—Primero dime qué pasó con mi madre y con Roser.

Aitor le contó la desaparición de Carme. Había hecho indagaciones sin lograr averiguar nada concreto, sólo que no había vuelto a Barcelona y que la casa de los Dalmau había sido requisada. Otra gente vivía allí. De Roser, en cambio, le traía buenas noticias. Le resumió la salida de Barcelona, la travesía a pie por las cumbres de los Pirineos y cómo fueron separados en Francia. No supo de ella por un tiempo.

—Yo me escapé apenas pude, Víctor, y no entiendo por qué tú no lo has intentado. Es fácil.

—Aquí me necesitan.

—Con esa mentalidad, camarada, siempre vas a estar jodido.

—Cierto. Qué le vamos a hacer. Volvamos a Roser.

—A ella la localicé sin problemas apenas pude recordar el nombre de tu amiga, la enfermera esa. Con tantos sobresaltos se me borró de la mente. Roser estuvo aquí, en este mismo campo, y salió gracias a Elisabeth Eidenbenz. Vive con una familia que la ha recibido en Perpiñán y trabaja de costurera y dando clases de piano. Tuvo un niño sano, que ya tiene un mes y es de lo más guapo.

Aitor se las había arreglado como antes, negociando. En la guerra conseguía lo más apreciado, desde cigarrillos y azúcar, hasta zapatos y morfina, que cambiaba por otras cosas en un trueque de hormigas, pero siempre con un margen de beneficio para él. También obtenía tesoros, como la pistola alemana y el cortaplumas americano, que tanto impresionaron a Roser. De esos no se hubiera desprendido nunca y todavía rabiaba acordándose de cuando se los quitaron. Había logrado ponerse en contacto con unos primos lejanos, emigrados a Venezuela varios años antes, que iban a recibirlo y conseguirle trabajo en ese país. Gracias a su innata habilidad había juntado dinero para el pasaje y la visa.

—Me voy dentro de una semana, Víctor. Hay que salir de Europa lo antes posible: se viene encima otra guerra mundial y será peor que la primera. Apenas llegue a Venezuela voy a hacer los trámites para que puedas ir y te mandaré el pasaje.

—No puedo dejar a Roser y a su niño.

—Ellos también, claro, hombre.

La visita de Aitor dejó a Víctor mudo durante varios días. Tuvo la certeza una vez más de estar atrapado, suspendido en un limbo, sin control sobre su destino. Después de pasar horas caminando por la playa, pesando y midiendo su responsabilidad con los enfermos del campo, decidió que había llegado el momento de dar prioridad a su responsabilidad hacia Roser y el niño, así como a su propio destino. El 1 de abril, Franco, como Caudillo de España, dignidad que ostentaba desde diciembre de 1936, había dado por terminada la guerra, que había durado novecientos ochenta y ocho días. Francia y Gran Bretaña habían reconocido su gobierno. La patria estaba perdida, no había esperanza de retornar. Víctor se bañó en el mar, refregándose con arena a falta de jabón, se hizo cortar el pelo por un camarada, se afeitó cuidadosamente y pidió su pase para ir a buscar la caja de medicamentos, que le entregaban en un hospital local, como hacía cada semana. Al principio iba acompañado de un guardia, pero después de varios meses de ir y venir le permitían hacerlo solo. Salió sin problemas y simplemente no regresó. Aitor le había dejado algo de dinero, que utilizó en su primera comida decente desde enero, un traje gris, dos camisas y un sombrero, todo usado pero en buen estado, y un par de zapatos nuevos. Según su madre: bien calzado, bien recibido. Un camionero le recogió y así llegó a Perpiñán a la oficina de la Cruz Roja a preguntar por su amiga.

Eidenbenz recibió a Víctor en su improvisada maternidad, con un infante en cada brazo, tan atareada que ni se acordó del romance entre ellos que nunca ocurrió. A Víctor no se le había olvidado. Al verla con sus ojos límpidos y su uniforme albo, serena como siempre, concluyó que era perfecta y él debía de ser idiota para imaginar que podría fijarse en él; esa mujer no tenía vocación de enamorada, sino de misionera. Al reconocerlo, Elisabeth le entregó los niños a otra mujer y lo abrazó con genuino afecto.

—¡Cómo has cambiado, Víctor! Debes de haber sufrido mucho, amigo mío.

—Menos que otros. He tenido suerte, dentro de todo. Tú, en cambio, estás tan bien como siempre.

—¿Te parece?

—¿Cómo haces para estar siempre impecable, tranquila y sonriente? Así te conocí en medio de una batalla y sigues igual, como si los malos tiempos que vivimos no te afectaran para nada.

—Los malos tiempos me obligan a ser fuerte y trabajar duro, Víctor. Has venido a verme por Roser, ¿verdad?

—No sé cómo agradecerte lo que has hecho por ella, Elisabeth.

—No hay nada que agradecer. Vamos a tener que hacer hora hasta las ocho, cuando ella termine su última clase de piano. No vive aquí. Está con unos amigos cuáqueros que me ayudan a conseguir recursos para la maternidad.

Así lo hicieron. Elisabeth le presentó a las madres que vivían en la casa, le mostró las instalaciones y después se sentaron a tomar té con galletas, mientras se ponían al día sobre las vicisitudes que cada uno había experimentado desde Teruel, cuando se vieron por última vez. A las ocho Elisabeth lo llevó en su coche, más atenta a la conversación que al volante. Víctor pensó cuán irónico sería haber sobrevivido a la guerra y al campo de concentración para morir aplastado como cucaracha en el vehículo de esa novia improbable.

La casa de los cuáqueros quedaba a veinte minutos de distancia y fue Roser quien les abrió la puerta. Al ver a Víctor dio un grito y se llevó las manos a la cara, como si estuviera ante una alucinación, y él la estrechó en sus brazos. La recordaba delgada, de caderas estrechas y pecho plano, cejas gruesas y facciones grandes, el tipo de mujer sin vanidad, que con los años se vería enjuta o masculina. La había visto por última vez a finales de diciembre, con una barriga prominente y acné en la cara. La maternidad la había dulcificado, le había dado curvas donde antes tenía ángulos, estaba amamantando a su hijo y tenía los pechos grandes, la piel clara y el cabello brillante. El encuentro fue tan emotivo que hasta Elisabeth, acostumbrada a presenciar escenas desgarradoras, se conmovió. A Víctor, su sobrino le resultó indescriptible; todos los críos de esa edad se parecían a Winston Churchill. Era gordo y calvo. Una mirada más atenta le reveló algunos rasgos familiares, como los ojos negros de aceituna de los Dalmau.

—¿Cómo se llama? —le preguntó a Roser.

—Por el momento le decimos el chiquillo. Estoy esperando a Guillem para ponerle nombre e inscribirlo en el Registro Civil.

Era la hora de darle la mala noticia, pero una vez más a Víctor le faltó valor para hacerlo.

—¿Por qué no le pones Guillem?

—Porque Guillem me advirtió que ninguno de sus hijos se llamaría como él. No le gusta su nombre. Dijimos que si era varón se llamaría Marcel y si era niña Carme, en honor a tu padre y tu madre.

—Bueno, entonces ya sabes…

—Voy a esperar a Guillem.

134

La familia de cuáqueros, padre, madre y dos niños, invitaron a Víctor y Elisabeth a cenar. Para ser ingleses, la comida resultó aceptable. Hablaban buen español, porque habían pasado los años de la guerra en España, ayudando a organizaciones de la infancia, y desde la Retirada trabajaban entre los refugiados. A eso se dedicarían siempre, como dijeron; tal como sostenía Elisabeth, siempre hay guerra en alguna parte.

—Estamos muy agradecidos —les dijo Víctor—. Gracias a ustedes el niño está con nosotros. En el campo de Argelès-sur-Mer no hubiera sobrevivido y creo que Roser tampoco. Esperamos no abusar de su hospitalidad por mucho tiempo.

—Nada tiene que agradecer, señor. Roser y el niño ya son de la familia. ¿Qué prisa tienen en irse?

Víctor les habló de su amigo Aitor Ibarra y el plan de emigrar a Venezuela cuando él pudiera ayudarlos. Parecía la única salida viable.

—Si emigrar es lo que queréis, tal vez podríais considerar iros a Chile —indicó Elisabeth—. Vi una noticia en el diario de un barco que llevará españoles a Chile.

—¿Chile? ¿Dónde queda eso? —preguntó Roser.

—A los pies del mundo, me parece —dijo Víctor.

Al día siguiente Elisabeth encontró la nota mencionada y se la hizo llegar a Víctor. El poeta Pablo Neruda, por encargo de su gobierno, estaba acondicionando un barco llamado *Winnipeg* para llevar exiliados a su país. Elisabeth le dio dinero para tomar el tren a París y probar suerte con aquel poeta, para él desconocido.

Valiéndose de un mapa de la ciudad, Víctor Dalmau llegó a la avenida de la Motte-Picquet, 2, cerca de Les Invalides, donde se alzaba la elegante mansión de la legación de Chile. Había cola en la puerta, controlada por un portero de mal talante. También eran hostiles los funcionarios del interior del edificio, incapaces de responder a un saludo. A Víctor le pareció una señal de mal augurio, como de mal augurio era el ambiente pesado y tenso de aquella primavera parisina. Hitler se iba tragando a mordiscos voraces territorios europeos y el nubarrón negro de la guerra ya oscurecía el cielo. La gente en la cola hablaba español y casi todos tenían el recorte de periódico en la mano. Cuando llegó su turno, a Víctor le señalaron la escalera, que comenzaba de mármol y bronce en los primeros pisos y terminaba angosta y pobretona en una especie de buhardilla. No había ascensor y debió ayudar a otro español más cojo que él, pues le faltaba una pierna y apenas podía subir aferrado a la barandilla.

—¿Es cierto que sólo aceptan a comunistas? —le preguntó Víctor.

—Así dicen. ¿Tú qué eres?

—Republicano nada más.

—No enredes las cosas. Mejor dile al poeta que eres comunista y ya está.

En un cuarto pequeño, amueblado con tres sillas y un escritorio, lo recibió Pablo Neruda. Era un hombre todavía joven, de ojos inquisidores y párpados de árabe, pesado de hombros y algo encorvado; parecía más macizo y entrado en carnes de lo que realmente era, como Victor pudo comprobar cuando se puso de pie para despedirlo. La entrevista duró diez minutos escasos y lo dejó con la impresión de que había fracasado en su intento. Neruda le hizo unas cuantas preguntas de cajón, edad, estado civil, estudios y experiencia de trabajo.

—Oí que escogerán sólo a comunistas… —dijo Víctor, extrañado de que el poeta no le hubiera preguntado su filiación política.

—Oyó mal. Esto es por cuotas, comunistas, socialistas, anarquistas y liberales. Lo decidimos entre el Servicio de Evacuación de Refugiados Españoles y yo. Lo más importante es el carácter de la persona y la utilidad que pueda tener en Chile. Estoy estudiando cientos de solicitudes y en cuanto tome una decisión se lo haré saber, no se preocupe.

—Si su respuesta es afirmativa, señor Neruda, por favor tenga en cuenta que no viajaré solo. Una amiga con su niño de pocos meses vendría también.

—¿Una amiga, dice?

—Roser Bruguera, la novia de mi hermano.

—En ese caso su hermano tendría que venir a verme y llenar la solicitud.

—Suponemos que mi hermano murió en la batalla del Ebro, señor.

—Lo lamento mucho. Se da cuenta de que debo dar prioridad a los familiares inmediatos, ¿verdad?

—Lo entiendo. Volveré a verlo dentro de tres días, si me lo permite.

—En tres días no tendré una respuesta, amigo mío.

—Pero yo sí. Muchas gracias.

Esa misma tarde tomó el tren de vuelta a Perpiñán. Llegó

cansado, de noche cerrada. Durmió en un hotel con pulgas, donde ni siquiera pudo darse una ducha, y al día siguiente se presentó en el taller de costura de Roser. Salieron a la calle para poder hablar. Victor la tomó del brazo, la condujo a un banco solitario en una plaza cercana y le contó su experiencia en la legación de Chile, omitiendo detalles, como la mala voluntad de los funcionarios chilenos y la escasa seguridad que le dio Neruda.

—Si ese poeta te acepta, Víctor, tienes que irte de todos modos. No te preocupes por mí.

—Roser, hay algo que debí decirte hace meses, pero cada vez que lo intento, una mano de hierro me estrangula y me callo. Cómo quisiera no ser yo quien…

—¿Guillem? ¿Es algo sobre Guillem? —exclamó ella, alarmada.

Víctor asintió, sin atreverse a mirarla. La estrechó contra su pecho en un firme abrazo y le dio tiempo para que llorara a gritos, como una niña desesperada, estremecida, con la cara hundida en su chaqueta de segunda mano, hasta quedar ronca y sin lágrimas. A él le pareció que Roser se desahogaba de un llanto largamente contenido, que la terrible noticia no era una sorpresa, que debía de sospecharla desde hacía mucho, porque sólo eso podía explicar el silencio de Guillem. Cierto, la gente se pierde en la guerra, las parejas se separan, las familias se dispersan, pero el instinto debió de advertirle a Roser que había muerto. Ella no pidió pruebas, pero él le mostró la billetera medio quemada y la fotografía, que Guillem siempre llevaba consigo.

—¿Ves por qué no puedo dejarte, Roser? Tienes que venir

conmigo a Chile, si nos aceptan. En Francia también habrá guerra. Debemos proteger al niño.

—¿Y tu madre?

—Nadie la ha visto desde que salimos de Barcelona. Se perdió en el tumulto y si estuviera viva, se habría comunicado conmigo o contigo. Si apareciera en el futuro, ya veremos cómo ayudarla. Por el momento tú y tu hijo sois lo más importante, ¿entiendes?

—Entiendo, Víctor. ¿Qué debo hacer?

—Perdona, Roser... Tendrás que casarte conmigo.

Ella se lo quedó mirando con una expresión tan despavorida que Víctor no pudo contener una sonrisa, que resultó algo inapropiada para la solemnidad del momento. Le repitió la información de Neruda respecto a dar prioridad a las familias.

—Tú ni siquiera eres mi cuñada, Roser.

—Me casé con Guillem sin papeles ni bendición de un cura.

—Me temo que eso no cuenta en este caso. En pocas palabras, Roser, eres viuda sin serlo realmente. Nos vamos a casar hoy mismo, si se puede, y vamos a inscribir al niño como hijo nuestro. Yo seré su padre; lo voy a cuidar, proteger y querer como si fuera mi hijo, te lo prometo. Y lo mismo corre para ti.

—No estamos enamorados...

—Pides mucho, mujer. ¿No te basta con el cariño y el respeto? En los tiempos que corren, eso es más que suficiente. Nunca te voy a imponer una relación que no desees, Roser.

—¿Qué significa eso? ¿Que no te vas a acostar conmigo?

—Eso mismo, Roser. No soy un sinvergüenza.

Y así, en poco rato en el banco de la plaza, tomaron la decisión que habría de marcar el resto de sus vidas y también la del niño. En la huida precipitada, muchos desterrados llegaron a Francia sin documentos de identidad y otros los perdieron por el camino o en los campos de concentración, pero ellos tenían los suyos. Los amigos cuáqueros sirvieron como testigos del matrimonio en una breve ceremonia en el ayuntamiento. Víctor había lustrado sus zapatos nuevos y lucía una corbata prestada; Roser, con los ojos hinchados de tanto llorar, pero tranquila, se había puesto su mejor vestido y un sombrero primaveral. Después de casarse, registraron al niño como Marcel Dalmau Bruguera. Ese sería su nombre si su padre viviera. Celebraron con una cena especial en la pequeña maternidad de Elisabeth Eidenbenz, que culminó con una tarta de crema chantillí. Los esposos partieron el pastel y lo distribuyeron equitativamente entre los presentes.

Tal como Víctor le había anunciado a Pablo Neruda, a los tres días exactos volvió a la oficina de la legación chilena en París y le puso sobre el escritorio su certificado de matrimonio y el de nacimiento de su hijo. Neruda levantó su mirada de párpados somnolientos y lo examinó durante largos segundos, intrigado.

—Veo que tiene imaginación de poeta, joven. Bienvenido a Chile —dijo finalmente, poniendo su timbre en la solicitud—. ¿Dice que su mujer es pianista?

—Sí, señor. Y también costurera.

—Tenemos costureras en Chile, pero pianistas nos hacen falta. Preséntese con su mujer y su hijo en el muelle de Trompeloup, en Burdeos, el viernes muy temprano. Partirán en el *Winnipeg* al anochecer.

—No tenemos dinero para el pasaje, señor...

—Nadie lo tiene. Ya veremos. Y olvídese del pago de la visa chilena, que algunos cónsules pretenden cobrar. Me parece repugnante cobrarles visa a los refugiados. Eso también lo veremos en Burdeos.

Ese día de verano, 4 de agosto de 1939, en Burdeos, quedaría para siempre en la memoria de Víctor Dalmau, Roser Bruguera y otros dos mil y tantos españoles que partían a ese país larguirucho de América del Sur, aferrado a las montañas para no caerse al mar, del que nada sabían. Neruda habría de definirlo como un *«largo pétalo de mar y vino y nieve...»* con una *«cinta de espuma blanca y negra»*, pero eso no les habría aclarado su destino a los desterrados. En el mapa Chile era delgado y remoto. La plaza de Burdeos hervía de gente, una multitud inmensa que crecía por minutos, medio sofocada de calor, bajo un cielo azulísimo. Iban llegando trenes, camiones y otros vehículos llenos de gente, la mayoría salida directamente de los campos de concentración, hambrienta, débil, sin haber tenido oportunidad de lavarse. Como los hombres habían permanecido separados durante meses de las mujeres y los niños, los encuentros entre parejas y familias eran un delirio de drama y emoción. Se descolgaban de las ventanillas, se llamaban a gritos, se reconocían y se abrazaban llorando. Un padre que creía muerto a su hijo en el Ebro, dos hermanos que nada sabían el uno del otro desde el frente de Madrid, un curtido soldado que descubría a su mujer y a sus hijos, a quienes no esperaba volver a ver. Y todo esto en perfecto orden, con un instinto natural de disciplina que allanó la tarea de los guardias franceses.

Pablo Neruda, vestido de blanco de pies a cabeza, con su esposa, Delia del Carril, ataviada también de blanco y con un gran sombrero de alas, dirigía las maniobras de identificación, sanidad y selección, como un semidiós, ayudado por cónsules, secretarios y amigos instalados en largos mesones. La autorización quedaba lista con su firma en tinta verde y un timbre del Servicio de Evacuación de Refugiados Españoles. Neruda resolvió el problema de las visas con una visa colectiva. Los españoles se colocaban en grupos, les tomaban una foto, que revelaban apuradamente, después alguien cortaba los rostros de la foto y los pegaba en la autorización. Voluntarios caritativos repartían una merienda y útiles de aseo a cada persona. Los trescientos cincuenta niños recibieron un ajuar completo, a cargo de cuya distribución estaba Elisabeth Eidenbenz.

Era el día de la partida y todavía al poeta le faltaba bastante dinero para pagar aquel traslado masivo que el gobierno de Chile rehusó costear, porque era imposible justificarlo ante una opinión pública hostil y dividida. Entonces, inesperadamente, se presentaron en el muelle un pequeño grupo de personas muy formales dispuestas a pagar la mitad de cada pasaje. Roser los vio de lejos, le puso al niño en los brazos a Víctor, abandonó la fila y corrió a saludarlos. En el grupo estaban los cuáqueros que la habían acogido. Venían en nombre de su comunidad a cumplir con el deber, que se habían impuesto desde sus orígenes en el siglo XVII, de servir a la humanidad y promover la paz. Roser les repitió lo que había oído de Elisabeth: «Ustedes siempre están donde más se necesitan».

Víctor, Roser y el niño subieron de los primeros por la pasarela. Era un viejo barco de unas cinco mil toneladas, que transportaba carga de África y había servido para llevar tropas en la Primera Guerra Mundial. Estaba concebido para veinte marineros en trayectos cortos y lo acondicionaron para llevar a más de dos mil personas durante un mes. Habían construido deprisa literas triples de madera en las bodegas, y habían instalado cocina, comedor y una enfermería con tres médicos. A bordo les asignaron sus dormitorios, Víctor con los hombres en la proa y Roser con las mujeres y niños en la popa.

En las horas siguientes terminaron de subir los afortunados pasajeros; en tierra quedaron cientos de refugiados que no tuvieron cabida. Al anochecer, con la marea alta, el *Winnipeg* levó anclas. En la cubierta unos lloraban en silencio y otros entonaban en catalán, con la mano en el pecho, la canción del emigrante: «*Dolça Catalunya, / pàtria del meu cor, / quan de tu s'allunya / d'enyorança es mor*». Tal vez presentían que no volverían nunca a su tierra. Desde el muelle, Pablo Neruda los despidió agitando un pañuelo hasta que se perdieron de vista. También para él ese día sería inolvidable y años más tarde escribiría: «*Que la crítica borre toda mi poesía, si le parece. Pero este poema, que hoy recuerdo, no podrá borrarlo nadie*».

Las literas eran como nichos en un cementerio; había que trepar a gatas y permanecer acostados sin moverse en colchonetas rellenas con paja, que parecían un lujo comparadas con las madrigueras en la arena mojada de los campos de concentración. Contaban con un excusado por cada cincuenta personas y había tres turnos en el comedor, que se respetaban sin chistar. Quienes venían de la miseria y el hambre se hallaban en el paraíso: llevaban meses sin probar un plato caliente y en el barco la comida era muy simple pero sabrosa; además podían repetir el plato de legumbres cuantas veces desearan; habían vivido atormentados por piojos y chinches y allí podían lavarse en palanganas con agua fresca y jabón; habían estado presos en la desesperación y ahora navegaban hacia la libertad. ¡Hasta tabaco había! Y cerveza o licor en un pequeño bar para quienes pudieran pagarlo. Casi todos los pasajeros se ofrecieron para colaborar con las faenas de a bordo, desde operar las máquinas hasta pelar patatas y cepillar la cubierta. En la primera mañana Víctor se puso a las órdenes de los médicos en la enfermería. Le dieron la bienvenida, le dejaron una bata blanca y le informaron de que varios refugiados tenían síntomas de disentería, bronquitis y había un par de casos de tifus que habían escapado a la atención del servicio de sanidad.

Las mujeres se organizaron para el cuidado de los niños. Habían delimitado un espacio en la cubierta, protegido con barandas, destinado a jardín infantil y escuela. Desde el primer día hubo guardería, juegos, arte, ejercicio y clases, hora y media por la mañana y hora y media por la tarde. Roser se mareó, como casi todos los demás, pero apenas pudo levantarse se dispuso a enseñar música a los pequeños con un xilófono y tambores improvisados con baldes. En eso estaba cuando llegó el segundo de a bordo, un francés del Partido Comunista, con la buena nueva de que Neruda había hecho llevar un piano y dos acordeones a bordo para ella y otros que supieran tocarlos. Algunos pasajeros disponían de un par de guitarras y un clarinete. Desde ese momento hubo música para los niños, conciertos y bailes para los adultos, además del enérgico coro de los vascos.

Cincuenta años después, cuando Víctor Dalmau fue entrevistado en televisión para narrar la odisea de su exilio, hablaría del *Winnipeg* como la nave de la esperanza.

Para Víctor Dalmau el viaje resultó una placentera vacación, pero Roser, que había pasado meses cómodamente en casa de sus amigos cuáqueros, sufrió al principio con el hacinamiento y el mal olor. No se le ocurrió mencionarlo, habría sido el colmo de la descortesía, y pronto se acostumbró al punto de no notarlos. Colocó a Marcel en una improvisada mochila y andaba siempre con él pegado a la espalda, incluso mientras tocaba el piano; se turnaba con Víctor, quien también lo cargaba cuando no estaba en la enfermería. Ella era la única que podía amamantar a su crío, las otras madres, desnutridas como estaban, contaban con un impecable servicio de biberones para los cuarenta infantes de a bordo. Varias mujeres ofrecieron lavarle la ropa y los pañales a Roser para que no se dañara las manos. Una campesina curtida por años de trabajo pesado, madre de siete niños, le examinaba las manos maravillada, sin entender cómo podía sacarle música al piano sin mirar las teclas. Esos dedos eran mágicos. Su marido era trabajador del corcho antes de la guerra y cuando Neruda le hizo ver que en Chile no había alcornoques, él replicó secamente: «Pues los habrá». Al poeta le pareció una respuesta espléndida y lo embarcó junto a pescadores, campesinos, obreros manuales, trabajadores y también intelectuales, a pesar de las instrucciones del gobierno chileno de evitar a personas con ideas. Neruda hizo caso omiso de esa orden; era una sandez dejar atrás a los hombres y mujeres que habían defendido heroicamente sus ideas. Secretamente esperaba que sacudieran la modorra insular de su patria.

La vida transcurría en la cubierta hasta muy tarde, porque abajo había pésima ventilación y el espacio era tan estrecho que apenas se podía circular. Los pasajeros crearon un periódico con las noticias del mundo, que empeoraban día a día a medida que Hitler iba tragando más territorio. A los diecinueve días de navegación, cuando se supo del pacto de no agresión entre la Unión Soviética y la Alemania nazi firmado el 23 de agosto, muchos comunistas que habían luchado contra el fascismo se sintieron profundamente traicionados. Las divisiones políticas que habían fracturado al gobierno de la República se mantuvieron a bordo; a veces estallaban peleas por culpas y resentimientos pasados, que eran rápidamente sofocadas por otros pasajeros antes de que interviniera el capitán Pupin, hombre de derecha sin ninguna simpatía por los pasajeros a su cargo, pero con un inalterable sentido del deber. Los españoles, que no conocían ese aspecto de su carácter, sospechaban que podía traicionarlos, cambiar rumbo y llevarlos de vuelta a Europa. Lo observaban con la misma atención con que observaban el curso de la navegación. El segundo oficial y la mayoría de los marineros eran comunistas; ellos también tenían a Pupin en la mira.

Las tardes se ocupaban con recitales de Roser, coros, bailes, juegos de cartas y dominó. Víctor organizó un club de ajedrez para quienes supieran jugar y quienes quisieran aprender. El ajedrez lo había salvado de la desesperación en los ratos perdidos de la guerra y el campo de concentración, cuando el alma ya no daba para más y le venía la tentación de echarse por tierra como un perro y dejarse morir. En esos momentos, si no tenía un contrincante, jugaba de memoria contra sí mismo con un tablero y piezas invisibles. En el barco también ofrecían conferencias sobre ciencia y otros temas, pero nada de política, porque el compromiso con el gobierno chileno era abstenerse de propagar doctrinas capaces de instigar una revolución. «En otras palabras, señores, no vengan a revolvernos el gallinero», resumió uno de los pocos chilenos que viajaban en el *Winnipeg*. Los chilenos daban charlas a los demás como preparación para lo que iban a encontrar. Neruda les había entregado un breve folleto y una carta bastante realista sobre el país: «*Españoles: Tal vez de toda la vasta América fue Chile para vosotros la región más remota. También lo fue para vuestros antepasados. Muchos peligros y mucha miseria sobrellevaron los conquistadores españoles. Durante trescientos años vivieron en continua batalla contra los indomables araucanos. De aquella dura existencia queda una raza acostumbrada a las dificultades de la vida. Chile dista mucho de ser un paraíso. Nuestra tierra sólo entrega su esfuerzo a quien la trabaja duramente*». Esa advertencia y otras de los chilenos no asustaron a nadie. Les explicaron que Chile les había abierto las puertas gracias al gobierno populista del presidente Pedro Aguirre Cerda, quien había desafiado a los partidos de oposición y aguantado la campaña de terror de la derecha y de la Iglesia católica. «Es decir, allá tendremos a los mismos enemigos que teníamos en España», observó Víctor. Eso inspiró a varios artistas a pintar un lienzo gigantesco en homenaje al presidente chileno.

Se enteraron de que Chile era un país pobretón, cuya economía se basaba en la minería, sobre todo del cobre, pero había mucha tierra fértil, miles de kilómetros de costa para la pesca, bosques infinitos y espacios casi despoblados para establecerse y prosperar. La naturaleza era prodigiosa, desde el desierto lunar del norte, hasta los glaciares del sur. Los chilenos estaban acostumbrados a la escasez y a las catástrofes naturales, como los terremotos, que solían destruir todo y dejar un rosario de muertos y damnificados, pero a los desterrados eso les pareció un mal menor comparado con lo que habían vivido y lo que sería España bajo la férula de Franco. Les dijeron que se prepararan para retribuir, porque iban a recibir mucho; a los chilenos las penurias colectivas no los hacían amargos, sino hospitalarios y generosos, estaban siempre dispuestos a abrir los brazos y sus hogares. «Hoy por mí, mañana por ti», ese era el lema. Y también aconsejaron a los solteros cuidarse de las chilenas, porque a quien le ponían el ojo encima, no tenía escapatoria. Eran seductoras, fuertes y mandonas, una combinación letal. Todo esto sonaba como fantasía.

A los dos días de viaje, Víctor intervino en el nacimiento de una niña en la enfermería. Había visto las heridas más atroces y la muerte en todas sus formas, pero no le había tocado presenciar el comienzo de una vida y cuando pusieron a la recién nacida en el pecho de su madre, le costó disimular las lágrimas. El capitán extendió el acta de nacimiento de Agnes América Winnipeg. Una mañana, el hombre que ocupaba una de las literas superiores en el dormitorio de Víctor, no acudió al desayuno. Creyéndolo dormido, nadie fue a molestarlo hasta el mediodía, cuando llegó Víctor a sacudirlo para el almuerzo y lo encontró muerto. Esta vez el capitán Pupin tuvo que extender un certificado de defunción. Esa tarde, en una breve ceremonia, lanzaron al mar el cuerpo envuelto en una lona. Lo despidieron sus camaradas formados en la cubierta, entonando con el coro de los vascos una canción de la guerra. «Ya ves, Víctor, cómo la vida y la muerte andan siempre de la mano», comentó Roser, conmovida.

Las parejas soslayaron el inconveniente de la falta de privacidad utilizando los botes salvavidas. Debían turnarse ordenadamente para el amor, como se turnaban para todo, y mientras los enamorados disfrutaban del bote, un amigo montaba guardia para advertir al resto de los pasajeros y distraer a cualquier miembro de la tripulación que se acercara. Al saberse que Víctor y Roser estaban recién casados, más de uno les cedió su turno, que ellos rechazaron con efusivas muestras de agradecimiento; pero como habría levantado sospechas pasar el mes completo sin manifestar ninguna urgencia amorosa, en un par de ocasiones fueron al lugar de los amores separadamente, como hacían todas las parejas de acuerdo con un protocolo tácito, ella colorada de vergüenza y él sintiéndose como un idiota, mientras un voluntario paseaba a Marcel por la cubierta. El interior del bote era sofocante, incómodo y olía a bacalao podrido, pero la posibilidad de estar solos y conversar en susurros sin testigos los unió más que si hubieran hecho el amor. Tendidos lado a lado, ella con la cabeza en el hombro de él, hablaron de los ausentes, Guillem y Carme, a quien no querían imaginar muerta, especularon sobre la tierra desconocida que los esperaba en el fin del mundo y planearon el futuro. En Chile tratarían de establecerse y conseguir trabajo en lo que fuera, eso era lo más apremiante; después podrían divorciarse y ambos quedarían libres. La conversación los puso tristes. Roser le pidió que siempre siguieran siendo amigos, ya que él era la única familia que les quedaba a ella y a su hijo. No se sentía parte de su familia original en Santa Fe, que había visitado en muy escasas ocasiones desde que Santiago Guzmán se la llevó a vivir con él y con la cual ya nada tenía en común. Víctor le reiteró la promesa de ser un buen padre para Marcel. «Mientras yo pueda trabajar, a vosotros nada os va a faltar», agregó. Ella no se refería a ese punto, porque se sentía plenamente capaz de mantenerse sola y sacar adelante al niño, pero prefirió callarse. Ambos evitaban ahondar en temas sentimentales.

La primera escala fue en la isla de Guadalupe, posesión francesa, para abastecer el barco de víveres y agua; siguieron navegando hasta Panamá, siempre alertas ante la posibilidad de cruzarse con submarinos alemanes. Allí se detuvieron muchas horas sin saber qué ocurría, hasta que escucharon por los altoparlantes que habían tropezado con problemas administrativos. Eso casi provocó una revuelta entre los viajeros, convencidos de que el capitán Pupin había encontrado un buen pretexto para regresar a Francia. A Víctor y otros dos hombres, escogidos por su ecuanimidad, les asignaron la tarea de averiguar lo que ocurría y negociar una solución. Pupin, de muy mal humor, les explicó que la culpa era de los organizadores del viaje, que no habían pagado los derechos del canal, y ahora él estaba perdiendo tiempo y dinero en ese infierno. ¿Sabían cuánto costaba nada más que mantener a flote al *Winnipeg*? En resolver el problema se perdieron cinco días de angustiosa espera, apiñados en el barco con un calor de fragua, hasta que por fin les dieron el pase y entraron en la primera esclusa. Víctor, Roser y los otros pasajeros y tripulantes observaron maravillados el sistema de compuertas que los llevaba del Atlántico al Pacífico. Las maniobras eran un prodigio de precisión en un espacio tan ajustado que desde la cubierta podían conversar con los hombres que trabajaban en tierra a ambos lados del barco. Dos de ellos resultaron ser vascos y fueron agasajados por el coro de sus compatriotas del *Winnipeg* cantando en euskera. En Panamá los refugiados sintieron el alejamiento definitivo de Europa; el canal los separaba de su tierra y del pasado.

—¿Cuándo podremos volver a España? —le preguntó Roser a Víctor.

—Pronto, espero, el Caudillo no será eterno. Pero todo depende de la guerra.

—¿Por qué?

—La guerra es inminente, Roser. Será una guerra de ideología y de principios, una guerra entre dos maneras de entender el mundo y la vida, una guerra de la democracia contra nazis y fascistas, una guerra entre libertad y autoritarismo.

—Franco pondrá a España en el bando de Hitler. ¿En qué bando estará la Unión Soviética?

—Es una democracia del proletariado, pero no confío en Stalin. Puede aliarse con Hitler y puede convertirse en un tirano peor que Franco.

—Los alemanes son invencibles, Víctor.

—Eso dicen. Habrá que verlo.

A los viajeros que navegaban por primera vez por el océano Pacífico, les sorprendió el nombre, porque de pacífico tenía poco. Roser, como muchos otros que se creían curados del mareo inicial, volvió a caer fulminada por la furia de las olas, pero a Víctor lo afectó poco, porque pasó la turbulencia ocupado en la enfermería con el nacimiento de otro niño. Después de dejar atrás Colombia y Ecuador, entraron en las aguas territoriales de Perú. La temperatura había descendido, estaban en el invierno del hemisferio sur, y una vez que pasó el calor tremendo, que había sido lo peor del hacinamiento a bordo, el ánimo de los pasajeros mejoró mucho. Estaban lejos de los alemanes y había menos probabilidades de que el capitán Pupin cambiara de rumbo. Se iban acercando a su destino con una mezcla de esperanza y aprensión. Por las noticias del telégrafo sabían que en Chile las opiniones estaban divididas y su situación era motivo de apasionadas discusiones en el Congreso y la prensa, pero también se enteraron de que había planes para ayudarlos con hospedaje y trabajo por parte del gobierno, de partidos políticos de izquierda, de sindicatos y de agrupaciones de inmigrantes españoles llegados mucho antes al país. No estarían desamparados.

VI

1939-1940

Delgada es nuestra patria
y en su desnudo filo de cuchillo
arde nuestra bandera delicada.

PABLO NERUDA,
«Sí, camarada, es hora de jardín»,
El mar y las campanas

A fines de agosto el *Winnipeg* llegó a Arica, el primer puerto en el norte de Chile, muy diferente a la idea que los refugiados tenían de un país sudamericano: nada de jungla lujuriante o de luminosas playas con cocoteros; se parecía mas bien al Sáhara. Les dijeron que tenía clima templado y era el lugar habitado más seco de la Tierra. Pudieron ver la costa desde el mar y a lo lejos una cadena de montañas moradas como brochazos de acuarela contra un cielo límpido color espliego. El barco se detuvo en alta mar y pronto se aproximó un bote con funcionarios de Inmigración y del Departamento Consular de la Cancillería, que subieron a bordo. El capitán les cedió su oficina para que procedieran a entrevistar a los pasajeros, extenderles documentos de identidad y visas e indicarles en qué lugar del país iban a residir, según sus ocupaciones.

Víctor y Roser, con Marcel en brazos, se presentaron en el estrecho camarote del capitán, ante un joven funcionario consular, Matías Eyzaguirre, quien estampaba la visa en cada documento y ponía su firma.

—Aquí dice que su residencia será en la provincia de Talca —les explicó—. Eso de indicarles dónde deben establecerse es una tontería de los de Inmigración. En Chile hay libertad absoluta de movimiento. No hagan caso de eso, vayan a donde quieran.

—¿Usted es vasco, señor? Por el apellido, digo —le preguntó Víctor.

—Mis bisabuelos eran vascos. Aquí todos somos chilenos. Bienvenidos a Chile.

Matías Eyzaguirre había emprendido el viaje a Arica en tren para alcanzar al *Winnipeg*, que llegó con días de atraso por el problema en Panamá. Era uno de los empleados más jóvenes del departamento y le tocó acompañar a su jefe. Ninguno de los dos iba de buena gana, porque estaban en total desacuerdo con la idea de aceptar en Chile a los refugiados, esa manada de rojos, ateos y posiblemente criminales, que venían a quitarles el trabajo a los chilenos justamente cuando había una grave cesantía y el país no se había recuperado de la depresión económica ni del terremoto; pero cumplían con su deber. En el puerto los subieron en un bote enclenque y desafiando a las olas los llevaron al barco, donde debieron trepar por una escalera de cuerdas sacudida por el viento, empujados desde abajo por unos marineros franceses de lo más rudos. Arriba los recibió el capitán Pupin con una botella de coñac y cigarros cubanos. Los funcionarios sabían que Pupin había hecho ese viaje a contrapelo y detestaba a su carga, pero se llevaron una sorpresa con el hombre. Resultó que en el mes de convivencia con los españoles, Pupin fue cambiando de opinión respecto a ellos, aunque mantuvo intactas sus convicciones políticas. «Esta gente ha sufrido mucho, señores. Son personas de buena moral, ordenados y respetuosos, vienen a su país dispuestos a trabajar y rehacer sus vidas», les dijo.

Matías Eyzaguirre provenía de una familia que se consideraba aristocrática, de un ambiente católico y conservador, opuesto a la inmigración, pero al encontrarse cara a cara con cada uno de esos refugiados, hombres, mujeres y niños, adquirió una perspectiva diferente de la situación, como Pupin. Se había educado en un colegio religioso y vivía protegido por los privilegios de su clase. Su abuelo y su padre fueron jueces de la Corte Suprema y dos de sus hermanos eran abogados, de modo que él estudió leyes, como se esperaba en su familia, aunque no estaba hecho para esa profesión. Alcanzó a ir a la universidad esforzadamente un par de años y después entró en la Cancillería gracias a los contactos de su familia. Empezó desde abajo y a los veinticuatro años, cuando le tocó estampar visas en el *Winnipeg*, ya había probado tener pasta de buen funcionario y diplomático. Al cabo de un par de meses saldría para Paraguay en su primera misión y esperaba hacerlo casado, o por lo menos de novio, con su prima Ofelia del Solar.

Una vez resuelta la documentación, una docena de pasajeros fueron desembarcados porque había trabajo para ellos en el norte, y el *Winnipeg* navegó hacia el sur de ese «largo pétalo» de Neruda. A bordo, una expectación callada se iba apoderando de los españoles. El 2 de septiembre vieron el perfil de Valparaíso, su destino final, y al anochecer el barco fondeó frente al puerto. La ansiedad a bordo rayaba en el delirio colectivo, más de dos mil rostros anhelantes se agolparon en la cubierta superior esperando el momento de pisar esa tierra desconocida, pero las autoridades portuarias decidieron que el desembarco se haría al día siguiente con luz de amanecida y en calma. Millares de luces temblorosas del puerto y de las viviendas de los altos cerros de Valparaíso competían con las estrellas, de modo que no se sabía dónde terminaba el paraíso prometido y dónde comenzaba el cielo. Era una ciudad estrafalaria de escaleras y ascensores y calles angostas para burros, de viviendas locas colgando de laderas empinadas, llena de perros vagos, pobretona y sucia, una ciudad de comerciantes, marineros y vicios, como casi todos los puertos, pero maravillosa. Desde el barco brillaba como una ciudad mítica salpicada de diamantes. Nadie se acostó esa noche; se quedaron en la cubierta admirando aquel espectáculo mágico y contando las horas. Víctor habría de recordar esa noche como una de las más hermosas de su vida. Por la mañana el *Winnipeg* atracó por fin en Chile, con un gigantesco retrato del presidente Pedro Aguirre Cerda pintado en un lienzo y una bandera chilena colgados a un costado.

Nadie a bordo esperaba la acogida que recibieron. Tanto les habían advertido de la campaña de desprestigio de la derecha, de la oposición cerrada de la Iglesia católica y de la proverbial sobriedad de los chilenos, que en los primeros momentos no comprendieron qué sucedía en el puerto. La multitud apiñada detrás de cordones de contención, con pancartas y banderas de España, de la República, de Euskadi y de Cataluña, los vitoreaba en un solo clamor ronco de bienvenida. Una banda musical tocaba los himnos de Chile y de la España republicana, así como *La Internacional,* coreados por cientos de voces. La canción nacional de Chile resumía en pocas líneas, algo sentimentales, el espíritu hospitalario y la vocación de libertad del país que los recibía: «*Dulce patria, recibe los votos / con que Chile en tus aras juró, / que o la tumba serás de los libres, / o el asilo contra la opresión*». En la cubierta, los rudos combatientes, que tantas pruebas brutales habían sufrido, lloraban. A las nueve comenzó el desembarco en fila india por una pasarela. Abajo, cada refugiado pasó primero frente a una tienda de Sanidad para ser vacunado y después cayó en brazos de Chile, como lo expresaría años más tarde Víctor Dalmau, cuando pudo darle las gracias personalmente a Pablo Neruda.

Aquel 3 de septiembre de 1939, el día esplendoroso de la llegada a Chile de los desterrados españoles, estalló la Segunda Guerra Mundial en Europa.

Felipe del Solar había hecho el viaje al puerto de Valparaíso el día anterior a la llegada del *Winnipeg,* porque deseaba estar presente en ese evento histórico, como lo definió. Según sus compinches del Club de Los Furiosos, era un exagerado. Decían que su fervor por los refugiados se debía menos a su buen corazón que a las ganas de llevarles la contra a su padre y a su clan. Pasó buena parte del día saludando a los recién llegados, mezclándose con la gente que los había ido a recibir y conversando con los conocidos que encontró. Entre la muchedumbre entusiasta del muelle había autoridades del gobierno, representantes de los trabajadores y las colonias catalana y vasca, con quienes había estado en contacto durante los últimos meses para preparar la llegada del *Winnipeg,* artistas, intelectuales, periodistas y políticos. Entre ellos se hallaba un médico de Valparaíso, Salvador Allende, dirigente socialista que al cabo de unos días fue nombrado ministro de Salud y tres décadas más tarde sería presidente de Chile. A pesar de su juventud, era un personaje destacado en los medios políticos, admirado por unos, rechazado por otros y respetado por todos. Había participado en más de una ocasión en las tertulias de Los Furiosos y al reconocer a Felipe del Solar entre la multitud, lo saludó desde lejos.

Felipe había conseguido invitación para subir al tren especial que transportó a los viajeros de Valparaíso a Santiago. Allí dispuso de varias horas para aprender de primera mano lo sucedido en España, que sólo conocía por la prensa y los testimonios de unos pocos, como Pablo Neruda. Vista desde Chile, la Guerra Civil era un acontecimiento tan remoto como si hubiera ocurrido en otra época. El tren avanzaba sin detenerse, pero pasaba muy lentamente frente a las estaciones de los pueblos del camino, porque en cada una había un gentío saludando a los recién llegados con banderas, canciones y empanadas o pasteles, que les entregaban por las ventanillas, corriendo junto a los vagones. En Santiago los esperaba una muchedumbre frenética en la estación, tan densa que era imposible circular; había gente subida en las columnas y colgada de las vigas saludando a gritos, cantando y lanzando flores al aire. Fue tarea de los carabineros sacar a los españoles de la estación para llevarlos a la cena, con un contundente menú chileno, que había preparado el Comité de Recepción.

En el tren, Felipe del Solar había escuchado diferentes historias unidas por el hilo común de la desgracia. Terminó entre dos carros, fumando con Víctor Dalmau, quien le dio su perspectiva de la guerra desde la sangre y la muerte de las estaciones de primeros auxilios y los hospitales de evacuación.

—Lo que padecimos en España es una muestra de lo que van a sufrir en Europa —concluyó Víctor—. Los alemanes probaron su armamento con nosotros, dejaron pueblos enteros reducidos a escombro. En Europa será peor.

—Por el momento sólo Inglaterra y Francia le hacen frente a Hitler, pero seguramente contarán con aliados. Los americanos tendrán que pronunciarse —dijo Felipe.

—¿Y cuál será la posición de Chile? —le preguntó Roser, que se había acercado con su niño a la espalda en la misma mochila que había usado durante meses.

—Esta es Roser, mi mujer —la presentó Víctor.

—Encantado, señora. Felipe del Solar, para servirla. Su marido me habló de usted. Pianista, ¿verdad?

—Sí. Trátame de tú —dijo Roser y le repitió la pregunta.

Felipe le habló de la numerosa colonia alemana, establecida en el país desde hacía varias décadas, y citó a los nazis chilenos, pero agregó que no había nada que temer. Seguramente Chile se mantendría neutral en la guerra. Compartió con ellos la lista de industriales y empresarios que deseaban darles trabajo a algunos españoles de acuerdo con sus habilidades, pero ninguno de esos empleos le calzaba a Víctor. No podría dedicarse a lo único que sabía sin un diploma. Felipe le aconsejó que se inscribiera en la Universidad de Chile, gratuita y muy prestigiosa, y estudiara medicina. Tal vez le reconocerían los cursos hechos en Barcelona y los conocimientos adquiridos en la guerra, pero aun así iba a costarle años obtener su título.

—Lo primero es ganarme la vida —replicó Víctor—. Trataré de conseguir un empleo nocturno para estudiar de día.

—Yo también necesito trabajo —apuntó Roser.

—Para ti será fácil. Siempre necesitamos pianistas por estos lados.

—Eso dijo Neruda —añadió Víctor.

—Por el momento vendrán a vivir a mi casa —decidió Felipe.

Disponía de dos habitaciones libres y, anticipando la llegada del *Winnipeg*, había contratado más personal doméstico; contaba con una cocinera y dos empleadas; así evitaba más problemas con Juana. Las llaves de los cuartos vacíos de la casa paterna, que la buena mujer no soltaba, fue el único motivo de pelea que habían tenido en veintitantos años, pero se querían demasiado como para permitir que eso los separara. Cuando llegó el telegrama de su padre desde París, dejando claro que ningún rojo pisaría su casa, Felipe ya había resuelto organizarse para recibir a algunos españoles bajo su techo. La familia Dalmau le pareció ideal.

—Te lo agradezco mucho, pero entiendo que el Comité de Refugiados nos ha conseguido alojamiento en una pensión y pagarán los seis primeros meses —dijo Víctor.

—Tengo un piano y paso el día en mi bufete. Podrás tocarlo cuanto quieras sin que nadie te moleste, Roser.

Ese fue el argumento definitivo. La casa, en un barrio que a los huéspedes les pareció tan señorial como el mejor de Barcelona, era elegante por fuera y estaba casi vacía por dentro, porque Felipe sólo había adquirido los muebles indispensables; detestaba el estilo rebuscado de sus padres. No había cortinas en las ventanas de vidrios biselados ni alfombras sobre los pisos de parquet, ni un florero o una planta a la vista y las paredes permanecían desnudas, pero a pesar de la escasa decoración emanaba un aire de innegable refinamiento. Les ofrecieron dos habitaciones, un baño y la atención exclusiva de una de las empleadas a quien Felipe le asignó el papel de niñera. Marcel tendría quien lo cuidara mientras sus padres trabajaban.

Dos días más tarde Felipe llevó a Roser a una emisora de radio, cuyo director era amigo suyo, y esa misma tarde la pusieron ante un piano para acompañar un programa. De paso anunciaron su talento de concertista y maestra de música. Nunca habría de faltarle trabajo. A Víctor le consiguió empleo en el bar del Club Hípico con el mismo sistema tradicional entre conocidos, donde el mérito contaba mucho menos que el compadrazgo. El turno era de siete de la tarde a dos de la madrugada; eso le permitiría estudiar apenas pudiera inscribirse en la Escuela de Medicina, que según Felipe iba a ser muy fácil, porque el rector era pariente de la familia de su madre, los Vizcarra. Víctor comenzó acarreando cajas de cerveza y lavando vasos, hasta que aprendió a diferenciar vinos y preparar cócteles. Entonces lo pusieron detrás de la barra, donde debía presentarse de traje oscuro, camisa blanca y corbata de pajarita. Sólo tenía una muda de ropa interior y el traje comprado con el dinero de Aitor Ibarra al escapar de Argelès-sur-Mer, pero Felipe puso su ropero a su disposición.

Juana Nancucheo aguantó una semana sin preguntar por los alojados de Felipe, hasta que la curiosidad pudo más que el orgullo y, provista de una bandeja de bollos recién horneados, fue a husmear. Le abrió la puerta la nueva mucama con un niño en brazos. «Los patrones no están», dijo. Juana la hizo a un lado de un empujón y entró con largos pasos. Inspeccionó todo de arriba abajo, comprobando que los rojos, como los llamaba don Isidro, eran bastante limpios y ordenados; destapó las ollas en la cocina y le dio instrucciones a la niñera, a quien juzgó demasiado joven y con cara de boba: «¿Dónde anda callejeando la madre del mocoso? Bien bueno eso de tener hijos y dejarlos tirados. Simpático, el Marcelito, no se puede negar. Ojos grandes, rollizo y nada tímido, me echó los brazos al cuello y se me colgó de la trenza», le contó más tarde a Felipe.

El 4 de septiembre en París, Isidro del Solar estaba preparando a su mujer para comunicarle su decisión sobre el colegio de señoritas en Londres, donde ya había inscrito a Ofelia, cuando los sorprendió la noticia de que había comenzado la guerra. El conflicto se veía venir desde hacía meses, pero él se las había arreglado para descartar el temor colectivo porque interfería con sus vacaciones. La prensa exageraba. El mundo siempre estaba al borde de algún problema bélico, qué necesidad había de angustiarse por eso, pero le bastó asomarse a la puerta de su habitación para adivinar la gravedad de lo ocurrido. Se encontró con una actividad frenética, los empleados del hotel corrían con maletas y baúles, los huéspedes se empujaban, las damas con sus perritos falderos, los señores peleando por los taxis disponibles, los niños confundidos y llorando. En la calle también reinaba un alboroto de batalla: media ciudad pretendía escapar al campo hasta que se aclararan las cosas, el tráfico estaba detenido por la aglomeración de vehículos cargados de bultos hasta el techo intentando avanzar entre peatones apurados, sonaban instrucciones perentorias por altoparlantes y guardias a caballo procuraban mantener el orden. Isidro del Solar tuvo que aceptar que sus planes de volver a Londres tranquilamente, retirar el automóvil último modelo que había comprado para llevar a Chile y embarcarse en el *Reina del Pacífico*, se habían ido al diablo. Debía salir de Europa rápidamente. Llamó al embajador de Chile en Francia.

Pasaron tres días angustiosos antes de que la legación les consiguiera pasajes en el último barco chileno disponible, un carguero lleno a reventar con trescientos pasajeros, donde normalmente iban cincuenta. Para darles cabida a los Del Solar estuvieron a punto de bajar a una familia judía, que había pagado sus boletos y sobornado a un cónsul chileno con las joyas de la abuela para obtener las visas. Ya había sucedido que no dejaran subir a bordo a judíos o que el barco regresara con ellos al punto de partida, porque ningún país los aceptaba. Esa familia, como varias otras entre los pasajeros, había salido de Alemania después de sufrir tremendas vejaciones, sin derecho a llevar consigo nada de valor. Para ellos, alejarse de Europa era cuestión de vida o muerte. Ofelia los oyó suplicarle al capitán y se adelantó a cederles su cabina sin consultar con sus padres, aunque eso significaba compartir una angosta litera con su madre. «En tiempos de crisis hay que adaptarse», dijo Isidro, pero estaba incómodo con la mezcolanza de gente de varios pelajes, incluyendo sesenta judíos, la comida pésima de arroz y más arroz, la falta de agua para el baño, el susto de navegar a oscuras para ocultarse de los aviones. «No sé cómo vamos a soportar un mes apretados como sardinas en este cascarón oxidado», decía, mientras su mujer rezaba y su hija se mantenía ocupada entreteniendo a los niños y dibujando retratos y escenas de a bordo. Pronto Ofelia, inspirada por la proverbial generosidad de su hermano Felipe, distribuyó parte de su ropa entre los judíos que subieron sin más que lo puesto. «Tanto gastar en las tiendas para que esta chiquilla reparta lo que compramos, menos mal que su ajuar de novia está en los baúles de la bodega», masculló Isidro, sorprendido del gesto de esa hija suya que parecía tan frívola. Meses más tarde, Ofelia se enteraría de que la Segunda Guerra Mundial la salvó del colegio de señoritas.

La navegación en tiempos normales duraba veintiocho días, pero se hizo a toda máquina en veintidós, sorteando minas flotantes y evitando a los buques de guerra de ambos bandos. En teoría estaban a salvo porque iban bajo la bandera neutral de Chile, pero en la práctica podía haber un trágico malentendido y acabar hundidos por los alemanes o los aliados. En el canal de Panamá presenciaron medidas de protección extraordinarias contra sabotajes, redes de arrastre y buzos para recoger posibles bombas dejadas en las esclusas. Para Laura e Isidro del Solar el calor y los mosquitos eran un tormento, la incomodidad abrumadora y la angustia de la guerra los tenía con el estómago hecho un nudo, pero para Ofelia la experiencia era más divertida que el viaje en el *Reina del Pacífico*, con su aire acondicionado y sus orgías de chocolate.

Felipe los esperaba en Valparaíso con su automóvil y un camión alquilado, conducido por el chófer de la familia, para transportar el equipaje. Su hermana, que siempre le había parecido necia de carácter y cursi de aspecto, lo sorprendió. Se la veía mayor y más seria, se le había estirado el cuerpo y definido las facciones; ya no era la chica con cara de muñeca que se fue, sino una joven bastante interesante. De no ser su hermana, hubiera dicho que Ofelia era muy bonita. Matías Eyzaguirre también estaba en el puerto, con su automóvil y un ramo de rosas para su novia renuente. Como Felipe, se impresionó al ver a Ofelia. Siempre había sido atractiva, pero ahora le parecía preciosa y lo invadió la duda atroz de que llegara otro más inteligente o más rico y se la arrebatara. Decidió adelantar sus planes. Le anunciaría de inmediato la noticia de su primera misión diplomática y tan pronto estuvieran solos le ofrecería el anillo de brillantes que había sido de su bisabuela. Un sudor nervioso le empapaba la camisa, quién sabía cómo iba a reaccionar esa joven caprichosa con la perspectiva de casarse y vivir en Paraguay.

La caravana de dos coches y un camión pasó entre un grupo de unos veinte jóvenes con esvásticas protestando contra los judíos que viajaban a bordo y gritando insultos a quienes habían llegado a recibirlos. «Pobre gente, vienen escapando de Alemania y mira con lo que se encuentran aquí», comentó

Ofelia. «No les hagas caso. Los carabineros los van a dispersar», la tranquilizó Matías.

En el viaje a Santiago, cuatro horas por un camino de curvas sin pavimentar, Felipe, que iba con sus padres en uno de los automóviles, tuvo tiempo de contarles cómo los españoles se estaban adaptando de maravilla y en menos de un mes la mayoría de ellos estaban instalados y trabajando. Muchas familias chilenas los habían hospedado; era bochornoso que teniendo una casa grande con media docena de habitaciones vacías ellos no lo hicieran. «Ya sé que usted tiene a unos ateos comunistas en su casa. Se va a arrepentir», le advirtió Isidro. Felipe le aclaró que de comunistas nada, tal vez eran anarquistas, y en cuanto a lo de ateos, habría que averiguarlo. Les habló de los Dalmau, de cuán decentes y cultos eran, y del niño, que estaba enamorado de Juana. Isidro y Laura ya sabían que la fiel Juana Nancucheo los había traicionado, que iba a diario a ver a Marcel para supervisar su comida y sacarlo al parque a tomar el sol con Leonardo, en vista de que la madre era callejera, como decía, y no estaba nunca en la casa con la disculpa del piano, mientras el padre vivía metido en un bar. A Felipe le pareció prodigioso que sus padres hubieran obtenido tanta información en alta mar.

En diciembre Matías Eyzaguirre partió a Paraguay a las órdenes de un embajador déspota con los subalternos y servil con quienes lo superaban en la escala social. Matías entraba en esa categoría. Fue solo, porque Ofelia rechazó el anillo con el pretexto de haberle prometido a su padre permanecer soltera hasta los veintiún años. Matías sabía que si ella quisiera casarse, nadie se lo podría impedir, pero se resignó a esperar, con el riesgo que eso implicaba. A Ofelia le sobraban admiradores, pero sus futuros suegros le aseguraron que estaría muy bien cuidada. «Dele tiempo a la niña, es muy inmadura. Voy a rezar por ustedes, para que se casen y sean muy felices», le prometió doña Laura. Matías pensaba seducir definitivamente a Ofelia desde la distancia mediante una ininterrumpida correspondencia, un diluvio de cartas de amor, para eso existía el correo y él podía ser mucho más elocuente por escrito que de palabra. Paciencia. Amaba a Ofelia desde que eran unos críos, estaban hechos el uno para el otro, de eso no tenía duda.

Días antes de la Navidad, Isidro del Solar hizo traer del campo un cerdo criado con leche, como hacía cada año en esa fecha, y contrató a un matarife para que lo faenara en el tercer patio de la casa, lejos de la vista de Laura, Ofelia y el Bebe. Juana supervisó la transformación del infeliz animal en carne para asado, salchichas, chuletas, jamón y tocino. Estaba a cargo de la cena del 24 de diciembre, que reunía a la extensa familia, y de poner una Natividad en la chimenea con figuras de yeso traídas de Italia. Temprano por la mañana, cuando fue a llevarle el café a su patrón en la biblioteca, se le plantó al frente.

—¿Pasa algo, Juana?

—Según mi parecer, habría que invitar a los comunistas del niño Felipe.

Isidro del Solar levantó la vista del periódico y se quedó mirándola, perplejo.

—Lo digo por Marcelito —dijo ella.

—¿Quién?

—Usted sabe de quién le hablo, patrón. El mocosito, pues, el hijo de los comunistas.

—Los comunistas se abanican con la Navidad, Juana. No creen en Dios y les importa un bledo el Niño Jesús.

Juana ahogó un grito y se persignó. Felipe le había explicado un montón de tonterías de los comunistas sobre igualdad y lucha de clases, pero nunca había oído de alguien que no creyera en Dios y se abanicara con el Niño Jesús. Le costó un minuto entero recuperar el habla.

—Así será, patrón, pero el mocoso no tiene la culpa de eso. Según pienso, deberían comer aquí en la Nochebuena. Ya se lo dije al niño Felipe y está de acuerdo. También la señora Laura y la Ofelita.

Así fue como los Dalmau pasaron su primera Navidad en Chile con la familia Del Solar en pleno. Roser se puso el mismo vestido que cosió para su boda en Perpiñán, azul oscuro con aplicación de flores blancas en el cuello, y se recogió el pelo en la nuca con una red de mostacillas negras y un broche de azabache, que le había regalado Carme cuando supo que estaba esperando un hijo de Guillem. «Ya eres mi nuera, para eso no se requieren papeles», le dijo. Víctor se puso un terno de Felipe, que le quedaba un poco ancho y corto de perneras. Cuando llegaron a la casa de la calle Mar del Plata, Juana se apoderó de Marcel y se lo llevó a jugar con Leonardo, mientras Felipe empujaba a los Dalmau al salón para las presentaciones de rigor. Les había contado que en Chile las clases sociales son una torta de mil hojas, es fácil descender, pero casi imposible subir, porque el dinero no compra linaje. Las únicas excepciones eran el talento, como Pablo Neruda, y la belleza de ciertas mujeres. Ese había sido el caso de la abuela de Ofelia, hija de un modesto comerciante inglés, una beldad con porte de reina, que llegó a mejorar la raza, como decían sus descendientes, los Vizcarra. Si los Dalmau fueran chilenos, jamás hubieran sido invitados a la mesa de los Del Solar, pero como extranjeros exóticos, por el momento flotaban en el limbo. Si les iba bien, terminarían en alguna de las numerosas subclasificaciones de la clase media. Felipe les advirtió de que en casa de sus padres serían examinados como fieras del circo por gente conservadora, religiosa e intolerante, pero una vez superada la curiosidad inicial serían acogidos con la obligada hospitalidad chilena. Así fue. Nadie les preguntó por la Guerra Civil ni por las razones del exilio, en parte por ignorancia —según Felipe, apenas leían las páginas sociales del diario *El Mercurio*—, pero también por amabilidad; no deseaban incomodarlos. A Víctor le volvió de sopetón la timidez de su adolescencia, que creía superada, y permaneció de pie en un rincón del salón francés, entre dos sillones estilo Luis XV con tapizado de seda color musgo, mudo o contestando lo mínimo posible. Roser, en cambio, estaba a sus anchas y no se hizo de rogar para tocar canciones alegres en el piano, coreada por varios de los presentes que habían bebido una copa de más.

La más impresionada con los Dalmau fue Ofelia. Lo poco que sabía de ellos se basaba en comentarios de Juana e imaginaba a un par de tétricos funcionarios soviéticos, a pesar de que Matías le había contado su buena experiencia con los españoles en general cuando les estampó las visas en el *Winni-*

peg. Roser era una joven que irradiaba seguridad, sin asomo de vanidad o de arribismo. Le explicó a un corrillo de damas, todas de negro con un collar de perlas, el uniforme de las chilenas distinguidas, que había sido pastora de cabras, panadera y costurera antes de ganarse el sustento con el piano. Lo dijo con tal naturalidad, que fue celebrada como si hubiera hecho esos oficios por capricho. Después se sentó al piano y terminó de seducirlas. Ofelia sintió una mezcla de envidia y vergüenza al comparar su existencia de señorita ignorante y ociosa con la de Roser, quien era sólo un par de años mayor que ella, según le había dicho Felipe, pero había vivido tres vidas. Venía de la pobreza, había sobrevivido a una guerra perdida y sufrido la desolación del destierro, era madre y esposa, había cruzado los mares y llegado a tierra ajena con una mano delante y otra detrás, sin miedo a nada. Quiso ser digna, fuerte y valiente, quiso ser ella. Como si le hubiera adivinado el pensamiento, Roser se le acercó y estuvieron a solas un rato fumando en el balcón para escapar al calor. Para Roser, una Navidad en pleno verano resultaba incomprensible. Ofelia se sorprendió confesándole a esa desconocida su sueño de irse a París o a Buenos Aires y dedicarse a pintar y de cómo eso era una locura, porque tenía la desdicha de ser mujer, prisionera de su familia y de las convenciones sociales. Agregó con un mohín burlón, para disimular las ganas de llorar, que el peor obstáculo era la dependencia: nunca sería capaz de ganarse la vida con el arte. «Si tienes vocación para la pintura, tarde o temprano vas a pintar y es mejor que sea temprano. ¿Por qué tiene que ser en París o Buenos Aires? Sólo necesitas disciplina. Es como el piano,

¿sabes? Rara vez da para vivir, pero hay que intentarlo», argumentó Roser.

Durante la noche, Ofelia sintió varias veces la mirada ardiente de Víctor Dalmau siguiéndola por el salón, pero como él permaneció en su rincón sin hacer amago de acercarse, le susurró a Felipe que se lo presentara.

—Este es mi amigo Víctor, de Barcelona. Fue miliciano en la Guerra Civil.

—En realidad fui paramédico, nunca tuve que disparar un arma —aclaró Víctor.

—¿Miliciano? —preguntó Ofelia, que nunca había oído esa palabra.

—Así se llamaban los combatientes antes de que se incorporaran al ejército regular —le explicó Víctor.

Felipe los dejó solos y Ofelia estuvo un rato con Víctor, tratando de entablar conversación sin encontrar un tema común ni eco de su parte. Le preguntó por el bar, porque Juana se lo había mencionado, y a tirones logró sonsacarle que pretendía terminar los estudios de medicina que había comenzado en España. Por fin, fastidiada con tantas pausas, lo dejó solo. Volvió a sorprenderlo observándola y su atrevimiento le molestó un poco, aunque ella también lo estudió con disimulo, fascinada por ese rostro ascético de nariz aguileña y pómulos tallados, esas manos nervudas de dedos largos, ese cuerpo delgado y duro. Le gustaría dibujarlo, hacerle un retrato con pinceladas negras y blancas en fondo gris, formato grande, con un fusil en las manos y desnudo. Enrojeció ante esa idea; nunca había pintado a nadie desnudo y lo poco que sabía de anatomía masculina lo había aprendido en los museos de Europa, donde la mayoría de las estatuas estaban mutiladas o cubiertas con una hoja de parra. Las más atrevidas eran decepcionantes, como el *David* de Miguel Ángel con sus manos enormes y su pirulo de infante. A Matías no lo había visto desnudo, pero se habían acariciado lo suficiente como para adivinar lo que ocultaban sus pantalones. Habría que ver para juzgar. ¿Por qué cojeaba el español? Podría ser una heroica herida de guerra. Se lo preguntaría a Felipe.

La curiosidad de Ofelia por Víctor fue mutua. Él concluyó que venían de planetas diferentes y que esa joven era de otra especie, distinta a las mujeres de su pasado. La guerra lo deformaba todo, hasta la memoria. Tal vez antes hubo muchachas como Ofelia, frescas, preservadas de la fealdad del mundo, con vidas impolutas, como páginas en blanco, donde podían escribir sus destinos con elegante caligrafía sin un solo borrón, pero no recordaba a ninguna así. Su belleza lo intimidó, estaba acostumbrado a mujeres marcadas prematuramente por la pobreza o la guerra. Parecía alta, porque todo en ella era longitudinal, desde el cuello largo hasta los pies delgados, pero cuando se le acercó vio que le llegaba a la barbilla. Tenía una melena en varios tonos de color madera, contenida por un cintillo de terciopelo negro, la boca siempre entreabierta, como si le sobraran dientes, y pintada color rubí. Lo más llamativo eran sus ojos azules de cejas arqueadas en punta, muy separados y con la expresión perdida de quien mira el mar. Lo atribuyó a que era un poco bizca.

Después de cenar, la familia en pleno, con los niños y los sirvientes, fueron en cortejo a la misa de medianoche en la iglesia del barrio. A los Del Solar les sorprendió que los Dalmau, supuestamente ateos, los acompañaran, y que además Roser siguiera el rito en latín, como le habían enseñado las monjas. Por el camino, Felipe cogió a Ofelia de un brazo y la mantuvo rezagada para hablarle claro: «Si te pillo coqueteando con Dalmau se lo digo al papá, ¿me has entendido? A ver cómo reacciona cuando sepa que le has puesto el ojo encima a un tipo casado, un inmigrante sin un peso en el bolsillo». Ella fingió sorpresa ante el comentario, como si nunca se le hubiera ocurrido la idea. Felipe se abstuvo de hacerle esa advertencia a Víctor, porque no quiso humillarlo, pero decidió impedir por cualquier medio que volviera a ver a su hermana. La atracción entre ellos era tan fulminante, que sin duda otros también la habían notado. Tenía razón. Más tarde, cuando Víctor fue a desearle buenas noches a Roser, que dormía con Marcel en otra habitación, ella lo previno contra la tentación de aventurarse por ese camino.

—Esa muchacha es inalcanzable. Sácatela de la cabeza, Víctor. Nunca vas a pertenecer a su medio social y mucho menos a su familia.

—Eso sería lo de menos. Hay inconvenientes mayores que la clase social.

—Cierto. Además de ser pobre y moralmente sospechoso ante los ojos de ese clan cerrado, no eres de lo más simpático.

—Te olvidas de lo principal: tengo esposa y un hijo.

—Podemos divorciarnos.

—En este país no hay divorcio, Roser, y según Felipe, nunca lo habrá.

—¡Quieres decir que estamos atrapados para siempre! —exclamó Roser, espantada.

—Podrías expresarlo de manera más delicada. Mientras vivamos aquí, estaremos legalmente casados, pero cuando volvamos a España nos divorciaremos y ya está.

—Eso puede tardar mucho, Víctor. Entretanto vamos a establecernos aquí. Quiero que Marcel crezca como chileno.

—Como chileno, si quieres, pero nuestro hogar será siempre catalán y a mucha honra.

—Franco ha prohibido hablar en catalán —le recordó Roser.

—Por lo mismo, mujer.

VII

1940-1941

He dormido contigo
toda la noche mientras
la oscura tierra gira
con vivos y con muertos...

PABLO NERUDA,
«La noche en la isla»,
Los versos del capitán

Víctor Dalmau entró a la universidad a completar sus estudios de medicina ayudado por el infalible sistema de conexiones amistosas de Chile. Felipe del Solar le presentó a Salvador Allende, uno de los fundadores del Partido Socialista, hombre de confianza del presidente y ministro de Salud. Allende había seguido con apasionado interés el triunfo de la República en España, el alzamiento militar, la derrota de la democracia y la dictadura instaurada por Franco, como si presintiera que un día él dejaría la vida en un conflicto similar en su país. Allende escuchó lo poco que Víctor Dalmau le contó de la guerra y del exilio y el resto lo adivinó. Con una llamada por teléfono consiguió que la Escuela de Medicina le validara los cursos hechos en España y le permitiera completarlos en tres años para obtener el título. Los estudios eran intensos. Víctor sabía tanto como sus profesores en la práctica, pero muy poco de la teoría; una cosa era remendar huesos partidos y otra era identificarlos por su nombre. Fue al despacho del ministro a darle las gracias, sin saber cómo devolverle el favor. Allende le preguntó si sabía jugar al ajedrez y lo desafió a una partida en el tablero que tenía en su oficina. Perdió de buen humor. «Si quiere pagarme, venga a jugar conmigo cuando lo llame», le dijo al despedirse. El ajedrez sería el fundamento de la amistad entre los dos hombres, que determinaría el segundo exilio de Víctor Dalmau.

Roser, Víctor y el niño vivieron con Felipe durante unos meses, hasta que pudieron pagar una pensión. Se negaron a aceptar ayuda del Comité, porque había otros más necesitados. Felipe quiso retenerlos en su casa, pero ellos consideraron que ya habían recibido mucho y era hora de valerse solos. Juana Nancucheo fue la más afectada con el cambio, porque para ver a Marcel debía tomar el tranvía. La amistad de Víctor y Felipe continuó, pero se hizo difícil cultivarla porque pertenecían a círculos diferentes y ambos estaban muy ocupados. Felipe pretendió incorporar a Víctor al Club de Los Furiosos, calculando cuánto podría aportar a las tertulias, que iban perdiendo su afán intelectual y adquiriendo un tono cada vez más frívolo, pero fue obvio que nada tenía en común con sus amigos. En la única ocasión en que Víctor asistió a una reunión, sorteó con monosílabos el bombardeo de preguntas sobre su azarosa vida y la guerra en España; pronto los miembros del club se aburrieron de sonsacarle migajas de información y dejaron de prestarle atención. Para evitar que se encontrara con Ofelia, Felipe no volvió a llevarlo a casa de sus padres.

El empleo nocturno de Víctor en el bar apenas le daba para subsistir, pero le sirvió para aprender ese curioso oficio y estudiar a los parroquianos. Así conoció a Jordi Moliné, un viudo catalán, inmigrante en Chile desde hacía veinte años, dueño de una fábrica de zapatos, que se instalaba en el mostrador a beber y conversar en su idioma. En una de esas largas noches, acariciando su copa de licor, le explicó a Víctor que fabricar zapatos era un plomazo, aunque muy lucrativo, y ahora que estaba solo y envejeciendo había llegado el momento de darse gusto. Le ofreció que montaran una taberna al estilo de Cataluña; él pondría el dinero para comenzar y Víctor la experiencia. Víctor replicó que su vocación era de médico y no de tabernero, pero esa noche cuando le contó a Roser la barbaridad propuesta por el catalán, a ella le pareció una idea espléndida; mejor tener negocio propio que trabajar para otros y si no resultaba, pues se habría perdido poco, ya que el zapatero arriesgaría el capital. Había que ser prudente en los gastos y tener en cuenta que los clientes iban a beber y olvidar sus penas, el resto importaba poco. Se inspiraron en el Rocinante, la bodega de Barcelona donde el padre de Víctor jugaba al dominó hasta sus últimos días. Montaron el negocio en una guarida de mala muerte, con toneles a modo de mesas, jamones y ajos colgados del techo y olor a vino rancio, pero bien situada en pleno centro de Santiago. Roser se incorporó para llevar las cuentas, porque tenía mejor cabeza y conocimiento de matemáticas que cualquiera de los dos socios. Llegaba con Marcel a la rastra y lo instalaba con algún juguete en un corralito detrás del mesón, mientras ella anotaba en sus cuadernos. Ni la más humilde cerveza escapaba a su fastidiosa contabilidad. Consiguieron una cocinera capaz de preparar butifarras con dados de berenjena, boquerones y calamares al ajillo, atún con tomate y otras delicias del país lejano, que atrajeron a una fiel clientela de inmigrantes españoles. A la taberna le pusieron de nombre Winnipeg.

En los dieciocho meses que llevaban casados, Víctor y Roser desarrollaron una perfecta relación de hermanos y camaradas. Compartían todo menos la cama, ella por el recuerdo de Guillem y él para evitar embrollos. Roser había decidido que el amor se da una sola vez y a ella ya le había tocado su cuota. Por su parte, Víctor dependía de ella para lidiar con sus fantasmas, era su mejor amiga y la quería más y más a medida que la iba conociendo; a veces deseaba cruzar la frontera invisible que los separaba, cogerla por la cintura en un descuido y besarla, pero sería traicionar a su hermano y traería nefastas consecuencias. Un día iban a tener que hablar de eso, de cuánto tiempo dura un duelo, de cuánto tiempo han de penarnos los muertos. Ese día llegaría cuando Roser lo decidiera, como decidía casi todo; hasta entonces él se distraía pensando en Ofelia del Solar como quien piensa en ganar la lotería, una especulación inútil. Se había enamorado de ella al primer vistazo con intensidad de adolescente, pero como no volvió a verla, el amor se le convirtió rápidamente en leyenda. En sus vagas ensoñaciones repasaba los detalles de su rostro, sus movimientos, su vestido, su voz; Ofelia era un espejismo tembloroso que a la menor vacilación se disipaba. La amaba teóricamente, como los trovadores de antes.

Desde el comienzo Víctor y Roser implantaron un sistema de confianza y ayuda mutuas, indispensable para la buena convivencia y para salir adelante en el exilio. Acordaron que Marcel sería lo primordial para ellos hasta que cumpliera dieciocho años. Víctor apenas se acordaba de que no era su hijo, sino su sobrino, pero Roser lo tenía siempre presente y por eso quería a Víctor tanto como este quería a su niño. El dinero de ambos iba a una caja de cigarros para los gastos comunes y Roser manejaba las finanzas. Separaba el dinero del mes en cuatro sobres, uno para cada semana, y se ceñían rigurosamente a esa cantidad, aunque hubiera que comer alubias y nada más que alubias. De lentejas, ni hablar; Víctor se había hartado de ellas en el campo de concentración. Si sobraba algo, llevaban al niño a tomar helados.

Eran opuestos de carácter y por eso se entendían bien. Roser jamás sucumbía al sentimentalismo de los desterrados, nada de mirar hacia atrás ni idealizar a una España que ya no existía. Por algo se habían ido. Su implacable sentido de la realidad la salvaba de los deseos frustrados, los reproches inútiles, los pesados rencores y el vicio de lamentarse. Era indiferente a la fatiga y la desesperanza, ningún esfuerzo o sacrificio le parecía demasiado, tenía una determinación de tanque para arrasar con los obstáculos. Sus planes eran de una prístina claridad. Nada de seguir tocando el piano en las radionovelas, siempre el mismo repertorio de composiciones tristes, románticas, aguerridas o tenebrosas, según el argumento. Estaba hasta la coronilla de la marcha de *Aída* y del

Danubio Azul. Lo suyo era la música en serio como único propósito de vida y al diablo con lo demás, pero debía esperar. Apenas la taberna diera para vivir y Víctor se graduara, ella se inscribiría en la Facultad de Música. Iba a seguir los pasos de su mentor y convertirse en profesora y compositora, como Marcel Lluís Dalmau.

Su marido, en cambio, solía caer abatido por el embiste de los malos recuerdos y el rigor de la nostalgia. Sólo Roser se enteraba de los períodos sombríos, porque Víctor seguía yendo a la facultad, estudiando y atendiendo la taberna de noche como en tiempos normales, pero andaba ensimismado, con el aire ausente de un sonámbulo, no tanto por el cansancio de quien sólo duerme a ratos y de pie, como los caballos, sino por sentirse desgastado, preso en una maraña de responsabilidades. Mientras Roser imaginaba un futuro luminoso, él veía sombras a diestro y siniestro. «A los veintisiete años ya estoy viejo», decía, pero si Roser llegaba a oírlo, le caía encima ferozmente: «Que te faltan cojones, que todos hemos pasado penurias, que por andar quejándote no aprecias lo que tenemos, mal agradecido, al otro lado del mar hay una guerra espantosa y nosotros aquí con la panza llena y en paz, y te aviso que nos vamos a quedar durante mucho tiempo, porque el Caudillo, maldito sea, tiene muy buena salud y los malos viven largo». Sin embargo, se dulcificaba por las noches si lo escuchaba gritar dormido. Entonces iba a despertarlo, se introducía en su cama, lo abrazaba como una madre y lo dejaba desahogarse de sus pesadillas de miembros amputados y torsos destrozados, de metralla, de bayonetas caladas, de lagunas de sangre y fosas llenas de huesos.

Tuvo que pasar más de un año antes de que Ofelia y Víctor volvieran a encontrarse. En ese tiempo, Matías Eyzaguirre alquiló en una calle muy principal de Asunción una casa imponente, poco apropiada a su puesto de segundón y a su sueldo de funcionario público. Al embajador le pareció un atrevimiento y aprovechaba cualquier ocasión para hacer algún comentario sarcástico. Matías vistió la casa con un cargamento de muebles y adornos enviados desde Chile, y su madre viajó especialmente para entrenar al personal doméstico, tarea nada fácil, porque hablaban guaraní. Su novia recalcitrante por fin había aceptado casarse, gracias a su sostenida correspondencia amorosa y a la eficacia de las misas y novenas de su futura suegra, doña Laura. A comienzos de diciembre, cuando Ofelia cumplió veintiún años, Matías fue a Santiago para el compromiso oficial, que se realizó en una fiesta en el jardín de la casa de los Del Solar con los parientes más cercanos de las dos familias, unas doscientas personas. Las alianzas fueron bendecidas por Vicente Urbina, sobrino de doña Laura, un sacerdote carismático, intrigante y enérgico, a quien le hubiera venido mejor un uniforme de coronel que la sotana. Aunque tenía menos de cuarenta años, Urbina ejercía una temible influencia en sus superiores eclesiásticos y en sus feligreses del barrio alto, entre quienes actuaba de consejero, árbitro y juez. Era un privilegio contar con él en la familia.

La fecha de la boda se fijó para septiembre del año siguiente, el mes de los casamientos elegantes. Matías le puso el antiguo anillo de brillantes a Ofelia en el dedo anular de la mano derecha, para advertir a sus posibles rivales de que la joven estaba reservada, y lo cambiaría a la otra mano el día del matrimonio, para establecer que estaba irremediablemente tomada. Quiso contarle en detalle los preparativos que hizo en Paraguay para recibirla como a una reina, pero ella lo interrumpió más bien distraída. «¿Qué apuro hay, Matías? De aquí a septiembre pueden pasar muchas cosas.» Alarmado, él le preguntó qué cosas y ella mencionó que la Segunda Guerra Mundial llegara a Chile, otro terremoto o alguna catástrofe en Paraguay. «O sea, nada que nos concierna», concluyó Matías.

Ofelia disfrutaba esa etapa de espera y anticipación ordenando su ajuar en baúles con papel de seda y ramas de lavanda, mandando a bordar en el convento de su tía Teresa manteles, sábanas y toallas con sus iniciales y las de Matías entrelazadas, dejándose agasajar por sus amigas en el salón de té del Hotel Crillon, probando y volviendo a probarse el vestido de novia y el ajuar de casada, aprendiendo de sus hermanas los fundamentos de la organización doméstica, para la cual demostró una sorprendente disposición, considerando su fama de indolente y desordenada. Disponía de nueve meses antes del matrimonio, pero ya estaba planeando formas de alargar esa tregua. La asustaba dar el paso irrevocable de casarse para siempre, de vivir con Matías en otro país sin conocer a nadie, lejos de su familia y rodeada de indígenas guaraníes, de tener hijos y acabar sometida y frustrada, como su madre y sus hermanas, pero la alternativa era peor. Quedarse solterona significaba depender de la generosidad de su padre y su hermano

Felipe en lo económico y convertirse en una paria social. La posibilidad de trabajar para ganarse la vida era una quimera tan absurda como irse a París a pintar en una buhardilla de Montmartre. Estaba planeando un rosario de pretextos para aplazar su casamiento, sin imaginar que el cielo le mandaría el único valedero: Víctor Dalmau. Cuando tropezó con él, dos meses después de ponerse de novia y siete antes de la fecha fijada para la boda, descubrió el amor de las novelas, el amor que nunca le había inspirado Matías con su inalterable fidelidad.

En medio del verano caliente y seco de Santiago, cuando quienes podían hacerlo emigraban en masa hacia las playas y los campos, Víctor y Ofelia se encontraron en la calle. La sorpresa los paralizó a los dos, como pillados en falta, y pasó un minuto eterno antes de que ella tomara la iniciativa de saludarlo atragantada con un «hola» apenas audible, que él interpretó en su favor. Un año creyendo que la amaba sin la menor esperanza y resultaba que también ella había pensado en él, como le pareció evidente por el nerviosismo de potrillo de la joven. Era más bonita de lo que recordaba, con sus ojos claros y la piel bronceada, un vestido escotado y mechas alborotadas escapando de un sombrero de colegiala. Logró recuperarse para iniciar un diálogo desabrido; así se enteró de que los Del Solar estaban pasando los tres meses de verano entre el fundo y la casa de la playa en Viña del Mar; ella había venido a la capital a cortarse el pelo y al dentista. A su vez él le habló en cuatro frases de Roser, el niño, la universidad y la taberna. Pronto se les terminaron los temas y se quedaron en silencio, sudando a pleno sol, conscientes de que, de separarse, perderían una oportunidad preciosa. Cuando ella empezó a despedirse, Víctor la tomó del brazo y la arrastró a la sombra más cercana, el toldo de una farmacia, y le pidió a borbotones que pasaran la tarde juntos.

—Tengo que volver a Viña del Mar. El chófer me está esperando —dijo ella sin la menor convicción.

—Dile que espere. Tenemos que hablar.

—Me voy a casar, Víctor.

—¿Cuándo?

—¿Qué importa? Tú estás casado.

—De eso justamente debemos hablar. No es lo que crees, déjame que te explique.

La llevó a un hotel modesto, aunque no podía permitirse ese gasto, y ella volvió a Viña del Mar cerca de la medianoche, cuando sus padres estaban a punto de notificar su desaparición a los carabineros. El chófer, debidamente sobornado, dijo que habían pinchado un caucho por el camino.

Desde los quince años, cuando alcanzó su estatura definitiva y formas de mujer, Ofelia atraía a los hombres con un poder de seducción ajeno a sus intenciones. Ni cuenta se daba del vendaval de pasiones en hilachas que dejaba a su paso, salvo en contados casos en que el enamorado llegó a ser amenazante y tuvo que intervenir su padre. Su plácida existencia de señorita transcurría mimada y vigilada, una espada de doble filo, que por un lado reducía los riesgos, pero por otro le impedía desarrollar algo de sagacidad o intuición. Bajo su actitud coqueta se escondía una pasmosa ingenuidad. En los años siguientes comprobó que su aspecto le abría puertas y le facilitaba casi todo. Era lo primero que otros veían y a veces lo único; ningún esfuerzo de su parte era necesario, porque sus ideas y opiniones pasaban inadvertidas. Durante los cuatrocientos años transcurridos desde aquel tosco conquistador de la Colonia, los Vizcarra fueron refinando su herencia genética con pura sangre europea, aunque según Felipe del Solar, nadie en Chile, por blanco que parezca, deja de tener algo de indígena, salvo los inmigrantes recién llegados. Ofelia pertenecía a una casta de mujeres bonitas, pero fue la única que sacó los espectaculares ojos azules de la abuela inglesa. Laura del Solar creía que el Diablo planta la belleza con el único propósito de perder las almas, tanto de quien la padece como de aquellos que atrae; por eso la apariencia física no se mencionaba en su casa, era de mal gusto, pura vanidad. Su marido apreciaba la hermosura en otras mujeres, pero la consideraba un problema en sus hijas, porque debía cuidarles la virtud, especialmente a Ofelia. La muchacha acabó por aceptar la teoría familiar de que la belleza se opone a la inteligencia: se puede tener una o la otra, pero no se dan juntas. Eso explicaría lo mal que le había ido en el colegio, su pereza para cultivar la pintura y su dificultad para mantenerse en el camino recto predicado por el padre Urbina. Su sensualidad, que no sabía identificar, la atormentaba. La insistente pregunta de Urbina sobre qué pensaba hacer con su vida le daba vueltas en la cabeza sin encontrar respuesta, El destino de casarse y tener hijos le parecía tan sofocante como el convento, pero aceptaba que era inevitable; sólo podía postergarlo un poco. Y, como le repetía todo el mundo, debía agradecer que existiera Matías Eyzaguirre, tan bueno, tan noble y tan guapo. Su suerte era envidiable.

Matías había sido su inamovible enamorado desde la infancia. Con él descubrió y exploró el deseo hasta donde lo permitía la rigurosa formación católica y la caballerosidad natural de él, a pesar de que ella intentaba a menudo traspasar esos límites, porque a fin de cuentas, ¿cuál era la diferencia entre acariciarse hasta desfallecer con la ropa puesta y simplemente pecar desnudos? El castigo divino sería el mismo. En vista de la debilidad de ella, Matías se responsabilizó él solo por la abstinencia de los dos. La respetaba como exigía que otros respetaran a sus hermanas, y se convenció de que jamás traicionaría la confianza depositada en él por la familia Del Solar. El deseo de la carne sólo se puede satisfacer en una unión santificada por la Iglesia con el fin de tener hijos, creía. No hubiera admitido ni en lo más secreto del corazón que el motivo fundamental para la abstinencia no eran el respeto o el pecado, sino el temor a un embarazo. Ofelia nunca habló del tema con su madre o sus hermanas, pero tenía claro que ese tipo de falta, por tenue que fuese, sólo se borra con el matrimonio. El sacramento de la confesión perdona la ofensa, pero la sociedad no perdona ni olvida. «La reputación de una señorita decente es de seda blanca y cualquier mancha la arruina», aseguraban las monjas. Para qué decir cuántas manchas había acumulado con Matías.

Esa tarde caliente Ofelia fue al hotel con Víctor Dalmau consciente de que sería algo diferente a las agotadoras escaramuzas con Matías, que la dejaban confundida y enojada. Le asombró su propia determinación, tomada en un instante, tanto como el desenfado con que llevó la iniciativa una vez a solas con él en la habitación. Se vio dueña de un conocimiento que no sabía dónde lo había obtenido y de una falta de pudor que normalmente proviene de una larga práctica. En las monjas aprendió a desvestirse por partes, primero se ponía un camisón de mangas largas, que la cubría del cuello a los pies, y después se iba quitando la ropa a tientas por debajo, pero esa tarde con Dalmau se le esfumó la modestia; dejó caer el vestido, la enagua, el sostén y las bragas al suelo y pasó por encima desnuda y olímpica, con una mezcla de curiosidad por lo que iba a suceder y de irritación contra Matías, por mojigato. «Se merece la infidelidad», decidió, entusiasmada.

Víctor no sospechó que Ofelia fuese virgen, porque nada en la apabullante seguridad de la joven lo indicaba y porque no se lo planteó. La virginidad había sido relegada a los años inciertos y casi olvidados de la adolescencia. Venía de otra realidad, de una revolución que había abolido las diferencias sociales, los remilgos en las costumbres y la autoridad de la religión. En la España republicana la virginidad había quedado obsoleta; las milicianas y enfermeras que había amado brevemente disfrutaban de la misma libertad sexual que él. Tampoco se le ocurrió que Ofelia lo había acompañado por un impulso de mujer mimada, más que por amor. Estaba enamorado y supuso automáticamente que ella también lo estaba. Habría de analizar la magnitud de lo ocurrido más tarde, cuando descansaron después de hacer el amor, abrazados en esa cama de sábanas amarillentas por el uso y manchada de sangre virginal, después de haberle contado cómo y por qué se casó con Roser y haberle confesado que llevaba más de un año soñando con ella.

—¿Por qué no me dijiste que para ti era la primera vez? —le preguntó.

—Porque te habrías echado atrás —le respondió ella, estirándose como gato.

—Debí ser más cuidadoso contigo, Ofelia, perdona.

—Nada que perdonar. Estoy feliz, me cosquillea el cuerpo. Pero tengo que irme, ya es muy tarde.

—Dime cuándo nos veremos de nuevo.

—Te avisaré cuando pueda escaparme. Dentro de tres semanas volveremos a Santiago y entonces será más fácil. Debemos ser muy muy prudentes, porque si esto se sabe, lo vamos a pagar caro. No quiero pensar en lo que haría mi papá.

—En algún momento tendré que hablar con él…

—¿Estás mal de la cabeza? ¡Cómo se te ocurre! Si se entera de que ando con un inmigrante casado y padre de un hijo, nos mata a los dos. Ya me previno Felipe.

Con el pretexto del dentista Ofelia se las ingenió para volver a Santiago una vez más. En las semanas de separación comprobó asustada que su curiosidad inicial había dado paso a una obsesión por recordar minuciosamente los detalles de esa tarde en el hotel, una necesidad insoportable de volver a ver a Víctor y hacer el amor, de hablar y hablar, contarle sus secretos y averiguar su pasado. Quería preguntarle por qué cojeaba, hacer un inventario de sus cicatrices, saber de su familia y del sentimiento que lo unía a Roser. Ese hombre llevaba encima tantos misterios, que descifrarlos iba a ser una larga tarea: qué significaba exilio, sublevación militar, fosa común, campo de concentración, qué era eso de las mulas reventadas o del pan de la guerra. Víctor Dalmau tenía más o menos la misma edad de Matías Eyzaguirre, pero era infinitamente más viejo, duro como cemento por fuera, impenetrable por dentro, marcado con cicatrices y malos recuerdos. A diferencia de Matías, quien celebraba su temperamento de dinamita y la ventolera de sus caprichos, Víctor se impacientaba con sus niñerías, porque esperaba de ella la claridad de la inteligencia. Nada superficial le interesaba. Si le hacía una pregunta, escuchaba la respuesta con atención de maestro, sin dejarla escabullirse con alguna broma o cambiando de tema. Asustada, Ofelia se enfrentó al desafío de ser tratada con seriedad.

La segunda vez que despertó en brazos de su amante, entre los que había dormido unos minutos después de hacer el amor, Ofelia decidió que había hallado al hombre de su vida. Ninguno de los jóvenes de su medio, pretenciosos, mimados y blandos, con el destino allanado por el dinero y el poder de sus familias, podía competir con él. Víctor recibió la confesión emocionado, porque él también sentía que ella era la elegida, pero no perdió la cabeza: puso en la balanza la botella de vino compartida y la novedad que esa situación era para ella. Las circunstancias se prestaban para reacciones exageradas; habría que hablar cuando se enfriara el cuerpo.

Ofelia hubiera roto su compromiso con Matías Eyzaguirre sin vacilar si Víctor se lo hubiera permitido, pero él le hizo ver que no era libre y nada podía ofrecerle, sólo esos encuentros precipitados y prohibidos. Entonces ella le propuso que escaparan a Brasil o a Cuba, donde podrían vivir bajo unas palmeras sin que nadie los conociera. En Chile estaban condenados a la clandestinidad, pero el mundo era grande. «Tengo un deber con Roser y Marcel, además tú no sabes lo que es la pobreza y el destierro. No aguantarías ni una semana conmigo debajo de esas palmeras», le respondió Víctor de buen humor. Ofelia empezó a dejar las cartas de Matías sin respuesta, a ver si él se hartaba de su indiferencia, pero no fue así, porque el pertinaz enamorado atribuyó su silencio a los nervios propios de una novia sensible. Entretanto ella, sorprendida de su propia duplicidad, siguió mostrando ante su familia una amable disposición, que estaba lejos de sentir, para los preparativos de la boda. Dejó pasar varios meses sin decidirse, mientras se encontraba con Víctor a hurtadillas en momentos robados, pero a medida que se acercaba septiembre, comprendió que debía buscar el valor para romper su noviazgo, con o sin el consentimiento de Víctor; ya se habían repartido las invitaciones y anunciado la boda en *El Mercurio*. Por último, sin decírselo a nadie fue a la Cancillería a pedirle a un amigo que mandara un sobre a Paraguay en la valija diplomática. En el sobre iba el anillo y una carta explicándole a Matías que estaba enamorada de otro.

Tan pronto recibió el sobre de Ofelia, Matías Eyzaguirre voló a Chile sentado en el suelo en un avión militar, porque en plena guerra mundial escaseaba la gasolina para vuelos de fantasía. Entró como una tromba en la casa de Mar del Plata a la hora del té, a empellones contra las frágiles mesitas y sillas de patas torcidas, y Ofelia se encontró frente a un desconocido. Su novio complaciente y conciliador había sido suplantado por un energúmeno que la zarandeó, rojo de rabia y mojado de sudor y lágrimas. Sus reproches de viva voz atrajeron a la familia y así supo Isidro del Solar lo que estaba ocurriendo desde hacía un tiempo ante sus narices. Logró sacar al iracundo pretendiente de su casa con la promesa de que él iba a arreglar ese entuerto a su manera, pero su arrolladora autoridad se enfrentó con la taimada obstinación de su hija. Ofelia rehusó dar explicaciones, confesar el nombre de su enamorado y mucho menos arrepentirse de su decisión. Simplemente cerró la boca y no hubo forma de sonsacarle una palabra, impasible ante las amenazas de su padre, el llanto de su madre y los argumentos apocalípticos del cura Vicente Urbina, quien acudió llamado de urgencia como guía espiritual y administrador del rayo punitivo de Dios. En vista de la imposibilidad de razonar con ella, su padre le prohibió salir de la casa y le asignó a Juana la tarea de mantenerla aislada.

Juana Nancucheo lo tomó a pecho, porque le tenía cariño a Matías Eyzaguirre, ese joven era un caballero de pura cepa, de esos que saludan al personal doméstico por sus nombres, y adoraba a la niña Ofelia, qué más se podía pedir. Quiso de buena fe cumplir la orden de su patrón, pero sus afanes de carcelero nada podían ante la astucia de los amantes. Víctor y Ofelia se las arreglaban para encontrarse a las horas y en los sitios más inesperados: en el bar Winnipeg cuando estaba cerrado, en hoteles de mala catadura, en parques y cines, casi siempre con la complicidad del chófer. Ofelia disponía de mucho tiempo libre, una vez burlada la vigilancia de Juana, pero Víctor, que vivía al minuto, corriendo de un lado a otro para cumplir con los estudios y la taberna, a duras penas lograba escamotear una hora por aquí y otra por allá para pasarla con ella.

Descuidó por completo a su familia. Roser notó el cambio en sus rutinas y lo encaró con su franqueza habitual. «Andas enamorado, ¿verdad? No quiero saber quién es, pero te exijo discreción. En este país somos huéspedes y si te metes en un lío nos van a deportar. ¿Está claro?» A él le ofendió la dureza de Roser, aunque correspondía perfectamente a su extraño acuerdo matrimonial.

En noviembre murió el presidente Pedro Aguirre Cerda de tuberculosis, a sólo tres años de su mandato. Los pobres, que se habían beneficiado con sus reformas, lo lloraron como a un padre en el funeral más impresionante que se había visto. Hasta sus enemigos de la derecha debieron admitir su honradez y aceptar a regañadientes su visión —había impulsado la industria nacional, la salud y la educación—, pero no iban a permitir que Chile se deslizara hacia la izquierda. El socialismo era bueno para los soviéticos, que vivían muy lejos y eran unos bárbaros, pero jamás para la propia patria. El espíritu laico y democrático del difunto presidente era un precedente peligroso, que no debía repetirse.

Felipe del Solar se encontró con los Dalmau en el funeral. No se habían visto en meses y después del desfile los invitó a comer para ponerse al día. Se enteró del progreso de ambos y de que Marcel, quien todavía no había cumplido dos años, ya mascullaba en catalán y español. Les habló de su familia, de que el Bebe estaba enfermo del corazón y su madre pretendía llevarlo en peregrinación al santuario de Santa Rosa de Lima, porque en Chile había una lamentable escasez de santos propios, y que la boda de su hermana Ofelia había sido postergada. Nada en Víctor reveló la sacudida que lo remeció por dentro al oír hablar de Ofelia, pero Roser sintió su reacción en la piel y entonces supo sin lugar a duda quién era la amante de su marido. Hubiera preferido mantener su identidad en el misterio, ya que al nombrarla se convertía en una ineludible realidad. La situación era mucho peor de lo imaginado.

—¡Te dije que la olvidaras, Víctor! —le reprochó esa noche, cuando estuvieron solos.

—No puedo, Roser. ¿Te acuerdas de cómo quisiste a Guillem? ¿Cómo lo quieres todavía? Así me pasa con Ofelia.

—¿Y ella?

—Es recíproco. Sabe que nunca podremos estar juntos abiertamente y lo acepta.

—¿Cuánto crees que va a aguantar esa niña en el papel de tu querida? Tiene su vida de privilegio por delante. Tendría que estar loca para sacrificarla por ti. Te lo repito, Víctor, si esto sale a la luz, nos van a echar a patadas del país. Esa gente es muy poderosa.

—Nadie lo sabrá.

—Todo se sabe tarde o temprano.

El matrimonio de Ofelia se canceló pretextando mala salud de la novia, y Matías Eyzaguirre regresó a su puesto en Paraguay, que había abandonado precipitadamente sin permiso de su superior o de la Cancillería. Su escapada le valió una amonestación sin mayores consecuencias, porque había demostrado una habilidad poco usual para la diplomacia y había logrado colocarse en las esferas políticas y sociales donde el embajador, hombre resentido y de pocas luces, apenas tenía cabida. A Ofelia la castigaron con ocio forzado. La joven se encontró a los veintiún años cruzada de brazos en su casa, con el ojo de Juana Nancucheo encima, aburrida a muerte. Nada sacó con alegar que ante la ley era mayor de edad, puesto que no tenía adónde ir y era incapaz de mantenerse sola, como le hicieron ver claramente. «Tenga mucho cuidado, Ofelia, porque si sale por la puerta de la calle, no volverá a entrar en esta casa», la amenazó su padre. Quiso obtener la simpatía de Felipe o de alguna de sus hermanas, pero el clan se cerró para proteger el honor familiar y al final sólo consiguió la ayuda del chófer, hombre de rectitud negociable. Se le acabó la vida social, porque cómo iba a andar de fiesta si se suponía que estaba enferma. Sus únicas salidas eran las visitas a los conventillos de los pobres con las Damas Católicas, a misa con su familia y a sus clases de arte, donde difícilmente se encontraría con alguien de su círculo. Había conseguido, mediante una pataleta épica, que su padre cediera en el asunto de las clases. El chófer tenía instrucciones de esperarla en la puerta durante las tres o cuatro horas del taller de pintura. Pasaron varios meses sin que Ofelia progresara en su arte, probando así que carecía de talento, como ya se sabía en la familia. En realidad, entraba a la Escuela de Arte por la puerta principal, armada de sus telas, su atril y sus pinturas, atravesaba el edificio y salía por la puerta de atrás, donde la esperaba Víctor. Las citas eran poco frecuentes, porque a él le costaba hacer coincidir sus escasos momentos libres con el horario de las clases de ella.

Víctor andaba trasnochado, con ojeras de sonámbulo, tan exhausto que a veces se dormía antes de que su amante alcanzara a quitarse la ropa en sus citas del hotel. Por contraste, Roser hacía alarde de una imbatible energía. Se estaba adaptando a la ciudad y aprendiendo a entender a los chilenos, que en el fondo se parecían a los españoles en lo generosos, atolondrados y dramáticos; se había propuesto hacer amigos y labrarse una buena reputación de pianista. Tocaba en la radio, en el Hotel Crillon, en la catedral, en clubes y en casas particulares. Se corrió la voz de que era una joven bien presentada y de buenos modales, que podía tocar de oído lo que le pidieran; bastaba silbar un par de frases y en pocos segundos ella sacaba la melodía en el piano, era el complemento ideal de fiestas y ocasiones solemnes. Ganaba mucho más que Víctor con su Winnipeg, pero había tenido que descuidar su papel de madre; Marcel no la llamó mamá, sino señora, hasta los cuatro años. Las primeras palabras del niño fueron «vino blanco» en catalán, pronunciadas en su corralito detrás del mesón de la taberna de su padre. Roser y Víctor se turnaron para cargarlo en la mochila hasta que se hizo muy pesado. La estrechez y la tibieza de la mochila, pegado al cuerpo de su madre o su padre, le dieron seguridad; era un niño tranquilo, callado, que se entretenía solo y rara vez pedía algo. Su madre lo llevaba a la radio y su padre a la taberna, pero pasaba la mayor parte de su tiempo en casa de una viuda con tres gatos, que por una suma modesta lo cuidaba.

Contrario a lo esperado, la relación de Víctor y Roser se fortaleció en ese tiempo desordenado en que sus vidas apenas coincidían y en que él tenía el corazón tomado por otra mujer. La amistad de siempre se transformó en una profunda complicidad donde no cabían secretos, sospechas ni ofensas; partían de la base de que jamás se harían daño mutuamente y si eso ocurría, sería por error. Ambos tenían las espaldas cubiertas por el otro, así las penurias del presente y los fantasmas del pasado eran soportables.

En los meses que Roser pasó en Perpiñán, cuando vivía con los cuáqueros, aprendió a coser. En Chile, con sus primeros ahorros se compró una máquina Singer a pedal, negra, reluciente, con letras y flores doradas, un prodigio de eficiencia. El sonido rítmico de la máquina de coser imitaba a los ejercicios de piano y al terminar un vestido o un mameluco para el niño sentía tanta satisfacción como con el aplauso del público. Copiaba de las revistas de moda y andaba bien vestida. Para sus actuaciones musicales se hizo un traje largo color acero al cual le quitaba y ponía lazos de varios colores, mangas cortas o largas, cuello, flores y prendedores, de modo que en cada presentación aparecía con algo diferente. Se peinaba a la antigua, con un moño en la nuca decorado con peinetas o broches, y se pintaba de rojo las uñas y los labios, tal como haría hasta el final de su vida, cuando tenía el pelo veteado de canas y los labios secos. «Tu mujer es muy bonita», le dijo Ofelia a Víctor en una ocasión. Había coincidido con ella en el funeral de un tío, en que Roser tocaba melodías tristes en un órgano, mientras los parientes del difunto desfilaban dándole el pésame a la viuda y los hijos. Al ver a Ofelia, Roser interrumpió su actuación, la saludó con un beso en la mejilla y le susurro al oído que contara con ella para lo que pudiera necesitar. Eso le confirmó a Ofelia que la versión de Víctor sobre la relación fraternal con su mujer era cierta. El comentario de Ofelia sobre el aspecto de Roser sorprendió a Víctor, porque al pensar en Roser, la imagen que acudía a su mente era la de la joven flaca y sencilla de España, la chica desamparada que adoptaron sus padres, la novia insignificante de Guillem. Que Roser fuera la de antes o la que acababa de admirar Ofelia no alteraba el hecho esencial de cuánto y cómo la quería. Nada, ni la tentación insoportable de huir con Ofelia a un paraíso de palmeras, podía inducirlo a separarse de ella y del niño.

VIII

1941-1942

Ahora bien,
si poco a poco dejas de quererme,
dejaré de quererte poco a poco.

Si de pronto
me olvidas
no me busques,
que ya te habré olvidado.

PABLO NERUDA,
«Si tú me olvidas»,
Los versos del capitán

Cuando encerraron a Ofelia en la casa de la calle Mar del
Plata, los encuentros amorosos en el hotel se hicieron cada
vez más esporádicos y breves. En su nueva existencia sin disponer de Ofelia a cada rato, Víctor Dalmau vio que el tiempo se le
estiraba y de vez en cuando podía aceptar la invitación de Salvador Allende a jugar al ajedrez. Llevaba a la joven en el alma,
pero ya no sufría el ansia permanente de escaparse para abra-
zarla a escondidas y no necesitaba estudiar la noche entera

para compensar las horas que pasaba con ella. En la universidad se escabullía de las clases teóricas en las que nadie controlaba la asistencia, porque podía estudiar con libros y apuntes. Se concentraba en el laboratorio, las autopsias y la práctica de hospital, donde debía disimular su experiencia para no humillar a los profesores. En la taberna cumplía cabalmente su turno de noche, aprovechando las horas bajas para estudiar, con un ojo puesto en el corralito de Marcel. Jordi Moliné, el zapatero catalán, resultó ser el socio ideal, siempre conforme con las modestas ganancias del Winnipeg y agradecido de tener un lugar propio, más acogedor que su hogar de hombre solo, para charlar con amigos, beber su carajillo de Nescafé con aguardiente, saborear los platos de su tierra y tocar canciones en el acordeón. Víctor se había propuesto enseñarle a jugar al ajedrez, pero Moliné nunca entendió el propósito de mover las piezas para allá y para acá en el tablero sin ninguna ganancia material. Algunas noches en que notaba lo cansado que estaba Víctor, lo mandaba a dormir y él lo reemplazaba encantado, aunque sólo les servía vino, cerveza y coñac a los parroquianos; de cócteles nada sabía, los consideraba una moda impuesta por maricas. Sentía tanto respeto por Roser como cariño por Marcel; podía pasar ratos largos agachado detrás del mostrador jugando con él, era el nieto que le faltaba. Un día Roser le preguntó si le quedaba familia en Cataluña y él le contó que había salido de su pueblo a buscarse la vida hacía más de treinta años. Fue marinero en el sudeste asiático, leñador en Oregón, maquinista de tren y constructor en Argentina; en fin, tuvo muchos oficios antes de llegar a Chile a hacer dinero con su fábrica de zapatos.

—Digamos que en principio me queda familia por allá, pero

vaya a saber qué pasó con ellos. En la guerra estaban divididos, unos eran republicanos y otros se fueron con Franco; había milicianos comunistas por un lado y curas y monjas por el otro.

—¿Está en contacto con alguno?

—Sí, con un par de parientes. Fíjese que tengo un primo que anduvo escondido hasta el final de la guerra y ahora es el alcalde del pueblo. Es fascista, pero buena persona.

—Uno de estos días le voy a pedir un favor…

—Pídamelo ahora mismo, Roser.

—Es que en la Retirada se perdió mi suegra, la mamá de Víctor, y no hemos podido averiguar de ella. La buscamos en los campos de concentración en Francia, hemos hecho indagaciones a uno y otro lado de la frontera, pero nada.

—Eso pasó con mucha gente. ¡Tantos muertos, exiliados y desplazados! ¡Tantos viviendo en la clandestinidad! Las cárceles están llenas a reventar, todas las noches sacan presos al azar y los fusilan, así no más, sin juicio ni nada. Esa es la justicia de Franco. No quiero ser pesimista, Roser, pero su suegra puede haber fallecido…

—Lo sé. Carme prefería la muerte al destierro. Se separó de nosotros camino a Francia y desapareció en la noche sin despedirse ni dejar rastro. Si usted tiene contactos en Cataluña, tal vez puedan preguntar por ella.

—Deme los datos y yo me encargo, pero le doy poca esperanza, Roser. La guerra es un huracán que deja mucho destrozo a su paso.

—A mí me lo dice, don Jordi.

Carme no era la única persona a quien Roser buscaba. Uno de sus trabajos irregulares, pero frecuentes, era en la embajada de Venezuela, una casa enterrada entre los árboles de un frondoso jardín, donde paseaba un solitario pavo real. Valentín Sánchez, el embajador, era un sibarita, amante de la buena cocina, los licores finos y sobre todo la música. Pertenecía a una estirpe de músicos, poetas y soñadores. Había hecho varios viajes a Europa a rescatar partituras olvidadas y en su salón de música tenía una extraordinaria colección de instrumentos, desde un clavecín atribuido a Mozart hasta su más valioso tesoro: una flauta prehistórica que según su dueño fue tallada en un colmillo de mamut. Roser se callaba sus dudas respecto a la autenticidad del clavecín o la flauta, pero agradecía los libros de historia del arte y de música, que Valentín Sánchez le prestaba, y el honor de ser la única a quien le permitía usar algunas piezas de su colección. Una noche se quedó un rato con su anfitrión, después de que se fueron las visitas, compartiendo una copa y hablando del estrafalario proyecto que se le había ocurrido, inspirada por la colección del embajador, de formar una orquesta de música antigua. Era un tema que los apasionaba por igual, ella quería dirigir la orquesta y él quería apadrinarla. Antes de despedirse, Roser se atrevió a pedirle ayuda para encontrar a alguien perdido en el exilio. «Se llama Aitor Ibarra y se fue a Venezuela, porque allí tiene parientes dedicados a la construcción», le dijo. Dos meses más tarde la llamó una secretaria de la embajada con el dato de Iñaki Ibarra e Hijos, una empresa de materiales de construcción en Maracaibo. Roser escribió varias cartas con la sensación de lanzar al mar un mensaje en una botella. Nunca recibió respuesta.

El pretexto de la mala salud de Ofelia, que la familia explotó durante varios meses para explicar el aplazamiento de su matrimonio con Matías Eyzaguirre, calzó perfectamente a comienzos del año siguiente, cuando Juana Nancucheo se dio cuenta de que la muchacha estaba encinta. Primero fueron los vómitos matutinos, que Juana trató en vano con infusiones de hinojo, jengibre y comino, y después sacó la cuenta de que habían pasado nueve semanas sin ver paños higiénicos en el lavado. Un día en que volvió a encontrar a Ofelia vaciando las tripas en el excusado, la encaró con los brazos en jarra. «Me va a decir con quién se ha metido, antes de que sea su papá quien lo averigüe», la desafió. El desconocimiento de Ofelia de su propio cuerpo era casi absoluto; hasta el momento en que Juana le preguntó con quién había andado, no relacionó a Víctor Dalmau con la causa de ese malestar, que había atribuido a un virus digestivo. En ese instante comprendió lo que le ocurría y el pánico le impidió sacar la voz. «¿Quién es el tipo?», insistió Juana. «No te lo diré ni muerta», respondió Ofelia cuando pudo hablar. Esa sería su única respuesta durante los siguientes cincuenta años.

Juana tomó el asunto en sus manos, pensando que oraciones y remedios caseros podían resolver el problema sin levantar sospechas de la familia. Le ofreció una manda de varias velas aromáticas a san Judas, santo de todo servicio, y a Ofelia le dio té de ruda y le introdujo tallos de perejil en la vagina. Le administró la ruda sabiendo que era veneno, porque consideró que un hoyo en el estómago era menos grave que un *huacho*, un bastardo. A la semana sin más resultado que un aumento alarmante de los vómitos y una insuperable fatiga, Juana decidió acudir a Felipe, la persona en quien siempre había confiado. Primero lo hizo jurar que no iba a decírselo a nadie, pero cuando le contó lo que pasaba, Felipe la convenció de que ese secreto era demasiado grande para cargarlo ellos solos.

Felipe encontró a Ofelia tendida en su cama, encogida de dolor de vientre por la ruda y afiebrada de angustia.

—¿Cómo pasó esto? —le preguntó tratando de mantenerse calmado.

—Como pasa siempre —le contestó ella.

—Esto nunca había ocurrido en nuestra familia.

—Es lo que tú crees, Felipe. Esto sucede a cada rato y los hombres ni se enteran. Son secretos de mujeres.

—¿Con quién te…? —vaciló él, sin saber cómo decirlo sin ofender.

—No te lo diré ni muerta —repitió ella.

—Tendrás que hacerlo, hermana, porque la única salida es que te cases con el que te hizo esto.

—Eso es imposible. No vive aquí.

—¿Cómo es eso de que no vive aquí? Dondequiera que esté, lo vamos a encontrar, Ofelia. Y si no se casa contigo…

—¿Qué piensas hacer? ¿Matarlo?

—¡Por Dios! Las cosas que dices. Hablaré con él firmemente, pero si eso no resulta, el papá va a intervenir…

—¡No! ¡El papá no!

—Hay que hacer algo, Ofelia. Es imposible ocultar esto, pronto todos se darán cuenta y el escándalo va a ser espantoso. Te voy a ayudar en lo que pueda, te lo prometo.

Por fin acordaron contárselo a la madre, para que ella preparara el ánimo a su marido, y después ya verían. Laura del

Solar recibió la noticia con la certeza de que al fin Dios le estaba ajustando las cuentas por lo mucho que ella le debía. El drama de Ofelia era una parte del precio que debía pagarle al cielo y la otra parte, la más cara, era que el corazón de Leonardo latía a brincos y silencios. Tal como los médicos habían pronosticado cuando nació, sus órganos eran débiles y su vida sería corta. El Bebe se estaba apagando irremisiblemente y su madre, aferrada a la oración y a los tratos con los santos, se negaba a aceptar los signos evidentes. Laura sintió que se hundía en un barro espeso, arrastrando con ella a su familia. El dolor de cabeza comenzó de inmediato, un mazazo en la nuca que le nubló la vista, cegándola. ¿Cómo se lo iba a decir a Isidro? Ninguna estrategia amortiguaría el golpe o su reacción. Sólo cabía esperar un poco, a ver si la bondad divina resolvía el problema de Ofelia de forma natural —muchos embarazos se frustraban en el vientre—, pero Felipe la convenció de que cuanto más esperaran, más difícil se tornaría la situación. Él mismo asumió la tarea de hacerle una encerrona en la biblioteca a su padre, mientras Laura y Ofelia, agazapadas en el fondo de la casa, rezaban con fervor de mártires.

Transcurrió más de una hora hasta que Juana llegó a buscarlas con el recado de presentarse de inmediato en la biblioteca. Isidro del Solar las recibió en el umbral y sin más le cruzó la cara a Ofelia de dos bofetones, antes de que Laura alcanzara a ponerse delante y Felipe a sujetarle el brazo.

—¿Quién es el desgraciado que arruinó a mi hija? ¡Dígame quién es! —bramó.

—Ni muerta —respondió Ofelia limpiándose la sangre de la nariz con la manga.

—¡Me lo va a decir aunque tenga que azotarla!

—Hágalo. No se lo diré nunca a nadie.

—Papá, por favor… —interrumpió Felipe.

—¡Cállese! ¿Acaso no ordené que esta mocosa de mierda estuviera encerrada? ¿Dónde estaba usted, Laura, que permitió esto? Supongo que en misa, mientras el demonio se paseaba por la casa. ¿Se dan cuenta del deshonor, el escándalo? ¡Cómo vamos a darle la cara a la gente! —Y siguió gritando desaforado por un buen rato hasta que Felipe logró interrumpirlo por segunda vez.

—Cálmese, papá, y busquemos una solución. Voy a hacer algunas averiguaciones…

—¿Averiguaciones? ¿A qué se refiere? —preguntó Isidro, súbitamente aliviado, porque no fue él quien debió sugerir lo obvio.

—Se refiere a que me haga un aborto —dijo Ofelia sin alterarse.

—¿Se le ocurre otra solución? —le espetó Isidro.

Entonces Laura del Solar intervino por primera vez para decir con voz temblorosa, pero muy clara, que eso ni pensarlo, porque era un pecado mortal.

—Pecado o no, este lío no se resuelve en el cielo, sino aquí en la tierra. Haremos lo que sea necesario, Dios lo entenderá.

—No vamos a tomar ninguna medida sin hablar antes con el padre Urbina —dijo Laura.

Vicente Urbina acudió al llamado de la familia Del Solar esa misma noche. Su sola presencia los tranquilizó; irradiaba la inteligencia y firmeza de quien sabe lidiar con almas perturbadas y tiene comunicación directa con Dios. Aceptó la copa de oporto que le sirvieron y anunció que hablaría con cada uno separadamente, empezando por Ofelia, a quien para entonces se le había hinchado la cara y tenía un ojo cerrado. Estuvo con ella casi dos horas, pero tampoco logró que confesara el nombre del amante ni sacarle lágrimas. «No es Matías, no le echen la culpa a él», repitió Ofelia veinte veces, como una cantinela. Urbina estaba habituado a hipnotizar de miedo a sus feligreses y la frialdad de hielo de esa muchacha estuvo a punto de sacarlo de quicio. Había pasado la medianoche cuando terminó de hablar con los padres y el hermano de la pecadora. También interrogó a Juana, quien nada pudo aclarar, porque no sospechaba quién era el misterioso amante. «Será el Espíritu Santo, pues, padrecito», concluyó, socarrona.

La sugerencia de un aborto fue descartada de plano por Urbina. Era un crimen ante la ley y un pecado abominable ante Dios, el único dispensador de la vida y la muerte. Había alternativas, que irían estudiando en los próximos días. Lo más importante era mantener el asunto dentro de las paredes de la casa. Nadie debía enterarse, ni las hermanas de Ofelia ni el otro hermano, que por suerte andaba midiendo tifones en el Caribe. «Los chismes tienen alas», como bien decía Isidro; lo fundamental era cuidar la reputación de Ofelia y el honor de la familia. Urbina favoreció a cada uno con sus consejos: a Isidro, que evitara la violencia, porque conduce al error y en ese momento se requería extrema prudencia; a Laura, que siguiera rezando y contribuyera a las obras de caridad de la iglesia; y a Ofelia, que se arrepintiera y se confesara, porque la carne es débil, pero la misericordia de Dios es infinita. A Felipe lo llevó aparte y le dijo que a él le tocaba ser el puntal de su familia en esa crisis, que fuera a verlo a su oficina para que trazaran un plan.

El plan del padre Urbina resultó de una sencillez primordial. Ofelia pasaría los próximos meses lejos de Santiago, donde nadie conocido la viera, y después, cuando la barriga no pudiera disimularse, iría a un retiro en un convento de las monjas, donde estaría muy bien cuidada hasta dar a luz, y recibiría la ayuda espiritual, que tanta falta le hacía. «¿Y entonces?», le preguntó Felipe. «El niño o la niña será dado en adopción a una buena familia. Yo me encargaré personalmente de eso. A ti te toca tranquilizar a tus padres y a tu hermana y ocuparte de los detalles. Lógicamente habrá algunos gastos…» Felipe le aseguró que se haría cargo de eso y de recompensar a las monjitas del convento. Felipe le pidió que cuando se acercara la fecha del nacimiento, le consiguiera permiso a la tía Teresa, monja de otra congregación, para que estuviera junto a su sobrina.

Los meses siguientes en el fundo de la familia fueron una maratón de oraciones, promesas a los santos, penitencias y actos de caridad por parte de doña Laura, mientras Juana Nancucheo corría con la rutina doméstica, cuidaba al Bebe, que había retrocedido a la época de los pañales y debían alimentarlo a cucharaditas con papilla de verduras molidas, y vigilaba a la niña en desgracia, como le dio por llamar a Ofelia. Isidro del Solar, instalado en la casa de Santiago, fingía haber olvidado el drama que se desarrollaba lejos entre las mujeres de su familia, seguro de que Felipe había tomado medidas para acallar los chismes. Estaba más preocupado por la situación política, que podía afectar a sus negocios. La derecha había sido derrotada en las elecciones y el nuevo presidente del Partido Radical pretendía continuar con las reformas de su predecesor. La posición de Chile en la Segunda Guerra Mundial era de vital importancia para Isidro, porque de eso dependía su exportación de lana de oveja, a Escocia y también a Alemania, por intermedio de Suecia. La derecha defendía la neutralidad —para qué comprometerse con riesgo de equivocarse—, pero el gobierno y el público en general apoyaban a los aliados. Si ese apoyo llegaba a concretarse, sus ventas en Alemania se irían al carajo, repetía.

Ofelia alcanzó a mandarle una carta a Víctor Dalmau con el chófer, antes de que lo despidieran aparatosamente y a ella se la llevaran prisionera al campo. Juana, que detestaba al chófer, lo acusó sin tener más pruebas que haber presenciado unos cuchicheos entre él y Ofelia. «Se lo dije, patrón, pero usted no me hace caso. Ese patán es el causante. Por su culpa está preñada la niña Ofelia.» A Isidro del Solar se le fue toda la sangre a la cabeza y creyó que el cerebro le iba a reventar. Que los muchachos de la casa abusaran de las empleadas domésticas de vez en cuando, era natural, pero que su hija hiciera lo mismo con un subalterno con pelo de indio y picado de viruela, era inimaginable para él. Tuvo una visión fugaz de su hija desnuda en brazos del chófer, ese pelafustán malnacido, hijo de perra, en el cuarto encima del garaje y casi se desvaneció. Sintió un enorme alivio cuando Juana le aclaró que el hombre era sólo el alcahuete. Lo llamó a la biblioteca y lo interrogó a grito partido para que le confesara el nombre del culpable, lo amenazó con mandarlo preso, para que los carabineros le arrancaran la verdad a culatazos y patadas, y cuando eso no resultó, trató de comprarlo, pero el hombre nada pudo decirle, porque nunca había visto a Víctor. Sólo pudo indicarle las horas en que dejaba y recogía a Ofelia en la Escuela de Arte. Isidro se dio cuenta de que su hija nunca había asistido a las clases; de la escuela seguía a pie o en un taxi a los brazos de su amante. La maldita muchacha era menos tonta de lo que él suponía o bien la lujuria la había vuelto astuta.

La carta de Ofelia contenía la explicación que debió darle a Víctor personalmente, pero en los únicos momentos en que pudo llamarlo, él no contestó en su casa ni en el Winnipeg. En el fundo estaría incomunicada; el teléfono más cercano quedaba a quince kilómetros de distancia. Le dijo la verdad: que esa pasión había sido como una borrachera que le nubló la razón, que ahora entendía lo que él siempre sostuvo, que los obstáculos que los separaban eran insalvables. Admitió en un tono mercantil que en realidad lo que había sentido era una pasión desbordada más que amor, se dejó arrastrar por la novedad, pero no podía sacrificar su reputación y su vida por él. Le anunció que se iría de viaje con su madre por un tiempo y después, con las ideas más claras, vería la posibilidad de volver con Matías. Concluyó la carta con un adiós terminante y la advertencia de que no tratara de comunicarse con ella nunca más.

Víctor recibió la carta de Ofelia con la resignación de quien la estaba esperando y se había preparado para ella. Nunca creyó que ese amor prosperaría, porque, como le hizo ver Roser desde el principio, era una planta sin raíces destinada inexorablemente a marchitarse; nada crece en la penumbra de los secretos, el amor necesita luz y espacio para expandirse, sostenía ella. Víctor leyó la carta dos veces y se la pasó a Roser. «Tenías razón, como siempre», le dijo. A ella le bastó una ojeada somera para leer entre líneas y comprender que la frialdad de muerte de Ofelia apenas lograba disimular una tremenda ira y creyó adivinar la causa, que no era solamente la falta de futuro con Víctor o la reacción de una señorita veleidosa. Supuso que la muchacha había sido secuestrada por su familia para ocultar la vergüenza de un embarazo, pero se abstuvo de compartir su sospecha con Víctor, porque le pareció una crueldad; qué necesidad había de atormentarlo con más dudas. Sentía una mezcla de simpatía y lástima por Ofelia, tan vulnerable e ingenua; era una Julieta sacudida por la ventolera de una pasión infantil, pero en vez del joven Romeo, se había liado con un hombre endurecido.

Dejó la carta sobre la mesa de la cocina, tomó a Víctor de la mano y lo llevó al diván, único asiento cómodo en su modesta vivienda. «Échate, voy a rascarte la cabeza.» Víctor se tendió en el diván con la cabeza en la falda de Roser y se rindió a la dulzura de sus dedos de pianista en su pelo y a la certeza de que mientras ella existiera, no estaría solo en este mundo de desgracias. Si con ella los peores recuerdos eran soportables, también lo sería el hueco que le dejaba Ofelia en el centro del pecho. Hubiera querido confesarle a Roser el dolor que lo ahogaba, pero le faltaban palabras para contarle lo vivido con Ofelia, cómo en algún momento ella le había propuesto que se fugaran y cómo le había jurado que serían amantes para siempre. No podía decírselo, pero Roser lo conocía demasiado bien y seguramente ya lo sabía. En eso estaban cuando despertó Marcel de la siesta llamándolos a gritos.

A Roser no le falló la intuición respecto a los sentimientos de Ofelia. En los días transcurridos desde que supo de su estado, la pasión se le fue transformando en una rabia sorda que la quemaba por dentro. Pasaba horas analizando su conducta y examinando su conciencia, como le exigía el padre Urbina, pero en vez de arrepentirse del supuesto pecado, se arrepentía de su evidente estupidez. No se le había ocurrido preguntarle a Víctor cómo harían para prevenir un embarazo, porque dio por supuesto que él lo tenía bajo control y como se encontraban con poca frecuencia, no iba a suceder. Pensamiento mágico. Víctor, por ser mayor y con experiencia, tenía la culpa de ese accidente imperdonable; a ella, la víctima, le tocaba pagar por los dos. Era una injusticia monumental. Apenas podía recordar por qué se había aferrado a ese amor sin esperanza por un hombre con quien tenía muy poco en común. Después de estar con él en la cama, siempre en algún lugar sórdido, siempre apurados e incómodos, quedaba tan insatisfecha como con los manoseos a hurtadillas con Matías. Supuso que habría sido diferente si hubieran tenido más confianza y tiempo para conocerse, pero nada de eso alcanzó a tener con Víctor. Se enamoró de la idea del amor, de la historia romántica y del pasado heroico de ese guerrero, como solía llamarlo. Había vivido una ópera cuyo desenlace debía ser necesariamente trágico. Sabía que Víctor estaba enamorado de ella, al menos todo lo enamorado que un corazón lleno de cicatrices puede estarlo, pero por parte de ella fue sólo un impulso, una fantasía, otro de sus caprichos. Se sentía tan nerviosa, atrapada y enferma, que los detalles de la aventura con Víctor, incluso los más felices, estaban deformados por el terror de haber destruido su vida. Para él hubo placer sin riesgo y para ella hubo riesgo sin placer. Y ahora, al final, ella sufría las consecuencias y él podía seguir con su existencia como si nada hubiera ocurrido. Lo odiaba. Le ocultó que estaba encinta porque temió que al saberlo, Víctor reclamara su papel de padre y no la dejara en paz. Cualquier decisión sobre ese embarazo le correspondía a ella, nadie tenía derecho a opinar y menos ese hombre que ya le había hecho suficiente daño. Nada de esto contenía la carta, pero Roser lo adivinó.

A los tres meses Ofelia paró de vomitar; la había invadido un torrente de energía como nunca había experimentado antes. Al enviarle la carta a Víctor había cerrado ese capítulo y en pocas semanas dejó de atormentarse con recuerdos y especulaciones sobre lo que pudo ser. Se sentía libre de su amante, fuerte, sana, con un apetito de adolescente; daba largas caminatas a tranco firme por el campo seguida por los perros, se metía en la cocina a hornear una interminable producción de galletas y bollos para repartir entre los niños del fundo, se entretenía pintando mamarrachos con Leonardo, enormes manchas de color que le parecían más interesantes que los paisajes y naturalezas muertas de antes, le dio por planchar sábanas, ante el desconcierto de la lavandera, y pasaba horas entre pesadas planchas de carbón, sudando y contenta. «Déjenla, ya se le pasará», pronosticó Juana. El buen humor de Ofelia le resultaba chocante a doña Laura, que esperaba verla sumida en lágrimas mientras tejía ropita de bebé, pero Juana le recordó que también ella había tenido unos meses de euforia durante sus embarazos, antes de que el peso de la barriga fuera insoportable.

Felipe iba al fundo una vez por semana a hacerse cargo de las cuentas, los gastos y las instrucciones para Juana, convertida en dueña de casa, porque su patrona estaba ocupada en complicadas negociaciones con los santos. Traía noticias de la capital, que a nadie le importaban, frascos de pintura y revistas para Ofelia, ositos de peluche y cascabeles para el Bebe, que ya no hablaba y había vuelto a gatear. Vicente Urbina apareció un par de veces con su olor a santidad, como decía Juana Nancucheo, que no era más que hedor de sotana sin lavar y loción de afeitar, a evaluar la situación, guiar a Ofelia en el camino espiritual y exhortarla a una confesión completa. Ella escuchaba sus sabias palabras con el aire ausente de una sorda, sin demostrar la menor emoción ante la perspectiva de ser madre, como si lo que tuviera en la barriga fuese un tumor. Eso facilitaría mucho la adopción, pensaba Urbina.

La estadía en el campo se prolongó desde fines del verano hasta el invierno y tuvo la virtud de ir calmando las súplicas frenéticas de doña Laura al cielo. No se atrevía a pedir el milagro de un aborto espontáneo, que hubiera resuelto el drama familiar, porque eso era tan grave como desearle la muerte a su marido, pero lo insinuaba sutilmente en sus oraciones. La paz de la naturaleza, con su ritmo inmutable y tranquilo, los días largos y las noches calladas, la leche espumosa y tibia del establo, las grandes bandejas de fruta y el pan oloroso recién salido del horno de barro, convenían a su temperamento tímido mucho más que el bochinche de Santiago. Si de ella dependiera, se quedaría allí para siempre. Ofelia también se relajó en ese ambiente bucólico y el odio contra Víctor Dalmau se le trocó en un vago resentimiento; no era el único culpable, a ella también le cabía responsabilidad. Empezó a pensar en Matías Eyzaguirre con cierta nostalgia.

La casa era de arquitectura colonial y construcción antigua, paredes gruesas de adobe, tejas, vigas de madera y pisos de cerámica, pero resistió bien el terremoto de 1939, a diferencia de otras de la región, que quedaron convertidas en escombros; sólo se agrietaron algunas paredes y se cayeron la mitad de las tejas. En el desorden posterior al terremoto aumentaron los asaltos por esos lados; había vagos buscándose la vida y mucho desempleo, que se le atribuía a la depresión económica mundial de los años treinta y a la crisis del salitre. Cuando el salitre natural fue reemplazado por el sintético, millares de trabajadores quedaron cesantes y el coletazo aún se sentía una década más tarde. En los campos los ladrones entraban de noche, después de envenenar a los perros, y se llevaban fruta, gallinas, a veces un cerdo o un burro para vender. Los capataces los corrían a escopetazos. Pero de esto no se enteró Ofelia. Los días del verano se hacían muy largos. Ella pasaba el calor descansando en los frescos corredores o dibujando escenas del campo, porque el Bebe ya no era capaz de acompañarla manchando grandes telas a brochazos. Dibujaba en pequeñas tarjetas la carreta tirada por bueyes cargada de heno, las vacas somnolientas de la lechería, el patio de las gallinas, las lavanderas, la vendimia. El vino Del Solar no podía competir en calidad con otros más afamados, la producción era limitada y se vendía completa a restaurantes donde Isidro tenía conexiones. Su vino estaba lejos de ser rentable, pero para él era fundamental contarse entre los viñateros, ese club exclusivo de familias conocidas.

El sexto mes del embarazo de Ofelia coincidió con el comienzo del otoño. El sol se ponía temprano y las noches, frías y oscuras, se hacían eternas; se calentaban con mantas y braseros de carbón, se alumbraban con velas, porque habrían de pasar varios años antes de que instalaran electricidad en esos andurriales. A ella el frío la afectó muy poco, porque la euforia de los meses anteriores había dado paso a una pesadez de león marino, que no era sólo del cuerpo —había subido quince kilos y tenía las piernas hinchadas como jamones—, sino también del alma. Dejó de dibujar en las tarjetas, de pasear por los potreros, de leer, tejer o bordar, porque se quedaba dormida en cinco minutos. Se conformó con seguir engordando y se abandonó de tal forma, que Juana Nancucheo debía obligarla a bañarse y lavarse el pelo. Su madre le advertía que ella misma había tenido seis hijos y si se hubiera cuidado tal vez habría preservado algo de su atractivo juvenil. «¿Qué más da, mamá? Estoy arruinada, como todos dicen, a nadie le va a importar cómo me vea. Voy a ser una solterona gorda.» Se puso blandamente en manos del padre Urbina y su familia, sin participar en las decisiones sobre el niño que iba a nacer. Tal como accedió a esconderse en el campo y vivir en secreto, asumiendo la vergüenza que el sacerdote y las circunstancias terminaron por inculcarle, se convenció de que la adopción era inevitable. No había otra salida para ella. «Si yo fuera más joven, diríamos que tu niño es mío y podríamos criarlo en la familia, pero tengo cincuenta y dos años. Nadie lo creería», le había dicho su madre. En esa época la pereza le impedía pensar a Ofelia, lo único que deseaba era dormir y comer, pero alrededor del séptimo mes dejó de imaginar que tenía un tumor adentro y sintió claramente la presencia del ser que estaba gestando. Antes la vida se manifestaba como el aleteo de un pájaro asustado, pero ahora al palparse la barriga podía trazar el contorno del cuerpecito, identificar un pie o la cabeza. Entonces volvió a tomar el lápiz para dibujar en sus cuadernos niños y niñas parecidos a ella misma, sin un solo rasgo de Víctor Dalmau.

Cada quince días llegaba al fundo una comadrona a ver a Ofelia, enviada por el padre Urbina. Se llamaba Orinda Naranjo y según el sacerdote sabía más que cualquier médico sobre enfermedades de mujeres, como llamaba a lo relacionado con la reproducción. Inspiraba confianza al primer vistazo, con su cruz de plata colgada al cuello, vestida de enfermera y provista de un maletín con los instrumentos de su oficio. Medía el vientre de Ofelia, le tomaba la presión y la aconsejaba en el tono sensiblero de quien le habla a una moribunda. Ofelia le tenía profunda desconfianza, pero hacía un esfuerzo por ser amable, ya que esa mujer sería fundamental a la hora del alumbramiento. Como nunca había llevado las cuentas de su menstruación ni de los encuentros con su amante, no sabía cuándo quedó encinta, pero Orinda Naranjo calculó la fecha aproximada del nacimiento por el tamaño de la panza. Pronosticó que como Ofelia era primeriza y había engordado más de lo normal, iba a ser un parto difícil, pero podía estar tranquila, porque ella tenía mucha experiencia, había traído más niños al mundo de los que podía recordar. Recomendó llevar a Ofelia al convento en Santiago, que contaba con una enfermería provista de lo necesario y en caso de una emergencia estaba cerca de una clínica privada. Así lo hicieron. Felipe acudió en el automóvil de la familia a trasladar a su hermana y se encontró ante una persona irreconocible, obesa, con manchas en la cara, arrastrando unos pies enormes en chancletas y abrigada con un poncho que olía a cordero. «Ser mujer es una desgracia, Felipe», le dijo ella a modo de explicación. Su equipaje consistía en dos vestidos maternales en forma de tiendas de campaña, un chaleco grueso de hombre, su caja de pinturas y una primorosa maleta con la ropa que su madre y Juana habían preparado para el niño. Lo poco que ella tejió, resultó deforme.

A la semana de permanencia en el convento, Ofelia del Solar despertó súbitamente de un sueño perturbador empapada de transpiración, con la impresión de haber dormido durante meses en un largo crepúsculo. Le habían asignado una celda amueblada con un catre de hierro, una colchoneta de crin de caballo, dos ásperas mantas de lana bruta, una silla, un cajón para guardar su ropa y una mesa de madera sin pulir. No necesitaba más y agradeció esa sencillez espartana, que se avenía con su estado de ánimo. La celda estaba provista de una ventana con vista al jardín de las monjas, con su fuente morisca en el centro, árboles antiguos, plantas exóticas y bandejas de madera con hierbas medicinales, cruzado por delgados senderos de piedra entre arcos de hierro forjado, que en primavera se cubrían de rosas trepadoras. A Ofelia la despertó la luz invernal de ese amanecer tardío y el arrullo de una paloma en la ventana. Tardó un par de minutos en darse cuenta de dónde se encontraba y qué le había sucedido, por qué estaba atrapada en una montaña de carne, tan pesada que apenas podía respirar. Esos minutos de inmovilidad le permitieron recordar detalles del sueño en que ella era la muchacha de antes, liviana y ágil, y danzaba descalza en una playa de arena negra, con el sol en la cara y el pelo revuelto por la brisa salada. Pronto el mar comenzaba a agitarse y una ola escupía en la arena a una niña cubierta de escamas, como un engendro de sirena. Se quedó en la cama cuando oyó la campana llamando a misa y cuando una hora después pasó una novicia tocando un triángulo para anunciar el desayuno. Por primera vez en mucho tiempo no tenía apetito y prefirió dormitar el resto de la mañana.

Ese mismo día por la tarde, a la hora del rosario, llegó el padre Vicente Urbina de visita. Lo recibió un revoloteo de hábitos negros y tocas blancas, un alboroto de mujeres solícitas besándole la mano y pidiendo su bendición. Era un hombre todavía joven y altivo; parecía disfrazado con su sotana. «¿Cómo está mi protegida?», preguntó, bonachón, una vez que estuvo instalado con una taza de chocolate espeso. Fueron a buscar a Ofelia, que llegó balanceándose como una fragata en sus piernas monumentales. Urbina le pasó la mano consagrada para el beso de rigor, pero ella se la estrechó en un saludo firme.

—¿Cómo te sientes, hija mía?

—¿Cómo quiere que me sienta con una sandía en la panza? —replicó ella secamente.

—Comprendo, hija mía, pero debes aceptar tus molestias,

son normales en tu condición; ofrécelas a Dios todopoderoso. Lo dicen las Sagradas Escrituras: el hombre ha de trabajar con el sudor de su frente y la mujer ha de parir con dolor.

—Que yo sepa, padre, usted no suda trabajando.

—Bueno, bueno, veo que estás conturbada.

—¿Cuándo vendrá mi tía Teresa? Usted dijo que le conseguiría permiso para que viniera a acompañarme.

—Veremos, hija, veremos. Me dice Orinda Naranjo que podemos esperar la llegada del niño dentro de pocas semanas. Invoca a Nuestra Señora de la Esperanza para que te ayude y prepárate para estar limpia de pecados. Recuerda que en este trance de dar a luz muchas mujeres entregan su alma a Dios.

—Me he confesado y he comulgado a diario desde que llegué aquí.

—¿Has hecho una confesión total?

—Usted quiere saber si le dije al confesor el nombre del padre de esta criatura… No me pareció necesario, porque lo que importa es el pecado y no con quién se peca.

—¿Qué sabes tú de categorías de pecados, Ofelia?

—Nada.

—Una confesión incompleta es como si no te hubieras confesado.

—Usted se muere de curiosidad, ¿verdad, padre? —sonrió Ofelia.

—¡No seas insolente! Mi obligación sacerdotal es guiarte por el camino del bien. Supongo que lo sabes.

—Sí, padre, y se lo agradezco mucho. No sé qué hubiera hecho en mi situación sin su ayuda —dijo ella en tono tan humilde que rayaba en la ironía.

—En fin, hija mía. Has tenido suerte, dentro de todo. Te traigo buenas noticias. He hecho exhaustivas indagaciones buscando a la mejor pareja posible para la adopción de tu bebé y puedo adelantarte que creo haberla encontrado. Son gente muy buena, trabajadora, de situación económica holgada, y católicos, por supuesto. No puedo decirte más, pero quédate tranquila, yo velaré por ti y por tu niño.

—Es niña.

—¿Cómo lo sabes? —se sobresaltó el cura.

—Porque la soñé.

—Los sueños no son más eso: sueños.

—Hay sueños proféticos. Pero sea lo que sea, niño o niña, yo soy su madre y pienso criarla. Olvídese de la adopción, padre Urbina.

—¡Qué estás diciendo, por el amor de Dios!

La decisión de Ofelia resultó inquebrantable. Los argumentos y amenazas del sacerdote la dejaron impertérrita y más tarde, cuando llegaron su madre y su hermano Felipe a tratar de convencerla, reforzados por la madre superiora, los escuchó en silencio, ligeramente divertida, como si estuvieran hablando en lengua de fariseos, pero la avalancha de reproches excesivos y advertencias terroríficas acabaron por hacerle efecto, o tal vez fue uno de esos virus de invierno que cada año mataban a docenas de ancianos y niños. Cayó con fiebre alta, delirando con sirenas, postrada por el dolor de espalda y agotada por la tos, que le impedía comer o dormir. El médico que llevó Felipe le recetó tintura de opio diluida en vino tinto y varios fármacos en frascos azules sin identificación, pero numerados. Las monjas la trataron con infusiones de hierbas del jardín y cataplasmas calientes de linaza para la congestión. A los seis días tenía el pecho quemado por las cataplasmas, pero estaba mejor. Se levantó, ayudada por las dos novicias que la habían cuidado día y noche, y pudo llegar a pasitos cortos hasta la pequeña sala de recreo del convento, donde se reunían las monjas en sus momentos de descanso, una habitación alegre, bañada de luz natural, con pisos de madera reluciente y macetas de plantas, presidida por una estatua de la Virgen del Carmen, patrona de Chile, con el Niño Jesús en brazos, ambos con coronas imperiales de latón dorado. Allí pasó la mañana en una poltrona, tapada con una manta, la vista perdida en el cielo nublado de la ventana y elevada al paraíso por la combinación milagrosa de opio y alcohol. Tres horas más tarde, cuando las novicias la ayudaron a ponerse de pie, vieron la mancha en el asiento y el hilo de sangre que descendía por sus piernas.

De acuerdo a las instrucciones del padre Urbina, no llamaron a un médico, sino a Orinda Naranjo. La mujer apareció con su aire profesional y su sonsonete plañidero y determinó que el parto podía producirse en cualquier momento, aunque según sus cálculos faltaban dos semanas de gestación. Instruyó a las monjas para que mantuvieran a la paciente acostada, con las piernas en alto y paños mojados con agua fría en la barriga. «Recen, porque los latidos apenas se oyen, el crío está muy débil», agregó. Por su propia iniciativa, las religiosas trataron la hemorragia con té de canela y leche tibia con semillas de mostaza.

Al recibir el informe de la comadrona, el padre Urbina ordenó a Laura del Solar que se instalara en el convento para acompañar a su hija. Eso les haría bien a las dos, dijo, las ayudaría a reconciliarse. Ella le hizo ver que no estaban enojadas y él le explicó que Ofelia estaba enojada con todos, hasta con Dios. A Laura le dieron una celda idéntica a la de su hija y por primera vez pudo experimentar la paz profunda de la vida religiosa, que tanto había deseado. Se adaptó de inmediato a las corrientes heladas del edificio y al rígido horario de los ritos. Salía de la cama antes del amanecer para esperar la aurora en la capilla alabando al Señor, comulgaba en la misa de siete, almorzaba sopa, pan y queso con la congregación, en silencio, mientras alguien leía en voz alta la lectura del día. Por la tarde disponía de horas privadas de meditación y oración y al caer la noche participaba en el oficio de vísperas. La cena también se llevaba a cabo en silencio y era tan frugal como el almuerzo, pero se complementaba con algo de pescado. Laura se sentía dichosa en ese refugio femenino y hasta los retortijones de hambre y la falta de dulces llegaron a parecerle placenteros al pensar que iba a bajar de peso. Amaba el jardín encantado, los corredores altos y anchos, donde los pasos resonaban como castañuelas, el aroma de las velas y el incienso en la capilla, el crujir de las pesadas puertas, el sonido de las campanas, de los cantos, del roce de los hábitos, del murmullo de los rezos. La madre superiora la eximió del trabajo en la huerta, el taller de bordado, la cocina o la lavandería, para que se ocupara del cuidado físico y espiritual de Ofelia, a quien, por encargo del padre Urbina, debía convencer de la adopción, que daría legitimidad a esa criatura nacida de la lujuria y le daría a ella una oportunidad de rehacer su vida. Ofelia bebía el elixir mágico en otra copa de vino y dormitaba, como una muñeca inerte en su colchón de crin, atendida por las novicias y arrullada por el ronroneo de la voz de su madre, sin entender lo que decía. El padre Urbina tuvo la amabilidad de visitarlas y después de comprobar una vez más la testarudez de esa joven descarrilada, se llevó a Laura del Solar a pasear por el jardín con un paraguas, bajo una llovizna tenue como rocío. Ninguno de los dos comentaría nunca lo que hablaron.

Del parto, que según le contaron fue largo y esforzado, y de los días siguientes, a Ofelia no le quedó ninguna huella en la memoria, como si no los hubiera vivido, gracias al éter, la morfina y los brebajes misteriosos de Orinda Naranjo, que la sumieron en una bendita inconsciencia que duró el resto de la semana. Despertó de a poco, tan perdida que había olvidado su nombre. Como su madre rezaba sin pausa bañada en lágrimas, le tocó al padre Vicente Urbina darle la mala noticia. Apareció a los pies de su cama apenas a ella le redujeron las drogas y se repuso lo suficiente para preguntar qué había pasado y dónde estaba su hija. «Diste a luz un varoncito, Ofelia —la informó el sacerdote en el tono más compasivo posible—, pero Dios, en su sabiduría, se lo llevó a los pocos minutos de nacer.» Le explicó que el niñito venía asfixiado por el cordón umbilical en el cuello, pero afortunadamente alcanzaron a bautizarlo y no fue a dar al limbo, sino al cielo con los ángeles. Dios le evitó sufrimiento y humillación en la tierra a ese niño inocente y en su infinita misericordia, le ofrecía a ella la redención. «Reza mucho, hija mía. Debes dominar tu altanería y aceptar la voluntad divina. Pídele a Dios que te perdone y te ayude a cargar sola este secreto, con dignidad y silencio, por el resto de tu vida.» Urbina quiso consolarla con citas de las Sagradas Escrituras y razones de su propia inspiración, pero Ofelia se puso a aullar como loba y a debatirse entre las fuertes manos de las novicias que intentaban sujetarla, hasta que la obligaron a tragar otro vaso de vino con opio. Y así, de vaso en vaso, sobrevivió medio dormida dos semanas completas, al cabo de las cuales hasta las mismas monjas consideraron que bastaba de rezos y pociones, había que traerla de vuelta al mundo de los vivos. Cuando pudo ponerse de pie, comprobaron que se había desinflado bastante y tenía nuevamente forma de mujer, ya no parecía un zepelín.

Felipe fue a buscar a su hermana y a su madre al convento. Ofelia exigió ver la tumba de su hijo y fueron de vuelta al campo, al minúsculo cementerio del pueblo cercano, y ella pudo poner flores en el sitio marcado con una cruz de madera blanca con la fecha de la muerte, pero sin nombre, donde reposaba el niño que no alcanzó a vivir. «¿Cómo vamos a dejarlo solo aquí? Queda muy lejos para venir a visitarlo», sollozó Ofelia.

De vuelta en la calle Mar del Plata, Laura se abstuvo de contarle a su marido lo sucedido en los últimos meses, porque supuso que Felipe lo tenía al tanto y porque Isidro prefería saber lo menos posible, fiel a su hábito de mantenerse al margen de los desvaríos emocionales de las mujeres de su familia. Recibió a su hija con un beso en la frente como hacía en cualquier mañana normal; habría de morir veintiocho años más tarde sin haberle preguntado nunca por el nieto. Laura buscó consuelo en la iglesia y los dulces. El Bebe había entrado en la última etapa de su corta vida y acaparaba la atención completa de su madre, de Juana y del resto de la familia, de modo que dejaron a Ofelia tranquila en su tristeza.

Los Del Solar nunca tuvieron la ansiada certeza de haber evitado el escándalo del embarazo de Ofelia, porque tradicionalmente los chismes de ese tipo volaban como pájaros fugaces en la periferia de la familia. A Ofelia no le entraba ninguno de sus vestidos de señorita y en el afán de comprar y mandar a hacer otros se distrajo un poco de la pena. El llanto le venía de noche, cuando el recuerdo del niño era tan intenso que sentía claramente su pataleo juguetón en el vientre y un goteo de leche en los pezones. Retomó las clases de pintura, esta vez en serio, y se incorporó a la sociedad sin dejarse apabullar por las miradas curiosas y los cuchicheos a sus espaldas. A Matías Eyzaguirre le llegaron rumores en Paraguay y los descartó como otro ejemplo de la típica mojigatería y mala leche de su país. Cuando supo que Ofelia estaba enferma y se la habían llevado al campo, le escribió un par de veces y como ella no le contestó, le puso un telegrama a Felipe preguntando por la salud de su hermana. «Sigue su curso normal», respondió Felipe. Eso le habría parecido sospechoso a cualquier otro menos a Matías, que no era tonto, como creía Ofelia, sino uno de esos raros hombres buenos. A fines del año aquel pretendiente tenaz obtuvo permiso para dejar su puesto durante un mes e irse de vacaciones a Chile, a salvo del calor húmedo y los torbellinos de viento de Asunción. Llegó a Santiago un jueves de diciembre y el viernes ya estaba frente a la casa afrancesada de la calle Mar del Plata. Juana Nancucheo lo recibió asustada, como si hubieran aparecido los carabineros, porque imaginó que llegaba a recriminar a la niña Ofelia por lo que había hecho, pero la intención de Matías era muy diferente, traía el anillo de diamantes de su bisabuela en el bolsillo. Juana lo condujo a través de la casa en penumbra, porque en verano se mantenían las persianas cerradas y por el duelo anticipado por Leonardo. Nada de flores frescas, como siempre había, ni del olor a duraznos y melones traídos del fundo, que en tiempos normales impregnaba el ambiente, nada de música en la radio ni la ruidosa bienvenida de los perros, sólo la presencia agobiante del mobiliario francés y los cuadros antiguos en sus marcos dorados.

En la terraza de las camelias encontró a Ofelia bajo un toldo dibujando con una plumilla y tinta china, protegida de la resolana con un sombrero de paja. Se detuvo un instante a contemplarla, tan enamorado como antes, sin notar los kilos que todavía le sobraban. Ofelia se puso de pie y retrocedió un paso, desconcertada, porque no esperaba volver a verlo. Lo apreció por primera vez en su totalidad, como el hombre que era y no como el primo suplicante y complaciente de quien se había burlado durante más de una década. Había pensado mucho en él durante esos meses, sumando el haberlo perdido al precio que estaba pagando por sus errores. Los aspectos del carácter de Matías que antes la aburrían, ahora eran raras virtudes. Le pareció cambiado, más maduro y sólido, más guapo.

Juana les trajo té frío y pasteles de dulce de leche y se quedó detrás de los rododendros tratando de oírlos. Por su posición en la familia, debía estar bien informada, le repetía a Felipe cuando él le reprochaba que anduviera fisgoneando detrás de las puertas. «¿Qué necesidad tenía la Ofelita de acabar de romperle el corazón al joven Matías? Tan bueno que es él; no merece pasar esta pena. Fíjese, niño Felipe, que antes que él alcanzara a preguntarle nada, ella le contó todo lo que le había pasado. En detalle, imagínese.»

Matías había escuchado callado, limpiándose el sudor del rostro con su pañuelo, agobiado por la confesión de Ofelia, el calor y el aroma dulzón de las rosas y jazmines que llegaba del jardín. Cuando ella terminó, a él le costó un buen rato ordenar las emociones y concluir que en verdad nada había cambiado, Ofelia seguía siendo la mujer más linda del mundo, la única que él había amado siempre y seguiría amando hasta el fin de sus días. Trató de decírselo con la elocuencia de sus cartas, pero le fallaron las palabras floridas.

—Por favor, Ofelia, cásate conmigo.

—Pero ¿no has oído lo que acabo de decirte? ¿No me vas a preguntar quién era el padre del niño?

—No importa. Lo único que importa es si todavía lo quieres.

—Eso no fue amor, Matías, fue calentura.

—Entonces nada tiene que ver con nosotros. Sé que necesitas tiempo para recuperarte, aunque supongo que nadie se recupera de la muerte de un hijo, pero cuando estés lista, yo te estaré esperando.

Sacó la cajita de terciopelo negro del bolsillo y la colocó delicadamente sobre la bandeja del té.

—¿Dirías lo mismo si yo tuviera un hijo ilegítimo en brazos? —lo desafió ella.

—Por supuesto que sí.

—Me imagino que nada de lo que te he contado te ha caído de sorpresa, Matías, debes de haber escuchado chismes. Mi mala reputación me irá pisando los talones adondequiera que vaya. Eso destruiría tu carrera diplomática y también tu vida.

—Ese es problema mío.

Detrás de los rododendros Juana Nancucheo no pudo ver a Ofelia tomar la cajita de terciopelo y examinarla atentamente sobre la palma de su mano, como si fuera un escarabajo egipcio, sólo escuchó el silencio. No se atrevió a asomarse entre el follaje, pero cuando le pareció que la pausa había durado demasiado, salió de su escondite y se presentó dispuesta a llevarse la bandeja. Entonces vio el anillo en el dedo anular de Ofelia.

Pretendían casarse sin bulla, pero para Isidro del Solar eso equivalía a admitir la culpa. Además, la boda de su hija era una estupenda oportunidad de cumplir con mil compromisos sociales y de paso darles un bofetón a los malparidos que andaban propagando chismes sobre Ofelia. No los había oído, pero en más de una ocasión le pareció que en el Club de la Unión se reían a sus espaldas. Los preparativos fueron mínimos, porque los novios ya tenían todo listo el año anterior, incluyendo sábanas y manteles bordados con sus iniciales. Volvieron a publicar el aviso correspondiente en las páginas sociales de *El Mercurio* y la modista hizo deprisa el vestido de la novia, similar al anterior, pero bastante más ancho. El padre Vicente Urbina les hizo el honor de casarlos; su sola presencia restauraba la reputación de Ofelia. Al preparar a la pareja para el sacramento del matrimonio con las advertencias y consejos de rigor, soslayó delicadamente el tema del pasado de la novia, pero ella se dio el gusto de anunciarle que Matías sabía lo ocurrido y ella no tendría que cargar sola ese secreto por el resto de su vida. Lo cargarían juntos.

Antes de irse a Paraguay, Ofelia quiso volver al cementerio rural donde estaba su niño y Matías la acompañó. Endereza- ron la cruz blanca, pusieron flores y rezaron. «Un día, cuando tengamos nuestro propio sitio en el Cementerio Católico, va- mos a trasladar a tu niñito para que esté con nosotros, como debe ser», dijo Matías.

Pasaron una semana de luna de miel en Buenos Aires antes de seguir por tierra a Asunción. Esos pocos días le bastaron a Ofelia para intuir que al casarse con Matías había tomado la mejor decisión de su vida. «Lo voy a querer como merece, le seré fiel y lo haré feliz», prometió para sus adentros. Por fin ese hombre obstinado y paciente como un buey pudo cruzar el umbral de su casa, preparada con tanta minuciosidad y gasto, llevando en brazos a su mujer. Ella pesaba más de lo esperado, pero él era fuerte.

TERCERA PARTE

Retornos y raíces

IX

1948-1970

Todos los seres
tendrán derecho
a la tierra y la vida,
y así será el pan de mañana...

Pablo Neruda,
«Oda al pan», *Odas elementales*

En el verano de 1948 se inició una tradición para los Dalmau que habría de prolongarse una década. Roser y Marcel se iban por el mes de febrero a una cabaña alquilada en la playa, mientras Víctor se quedaba trabajando y se reunía con ellos los fines de semana, como la mayoría de los maridos chilenos de su medio, que se ufanaban de no tomar jamás vacaciones porque eran indispensables en sus trabajos. Según Roser, era una expresión más del machismo criollo, cómo iban a renunciar a la libertad de solteros de verano que podían gozar. Habría sido mal visto que Víctor se ausentara del hospital durante un mes, pero su motivo principal era que la playa le traía malos recuerdos del campo de refugiados en Argelès-sur-Mer.

Se había propuesto no volver a pisar la arena. Justamente en ese mes de febrero, Víctor tuvo la oportunidad de devolverle a Pablo Neruda el favor de haberlo seleccionado para emigrar a Chile. El poeta era senador de la República y se había enemistado con el presidente, quien estaba en pugna con el Partido Comunista, aunque este lo había apoyado en su ascenso al poder. Neruda no escatimaba insultos para aquel hombre «*producto de la cocinería política*», lo consideraba un traidor, un «*pequeño vampiro vil y encarnizado*». Acusado de injurias y calumnias por el gobierno, fue desposeído de su cargo de senador y perseguido por la policía.

Un par de dirigentes del Partido Comunista, que pronto iba a ser declarado fuera de la ley, se presentaron en el hospital para hablar con Víctor.

—Como sabe, hay orden de arresto contra nuestro camarada Neruda —le dijeron.

—Lo leí hoy en el diario. Me cuesta creerlo.

—Hay que esconderlo mientras se encuentre en la clandestinidad. Suponemos que esta situación se va a resolver pronto, pero si no es así, habrá que sacarlo del país de alguna manera.

—¿Cómo puedo ayudar? —les preguntó Víctor.

—Alojarlo por un tiempo, no será largo. Tenemos que cambiarlo de domicilio a menudo para eludir a la policía.

—Por supuesto, será un honor.

—De más está decirle que nadie debe enterarse.

—Mi mujer y mi hijo están de vacaciones. Estoy solo en mi casa. Allí estará seguro.

—Debemos advertirle que se puede meter en un problema serio por encubridor.

—No importa —replicó Víctor y procedió a darles su dirección.

Así fue como Pablo Neruda y su esposa, la pintora argentina Delia del Carril, vivieron dos semanas ocultos en la casa de los Dalmau. Víctor les cedió su cama y les llevaba comida, preparada por la cocinera de su taberna, en recipientes pequeños para no llamar la atención de los vecinos. Al poeta no le pasaba inadvertida la coincidencia de que su cena viniera del Winnipeg. También había que proveerlo de la prensa, libros y whisky, lo único que lo calmaba, y animarlo con conversación, ya que las visitas estaban restringidas. Era buen vividor y gregario, necesitaba a sus amigos, necesitaba incluso a sus adversarios ideológicos para practicar la esgrima verbal de la polémica. En las eternas veladas en aquel espacio reducido, repasó con Víctor a grandes brochazos la lista de los refugiados que el poeta embarcó en Burdeos aquel lejano día de agosto de 1939 y de otros hombres y mujeres del éxodo español, que fueron llegando a Chile en los años siguientes. Víctor le hizo ver que al negarse a acatar la orden de elegir sólo a trabajadores cualificados y seleccionar también a artistas e intelectuales, Neruda había enriquecido al país con un derroche de talento, conocimiento y cultura. En menos de una década ya destacaban los nombres de científicos, músicos, pintores, escritores, periodistas y hasta un historiador que soñaba con la monumental tarea de reescribir la historia de Chile desde sus orígenes.

El encierro estaba enloqueciendo a Neruda. Daba vueltas y más vueltas como fiera enjaulada paseando incansablemente entre cuatro paredes; no podía ni asomarse a la ventana.

Su mujer, que había renunciado a todo, incluso a su arte, por acompañarlo, apenas lograba mantenerlo puertas adentro. En ese período el poeta se dejó crecer la barba y mataba el tiempo escribiendo furiosamente su *Canto general*. A cambio de la hospitalidad, recitaba con su inconfundible entonación lúgubre versos antiguos y otros inconclusos, que le contagiaron a Víctor el vicio de la poesía, que habría de durarle para siempre.

Una noche, sin previo aviso, llegaron dos desconocidos con abrigos y sombreros oscuros, aunque a esa hora todavía hervía el calor del verano. Parecían detectives, pero se identificaron como camaradas del Partido, y sin más explicaciones se llevaron a la pareja a otra parte, dándole tiempo apenas de meter en un par de maletas la ropa y los poemas en ciernes. Se negaron a indicarle a Víctor adónde podía ir a verlo, pero le advirtieron que tal vez tendría que hospedarlo de nuevo, porque era difícil encontrar refugios. Había un contingente de más de quinientos policías husmeando las huellas del fugitivo. Víctor les hizo ver que a la semana siguiente regresaría su familia de la playa y su casa ya no sería segura. En el fondo fue un alivio recuperar la tranquilidad de su hogar. Su huésped había ocupado hasta el último resquicio con su enorme presencia.

Volvería a verlo trece meses más tarde, cuando le tocó organizar, junto a otros dos amigos, la huida del poeta a caballo, por pasos cordilleranos del sur, hacia Argentina. Durante ese tiempo Neruda, irreconocible con su barba montuna, se había ocultado en casas de amigos y camaradas de su Partido, mientras la policía iba pisándole los talones. También ese viaje a la frontera dejaría en Victor una huella imborrable, como la poesía. Cabalgaron en el magnífico escenario de selva fría, árboles milenarios, montañas y agua; agua por todas partes, deslizándose en arroyos furtivos entre troncos ancianos, cayendo desde el cielo en cascadas, arrastrando todo a su paso en ríos turbulentos, que los viajeros debían cruzar con el corazón en un hilo. Muchos años más tarde, Neruda recordó en sus memorias esa travesía: «*Cada uno avanzaba embargado en aquella soledad sin márgenes, en aquel silencio verde y blanco.* [...] *Todo era a la vez una naturaleza deslumbradora y secreta y a la vez una creciente amenaza de frío, nieve, persecución*».

Víctor se despidió de él en la frontera, donde lo esperaban gauchos con caballos de repuesto para seguir el viaje. «Los gobiernos pasan y los poetas quedan, don Pablo. Usted va a volver en gloria y majestad. Acuérdese de lo que le digo», dijo, abrazándolo.

Neruda saldría de Buenos Aires con el pasaporte de Miguel Ángel Asturias, el gran novelista guatemalteco, con quien tenía cierto parecido físico, ambos eran «*largos de nariz, opulentos de cara y cuerpo*». En París fue recibido como hermano por Pablo Picasso y homenajeado en el Congreso de la Paz, mientras el gobierno chileno declaraba a la prensa que aquel hombre era un impostor, un doble de Pablo Neruda, y que el verdadero estaba en Chile y la policía lo tenía localizado.

El mismo día que Marcel Dalmau Bruguera cumplió diez años llegó la carta de su abuela Carme, que había dado la vuelta por medio mundo antes de encontrar al destinatario. Sus padres le habían hablado de ella, pero nunca había visto una fotografía y los relatos de la mítica familia de España eran tan ajenos a su realidad, que los tenía clasificados en la misma categoría de las inverosímiles novelas de terror y de fantasía que coleccionaba. A esa edad se negaba a hablar en catalán, sólo lo hacía con el viejo Jordi Moliné en la taberna Winnipeg. Con el resto de la humanidad hablaba en español con un exagerado acento chileno y un lenguaje vulgar que le valía cachetadas sonoras de su madre, pero aparte de esa peculiaridad, era un niño ideal: se las arreglaba solo con sus estudios, su transporte, su ropa y a menudo su comida, se encargaba hasta de sus citas al dentista y la peluquería. Parecía un adulto de pantalón corto.

Al volver un día del colegio recogió el correo del buzón, separó su revista semanal de extraterrestres y maravillas de la naturaleza y dejó el resto sobre la mesilla de la entrada. Estaba acostumbrado a encontrar la casa vacía. Como sus padres tenían horarios imprevisibles, le habían dado llave de la puerta a los cinco años y viajaba solo en tranvía y autobús desde los seis. Era huesudo y alto, de facciones definidas, ojos negros de expresión absorta y cabello tieso, dominado a la fuerza con gomina. Además del peinado de cantante de tango, le imitaba a Víctor Dalmau sus gestos medidos y su tendencia a hablar con brevedad y evitar detalles. Sabía que no era su padre, sino su tío, pero esa información era tan poco relevante como la leyenda de esa abuela que se bajó de una moto a medianoche y se perdió rodeada por una multitud desesperada. Primero llegó Roser con una torta de cumpleaños y poco después Víctor, que había pasado treinta horas de turno en el hospital, pero no había olvidado traerle el regalo con el que soñaba desde hacía tres años. «Es un microscopio profesional, de los grandes, para que te dure hasta que te cases», bromeó, abrazándolo. Era más demostrativo en el cariño que su madre y mucho más manso: doblegarla a ella era imposible; en cambio Marcel conocía una docena de trucos para hacer lo que le daba la gana con él.

Después de cenar y partir la torta, el niño llevó el correo a la cocina. «¡Vaya! Es de Felipe del Solar. No lo he visto hace meses», comentó Víctor al ver el remitente. Era un sobre grande con el membrete de la oficina de abogados Del Solar. Dentro había una nota diciendo que era hora de juntarse a comer un día de estos y que perdonara el retraso en entregar la carta adjunta, que había llegado a su antigua casa y había estado dando vueltas hasta que llegó a sus manos, porque ahora vivía en un apartamento frente al Club de Golf. Al minuto el grito de Víctor sobresaltó a su mujer y a su hijo, que nunca lo habían oído levantar la voz. «¡Es madre! ¡Está viva!», y se le rompió la voz.

A Marcel le interesó poco la noticia, hubiera preferido que en vez de la abuela se materializara uno de sus extraterrestres, pero cambió de parecer cuando le anunciaron el viaje. A partir de ese momento todo fue hacer los preparativos para encontrarse con Carme: cartas que iban y venían sin esperar respuesta, telegramas que se cruzaban en el aire, despejar la agenda de clases y conciertos de Roser y el trabajo de Víctor en el hospital. De Marcel no se ocupó nadie; la abuela resucitada bien valía que perdiera el año escolar, de ser necesario. Viajaron en una aerolínea peruana haciendo escala en cinco ciudades antes de llegar a Nueva York, de allí a Francia en barco, de París a Toulouse en tren y finalmente al principado de Andorra en autobús por una carretera que se deslizaba como comadreja entre montañas. Ninguno de los tres había volado antes y la experiencia sirvió para revelar la única debilidad que se le conoció a Roser en la vida: terror de la altura. En circunstancias cotidianas, como asomarse al balcón de un último piso, disimulaba su acrofobia con el mismo estoicismo con que soportaba los dolores de cualquier clase y el esfuerzo de vivir. Apretar los dientes y tirar para adelante sin alharaca, ese era su lema, pero en el avión le fallaron los nervios y el equilibrio. Su marido y su hijo tuvieron que llevarla de la mano, consolarla, distraerla, sostenerla cuando vomitaba durante las incontables horas en el aire y bajarla casi en vilo en cada parada, porque apenas podía caminar. Al llegar a Lima, la segunda escala de la odisea después de Antofagasta, Víctor la vio en tan mal estado que decidió mandarla de regreso a casa por tierra y seguir solo con Marcel, pero Roser lo encaró con su firmeza habitual. «Voy a llegar volando hasta el mismísimo infierno. Que no se hable más de esto.» Y siguió hasta Nueva York temblando de miedo y vomitando en bolsas de papel. Se estaba entrenando, porque ya sabía que le iba a tocar viajar por aire en el futuro si se concretaba el proyecto de la orquesta de música antigua que estaba fraguando.

Carme los aguardaba en la estación del bus de Andorra la Vella, sentada en un banco, tiesa como estaca, fumando como siempre, vestida de luto por los muertos, por los perdidos y por España, con un absurdo sombrero y un bolso en la falda, del cual asomaba la cabeza de un perrito blanco. Fue fácil reconocerse, porque ninguno de los tres había cambiado mucho en esos diez años de separación. Roser era la misma de antes, pero había adoptado el estilo que le convenía, y Carme se sintió un poco intimidada ante esa mujer bien vestida, maquillada y segura de sí misma. La había visto por última vez en una noche terrible, encinta, agotada y tiritando de frío en el acoplado de una motocicleta. El único emocionado hasta las lágrimas fue Víctor; las dos mujeres se saludaron con un beso en la cara, como si se hubieran visto el día anterior y como si la guerra y el exilio hubieran sido episodios insignificantes en sus existencias por lo demás apacibles. «Tú debes de ser Marcel. Yo soy tu *àvia*. ¿Tienes hambre?», fue el saludo de la abuela al nieto, y sin esperar respuesta le pasó un pan dulce de su bolso prodigioso, donde el perro convivía con los panes. Marcel, fascinado, estudió la geografía compleja de las arrugas de la *àvia*, sus dientes amarillos de nicotina, sus pelos grises y duros asomando como pasto seco del sombrero y sus dedos torcidos de artritis, pensando que si tuviera antenas en la cabeza sería uno de sus marcianos.

Un taxi con veinte años de antigüedad los llevó carraspeando por una ciudad encajonada entre montañas, que según Carme era la capital del espionaje y el contrabando, prácticamente las únicas ocupaciones rentables en aquella época. Ella estaba dedicada a la segunda, porque para el espionaje había que tener buenas conexiones con las potencias europeas y con los americanos. Habían pasado más de cuatro años desde el fin de la Segunda Guerra Mundial, en 1945, y las ciudades devastadas se recuperaban del hambre y la ruina, pero todavía había masas de refugiados y gente desplazada buscando su lugar en el mundo. Les explicó que Andorra era un nido de espías durante la guerra y ahora, con la guerra fría, seguía siéndolo. Antes era una vía de escape para quienes huían de los alemanes, sobre todo judíos y prisioneros fugados, que a veces eran traicionados por los guías y terminaban asesinados o entregados al enemigo para quitarles el dinero y las joyas que llevaban encima. «Hay varios pastores que de pronto se hicieron ricos y cada año, con el deshielo, aparecen cadáveres amarrados de las muñecas con alambre», dijo el conductor del taxi, que participaba en la conversación. Después de la guerra pasaban por Andorra oficiales alemanes y simpatizantes de los nazis huyendo hacia posibles destinos en América del Sur. Esperaban pasar por España y encontrar ayuda de Franco, quien rara vez se la daba. «En cuanto al contrabando, es casi nada: tabaco, alcohol y otras cosillas por el estilo, nada peligroso», agregó Carme.

Instalados en la rústica casa, que Carme compartía con la pareja de campesinos que le salvó la vida, se sentaron a la mesa con un estofado suculento de conejo con garbanzos y dos porrones de vino tinto a contarse mutuamente las peripecias de la última década. En la Retirada, cuando la abuela decidió que no le daban las fuerzas para continuar y la idea del exilio era intolerable, abandonó a Roser y a Aitor Ibarra para echarse a morir de frío durante la noche, lejos de ellos. Muy a su pesar, amaneció al día siguiente entumecida y muy hambrienta, pero más viva de lo que hubiera deseado. Siguió allí mismo, inmóvil, mientras a su alrededor la masa de fugitivos avanzaba arrastrándose, cada vez menos numerosa, hasta que al atardecer se encontró sola enrollada como caracol sobre la tierra helada. No recordaba, dijo, lo que sentía, pero supo que morir es difícil y llamar a la muerte es una cobardía. Su marido estaba muerto y tal vez lo estaban sus dos hijos, pero existían Roser y el niño de Guillem que llevaba adentro; entonces decidió seguir, pero ya no pudo ponerse de pie. Al rato se le acercó un cachorro perdido, que andaba husmeando a la siga de la columna de refugiados, y lo dejó que se acurrucara con ella para darle calor. Ese animal fue su salvación. Una o dos horas más tarde, una pareja de campesinos, que había vendido sus productos a los fugitivos rezagados y se disponía a volver a su casa, escuchó gemidos del perro, que confundió con los de un niño. Así descubrieron a Carme y la ayudaron. Vivió con ellos, trabajando la tierra con esfuerzo y magros resultados, hasta que el hijo mayor de esa familia se los llevó a Andorra. Allí pasaron la guerra contrabandeando entre España y Francia de cuanto hay, incluso gente si se presentaba la oportunidad.

—¿Es este el mismo perro? —preguntó Marcel, que lo tenía en las rodillas.

—El mismo. Debe de tener unos once años y va a vivir mucho más. Se llama Gosset.

—Ese no es un nombre. Es perrito en catalán.

—Ese nombre basta, no necesita otro —replicó la abuela entre dos chupadas de su cigarrillo.

Pasó un año completo antes de que Carme estuviera dispuesta a emigrar para juntarse con la única familia que le quedaba. Como nada sabía de Chile, ese largo gusano al sur del mapa, se puso a investigar en libros y a preguntar por aquí y por allá si alguien conocía a algún chileno para interrogarlo, pero ninguno pasó por Andorra en ese tiempo. La retenían la amistad con los campesinos que la habían recogido, con quienes había convivido muchos años, y el susto de recorrer medio planeta sin experiencia y con un perro anciano. Temía que Chile no le gustara. «Dice mi tío Jordi que es igual que Cataluña», la tranquilizó Marcel en una de sus cartas.

Una vez tomada la decisión, se despidió de los amigos, respiró hondo y se quitó las preocupaciones de la mente, dispuesta a disfrutar de la aventura. Viajó por tierra y por mar durante siete semanas con el chucho en una bolsa, sin apuro, dándose tiempo para hacer turismo y para apreciar otros paisajes y lenguas, para probar comidas exóticas y comparar costumbres ajenas con las propias. Se iba alejando día a día del pasado conocido para adentrarse en otra dimensión. En sus años de maestra había estudiado y enseñado el mundo y ahora comprobaba que no se parecía a las descripciones de los textos ni a las fotografías; era mucho más complejo y colorido y menos temible. Comentaba sus impresiones con el animal y las escribía en un cuaderno escolar junto con sus recuerdos, como medida de precaución, en caso de que más tarde le fallara la memoria. Embellecía los hechos, porque era consciente de que la vida es como uno la cuenta, así que para qué iba a anotar lo trivial. La última etapa del peregrinaje fue la misma navegación por el Pacífico que su familia había hecho en 1939. Su hijo le había mandado dinero para un pasaje de primera clase con el argumento de que se lo merecía, después de tanto soportar pellejerías, pero ella prefirió viajar en clase turista, donde estaría más cómoda. La guerra y sus años de contrabandista la habían hecho muy discreta, pero se propuso conversar con los extraños, porque había descubierto que a la gente le gusta hablar y bastan un par de preguntas para hacer amigos y enterarse de muchas cosas. Cada persona tiene una historia y quiere contarla.

A Gosset, que padecía algunos achaques de la edad, el viaje lo fue rejuveneciendo por etapas y al aproximarse a la costa de Chile parecía otro perro, más alerta y con menos olor a zorrillo. En el puerto de Valparaíso, Víctor, Roser y Marcel recibieron a la abuela y al can. Los acompañaba un caballero barrigón y parlanchín que se presentó como «Jordi Moliné, a sus pies, señora». Agregó en catalán que estaba listo para mostrarle lo mejor de ese hermoso país. «¿Sabe que somos casi de la misma edad? Yo también soy viudo», agregó con cierta coquetería. En el tren a Santiago, Carme se enteró del papel de tío abuelo, que el hombre cumplía cabalmente, y de cómo su nieto era parroquiano habitual de su taberna, adonde iba casi a diario a hacer sus tareas escolares, para no estar solo en su casa. Víctor ya no trabajaba en el Winnipeg de noche, era cardiólogo en el hospital San Juan de Dios, y Roser tampoco iba a menudo a la taberna, pero supervisaba de lejos las cuentas que llevaba un contador jubilado a cambio de compañía, comida y licor.

Carme había encontrado por fin a los suyos gracias a Elisabeth Eidenbenz, quien se había instalado en Viena, dedicada por entero a la misión que siempre adoptó de ayudar a mujeres y niños. La ciudad había sido bombardeada con saña y cuando ella llegó, a poco de terminar la guerra, la población hambrienta escarbaba en la basura buscando alimento y cientos de niños perdidos vivían como ratas entre los escombros de lo que una vez fue la más hermosa ciudad imperial. En 1940, cuando estaba en el sur de Francia, Elisabeth había realizado su proyecto de crear la maternidad modelo en el palacete abandonado de Elna, donde acogía a las mujeres encintas para que dieran a luz a salvo. Si bien primero fueron españolas refugiadas de los campos de concentración, después llegaron también judías, gitanas y otras mujeres escapando de los nazis. Amparada por la Cruz Roja, la Maternidad de Elna debía permanecer neutral y abstenerse de ayudar a fugitivos políticos, pero Elisabeth hacía poco caso del reglamento, a pesar de la vigilancia, y eso le valió que la Gestapo se la cerrara en 1944. Había alcanzado a salvar a más de seiscientos niños.

Carme conoció por casualidad en Andorra a una de aquellas madres afortunadas, quien le contó cómo gracias a Elisabeth tuvo a su hijo. Entonces Carme relacionó a esa enfermera con el nombre de la persona que habría sido el contacto de su familia en Francia, si lograban cruzar la frontera. Escribió a la Cruz Roja y de una oficina a otra, de un país a otro, por medio de una correspondencia tenaz que venció los obstáculos de la burocracia y cruzó Europa en varias direcciones, logró averiguar el paradero de Elisabeth en Viena; ella le dijo por carta que al menos uno de sus hijos, Víctor, estaba vivo y se había casado con Roser, la cual tuvo un niño llamado Marcel y los tres estaban en Chile. No sabía cómo buscarlos, pero Roser le había escrito a la familia que la acogió cuando salió de Argelès-sur-Mer. Costó un poco dar con los cuáqueros, que estaban viviendo en Londres. Tuvieron que escarbar en la buhardilla para encontrar el sobre de Roser con la única dirección que tenían, la casa de Felipe del Solar en Santiago.

Y así, con un retraso de varios años, Elisabeth Eidenbenz reunió a los Dalmau.

Roser fue a Caracas a mediados de la década de los sesenta, invitada una vez más por su amigo Valentín Sánchez, el ex embajador de Venezuela, ya retirado de la diplomacia y dedicado por entero a su pasión por la música. En los veinticinco años transcurridos desde la llegada del *Winnipeg* se había hecho más chilena que cualquiera nacido en ese territorio, como la mayoría de los españoles refugiados; los cuales no sólo eran ciudadanos, sino que varios de ellos cumplieron el sueño de Pablo Neruda de sacudir la modorra de la sociedad. Ya nadie se acordaba de que alguna vez hubo oposición contra ellos y nadie podía negar la contribución magnífica de la gente que Neruda invitó a Chile. Roser y Valentín Sánchez lograron crear, tras años de planear, de tupida correspondencia y de viajes, la primera orquesta de música antigua del continente, auspiciada por el petróleo, el inagotable tesoro que manaba a raudales de la tierra venezolana. Mientras él recorría Europa adquiriendo los preciosos instrumentos y desenterrando partituras desconocidas, ella formaba a los intérpretes por estricta selección desde su nueva condición de vicedecana de la Escuela de Música en Santiago. Sobraban postulantes, que llegaban de diversos países con la esperanza de formar parte de esa utópica orquesta. Chile carecía de los medios para semejante empresa; había otras prioridades en materia cultural y en las contadas ocasiones en que Roser logró despertar interés en el proyecto, venía un terremoto o un cambio de gobierno y lo echaba por tierra. Pero en Venezuela cualquier sueño era posible con las debidas influencias y conexiones, que a Valentín Sánchez le sobraban, porque había sido uno de los pocos políticos capaces de flotar sin contratiempos entre dictaduras, golpes militares, intentos de democracia y el gobierno conciliador del momento, presidido por uno de sus amigos personales. Su país se enfrentaba a una guerrilla inspirada en la revolución cubana, como otras que existían en el continente menos en Chile, donde recién comenzaba a ver la luz un movimiento revolucionario más teórico que combatiente. Nada de eso afectaba a la prosperidad del país ni al amor de los venezolanos por la música, por antigua que fuera. Valentín iba a Chile a menudo; tenía un departamento en Santiago, que mantenía abierto para ocuparlo al menor capricho. Roser lo visitaba en Caracas y juntos habían andado por Europa por el asunto de la orquesta. Ella había aprendido a volar en avión con ayuda de tranquilizantes, narcóticos y ginebra.

Esa amistad no inquietaba a Víctor Dalmau, porque el amigo de su mujer era abiertamente homosexual, pero intuía la existencia de un amante hipotético. Cada vez que ella regresaba de Venezuela estaba rejuvenecida, traía ropa nueva, una fragancia de odalisca o una joya discreta, como un corazón de oro colgado al cuello en una cadena delgada, algo que Roser no compraría para sí misma, porque era espartana para los gastos personales. Lo más revelador para Víctor era su renovada pasión, como si al reencontrarse con él quisiera practicar alguna acrobacia aprendida con otro o expiar la culpa. Los celos serían ridículos en la relación relajada que compartían, tan relajada que si Víctor la definiera diría que eran camaradas. Comprobó lo cierto que era el dicho de su madre: que los celos pican más que las pulgas. A Roser le gustaba el papel de esposa. En los tiempos en que eran pobres, cuando él todavía andaba enamorado de Ofelia del Solar, compró en cuotas mensuales, sin preguntarle, dos alianzas matrimoniales y le exigió que las usaran hasta que pudieran divorciarse. De acuerdo con el convenio de ceñirse a la verdad, establecido desde un principio, Roser debía hablarle del amante, pero ella sostenía que a veces una omisión piadosa se aprecia más que una verdad inútil y Víctor dedujo que si ella aplicaba ese principio en detalles banales, con mayor razón lo haría en caso de una infidelidad. Se habían casado por conveniencia, pero llevaban veintiséis años juntos y se querían con algo más que la tranquila aceptación de esos matrimonios arreglados de la India. Marcel había cumplido dieciocho años hacía mucho y ese aniversario, que marcaba el fin del compromiso adquirido entre ellos de permanecer juntos hasta entonces, sólo sirvió para ratificar el cariño que se tenían y el propósito de seguir casados por un tiempo más, con la esperanza de que, de postergación en postergación, nunca llegaran a separarse.

Con los años se iban pareciendo en los gustos y manías, aunque no en el carácter. Tenían pocos motivos de discusión y ninguno de pelea, estaban de acuerdo en lo fundamental y se sentían tan cómodos y contentos en presencia del otro como si estuvieran solos. Tan a fondo se conocían, que hacer el amor era una danza fácil, que los dejaba a ambos satisfechos. No se trataba de repetir la misma rutina, porque ella se habría aburrido y Víctor lo sabía. La Roser desnuda en el lecho era muy diferente a la mujer elegante y sobria en un escenario, o la severa profesora de la Escuela de Música. Habían pasado altibajos juntos hasta llegar a la plácida existencia de esos años de madurez sin problemas económicos o emocionales. Vivían solos, porque Carme se había mudado a la casa de Jordi Moliné cuando se murió Gosset, ya muy viejo, ciego y sordo, pero perfectamente lúcido, y Marcel estaba instalado con dos amigos en un apartamento. Había estudiado ingeniería de minas y trabajaba empleado por el gobierno en la industria del cobre. No había heredado ni un ápice del talento musical de su madre o de su abuelo Marcel Lluís Dalmau; tampoco el temperamento aguerrido de su padre, ni alguna inclinación por la medicina, como Víctor, o por la enseñanza como su abuela Carme, quien a los ochenta y un años era maestra en una escuela. «¡Qué raro eres, Marcel! ¿Por qué diablos te interesan las piedras?», le preguntó Carme cuando supo la carrera que él había elegido. «Porque no opinan ni contestan», replicó su nieto.

La relación fracasada con Ofelia del Solar le dejó a Víctor Dalmau una rabia recóndita y callada que le duró un par de años y que aceptó como la expiación justa por haberse portado como un desalmado al enamorar a esa muchacha virgen sabiendo que él no era libre, que tenía la responsabilidad de una esposa y un hijo. De eso hacía muchos años. Desde entonces la nostalgia ardiente que le dejó ese amor fue desapareciendo en la zona gris de la memoria en que lo vivido se va borrando. Creía haber aprendido una lección, aunque su significado profundo le resultaba confuso. Aquella fue su única distracción amorosa durante muchos años, porque vivía sumergido en las exigencias de su trabajo. Algún que otro encuentro precipitado con alguna enfermera complaciente no contaba; ocurría rara vez, por lo general en uno de esos turnos de dos días de guardia en el hospital. Esos abrazos furtivos nunca llegaron a ser una complicación, carecían de pasado y de futuro y se olvidaban en pocas horas. Su cariño sólido por Roser era el ancla de su existencia.

En 1942, poco después de recibir la carta definitiva de Ofelia, cuando Víctor todavía albergaba la fantasía de volver a conquistarla, sabiendo que eso equivalía a echarle salmuera al corazón herido, Roser calculó que necesitaba una cura drástica para salir del ensimismamiento y se introdujo una noche en su cama sin invitación, tal como lo hiciera años antes con su hermano Guillem. Aquella había sido la mejor iniciativa de su vida, porque tuvo por consecuencia a Marcel. Esa noche ella pensaba sorprender a Víctor, pero se encontró con que él la estaba esperando. No se sobresaltó al verla en el umbral de su pieza, medio desnuda y con el cabello suelto, simplemente se movió en la cama para dejarle espacio y la recogió en sus brazos con naturalidad de esposo. Retozaron buena parte de la noche, conociéndose bíblicamente con poca destreza, pero buen humor, ambos conscientes de que deseaban ese momento desde las escaramuzas en el bote salvavidas del *Winnipeg*, cuando conversaban castamente en susurros, mientras afuera otras parejas aguardaban su turno para el amor. No se acordaron de Ofelia ni de Guillem, cuyo fantasma omnipresente los había acompañado en la travesía, pero en Chile se distrajo con las novedades y poco a poco se retiró a un compartimento discreto en el corazón de ambos, donde no molestaba. Desde esa primera noche, dormían en la misma cama.

El orgullo le impedía a Víctor espiar a Roser o plantearle su sospecha. No relacionó sus dudas con el persistente dolor de estómago que lo atormentaba, lo atribuyó a una úlcera, pero nada hizo por confirmar el diagnóstico y se limitó a tomar leche de magnesia en alarmante cantidad. Su sentimiento por Roser era tan diferente a la pasión atolondrada que sufrió por Ofelia, que habría de pasar más de un año de mortificación antes de que pudiera ponerle nombre. Para distraerse de los celos se refugiaba en las dolencias de sus pacientes del hospital y en el estudio. Debía estar al día con los avances de la medicina, tan prodigiosos que se rumoreaba la posibilidad de trasplantar con éxito el corazón humano. Dos años antes le habían puesto un corazón de chimpancé a un moribundo en Mississippi y aunque el paciente vivió sólo noventa minutos, ese experimento elevó las posibilidades de la ciencia médica al nivel de milagro. Víctor Dalmau, como miles de otros médicos, anhelaba repetir la proeza usando a un donante humano. Desde que tuvo entre los dedos el corazón de Lázaro, hacía toda una vida, lo obsesionaba ese órgano magnífico.

Fuera del trabajo y el estudio, donde concentraba su energía, Víctor había entrado en uno de sus períodos melancólicos. «Andas alelado, hijo», le dijo Carme en uno de los almuerzos dominicales de la familia en casa de Jordi Moliné. Allí se hablaba catalán, pero Carme cambiaba al español cuando Marcel estaba presente, porque a los veintisiete años todavía su nieto se negaba a hablar el idioma de su familia. «La *àvia* tiene razón, papá. Pareces tonto. ¿Qué te pasa?», agregó Marcel. «Echo de menos a tu madre», respondió Víctor en un impulso. Eso fue una revelación para él. Roser estaba en Venezuela en otra serie de conciertos, que a Víctor le parecían cada vez más frecuentes. Se quedó pensando en lo que había dicho, porque hasta el instante en que articuló la necesidad que tenía de ella, no se había dado cuenta cabal de cuánto la quería. Ellos, que hablaban de todo sin tapujos, nunca habían expresado el amor en palabras por un inexplicable pudor; qué necesidad había de andar pregonando los sentimientos, bastaba con demostrarlos. Si estaban juntos, era porque se querían, para qué darle más vueltas a esa verdad sencilla.

Un par de días más tarde, cuando todavía estaba rumiando la idea de sorprender a Roser con una declaración formal de amor y el anillo de desposada que debió haberle dado hacía años, ella volvió a Santiago sin avisar y los planes de Víctor quedaron postergados indefinidamente. Venía rozagante, como en viajes anteriores, con ese aire de entera satisfacción que tantas sospechas despertaba en su marido, y una vistosa minifalda de cuadros rojos y negros, como mantel de cocina, totalmente inapropiada a su personalidad discreta. «¿No te parece demasiado corta para tu edad?», le preguntó Víctor en vez de decirle las lindezas que había preparado con tanto cuidado. «Tengo cuarenta y ocho, pero me siento como si tuviera veinte», le contestó ella de buen talante.

Era la primera vez que cedía ante el último alarido de la moda; hasta entonces había sido fiel a su estilo, que cambiaba muy poco. La desafiante actitud de ella convenció a Víctor de que era mejor dejar las cosas como estaban y evitar el riesgo de una aclaración que podía ser muy dolorosa o definitiva.

Víctor Dalmau se enteró varios años más tarde, cuando ya no importaba para nada, de que el amante de Roser había sido su antiguo amigo Aitor Ibarra. Esa relación feliz, aunque esporádica, porque sólo se encontraban cuando ella iba a Venezuela y el resto del tiempo no se comunicaban de ninguna forma, duró siete años completos. Comenzó con el primer concierto de la orquesta de música antigua, que fue el acontecimiento cultural de la temporada en Caracas. Aitor vio en la prensa el nombre de Roser Bruguera, pensó que sería demasiada casualidad que fuese la misma mujer encinta con quien cruzó los Pirineos durante la Retirada, pero por si acaso compró su entrada. La orquesta se presentó en el aula magna de la Universidad Central, con sus paneles flotantes de Calder y la mejor acústica del mundo. En el gran escenario, dirigiendo a los músicos con sus preciosos instrumentos, algunos que el público jamás había visto, Roser parecía muy pequeña. Con binoculares, Aitor la examinó por detrás y lo único que identificó fue el moño en la nuca, que era el mismo de su juventud. La reconoció apenas se dio la vuelta para recibir el aplauso, pero a ella le costó más reconocerlo a él cuando se presentó en su camerino, porque quedaba muy poco del joven flaco, apurado y bromista a quien le debía la vida. Estaba transformado en un empresario próspero, de gestos pausados, con varios kilos de sobra, poco pelo en la cabeza y un tupido bigote, pero mantenía la chispa en la mirada. Estaba casado con una mujer espléndida que había sido reina de belleza, tenía cuatro hijos y varios nietos, y había hecho una fortuna. Llegó a Venezuela con quince dólares en el bolsillo, acogido por unos parientes, y se dedicó a lo que sabía, reparar vehículos.

Montó un garaje mecánico y al poco tiempo tenía sucursales en varias ciudades; de eso al negocio de automóviles antiguos para coleccionistas hubo sólo un paso. Era el país perfecto para alguien tan emprendedor y visionario como Aitor. «Aquí las oportunidades caen de los árboles, como los mangos», le contó a Roser.

Fueron siete años de pasión intensa en el sentimiento y liviana en su expresión. Solían pasar un día entero encerrados en una pieza de hotel haciendo el amor como adolescentes, muertos de la risa, con una botella de vino blanco del Rin y pan con queso, maravillados de la afinidad intelectual y el deseo inacabable que compartían, único en sus vidas, porque nunca antes ni después volverían a sentirlo de esa manera. Se las arreglaron para mantener su amor en un lugar sellado y secreto de sus vidas, sin tocar el matrimonio feliz de ninguno de los dos. Aitor quería y respetaba a su bella mujer, tanto como Roser a Víctor. En un principio, cuando por poco pierden el juicio ante la sorpresa de enamorarse, decidieron que el único futuro posible para esa atracción tremenda era dentro de los límites de la clandestinidad; no iban a permitir que se les pusiera su vida al revés y les hiciera daño a sus familias. Así lo hicieron durante aquellos benditos siete años y habrían seguido juntos muchos más si un ataque cerebral no hubiera condenado a Aitor Ibarra a la inmovilidad y al cuidado de su mujer. Pero nada de esto lo supo Víctor hasta que Roser se lo contó.

Víctor Dalmau volvió a ver a Pablo Neruda a menudo, de lejos en actos públicos y a veces en la casa del senador Salvador

Allende, con quien solía jugar al ajedrez. También fue invitado por el poeta a reuniones en su casa en Isla Negra, una vivienda orgánica con aspecto de buque encallado, de loca arquitectura, encaramada en un promontorio frente al mar. Era el lugar de la inspiración y la escritura. «*El mar de Chile, el mar tremendo, con barcazas en espera, con torres de espuma blanca y negra, con pescadores litorales educados en la paciencia, el mar natural, torrencial, infinito.*» Allí vivía con Matilde, su tercera esposa, y la profusión disparatada de objetos de sus colecciones, desde botellas polvorientas del mercado de las pulgas, hasta mascarones de proa de barcos naufragados. Allí recibía a dignatarios del mundo entero que llegaban a saludarlo y traerle invitaciones, a políticos locales, a intelectuales y periodistas, pero sobre todo amigos personales, entre ellos varios de los refugiados del *Winnipeg*. Era una celebridad, traducido a cuanto idioma existe; ya ni sus peores enemigos podían negarles el poder mágico a sus versos. Lo que más deseaba el poeta, amante de la buena vida, era escribir sin pausa, cocinar para sus amigos y que lo dejaran en paz, pero ni siquiera en aquel roquedal de Isla Negra eso era posible; toda suerte de gentes acudían a golpear su puerta y recordarle que era la voz de los pueblos sufrientes, como él mismo se definía. Así llegaron un día sus camaradas a exigirle que los representara en la campaña presidencial. Salvador Allende, el candidato más idóneo de la izquierda, se había postulado sin éxito a la presidencia tres veces antes y se decía que estaba marcado por el fracaso. De modo que el poeta dejó sus cuadernos y su pluma de tinta verde y salió a recorrer el país en automóviles, buses y trenes reuniéndose con el pueblo y recitando su poesía, coreado por obreros, campesinos, pescadores, ferroviarios, mineros, estudiantes y artesanos que vibraban con su voz. Le sirvió para darle nuevos bríos a su poesía combatiente y comprender que no estaba hecho para la política. Apenas pudo se retiró para apoyar la candidatura de Salvador Allende, quien contra viento y marea acabó encabezando a la Unidad Popular, una coalición de partidos de izquierda. Neruda lo secundó en la campaña.

Entonces le tocó a Allende andar de norte a sur en los trenes, exaltando a la gente que se juntaba en cada estación para escuchar sus discursos apasionados, en villorrios calcinados de arena y sal, en otros oscuros de lluvia eterna. Víctor Dalmau lo acompañó varias veces, oficialmente como médico, pero en verdad como compinche del ajedrez, la única distracción del candidato, ya que en el tren no había películas de vaqueros, su otro remedio para aliviar la tensión. Era tan enérgico, determinado e insomne, que nadie podía seguirle el paso, los de su séquito debían turnarse. Víctor asumió el turno de las horas tardías de la noche en que el candidato, extenuado, necesitaba sacarse de la mente el ruido de las muchedumbres y de su propia voz mediante una partida de ajedrez, que a veces se estiraba hasta el amanecer o quedaba pendiente para otra noche. Allende dormía muy poco, pero aprovechaba diez minutos por aquí y otros diez por allá para cabecear un rato sentado en cualquier parte y resucitaba fresco como recién duchado. Caminaba erguido y con el pecho adelante, dispuesto al combate, hablaba con voz de actor y elocuencia de iluminado, era controlado en los gestos, rápido de pensamiento e irreductible en sus convicciones fundamentales. En su larga carrera política llegó a conocer a Chile como si fuera su patio y nunca perdió la fe en que se podía hacer una revolución pacífica, una vía chilena al socialismo. Algunos de sus partidarios, inspirados por la revolución cubana, sostenían que era imposible hacer una verdadera revolución y escapar al imperialismo americano por las buenas, eso sólo se lograba con la lucha armada, pero para él la revolución cabía holgadamente en la sólida democracia chilena, cuya Constitución respetaba. Siguió creyendo hasta el final que todo era cuestión de denunciar, explicar, proponer y llamar a la acción para que los trabajadores se levantaran y tomaran su destino en un puño. También conocía de sobra el poder de sus adversarios. Como personaje público se conducía con una dignidad un poco engolada, que sus enemigos tachaban de arrogancia, pero en privado parecía sencillo y bromista. Era fiel a la palabra empeñada; no podía imaginar una traición y eso al final lo perdió.

A Víctor Dalmau lo sorprendió la Guerra Civil de España muy joven; en el lado republicano peleó, trabajó y se fue al exilio por eso, aceptando la ideología de su bando sin cuestionarla. En Chile cumplió el requisito de abstenerse de actuar en política, que les impusieron a los refugiados del *Winnipeg*, y no militaba en ningún partido, pero la amistad con Salvador Allende fue definiendo sus ideas con la misma claridad con que la Guerra Civil había definido sus sentimientos. Víctor lo admiraba en el plano político y con algunas reservas también lo admiraba en lo personal. La imagen de líder socialista de Allende se contradecía con sus hábitos burgueses, su ropa de calidad, su refinamiento para rodearse de objetos únicos que poseía gracias a los regalos espontáneos de otros gobiernos y de cuanto artista importante había en América Latina;

cuadros, esculturas, manuscritos originales, cacharros precolombinos, todo lo cual habría de desaparecer en la rapiña del último día de su vida. Era vulnerable al halago y a las mujeres bonitas, podía detectarlas de una sola mirada entre la multitud y las atraía con su personalidad y la ventaja de su posición de poder. A Víctor le molestaban esas debilidades, que sólo comentó una vez a solas con Roser. «¡Qué quisquilloso eres, Víctor! Allende no es Gandhi», replicó ella. Ambos votaron por él y ninguno de los dos creyó sinceramente que sería elegido. El mismo Allende lo dudaba, pero en septiembre obtuvo más votos que los otros candidatos. A falta de una mayoría absoluta, el Congreso debía decidir entre los dos candidatos con más alta votación. Los ojos del mundo se fijaron en Chile, esa mancha alargada en el mapa que desafiaba a las convenciones.

Los partidarios de la utópica revolución socialista en democracia no esperaron la decisión del Congreso: se lanzaron en masa a la calle a compartir ese triunfo tan largamente esperado. Familias enteras, desde los abuelos hasta los nietos, vestidos de domingo, salieron cantando, eufóricos, maravillados, pero sin un solo desmán, como si se hubieran puesto de acuerdo en una misteriosa forma de disciplina. Víctor, Roser y Marcel se mezclaron con la muchedumbre agitando banderas y cantando que el pueblo unido jamás sería vencido. Carme no los acompañó, porque a los ochenta y cinco años ya no le quedaba suficiente vida para entusiasmarse por algo tan veleidoso como la política, dijo, pero la verdad era que salía muy poco, dedicada por entero a cuidar a Jordi Moliné, quien había envejecido entre achaques y sin ganas de moverse de su casa. Se había mantenido joven de espíritu hasta que perdió su bar. El Winnipeg, que en sus años de existencia llegó a ser un hito en la ciudad, desapareció cuando demolieron la manzana para construir unas torres altas que, según Moliné, se iban a caer en el próximo terremoto. Carme, en cambio, seguía tan sana y enérgica como siempre. Se había reducido de tamaño, era un pájaro desplumado, un montoncito de huesos y pellejo, con pocos pelos en la cabeza y un cigarrillo permanente en los labios. Era incansable, eficiente, seca de modales y secretamente sentimental, hacía el trabajo doméstico y atendía a Jordi como a un niño desvalido. Ambos planearon ver el espectáculo del triunfo electoral por televisión con una botella de vino tinto y jamón serrano. Vieron las columnas de gente con pancartas y antorchas, comprobaron el alborozo y la esperanza. «Esto ya lo vivimos en España, Jordi. Tú no estabas allí en el 36, pero te digo que es la misma cosa. Ojalá no termine tan mal como allá», fue el único comentario de Carme.

Pasada la medianoche, cuando ya empezaba a aclararse el gentío en las calles, los Dalmau se toparon con Felipe del Solar, inconfundible con su chaqueta de pelo de camello y su jockey de gamuza color mostaza. Se abrazaron como los buenos amigos que eran, Víctor empapado de sudor y ronco de gritar, y Felipe impecable, oloroso a lavanda, con la elegante indiferencia que había cultivado durante más de veinte años. Se vestía en Londres, adonde iba un par de veces al año; la flema británica le sentaba muy bien. Iba acompañado por Juana Nancucheo, a quien los Dalmau reconocieron de inmediato, porque era la misma de la época lejana en que iba en tranvía a visitar a Marcel.

—¡No me digas que votaste por Allende! —exclamó Roser, abrazando también a Felipe y a Juana.

—Cómo se te ocurre, mujer. Voté por la democracia cristiana, aunque no creo en las virtudes de la democracia ni del cristianismo, pero no podía darle el gusto a mi padre de votar por su candidato. Soy monárquico.

—¿Monárquico? ¡Hombre, por Dios! ¿No eras el único progresista entre los trogloditas de tu clan? —exclamó Víctor, divertido.

—Pecado de juventud. Un rey o una reina es lo que nos hace falta en Chile, como en Inglaterra, donde todo es más civilizado que aquí —se burló Felipe, chupando la pipa apagada que siempre llevaba consigo por una cuestión de estilo.

—¿Qué haces en la calle, entonces?

—Andamos tomándole el pulso a la plebe. La Juana ha votado por primera vez. Hace veinte años que las mujeres tienen derecho a voto y recién ahora lo ejerce para votar por la derecha. No he logrado meterle en la cabeza que ella pertenece a la clase trabajadora.

—Yo voto como su papá, niño Felipe. Este cuento de la chusma alzada, como dice don Isidro, ya lo vimos antes.

—¿Cuándo? —le preguntó Roser.

—Se refiere al gobierno de Pedro Aguirre Cerda —intervino Felipe.

—Gracias a ese presidente estamos aquí, Juana. Él trajo a los refugiados del *Winnipeg*, ¿se acuerda? —le preguntó Víctor.

—Casi ochenta años debo de tener, pero no me falla la memoria, joven.

Felipe les contó que su familia estaba atrincherada en la calle Mar del Plata a la espera de que las hordas marxistas invadieran el barrio alto. Habían asumido la campaña de terror que ellos mismos habían creado. Isidro del Solar estaba tan seguro de la victoria de los conservadores, que había planeado una fiesta para celebrar con sus amigos y correligionarios. Todavía estaban los cocineros y los mozos en la casa, esperando que por intervención divina cambiara el rumbo de los acontecimientos y pudieran servir el champán y las ostras. Juana era la única que quiso ver lo que pasaba en la calle, no por simpatía política, sino por curiosidad.

—Mi padre anunció que iba a trasladar a la familia a Buenos Aires hasta que volviera la cordura a este país de mierda, pero mi madre no se mueve de aquí. No quiere dejar al Bebe solo en el cementerio —añadió Felipe.

—¿Qué es de Ofelia? —le preguntó Roser, adivinando que Víctor no se atrevía a mencionarla.

—Se saltó el delirio de la elección. A Matías lo nombraron encargado de negocios en Ecuador, es diplomático de carrera, así que el nuevo gobierno no lo pondrá en la calle. Ofelia ha aprovechado para estudiar en el taller del pintor Guayasamín. Expresionismo feroz, a grandes brochazos. La familia opina que sus cuadros son unos adefesios, pero yo tengo varios.

—¿Y sus hijos?

—Están estudiando en Estados Unidos. También van a pasar este cataclismo político lejos de Chile.

—¿Tú te quedas?

—Por el momento, sí. Quiero ver en qué consiste este experimento socialista.

—Espero de todo corazón que resulte —dijo Roser.

—¿Tú crees que la derecha y los americanos lo van a permitir? Acuérdate de lo que te digo, este país va a la ruina —respondió Felipe.

Las manifestaciones de júbilo se produjeron sin desmanes y al día siguiente, cuando los asustados corrieron a los bancos a retirar su dinero y a comprar pasajes para escapar antes de que los soviéticos invadieran el país, se encontraron con que estaban limpiando las calles como cualquier sábado normal y ningún roto andaba garrote en mano amenazando a la gente decente. No había tanta prisa, después de todo. Calcularon que una cosa es ganar con los votos y otra es llegar a la presidencia; quedaban dos meses por delante para la decisión del Congreso y para torcer la situación en su favor. La tensión se palpaba en el aire y el plan para atajar a Allende ya se había puesto en marcha antes de que asumiera el cargo. En las semanas siguientes, un complot apoyado por los americanos culminó con el asesinato del comandante en jefe del ejército, un militar respetuoso de la Constitución a quien convenía sacar del medio. El crimen tuvo el efecto contrario al planeado y en vez de sublevar a los militares, produjo indignación colectiva y fortaleció la tradición legalista de la mayoría de los chilenos, poco acostumbrados a esos métodos de facinerosos, propios de alguna república bananera y jamás de Chile, donde las diferencias no se resolvían a tiros, como dijeron los periódicos. El Congreso ratificó a Salvador Allende, quien se convirtió en el primer mandatario marxista elegido democráticamente. La idea de una revolución pacífica ya no parecía tan descabellada.

Durante aquellas semanas conflictivas transcurridas entre la elección y la transmisión del mando, Víctor no tuvo oportunidad de jugar al ajedrez con Allende, porque para el futuro presidente fue un tiempo de conciliábulos políticos, de acuerdos y desacuerdos a puerta cerrada, de un tira y afloja de los partidos de gobierno por las cuotas del poder y del hostigamiento continuo de la oposición. Allende denunciaba por todos los medios la intervención del gobierno estadounidense. Nixon y Kissinger habían jurado impedir que el experimento chileno triunfara, porque podía encenderse como pólvora por el resto de América Latina y Europa, y cuando no pudieron hacerlo mediante soborno y amenazas, empezaron a cortejar a los militares. Allende no subestimaba a sus enemigos externos e internos, pero tenía una fe irracional en que el pueblo iba a defender a su gobierno. Decían que tenía «muñeca» para manejar cualquier situación y volcarla a su favor, pero durante los dramáticos tres años siguientes iba a necesitar más magia y buena suerte que muñeca. Las partidas de ajedrez se reanudaron al año siguiente, cuando el presidente pudo establecer cierta rutina en su complicada existencia.

X

1970-1973

En medio de la noche me pregunto:
qué pasará con Chile?
Qué será de mi pobre patria oscura?

PABLO NERUDA,
«Insomnio», *Memorial de Isla Negra*

Para Víctor y Roser la existencia volvió al cauce de antes, cada uno en lo suyo, él en el hospital y ella con sus clases, conciertos y viajes, mientras el país era sacudido por un ventarrón de cambios. Dos años antes de la elección, un cirujano con manos de oro le plantó un corazón humano a una mujer de veinticuatro años en un hospital de Valparaíso. La proeza ya se había realizado una vez antes en Sudáfrica, pero todavía era un desafío a las leyes de la naturaleza. Víctor Dalmau siguió cada detalle del caso y marcó en un calendario uno a uno los ciento treinta y tres días que la paciente sobrevivió. Volvió a soñar con Lázaro, aquel soldadito a quien rescató de la muerte en el andén de la estación del Norte, poco antes del término de la Guerra Civil. La pesadilla recurrente de Lázaro con su corazón inerte en una bandeja, se transformó en un sueño luminoso en que el muchacho andaba con una ventana abierta en el pecho, donde su corazón latía en perfecta salud enmarcado en rayos dorados, como una imagen del Sagrado Corazón de Jesús.

Un día, Felipe del Solar fue a consultar a Víctor al hospital, porque sentía pinchazos en el pecho. Nunca había puesto los pies en un hospital público, se atendía en clínicas privadas, pero la reputación de su amigo lo indujo a aventurarse fuera del barrio alto, a la zona gris donde habitaba gente de otra clase. «¿Cuándo vas a tener tu consulta en un lugar apropiado? Y no me vengas con la monserga de que la salud es un derecho de todos y no un privilegio de unos pocos. Ya lo he oído», fue su saludo. No estaba acostumbrado a sacar número y esperar su turno en una silla metálica. Después de examinarlo, Víctor le anunció sonriendo que su corazón estaba sano y las puntadas en el pecho eran mala conciencia o ansiedad. Mientras se vestía, Felipe le comentó que medio Chile padecía de mala conciencia y ansiedad por la situación política, pero él suponía que la tan cacareada revolución socialista se iba a quedar en el tintero, que el gobierno se paralizaría entre las rencillas de los partidos que lo apoyaban y los contubernios del poder.

—Si fracasa, Felipe, no será sólo por lo que mencionas, sino principalmente por las maquinaciones de sus adversarios y la intervención de Washington —replicó Víctor.

—¡Te apuesto que no habrá cambios fundamentales!

—Estás equivocado. Los cambios ya se notan. Allende lleva cuarenta años imaginando este proyecto político y lo ha echado a andar a toda máquina.

—Una cosa es planear y otra es gobernar. Vas a ver cómo habrá caos político y social en este país y cómo la economía se irá a la bancarrota. Esta gente carece de experiencia y preparación, se lo pasan en discusiones interminables y no logran ponerse de acuerdo en nada —dijo Felipe.

—La oposición, en cambio, tiene un solo objetivo, ¿verdad? Derrocar al gobierno a cualquier precio. Puede que lo consiga, porque cuenta con enormes recursos y muy pocos escrúpulos —replicó Víctor, enojado.

Allende había anunciado en su campaña las medidas que iba a tomar: nacionalizar la industria del cobre, transferir empresas y bancos a manos del Estado, expropiar tierras. El efecto sacudió al país. Las reformas dieron buenos resultados en los primeros meses, pero con la emisión descontrolada de dinero la inflación se disparó hasta el punto de que nadie sabía cuánto costaba el pan de hoy con respecto al de ayer. Tal como Felipe del Solar había pronosticado, los partidos del gobierno se peleaban entre sí, las empresas tomadas por los trabajadores funcionaban mal, la producción caía en picado y el sabotaje inteligente de la oposición provocó desabastecimiento. En la familia Dalmau, Carme era quien más se quejaba.

—Salir de compras es una desgracia, Víctor, nunca sé qué voy a encontrar. A mí la cocina no se me da. El que cocina en casa es Jordi, pero ya sabes que está convertido en un viejito temeroso y llorón, no se asoma a la calle. La que hace cola para un pollo desnutrido al precio oficial soy yo. Tengo que dejarlo solo durante muchas horas y se asusta cuando no estoy. ¡Venir al fin del mundo para volver a hacer cola para cigarrillos!

—Usted fuma demasiado, madre. No pierda tiempo con eso.

—No pierdo tiempo, les pago a los profesionales.

—¿Qué profesionales?

—Se ve que no compras en el mercado negro, hijo. Son muchachos ociosos o viejos jubilados que por un precio modesto guardan el puesto en la cola.

—Allende ha explicado las razones del desabastecimiento. Supongo que lo ha visto por la televisión.

—Y por la radio se lo he oído como cien veces. Que por primera vez el pueblo tiene los medios para comprar, pero los empresarios se lo impiden, porque prefieren arruinarse con tal de sembrar descontento. Bla, bla… ¿Te acuerdas de España?

—Sí, madre, me acuerdo muy bien. Tengo contactos, veré si le puedo conseguir algunas cosas.

—¿Como qué?

—Papel higiénico, por ejemplo. Hay un paciente que a veces me trae unos rollos de regalo.

—¡Vaya! Valen su peso en oro, Víctor.

—Así me han dicho.

—Oye, hijo, ¿tienes contactos para leche condensada y aceite? El culo me lo puedo limpiar con papel de periódico. Y consígueme cigarrillos.

No sólo desaparecieron alimentos: también repuestos de máquinas, neumáticos de vehículos, cemento de construcción, pañales, fórmula para biberones y otros artículos esenciales; en cambio había en exceso salsa de soja, alcaparras y barniz de uñas. Cuando empezó el racionamiento de gasolina, el país se llenó de ciclistas inexpertos serpenteando entre los peatones. Pero el pueblo siguió eufórico. Por fin se sentía representado por el gobierno, todos iguales, compañero para acá, compañero para allá, compañero presidente. La escasez, el racionamiento y la sensación de constante precariedad no eran novedad para quienes siempre habían vivido con lo justo o habían sido pobres. Se escuchaban por todas partes las canciones revolucionarias de Víctor Jara, que Marcel sabía de memoria, aunque era quien menos se apasionaba por la política en la familia Dalmau. Se llenaron las paredes de murales y afiches, en las plazas representaban obras de teatro y se publicaban libros al precio de un helado, para que cada hogar contara con su biblioteca.

Los militares estaban callados en sus cuarteles y si algunos conspiraban, nada salía a la luz. La Iglesia católica se mantenía oficialmente al margen del enfrentamiento político; había sacerdotes dignos de la Inquisición, que incitaban a la saña y el rencor desde el púlpito, y también curas y monjas que simpatizaban con el gobierno, no por ideología sino porque servían a los más necesitados. La prensa de derecha llamaba a grandes titulares: ¡CHILENOS, JUNTEN ODIO! y la burguesía, asustada y furiosa, les tiraba maíz a los militares provocándolos a la sublevación. «¡Gallinas, maricones, empuñen las armas!»

—Aquí puede pasar lo que nos pasó en España —repetía Carme como una cantinela.

—Allende dice que aquí nunca habrá una guerra fratricida, porque el gobierno y el pueblo lo impedirían —trataba de tranquilizarla Víctor.

—Este compañero tuyo peca de crédulo. Chile está dividido en bandos irreconciliables, hijo. Los amigos se pelean, hay familias partidas por la mitad, ya no se puede hablar con nadie que no piense como uno. Yo ya no me junto con varias antiguas amigas, para no pelearnos.

—No exagere, madre.

Pero también él sentía la violencia en el aire. Una noche Marcel volvía de un concierto de Víctor Jara en bicicleta y se detuvo a observar a un grupo de jóvenes que pintaban un mural de palomas y fusiles encaramados en un par de escaleras. De pronto aparecieron de la nada dos automóviles, descendieron varios hombres armados de fierros y palos y en cosa de un par de minutos dejaron a los artistas tirados por el suelo. Antes de que Marcel alcanzara a reaccionar, se subieron en los coches, que esperaban con los motores en marcha, y se esfumaron velozmente. Una patrulla policial llegó a los pocos minutos, avisada por algún vecino, y una ambulancia recogió a los que estaban en peores condiciones. Los carabineros se llevaron a Marcel a la comisaría a declarar como testigo del hecho. Allí fue a rescatarlo Víctor a las tres de la madrugada, porque estaba tan afligido que no quiso volver a su casa en bicicleta.

Surgió un movimiento de izquierda que propiciaba la lucha armada, harto de esperar que la revolución triunfara por las buenas, y simultáneamente otro fascista que tampoco creía en acuerdos civilizados. «Si de pelear se trata, pues peleemos», decían unos y otros. Para escapar por unas horas del cariño empalagoso de Jordi, Carme asistía a las manifestaciones multitudinarias que atochaban las calles en apoyo al gobierno y también a las otras, igualmente numerosas, de la oposición. Partía con zapatillas de gimnasia, un limón y un pañuelo empapado en vinagre por las bombas lacrimógenas y solía regresar empapada hasta los huesos por los chorros de agua a presión con que la policía procuraba imponer orden. «Todo está revuelto —decía—. Aquí basta una chispa para que esto explote.»

A Isidro del Solar no le expropiaron el fundo, pero los campesinos se lo tomaron por iniciativa propia. Lo dio por perdido temporalmente, ya que la decencia y la moral serían restauradas más temprano que tarde, como decía, indignado, y se concentró en salvar su negocio de exportación de lana antes de que la turba se comiera sus animales. Contrató a unos baquianos del sur, que conocían las sendas y los atajos de la cordillera, y mandó sus ovejas a la Patagonia argentina, como otros ganaderos mandaban las vacas. También trasladó a su familia a Buenos Aires, como había anunciado. Se fueron en masa, incluso las hijas casadas, los yernos y los nietos con sus niñeras, pero Juana Nancucheo se quedó en la calle Mar del Plata cuidando la casa. A Laura la llevaron a la fuerza, atontada con tranquilizantes y dulces, después de prometerle que en su ausencia Felipe mantendría flores frescas en la tumba de Leonardo. Fue el único que se quedó y siguió trabajando en su bufete; los otros dos abogados se fueron a abrir una sucursal en Montevideo.

En ese tiempo Felipe iba a menudo a visitar a los Dalmau en su casa del antiguo barrio Nuñoa, donde no vivía nadie de su clase. Se dejaba caer con dos botellas de vino y ánimo de conversar. Ya no estaba a gusto entre sus amigos de siempre y tampoco calzaba con sus escasos conocidos de izquierda, que sospechaban de sus lánguidos modales copiados de los ingleses y la vaguedad de su posición política. El Club de Los Furiosos se había dispersado hacía tiempo. Se dedicó a adquirir a precio de ganga antigüedades y obras de arte de las familias que se iban del país y pronto le faltó espacio en su casa para moverse. Empezó a buscar otra más grande, aprovechando que la propiedad estaba prácticamente regalada. Se burlaba de sí mismo, recordando cómo criticaba en su juventud los excesos de la mansión de sus padres. Roser le preguntó qué iba a hacer con sus cachivaches si decidía irse al extranjero, como solía anunciar, y le contestó que los guardaría en un almacén hasta su retorno, porque Chile no era Rusia ni Cuba y la famosa revolución a la chilena iba a durar muy poco. Parecía tan seguro, que Víctor sospechaba que su amigo estaba en el secreto de alguna intriga fundamental. Por si acaso, nunca le mencionó sus partidas de ajedrez con el presidente. Cuando Felipe tomaba whisky además del vino de la cena, se le soltaba la lengua y despotricaba contra la vida y el mundo. Del idealismo y la generosidad de su juventud quedaba poco, se había vuelto cínico. Admitía que el socialismo era el sistema más justo, pero en la práctica conducía a un Estado policial o una dictadura, como ocurría en Cuba, donde quien estaba en desacuerdo con el régimen escapaba a Miami o terminaba preso. A su naturaleza aristocrática le repugnaban el desbarajuste de la igualdad, los clichés revolucionarios, las consignas dogmáticas, la ordinariez en los modales, las barbas hirsutas, la fealdad del estilo artesanal —muebles de palo quemado y alfombras de yute, alpargatas, ponchos, collares de semillas, faldas de crochet—, en fin, un desastre generalizado. «No entiendo por qué hay que vestirse de mendigo», alegaba. Y para qué decir eso que llamaban cultura popular, que nada tenía de cultura, era un horror de realismo soviético a la chilena, de murales de mineros con el puño en alto y retratos del Che Guevara, de cantautores sermoneando con su musiquita monótona. «¡Hasta la trutruca de los mapuches y la quena de los quechuas están de moda!» Pero entre sus amistades habituales de derecha endilgaba un discurso igualmente devastador contra los señorones recalcitrantes y conspiradores, trancados en el pasado, ciegos y sordos a las demandas del pueblo, dispuestos a defender sus privilegios a costa de la democracia y del país, traidores. Nadie lo soportaba y se fue aislando. Le pesaba su soledad de solterón y se le multiplicaron los achaques.

Víctor, que tanto había celebrado las mejoras en la salud pública, desde el vaso de leche diario a cada niño para paliar la desnutrición, hasta la construcción de hospitales, se encontró con que faltaban antibióticos, anestesias, agujas, jeringas, medicamentos básicos y manos para atender a los enfermos, porque varios médicos se habían ido de Chile para capear a la temida tiranía soviética que anunciaba la propaganda de oposición, y porque el Colegio Médico se declaró en paro y la mayor parte de sus colegas lo acataron. Él siguió trabajando con horario doble. Se quedaba dormido de pie, cansado hasta el alma, con la sensación de haber vivido algo similar en la Guerra Civil. Otros colegios profesionales y gremios de patrones y empresarios también fueron al paro. Cuando los camioneros se negaron a trabajar, ese país larguirucho se quedó sin transporte; el pescado se pudría en el norte y las verduras y frutas en el sur, mientras que en Santiago faltaba lo esencial. Allende denunciaba de viva voz la intervención americana, que financiaba a los camioneros, y la conspiración de la derecha. También los estudiantes se sumaban al desorden, atrincherándose en las aulas de la universidad. Cuando bloquearon la entrada a la facultad con sacos de arena, Roser citaba a sus alumnos en el Parque Forestal y dictaba clases teóricas al aire libre, con paraguas, de ser necesario; pasaba lista y ponía notas como siempre, lamentando no poder arrastrar un piano de cola hasta allí. La gente se acostumbró a la presencia de los carabineros con uniforme de combate, a las pancartas y lienzos de protesta, a los afiches incendiarios, a las amenazas y advertencias catastróficas de la prensa, al griterío de lado y lado, todos contra todos. Sin embargo, para la nacionalización total de la minería hubo consenso unánime.

—Ya era hora —le comentó Marcel Dalmau a su abuela—. El cobre es el sueldo de Chile, es lo que sostiene la economía.

—Si el cobre es chileno no veo por qué hay que nacionalizarlo.

—Ha estado siempre en manos de compañías americanas, àvia. El gobierno se lo quitó y dio por pagada la indemnización, ya que le deben al país miles de millones de dólares por ganancias excesivas y evasión de impuestos.

—Esto no les va a gustar a los americanos. Acuérdate de mí, Marcel, habrá bronca —comentó Carme.

—Cuando se vayan los americanos de la minería se van a necesitar más ingenieros y geólogos chilenos. Me voy a poner de moda, àvia.

—Me alegra. ¿Te van a pagar más?

—No sé. ¿Por qué?

—Para que te cases, Marcel. En esta familia somos cuatro

pelagatos y si no te empeñas, no voy a conocer a mis bisnietos. Tienes treinta y un años, es hora de que sientes cabeza.

—La tengo sentada.

—No veo que haya mujeres en tu vida, eso no es normal. ¿Es que nunca te has enamorado? ¿O serás uno de esos...? Bueno, ya sabes a qué me refiero.

—¡Pero qué indiscreta eres, *àvia*!

—Esto pasa por el vicio de la bicicleta. Aplasta los testículos y causa impotencia y esterilidad.

—Ajá.

—Lo leí en una revista de la peluquería. Y no es que seas mal parecido, Marcel. Si te quitaras esa barba y te cortaras la melena, te verías igual a Dominguín.

—¿A quién?

—El torero, pues. Y tampoco eres bobo. Espabílate. Pareces monje trapense.

Carme no esperaba que una de las consecuencias de la nacionalización fue que la Corporación del Cobre envió a su nieto becado a Estados Unidos. Se le puso en la cabeza que si se iba no volvería a verlo. Marcel partió a Colorado, a una ciudad al pie de las Montañas Rocosas, fundada en la fiebre del oro, a estudiar geología. Se llevó su bicicleta desarmada, porque estaba hecha a su medida, y sus discos de Víctor Jara. Partió antes de que el desorden se convirtiera en la violencia que habría de destrozar al país. «Te voy a escribir», fue lo último que le dijo ella en el aeropuerto.

Marcel había estudiado inglés con la misma callada tozudez con que se negaba a hablar catalán y en pocas semanas pudo adaptarse en Colorado. Llegó a comienzo de un otoño dorado y pocas semanas más tarde estaba paleando nieve. Se unió a unos fanáticos de la bicicleta, que se entrenaban para cruzar Estados Unidos del Pacífico al Atlántico, y a otro grupo que escalaba montañas. Víctor nunca pudo ir a verlo, porque entre los disturbios, las manifestaciones, los paros, las huelgas y el exceso de trabajo, no encontró tiempo para viajar, pero Roser lo visitó un par de veces y pudo informar al resto de la familia de que posiblemente su hijo había dicho más palabras en inglés en Colorado de las que pronunció en español en toda su vida. Se había afeitado y se peinaba con una trenza corta en la nuca. Carme tenía razón, se parecía a Dominguín. Lejos del escrutinio de la familia y libre de los conflictos y arbitrariedades de Chile, en el remanso intelectual de la universidad, dedicado a descifrar la naturaleza secreta de las piedras, se sintió cómodo en su piel por primera vez. Allí no era el hijo de refugiados, nadie había oído hablar de la Guerra Civil de España y pocos podían situar a Chile en un mapa, menos aún a Cataluña. En esa realidad ajena y en otra lengua hizo amigos y al cabo de unos meses estaba viviendo en un minúsculo apartamento con su primer amor, una joven de Jamaica que estudiaba literatura y escribía para los periódicos. En su segunda visita, Roser la conoció y llegó a Chile comentando que, además de bella, la muchacha era todo lo alegre y locuaz que Marcel no era. «Quédese tranquila, doña Carme, al fin su nieto se está avispando. La chica jamaiquina le está enseñando a bailar los ritmos caribeños de su país. Si lo viera contorsionándose como un africano al ritmo de la batería y las maracas, no lo creería.»

Tal como temía, Carme no volvió a abrazar a su nieto y no alcanzó a conocer a la chica de Jamaica ni a otras de sus novias, tampoco a los bisnietos que hubieran prolongado la estirpe de los Dalmau, porque amaneció muerta el mismo día en que cumplía ochenta y siete años, cuando ya habían instalado la carpa y las mesas para la fiesta en el patio. La noche anterior se había acostado con tos de fumadora, como siempre, pero con buena salud y anticipando la celebración de su cumpleaños. Jordi Moliné despertó con la luz del día colándose por las rendijas de la persiana y se quedó remoloneando en la cama a la espera de que el olor del pan tostado le anunciara la hora de levantarse en pantuflas para el desayuno. Le costó varios minutos darse cuenta de que Carme estaba a su lado, inmóvil y fría como mármol. Le tomó la mano y se quedó quieto, llorando sin aspavientos y pensando en la terrible traición de que ella se fuera antes y lo dejara solo.

Roser descubrió a Carme a eso de la una de la tarde, cuando apareció con la torta y el automóvil lleno de globos a poner las mesas antes de que llegaran el cocinero y sus ayudantes. Le extrañaron el silencio y la penumbra, las persianas cerradas y el aire inmóvil. Llamó a su suegra y a Jordi desde la sala antes de buscarlos en la cocina y aventurarse en el dormitorio. Después, cuando pudo reaccionar, cogió el teléfono y marcó primero el número de Víctor en el hospital y después el de Marcel en un hotel de Buenos Aires, donde por casualidad andaba con un grupo de estudiantes, para anunciarles que la *àvia* había muerto y Jordi había desaparecido.

Carme dijo más de una vez que si moría en Chile quería ser enterrada en España, donde yacían su marido y su hijo

Guillem, y si moría en España quería ser enterrada en Chile, para estar cerca del resto de su familia. ¿Por qué? Pues para joder, agregaba riéndose. Pero no era sólo una broma, era la angustia del amor dividido, de la separación, de vivir y morir lejos de los suyos. Marcel pudo volar al día siguiente a Santiago. Velaron a la abuela en la casa donde había vivido diecinueve años con Jordi Moliné. No hubo ceremonia religiosa, porque la última vez que ella pisó una iglesia fue cuando era una chiquilla, antes de enamorarse de Marcel Lluís Dalmau, pero acudieron sin ser llamados dos curas de la sociedad misionera Maryknoll que vivían cerca, con quienes Carme hacía cambalache de cigarrillos, que a ellos les mandaban de Nueva York, por jamón serrano y queso manchego que Jordi conseguía por conductos ilegales. Los curas improvisaron un servicio fúnebre que a Carme le hubiera gustado, con guitarra y canto, en el cual el único inconsolable fue su nieto Marcel, quien había tenido con su *àvia* una relación de complicidad. Se tomó dos vasos de pisco y se sentó a llorar por lo que no alcanzó a decirle, por la ternura perdida que le daba vergüenza demostrarle, por haberse negado a hablarle en catalán, por haberse burlado de su pésima comida, por no haberle contestado cada una de las cartas. Era quien más cerca estuvo del corazón de esa abuela impertinente y mandona, que le escribía una carta diaria desde que se fue a Colorado hasta el día anterior a su muerte. Lo único que habría de acompañar a Marcel siempre, dondequiera que le tocara vivir, sería la caja de zapatos atada con un cordel que contenía las trescientas cincuenta y nueve cartas de su *àvia*. Víctor se sentó junto a Marcel, mudo y triste, pensando que su pequeña familia había perdido el pilar que la sostenía. Muy tarde esa noche, se lo dijo a Roser en la intimidad de su habitación. «El pilar que nos ha sostenido siempre eres tú, Víctor», le hizo ver ella. Asistieron al velorio los vecinos, antiguos colegas y alumnos de la escuela donde Carme trabajó durante años, amigos suyos de los tiempos en que ella acompañaba a Jordi en la taberna Winnipeg y amigos de Víctor y Roser. A las ocho de la noche llegaron los carabineros y bloquearon la cuadra entera con motocicletas para abrir paso a tres Fiat azules. En uno iba el presidente a darle el pésame a su amigo del ajedrez. Víctor compró un lote en el cementerio para enterrar a su madre, con espacio para el resto de la familia, para Jordi y tal vez para los restos de su padre, si en el futuro lograba traerlos de España. Supo entonces que a partir de ese momento pertenecía definitivamente a Chile. «Patria es donde están nuestros muertos», solía decir Carme.

Entretanto la policía buscaba a Jordi Moliné. El viejo carecía de familia y sus amigos eran los mismos de Carme. Nadie lo había visto. Pensando que se había perdido, porque estaba un poco demente, y no podía andar muy lejos, los Dalmau pegaron avisos con su fotografía en las vitrinas de los negocios del barrio y mantuvieron la puerta de la casa sin llave, para que pudiera entrar en caso de que regresara. Roser creía que salió en pijama y pantuflas, porque le pareció que toda su ropa y sus zapatos estaban en el ropero, pero no podía estar segura. Tuvo la confirmación en el verano, cuando bajó el cauce del río Mapocho y encontraron finalmente lo que quedaba del viejito enredado en unos matorrales. De su ropa sólo hallaron jirones del pijama. Pasó un mes completo antes de que fuera identificado sin lugar a dudas y se lo entregaran a los Dalmau para que lo enterraran junto a Carme.

A pesar de los problemas de toda clase, la inflación galopante y las noticias catastróficas propagadas por la prensa, el gobierno tenía apoyo popular, como demostró en las elecciones parlamentarias, en que aumentó su voto de forma inesperada. Entonces fue evidente que no bastaban la crisis económica y la escalada del odio para acabar con Allende.

—La derecha se está armando, doctor —le advirtió a Víctor el paciente que le llevaba papel higiénico—. Lo sé porque en mi fábrica ahora hay bodegas cerradas a cal y canto con trancas metálicas y candados. Nadie tiene acceso.

—Eso no prueba nada.

—Unos compañeros se turnan para montar guardia noche y día, por el sabotaje, ¿sabe? Ellos han visto bajar cajones de unos camiones. Como es una carga diferente a la habitual, decidieron investigar. Están seguros de que están llenos de armas. Aquí va a haber un baño de sangre, doctor, porque los muchachos del movimiento revolucionario también están armados.

Esa noche Víctor lo comentó con Allende. Estaban terminando una partida que habían dejado inconclusa varias noches antes. La casa, comprada por el gobierno para albergar a los presidentes, era de estilo español, con ventanas de arco, tejas, un mosaico con el escudo nacional a la entrada y dos altas palmeras que se veían desde la calle. Los guardias conocían a Víctor y a nadie le extrañaba que llegara avanzada la noche.

Jugaban al ajedrez en la sala, donde siempre había un tablero listo, entre libros y obras de arte. Allende escuchó a Víctor sin sorpresa, ya estaba enterado, pero legalmente no se podía allanar esa fábrica ni otras empresas donde seguramente sucedía lo mismo. «No se preocupe, Víctor, mientras los militares permanezcan leales al gobierno, nada hay que temer. Confío en el comandante en jefe, es un hombre honorable.» Agregó que igualmente peligrosos eran los vociferantes extremistas de izquierda, que exigían una revolución como la cubana; esos cabezas calientes le hacían tanto daño al gobierno como la derecha.

A fines del año rindieron un homenaje multitudinario a Pablo Neruda en el Estadio Nacional, el mismo sitio donde nueve meses después habría prisioneros y torturadores. Fue el último acto público del poeta, que había recibido el Premio Nobel un año antes de manos del anciano monarca sueco. Dejó su cargo de embajador en Francia y se retiró a su casa estrambótica de Isla Negra, que tanto amaba. Estaba enfermo, pero seguía escribiendo en su pequeño escritorio con el mar rabioso reventando en espuma frente a su ventana. Allí lo visitó Víctor varias veces en los meses siguientes como amigo y en un par de oportunidades como médico. Lo encontraba con poncho indígena y boina, afable y glotón, preparado para compartir con su huésped una corvina al horno regada con vino chileno y conversar de la vida. Ya no era el hombre juguetón y bromista que se disfrazaba para divertir a los amigos y escribía odas al día feliz. Le llovían invitaciones, premios y mensajes de admiración del mundo entero, pero le pesaba el corazón. Temía por Chile. Estaba escribiendo sus memorias, en las que la

Guerra Civil y el *Winnipeg* ocupaban varias páginas. Se emocionaba al recordar a tantos amigos españoles asesinados o desaparecidos. «No quiero morirme antes que Franco», decía. Víctor le aseguró que viviría muchos años, su mal era lento y estaba controlado, pero también él sospechaba que el Caudillo era inmortal, llevaba treinta y tres años aferrado al poder con puño de hierro. Para Víctor, el recuerdo de España era cada vez más difuso. Cada año, en la medianoche del 31 de diciembre, hacía un brindis por el Año Nuevo y por el próximo retorno a su país, pero lo hacía sólo por tradición, sin verdadera ilusión ni deseo. Sospechaba que la España donde nació, la España que conocía y por la cual peleó ya no existía. En esos años dominada por uniformes y sotanas se habría convertido en un lugar al que él ya no pertenecía.

Él también, como Neruda, temía por Chile. El rumor de un posible golpe militar, que circulaba desde hacía dos años, había subido de volumen. El presidente seguía confiando en las Fuerzas Armadas, aunque sabía que estaban divididas. A comienzos de la primavera la violencia de la oposición había escalado a extremos nunca vistos y el descontento entre los militares se había tornado desafiante. El comandante en jefe, derrotado por la insubordinación de sus oficiales, renunció a su cargo. Le explicó al presidente que su deber de soldado era retirarse para evitar la quiebra de la disciplina militar. Su gesto fue inútil. Días más tarde, a las cinco de la madrugada, estalló el temido golpe militar y en pocas horas se trastocó la realidad y ya nada volvió a ser como antes.

Víctor salió temprano rumbo al hospital y se encontró con las calles bloqueadas por tanques, hileras de camiones verdes transportando tropa, helicópteros zumbando a baja altura como pájaros de mal agüero, soldadesca con equipo de guerra, las caras pintadas como comanches, arreando a culatazos a los pocos civiles que circulaban a aquella hora. Comprendió de inmediato lo que ocurría. Regresó a su casa y llamó a Roser a Caracas y a Marcel a Colorado. Ambos anunciaron que tomarían el primer avión disponible para volver a Chile y él los convenció de que debían esperar a que pasara el temporal. Trató en vano de comunicarse con el presidente y con algunos dirigentes políticos que conocía. No había noticias. Los canales de televisión estaban en manos de los sublevados y también las radios, menos una, que confirmó lo que él ya suponía. La operación para silenciar al país, organizada desde la embajada de Estados Unidos, fue precisa y eficaz. La censura comenzó de inmediato. Víctor decidió que su lugar estaba en el hospital; echó una muda de ropa y su cepillo de dientes en una bolsa y se fue en su viejo Citroën por calles laterales, con una radio de pilas que transmitía entre chirridos destemplados la voz del presidente denunciando la traición de los militares y el golpe fascista, pidiéndole a la gente que se mantuviera en calma en sus lugares de trabajo, que no se dejara provocar ni aniquilar, y reiterando que él permanecería en su puesto defendiendo al gobierno legítimo. «Colocado en un tránsito histórico, pagaré con mi vida la lealtad del pueblo.» A Víctor las lágrimas le impedían continuar y se detuvo en un momento en que sobre él pasaban rugiendo los aviones de caza; casi de inmediato escuchó las primeras bombas. Vio a lo lejos una humareda espesa y supo, incrédulo, que estaban bombardeando el palacio presidencial.

Los cuatro generales de la Junta Militar que regía los destinos de la patria, con uniforme de combate, enmarcados por la bandera y el escudo nacional, entre acordes de himnos militares, aparecían varias veces al día en la televisión con sus bandos y proclamas. Toda la información estaba controlada. Dijeron que Salvador Allende se suicidó en el palacio en llamas y Víctor sospechó que lo habían matado, como a tantos otros. Recién entonces comprendió la gravedad definitiva de lo ocurrido. No habría vuelta atrás. Los ministros fueron encarcelados, el Congreso declarado en receso indefinido, los partidos políticos prohibidos, la libertad de prensa y los derechos ciudadanos suspendidos hasta nueva orden. En los cuarteles arrestaron a quienes vacilaron en sumarse al golpe y fusilaron a muchos, pero eso no se supo hasta después, porque las Fuerzas Armadas debían dar la impresión de ser monolíticas e indestructibles. El ex comandante en jefe huyó a Argentina para que no lo asesinaran sus propios camaradas de armas, pero un año más tarde le pusieron una bomba en el automóvil y murió despedazado junto a su esposa. El general Augusto Pinochet encabezó una Junta Militar y pronto habría de convertirse en la personificación de la dictadura. La represión fue instantánea, fulminante y a fondo. Anunciaron que no quedaría piedra sin remover, extraerían a los marxistas de sus guaridas dondequiera que se escondieran, limpiarían la patria del cáncer comunista a cualquier precio. Mientras en el barrio alto la burguesía celebraba por fin con el champán que tenía guardado desde hacía casi tres años, en las poblaciones obreras reinaba el terror. Víctor no volvió a su casa en nueve días, primero porque hubo toque de queda durante setenta y dos horas y nadie pudo salir a la calle, y después porque el hospital no daba abasto, llegaban heridos de bala y el depósito se llenó de cuerpos sin identificar. Comía lo que conseguía en la cafetería, dormía a ratos sentado en una silla, se lavaba por partes con una esponja y pudo cambiarse de ropa una sola vez. Le tomó varias horas conseguir una comunicación internacional. Llamó a Roser desde el hospital, para ordenarle que no volviera por ningún motivo hasta que él le avisara y pedirle que le transmitiera el recado a Marcel. Habían cerrado la universidad y acabaron a balazos con cualquier intento de resistencia de los estudiantes. Le contaron que las paredes de la Escuela de Periodismo y de otras facultades chorreaban sangre. No supo darle noticias a Roser de la Escuela de Música ni de sus alumnos. El paro de médicos terminó de inmediato y sus colegas se reintegraron a sus labores con ánimo alegre; ya había comenzado la purga del personal y hasta de los pacientes, que los agentes de seguridad arrancaban de sus camas. Pusieron a un coronel al mando del hospital y soldados armados de metralletas vigilaban la entrada y salida, los pasillos, las salas y hasta los quirófanos. Arrestaron a varios médicos de izquierda y otros huyeron o se asilaron y no llegaron a sus puestos, pero Víctor siguió trabajando con una sensación irracional de impunidad.

Cuando finalmente fue a su casa a bañarse y cambiarse de ropa, se encontró en una ciudad desconocida, limpia y pintada de blanco. En esos pocos días habían desaparecido los murales revolucionarios, las pancartas llamando al odio, la basura, los hombres barbudos y las mujeres con pantalones; vio en las vitrinas de los comercios los productos que antes sólo se conseguían en el mercado negro, pero había pocos compradores porque los precios habían subido. Soldados y carabineros armados vigilaban, había tanques en las esquinas y pasaban velozmente camionetas cerradas aullando como chacales. Reinaba el orden impoluto de los cuarteles y la paz artificial del miedo. Al entrar en su casa, Víctor saludó a su vecina de muchos años, que se asomó en ese momento. Ella no le contestó y cerró de golpe su ventana. Eso debió servirle de advertencia, pero se limitó a encogerse de hombros pensando que la pobre mujer estaba tan confundida como él con los últimos acontecimientos. Su casa permanecía tal como la dejó en la prisa de partir el día del golpe, la cama sin hacer, su ropa tirada, platos sucios, comida con musgo verde en la cocina. Le faltó ánimo para poner orden. Cayó de espaldas en su cama y durmió catorce horas.

En esos días murió Pablo Neruda. El golpe militar fue la culminación de sus peores temores; no lo resistió y su salud se agravó de súbito. Mientras lo llevaban en una ambulancia a una clínica de Santiago, la tropa allanó su hogar de Isla Negra, revolvió sus papeles y pisoteó sus colecciones de botellas, conchas y caracoles buscando armas y guerrilleros. Víctor lo visitó en la clínica, donde los guardias lo cachearon, le tomaron las huellas digitales, lo fotografiaron y finalmente el soldado que custodiaba la puerta de la habitación le bloqueó la entrada. Por lo que sabía de la enfermedad de Neruda y porque lo había visto con buen semblante un mes antes, le extrañó su muerte. No fue el único que sospechó de las circunstancias: pronto empezó a circular el rumor de que lo habían envenenado. Tres días antes de ser internado en la clínica, el poeta escribió las últimas páginas de sus memorias con la honda decepción de ver a su país dividido y sometido y a su amigo Salvador Allende enterrado secretamente en un lugar cualquiera sin más séquito que su viuda; «... *aquella gloriosa figura muerta iba acribillada y despedazada por las balas de las ametralladoras de los soldados de Chile, que otra vez habían traicionado a Chile*», escribió. Tenía razón, los militares se habían alzado antes contra un gobierno legítimo, pero la mala memoria colectiva había limpiado la historia de las traiciones antiguas. El funeral del poeta fue el primer acto de repudio a los golpistas, que no fue prohibido porque los ojos del mundo estaban mirando. Víctor estaba operando a un paciente grave y no pudo dejar el hospital. Supo los detalles varios días más tarde por el hombre del papel higiénico.

—No había mucha gente, doctor. ¿Se acuerda de la multitud en el Estadio Nacional, cuando le rindieron homenaje al poeta? Bueno, yo diría que en el cementerio estaríamos unas doscientas personas a lo más.

—La noticia acaba de salir en la prensa, cuando ya es tarde; pocos se enteraron de su muerte o de su entierro.

—La gente tiene miedo.

—Muchos amigos y admiradores de Neruda deben de estar escondidos o presos. Cuénteme cómo fue —le pidió Víctor.

—Yo iba adelante, bastante asustado, porque había soldados con metralletas a lo largo del camino del cementerio. El féretro estaba cubierto de flores. Andábamos callados hasta que alguien gritó: «¡Compañero Pablo Neruda!». Y todos contestamos: «¡Presente, ahora y siempre!».

—¿Qué hicieron los soldados?

—Nada. Entonces un tipo valiente gritó: «¡Compañero presidente!». Y todos contestamos: «¡Presente, ahora y siempre!». Fue emocionante, doctor. También gritamos que el pueblo unido jamás será vencido y los soldados no hicieron nada, pero había unos tipos tomando fotos a los que íbamos en el cortejo. Quién sabe para qué quieren esas fotos.

Víctor sospechaba de todo; la realidad se había vuelto escurridiza, se vivía entre omisiones, mentiras y eufemismos, en una exaltación grotesca de la benemérita patria, los valientes soldados y la moral tradicional. Se borró la palabra «compañero», nadie se atrevía a decirla. Entre susurros circulaban noticias de campos de concentración, ejecuciones sumarias, de miles y miles de detenidos, desaparecidos, fugitivos y desterrados, de centros de tortura donde empleaban perros para violar a las mujeres. Se preguntaba dónde estaban antes los torturadores y los soplones, que no los vio. Surgieron espontáneamente en pocas horas preparados y organizados como si se hubieran entrenado durante años. El Chile profundo de los fascistas había estado siempre allí, bajo la superficie, listo para emerger. Era el triunfo de la derecha soberbia y la derrota del pueblo que creyó en esa revolución. Se enteró de que Isidro del Solar había regresado con su familia a los pocos días del golpe, como tantos otros, listo para recuperar sus privilegios y las riendas de la economía, pero no el poder político, que detentarían los generales mientras ponían orden al caos en que el marxismo sumió a la patria, como dijeron. Nadie imaginó cuánto iba a durar la dictadura, sólo los generales.

Fue la vecina la que denunció a Víctor Dalmau, la misma mujer que dos años antes le pidió que se valiera de su amistad con el presidente para colocar a su hijo en el cuerpo de carabineros, la misma a quien le instaló un par de válvulas en el corazón, la misma que intercambiaba azúcar y arroz con Roser, la misma que asistió compungida al velorio de Carme. Lo arrestaron en el hospital. Tres hombres sin uniforme, que no se identificaron, fueron a buscarlo cuando estaba en el quirófano, pero tuvieron la decencia de esperar a que terminara de operar. «Acompáñenos, doctor, es una gestión de rutina», le ordenaron en tono firme. En la calle lo empujaron dentro de un automóvil negro, lo esposaron y le vendaron los ojos. El primer puñetazo le cayó en el estómago.

Víctor Dalmau no supo dónde estaba hasta dos días después, cuando se dieron por satisfechos en los interrogatorios y lo sacaron a la rastra de las entrañas del edificio y le quitaron la venda de los ojos y le soltaron las esposas y pudo respirar aire puro. Le tomó varios minutos ajustar la vista a la luz cegadora del mediodía y recuperar el equilibrio para mantenerse en pie. Se hallaba en el Estadio Nacional. Un conscripto muy joven le entregó una frazada, lo tomó del brazo sin hostilidad y lo llevó a paso lento hacia la galería que le habían asignado. Le costaba caminar, le dolía el cuerpo entero por los golpes y las descargas de electricidad, tenía una sed de náufrago y no lograba ubicarse en el tiempo ni recordar exactamente qué había ocurrido. Podía haber estado en manos de sus torturadores una semana o unas pocas horas. ¿Qué le preguntaban? Allende, ajedrez, Plan Zeta. ¿Qué era ese Plan Zeta? No tenía idea. Había otros en esas celdas, ruido de ventiladores enormes, gritos espeluznantes, balas. «Los fusilaron, los fusilaron», murmuró Víctor.

Sentados en las galerías, donde había estado en partidos de fútbol y diversos actos culturales, como el de Pablo Neruda, vio a miles de prisioneros vigilados por soldados. Cuando se retiró el conscripto que lo llevó hasta allí, otro prisionero se le acercó, lo condujo a un asiento y le ofreció agua de un termo. «Tranquilo, compañero, seguramente ya pasó lo peor.» Lo dejó beber hasta vaciar el termo y después lo ayudó a tenderse y le puso la frazada enrollada bajo la cabeza. «Descansa, mira que esto va para largo», agregó. Era un obrero metalúrgico que había sido detenido a los dos días del golpe y llevaba semanas en el estadio. Al atardecer, cuando bajó el calor y Víctor pudo sentarse, el hombre lo puso al día de las rutinas.

—No hay que llamar la atención. Quédate quieto y callado, mira que con cualquier pretexto te pueden matar a culatazos. Son bestias.

—Tanto odio, tanta crueldad… No entiendo… —musitó Víctor. Tenía la boca seca, las palabras se le enredaban en la garganta.

—Todos podemos convertirnos en salvajes si nos dan un fusil y una orden —intervino otro prisionero, que se había acercado.

—Yo no, compañero —lo rebatió el metalúrgico—. Yo vi cómo estos milicos le destrozaron las manos a Víctor Jara.

«Canta ahora, huevón», le gritaban. Lo molieron a palos y lo cosieron a balazos.

—Lo más importante es que alguien de fuera sepa dónde estás —dijo el otro—. Así te pueden seguir la pista, en caso de que desaparezcas. Muchos desaparecen y no se sabe más de ellos. ¿Estás casado?

—Sí —asintió Víctor.

—Dame la dirección o el teléfono de tu mujer. Mi hija la puede avisar. Ella pasa el día fuera del estadio junto a otros familiares de los presos esperando noticias.

Pero Víctor no se lo dio, porque temía que fuese un soplón puesto allí para sonsacar información.

Una de las enfermeras del hospital San Juan de Dios, que presenció el arresto de Víctor, se las arregló para localizar a Roser por teléfono en Venezuela y contarle lo ocurrido. Apenas lo supo, Roser llamó a Marcel para darle la mala nueva y ordenarle que se quedara donde estaba, porque desde fuera podía ser de más ayuda que en Chile, pero ella iba a regresar de inmediato. Compró un pasaje de avión y antes de embarcarse fue a ver a Valentín Sánchez. «Una vez que sepa qué han hecho con tu marido, vamos a rescatarlo», le prometió su amigo. Le dio una carta para el embajador de su país en Chile, colega suyo de los tiempos en que todavía era diplomático, en cuya residencia en Santiago había cientos de asilados esperando un salvoconducto para salir al exilio; era una de las pocas embajadas que amparaban a los fugitivos. A Caracas empezaban a llegar cientos de chilenos, que pronto sumarían miles y miles.

Roser aterrizó en Chile a finales de octubre y no supo hasta noviembre que a su marido lo habían llevado al Estadio Nacional, pero cuando el embajador de Venezuela fue a preguntar por él, le aseguraron que jamás había estado allí. Para entonces estaban evacuando a los prisioneros y distribuyéndolos en campos de concentración a lo largo del país. Roser pasó meses buscándolo, recurriendo a amistades y contactos internacionales, golpeando las puertas de diferentes autoridades, consultando las listas de desaparecidos en las iglesias. Su nombre no figuraba en ninguna parte. Se había esfumado.

A Víctor Dalmau se lo habían llevado junto a otros prisioneros políticos en una caravana de camiones, un día y una noche de viaje, a un campamento del salitre en el norte, abandonado desde hacía décadas y convertido recientemente en prisión. Eran los primeros doscientos hombres que ocupaban esas instalaciones improvisadas que antiguamente albergaban a los obreros del salitre, rodeados de alambre de púas electrificado, con altas torres de vigilancia, militares armados de metralletas, un tanque que rondaba por el perímetro y, de vez en cuando, aviones de la Fuerza Aérea. El comandante era un oficial de carabineros, obeso, que hablaba a gritos y sudaba en el uniforme demasiado estrecho. Era un hombre prepotente y de corazón mezquino, que se propuso mantener a los prisioneros en ascuas por los crímenes cometidos y los que pensaban cometer, como anunció por altoparlante. Apenas bajaron de los camiones fueron obligados a desnudarse y los dejó a pleno sol del desierto durante horas sin alimento ni agua, mientras los recorría uno a uno para insultarlos y patearlos. Desde el comienzo impuso el castigo arbitrario para quebrar la moral de sus víctimas, que sus subalternos imitaban. Víctor Dalmau creyó estar mejor preparado que los otros presos para resistir, por su experiencia de varios meses en Argelès-sur-Mer, pero de eso hacía muchos años y entonces él era joven. Le faltaba poco para cumplir sesenta, pero hasta el momento en que fue arrestado no había tenido tiempo de pensar en su edad. Allí en el norte, en los días ardientes y las noches heladas de la pampa del salitre, quiso morir de cansancio. La fuga era imposible, estaba rodeado por la inmensidad del desierto, miles de kilómetros de tierra seca, arena, piedra y viento. Se sintió anciano.

XI

1974-1983

Ahora voy a contarte:
mi tierra será tuya,
yo voy a conquistarla,
no sólo para dártela,
sino que para todos,
para todo mi pueblo.

PABLO NERUDA,
«La carta en el camino»,
Los versos del capitán

En los once meses que Víctor Dalmau pasó en el campo de concentración no se murió de fatiga, como esperaba, sino que se le fortalecieron el cuerpo y la mente. Siempre fue delgado, pero allí se redujo a fibra y músculo, con la piel quemada por el sol despiadado, la sal y la arena, y las facciones acuchilladas; era un escultura de Giacometti en hierro puro. No lo derrotaron los absurdos ejercicios militares, las flexiones, las carreras bajo el sol inclemente, las horas inmóviles en el hielo de la noche, los golpes y castigos de escarmiento ni el trabajo forzado en tareas inútiles, vejado, hambriento. Se entregó a su papel de prisionero, renunció a la ilusión de controlar algo en su existencia; estaba en manos de sus captores, quienes tenían poder absoluto e impunidad, él sólo era dueño de sus emociones. Se repetía la metáfora del abedul, que se dobla ante la tempestad, pero no se quiebra. Ya lo había vivido antes en otras circunstancias. Se protegió del sadismo y la estupidez de sus captores encerrándose en sus recuerdos, con la certeza de que Roser lo andaba buscando y un día lo encontraría, y en el silencio. Hablaba tan poco, que los otros prisioneros lo apodaron «El Mudo». Pensaba en Marcel, que había pasado los primeros treinta años de su vida callado porque no le daba la gana hablar. Tampoco él deseaba hacerlo, porque no había nada que decir. Sus compañeros de desgracia se daban ánimos cuchicheando fuera del alcance de los oídos de los guardias, mientras él pensaba con inmensa nostalgia en Roser, en todo lo que habían vivido juntos, en cómo la quería, y para mantener la mente activa repasaba obsesivamente las jugadas de ajedrez más célebres de la historia, que conocía de memoria, y algunas que había jugado con el presidente. En algún momento soñó con tallar piezas de ajedrez en las piedras porosas del lugar y compartir el juego con otros hombres, pero nada de eso era posible bajo la vigilancia despótica de los guardias. Esos uniformados provenían de la clase trabajadora, sus familias eran pobres, y tal vez la mayoría simpatizó con la revolución socialista, pero obedecían órdenes con saña, como si las acciones pasadas de los presos fuesen agravios personales.

Cada semana se llevaban hombres a otros campos de concentración o los ejecutaban y volaban los cuerpos con dinamita en el desierto, pero eran muchos más los que llegaban que los que se iban. Víctor calculó que había más de mil quinientos provenientes de diversas partes del país, de diferentes edades y ocupaciones que sólo tenían en común su condición de perseguidos. Eran los enemigos de la patria. Algunos, como él, no habían pertenecido a ningún partido ni habían tenido cargos políticos, estaban allí por una denuncia vengativa o un error burocrático.

Había comenzado la primavera y los prisioneros temían la llegada del verano, que convertía el campo de concentración en un infierno durante las horas calientes del día, cuando la situación de Víctor Dalmau tuvo un vuelco inesperado. Al comandante le dio un ataque cuando estaba embalado en la arenga de la mañana, frente a sus prisioneros, que soportaban en calzoncillos y descalzos, formados en el patio. Cayó de rodillas, alcanzó a dar una bocanada y quedó tendido en la tierra antes de que los soldados más cercanos pudieran sostenerlo. Ninguno de los presos se movió, nadie articuló ni un sonido. Para Víctor la escena transcurría en cámara lenta, en silencio, en otra dimensión, como parte de una pesadilla. Vio que dos soldados trataban de levantarlo y otros corrían a llamar al enfermero, y sin pensar en las consecuencias avanzó como un sonámbulo entre las filas de hombres formados. La atención general estaba en el caído y cuando se fijaron en él y le ordenaron que se detuviera y se tirara de boca al suelo, ya había llegado al frente de la formación. «¡Es médico!», gritó uno de los prisioneros. Víctor siguió adelante al trote y en pocos segundos llegó junto al comandante inconsciente y se hincó a su lado sin que nadie se lo impidiera. Los soldados habían retrocedido un paso para dejarle espacio. Comprobó que no respiraba. Le hizo señas a uno de los guardias más próximos y le indicó que le soltara la ropa, mientras él le hacía la respiración boca a boca y comprimía fuertemente el pecho con ambas manos. Sabía que en la enfermería había un desfibrilador manual, porque a veces lo usaban para reanimar a víctimas de tortura. Pocos minutos después llegó corriendo el enfermero, seguido por un ayudante con oxígeno y el desfibrilador, y ayudó a Víctor en la maniobra de reanimar el corazón del comandante. «¡Un helicóptero! ¡Hay que llevarlo de inmediato a un hospital!», exigió Víctor apenas comprobó que el corazón latía. Llevaron al hombre a la enfermería, donde Víctor lo mantuvo vivo hasta que llegó el helicóptero, que siempre estaba listo en un extremo del campamento. Se hallaban a treinta y cinco minutos del hospital más cercano. Le ordenaron a Víctor que acompañara al paciente y le dieron una camisa, un pantalón y botas del uniforme.

Era un hospital de provincia, pequeño, pero bien equipado, que en tiempos normales habría tenido los recursos para una emergencia como aquella, pero sólo había dos médicos. Ambos conocían la reputación del doctor Víctor Dalmau y lo recibieron con respeto. Por una de esas ironías de aquel tiempo, el jefe de cirugía y el cardiólogo habían sido arrestados, según le dijeron. Víctor no tuvo tiempo de preguntarse adónde los habrían llevado, ya que aparentemente ninguno estaba entre los prisioneros de su campamento. El quirófano había sido su lugar de trabajo durante décadas y, tal como solía decirles a sus alumnos, el órgano musculoso del corazón no presenta ningún misterio; los misterios que se le atribuyen son subjetivos. En un tiempo mínimo dio las instrucciones necesarias, se lavó, preparó al comandante y secundado por uno de los médicos procedió a efectuar la intervención que había hecho cientos de veces. Comprobó que la memoria de sus manos estaba intacta, se movían solas.

Víctor pasó la noche de guardia junto a su paciente, más eufórico que cansado. En el hospital nadie lo vigiló armado, lo trataron con deferencia y admiración, le sirvieron bife con puré de papas, un vaso de vino tinto y helados de postre. Por unas horas volvió a ser el doctor Dalmau en vez de un número. Se le había olvidado cómo era la vida antes de ser detenido. A media mañana, cuando su paciente seguía grave, pero estable, llegó un cardiólogo del ejército, que había volado desde Santiago. Dieron orden de enviar al prisionero de regreso al campo de concentración, pero Víctor alcanzó a pedirle al médico que lo había ayudado en la operación que se pusiera en contacto con Roser. Era un riesgo, porque ese hombre debía de ser de derecha, pero en las horas que trabajaron juntos fue evidente que el respeto era mutuo. Estaba seguro de que Roser había vuelto a Chile a buscarlo, porque era lo que él mismo hubiera hecho por ella.

El nuevo comandante del campo de concentración resultó tan proclive a la crueldad como el anterior, pero Víctor tuvo que soportarlo sólo cinco días. Aquella mañana, cuando pasaron lista y separaron a los presos que se iban a llevar, vocearon su nombre. Eso era lo peor del día para los prisioneros, la posibilidad de ser trasladados a un centro de tortura, a otro campo peor o a la muerte. Al cabo de una espera de tres horas de pie, el grupo fue conducido a un camión. El guardia que controlaba los nombres de la lista detuvo a Víctor antes de que subiera al vehículo con los demás. «Tú te quedas abajo, huevón.» Esperó otra hora antes de que lo condujeran a la oficina, donde el comandante en persona le anunció que tenía suerte y le pasó una hoja de papel. Estaba en libertad condicional. «Si fuera por mí, te abría el portón para que te fueras caminando, comunista hijo de puta. Pero resulta que tengo que llevarte de vuelta al hospital», le dijo.

Roser y un funcionario de la embajada de Venezuela lo esperaban en el hospital. Abrazó a su mujer con la desesperación de esos largos meses de incertidumbre en que pensó en ella con el amor que nunca le había confesado claramente. «Ay, Roser, cómo te quiero, cómo te he echado de menos», susurró con la nariz en el pelo de ella. Los dos estaban llorando.

Libertad condicional implicaba presentarse a diario en un retén de carabineros para firmar en un libro. La gestión podía demorar bastante, según el ánimo del oficial de turno. Firmó dos veces antes de tomar la decisión de asilarse en la embajada de Venezuela. Necesitó ese par de días para comprender que el haber estado preso lo condenaba al ostracismo; no podía volver a trabajar en el hospital, sus amigos lo evitaban y corría el riesgo de ser detenido de nuevo en cualquier momento. La cautela y el miedo en que él vivía contrastaba con el optimismo desafiante y revanchista de los partidarios de la dictadura. No se mencionaba lo que verdaderamente ocurría en las sombras. Nadie protestaba; los trabajadores aplastados habían perdido sus derechos, podían ser despedidos en cualquier momento y agradecían cualquier sueldo, porque en la puerta había una fila de desempleados esperando que les dieran una oportunidad. Era el paraíso de los empresarios. La versión oficial era de un país ordenado, limpio, apaciguado, que iba camino a la prosperidad. Pensaba en los torturados, los muertos, los rostros de los hombres que conoció en prisión y los que desaparecieron. La gente había cambiado, le costaba reconocer el país que lo había acogido con un abrazo multitudinario treinta y cinco años antes y que amaba como propio.

Al segundo día le admitió a Roser que no podría soportar la dictadura. «No pude hacerlo en España, tampoco puedo hacerlo aquí. Tengo demasiada edad para vivir con miedo, Roser; pero un segundo exilio es tan intolerable como quedarme en Chile y enfrentar las consecuencias.» Ella alegó que sería una medida temporal, que el régimen militar terminaría pronto, porque Chile tenía una sólida tradición democrática, según decían. Entonces iban a regresar; pero su argumento se desmigajaba ante la evidencia de que Franco llevaba más de treinta años en el poder y Pinochet podía imitarlo. Víctor pasó la noche en vela considerando la idea de irse, echado en la cama en la oscuridad con Roser acurrucada a su lado, escuchando los ruidos de la calle. A las tres de la madrugada sintió un coche frente a su casa. Eso sólo podía significar que volvían por él; durante el toque de queda sólo circulaban los vehículos militares y de los agentes de seguridad. Ni pensar en huir o esconderse. Se quedó inmóvil, empapado de sudor frío, con un tambor frenético resonando en el pecho. Roser se asomó entre las cortinas y vio un segundo automóvil negro que se detenía junto al primero. «Vístete rápido, Víctor», le ordenó.

Pero entonces vio a varios hombres descender de los vehículos sin prisa, nada de carreras ni gritos ni armas. Permanecieron un rato fumando y conversando relajadamente y por último se fueron. Víctor y Roser, abrazados, temblorosos, esperaron junto a la ventana hasta que empezó a aclarar y dieron las cinco de la mañana y terminó el toque de queda.

Roser lo arregló para que el embajador de Venezuela recogiera a Víctor en un automóvil con placa diplomática. Para entonces la mayoría de los asilados en las embajadas habían salido a los países que los aceptaron y la seguridad era menos estricta. Víctor entró a la embajada en la cajuela del coche. Un mes más tarde le dieron un salvoconducto y dos funcionarios venezolanos lo acompañaron hasta la puerta misma del avión, donde lo esperaba Roser. Iba limpio, afeitado y tranquilo. En el mismo avión viajaba otro exiliado a quien le quitaron las esposas en su asiento. Iba inmundo, desgreñado y temblando. Al rato de vuelo Víctor, que lo había observado, se le acercó. Le costó entablar conversación y convencerlo de que no era un agente de seguridad. Se fijó en que al hombre le faltaban los dientes delanteros y tenía varios dedos quebrados.

—¿En qué puedo ayudarlo, compañero? Soy médico —le dijo.

—Van a devolver el avión Me van a llevar de nuevo a… —Y se echó a llorar.

—Cálmese, ya tenemos casi una hora en el aire, no vamos a volver a Santiago, se lo aseguro. Este es un vuelo sin escalas a Caracas, allá va a estar seguro, lo van a ayudar. Voy a conseguirle un trago, le hace falta.

—Mejor algo de comer —suplicó el otro.

Roser había pasado largas temporadas en Venezuela con la orquesta de música antigua, daba conciertos, tenía amigos y se movía fácilmente en una sociedad cuyas reglas de convivencia eran diferentes a las de Chile. Valentín Sánchez le había presentado a quienes valía la pena conocer y abierto las puertas del mundo de la cultura. Hacía varios años que su amor con Aitor Ibarra había terminado, pero siguieron siendo amigos y ella lo visitaba de vez en cuando. El ataque lo había dejado semiinválido y con alguna dificultad para modular las palabras, pero no había afectado a su mente ni disminuido su olfato para imaginar buenos negocios, que su hijo mayor supervisaba. Tenía su residencia en lo alto de las Cumbres de Curumo, con vista panorámica de Caracas, donde cultivaba orquídeas y coleccionaba pájaros exóticos y automóviles hechos a mano. Era un recinto cerrado, un parque frondoso con varias casas, protegido por un alto muro de cárcel y un guardia armado, donde vivían también dos de los hijos casados y varios nietos. Según Aitor, su mujer nunca sospechó la larga relación que tuvo con Roser, aunque ella dudaba de que eso fuera cierto, porque seguramente habían sembrado muchas pistas en esos años. Concluyó que la reina de belleza había aceptado tácitamente que su marido era un mujeriego, como tantos hombres para quienes eso era prueba de virilidad, pero lo pasó por alto; ella era la esposa legítima, la madre de sus hijos, la única que contaba. Después que quedó postrado por la parálisis lo tuvo para ella sola y llegó a quererlo más que antes, porque descubrió sus enormes virtudes, que en el tráfico y el apuro de la existencia anterior ella no pudo apreciar. Envejecían juntos en perfecta armonía, rodeados de su familia. «Ya ves, Roser, como no hay mal que por bien no venga, como dice el refrán. Desde esta silla de ruedas soy mejor marido, padre y abuelo de lo que sería si anduviera caminando. Y aunque no me lo creas, soy feliz», le comentó Aitor en una de las visitas. Para no alborotar la paz de su amigo, ella no quiso contarle cuán importante era para ella el recuerdo de aquellas tardes de besos y vino blanco.

Ambos habían prometido que nunca les confesarían a sus cónyuges ese amor pasado —para qué herirlos—, pero Roser no cumplió su parte. En los dos días entre la liberación de Víctor del campo de concentración y su asilo en la embajada, se enamoraron como si acabaran de conocerse. Fue un descubrimiento luminoso. Se habían echado tanto de menos que al encontrarse no se vieron como eran sino como habían sido cuando fingían hacer el amor en el bote salvavidas del *Winnipeg*, jóvenes y tristes, consolándose con murmullos y caricias castas. Ella se enamoró de un extraño alto y duro, de facciones talladas en madera oscura, con ojos tiernos y olor a ropa recién planchada, capaz de sorprenderla y hacerla reír con tonterías, de darle placer como si hubiera memorizado el mapa de su cuerpo, de acunarla la noche entera de modo que se dormía y despertaba en su hombro, de decirle lo que ella nunca esperó oír, como si el sufrimiento le hubiera demolido las defensas y lo hubiera vuelto sentimental. Víctor se enamoró de la mujer que antes había querido con un cariño incestuoso de hermano. Durante treinta y cinco años ella había sido su esposa, pero recién en esos días de reencuentro la vio desprovista de la carga del pasado, de su papel de viuda de Guillem y

303

madre de Marcel, convertida en una aparición joven y fresca. Roser a los cincuenta y tantos años se le reveló sensual, llena de entusiasmo, con una reserva inagotable de energía y sin miedo. Ella detestaba la dictadura tanto como él, pero no la temía. Víctor sacó la cuenta de que en realidad ella nunca había dado pruebas de temer algo, fuera de volar en avión, ni siquiera en los tiempos finales de la Guerra Civil. Con el mismo temple con que se enfrentó al exilio entonces, se enfrentaba ahora, sin una queja, sin mirar hacia atrás, con los ojos puestos en el futuro. ¿De qué material indestructible estaba hecha Roser? ¿Cómo es que él tuvo la inmensa fortuna de tenerla tantos años? ¿Y cómo pudo ser tan bruto que no la amó desde el principio como ella merecía, como la amaba ahora? Nunca imaginó que a su edad se pudiera enamorar como un adolescente y sentir el deseo como una llamarada. La miraba arrobado, porque bajo su aspecto de mujer madura estaba intacta la niña que Roser debió de haber sido cuando cuidaba cabras en un monte de Cataluña, inocente y formidable. Quería protegerla y cuidarla, aunque sabía que ella era más fuerte que él a la hora de la desgracia. Todo eso y mucho más le dijo en esos días muy breves del encuentro y seguiría repitiéndoselo en los días siguientes hasta su muerte. En esas veladas de confesiones y recuerdos, en que compartieron grandezas, miserias y secretos, ella le habló de Aitor Ibarra, a quien nunca había mencionado. Al oírlo, Víctor sintió un balazo en el pecho que le cortó el aliento. El hecho de que esa aventura hubiera terminado hacía un buen tiempo, como le aseguró Roser, fue un consuelo a medias. Siempre sospechó que en sus viajes ella se encontraba con un amante o tal vez con varios, pero la confirmación de un amor largo y serio le despertó unos celos retroactivos que hubieran destruido la dicha del momento si ella se lo hubiera permitido. Con su implacable sentido común, Roser le hizo ver que ella nada le había quitado a él para dárselo a Aitor, que no lo había querido menos, porque esa relación estuvo siempre en una cámara separada de su corazón, sin interferir con el resto de su vida. «En ese tiempo tú y yo éramos grandes amigos, confidentes, cómplices y esposos, pero no éramos los amantes que somos ahora. Si te lo hubiera contado entonces, te habría molestado mucho menos, porque no lo habrías sentido como una traición. Al fin y al cabo, tú también me has sido infiel.» Víctor se sobresaltó, porque sus propios deslices eran insignificantes, apenas los recordaba, y no imaginaba que ella lo supiera. Aceptó su argumento con poca convicción, pero se quedó rumiando sus sentimientos por un tiempo, hasta que acabó por comprender la inutilidad de empantanarse en el pasado. «Lo vivido, vivido está», como solía decir su madre.

Venezuela recibió a Víctor con la misma despreocupada generosidad con que acogía a millares de inmigrantes de varios lugares del mundo y más recientemente a los refugiados de la dictadura de Chile y de la guerra sucia de Argentina y Uruguay, además de los colombianos que cruzaban la frontera sin permiso escapando de la pobreza. Era una de las pocas democracias que iban quedando en un continente dominado por regímenes despiadados y duras juntas militares, uno de los países más ricos del mundo por el chorro inacabable de petróleo que surgía de esa tierra, bendecida también con otros minerales, una naturaleza exuberante y una ubicación privilegiada en el mapa. Los recursos eran tantos que nadie se mataba trabajando, había espacio y oportunidades para quien quisiera llegar a instalarse. Se vivía alegremente, de parranda en parranda, con gran libertad y un profundo sentido igualitario. Cualquier disculpa era buena para celebrar con música, baile y alcohol, el dinero parecía correr a raudales, la corrupción alcanzaba para todos. «No te engañes, hay mucha pobreza, especialmente en provincia. Todos los gobiernos han olvidado a los pobres; eso genera violencia y tarde o temprano el país pagará por esa negligencia», le advirtió Valentín Sánchez a Roser. A Víctor, que provenía de un Chile sobrio, prudente, remilgado y reprimido por la dictadura, esa alegría indisciplinada le resultó chocante. Creyó que la gente era superficial, que nada se tomaba en serio, que había demasiado despilfarro y ostentación, que todo era temporal y transitorio. Se quejaba de que a su edad era imposible adaptarse, que no le iba a alcanzar la vida para eso, pero Roser le rebatía que si a los sesenta años podía hacer el amor como un muchacho, adaptarse a ese país espléndido sería fácil. «Relájate, Víctor. Eso de andar enfurruñado no sirve para nada. El dolor es inevitable, pero el sufrimiento es optativo.» Su prestigio de médico era conocido, porque varios cirujanos que estudiaron en Chile habían sido alumnos suyos; no tuvo que ganarse la vida manejando un taxi o sirviendo mesas, como tantos otros profesionales desterrados, que perdían de un plumazo su pasado y debían empezar de cero. Pudo revalidar su título y muy pronto estaba operando en el hospital más antiguo de Caracas. Nada le faltaba, pero se sentía irremediablemente extranjero y andaba pendiente de las noticias a ver cuándo podría regresar a Chile. A Roser le iba muy bien con su orquesta y sus conciertos y Marcel, que había terminado su doctorado en Colorado, estaba trabajando en la compañía de petróleo de Venezuela. Estaban satisfechos, pero también ellos pensaban en Chile con la esperanza de volver.

Mientras Víctor contaba los días para el retorno, se murió Franco el 20 de noviembre de 1975, después de una larga agonía. Por primera vez en muchos años Víctor sintió la tentación de volver a España. «El Caudillo resultó mortal, después de todo», fue el único comentario de Marcel, quien no sentía ni la menor curiosidad por el país de sus antepasados; era chileno de alma. Pero Roser decidió que acompañaría a Víctor, porque cualquier separación, por breve que fuese, les provocaba angustia, era tentar al destino; podía ocurrir que nunca más se juntaran. La ley natural del universo es la entropía, todo tiende al desorden, a romperse, a dispersarse, la gente se pierde, miren cuántos se perdieron en la Retirada, los sentimientos se destiñen y el olvido se desliza en las vidas como neblina. Se requiere una voluntad heroica para mantener todo en su sitio. «Son presagios de refugiados», opinaba Roser. «Son presagios de enamorados», la corregía Víctor. Vieron el entierro de Franco por televisión, el ataúd escoltado por un escuadrón de lanceros a caballo desde Madrid hasta el Valle de los Caídos, las masas de gente honrando al Caudillo, mujeres de rodillas sollozando, la Iglesia con su fasto y pompa de obispos en paramentos de misa mayor, políticos y personalidades de luto riguroso, menos el dictador chileno, con capa de emperador, desfile interminable de las Fuerzas Armadas y la pregunta en el aire de qué va a pasar con España después de Franco. Roser convenció a Víctor de aguardar un año antes de intentar la vuelta a su país. En ese plazo observaron desde lejos la transición a la libertad con un rey a la cabeza, que no resultó ser la marioneta del franquismo que se esperaba, sino decidido a conducir al país a la democracia pacíficamente, sorteando los obstáculos de una derecha intransigente, negada a cualquier cambio y temerosa de que sin el Caudillo perdería sus privilegios. El resto de los españoles clamaban por apresurar las reformas inevitables y darle a España su lugar en Europa y en el siglo xx.

En noviembre del año siguiente Víctor y Roser Dalmau pisaron su país de origen por primera vez desde aquellos días duros de la Retirada. Se quedaron muy poco en Madrid, que seguía siendo la hermosa capital imperial que siempre fue. Víctor le mostró a Roser los barrios y los edificios destruidos por las bombas, que habían sido reconstruidos, y la llevó a la Ciudad Universitaria a ver los impactos de balas, que todavía existían en algunas murallas. Fueron a la zona del río Ebro donde suponían que Guillem había caído, pero no encontraron nada que recordara la batalla más sangrienta de la guerra, que tantos muertos costó. En Barcelona buscaron la antigua casa que fuera de los Dalmau en el Raval. Los nombres de las calles habían cambiado y les costó un poco ubicarse. Allí estaba todavía, convertida en un vejestorio, tan venida a menos que apenas se sostenía. Por fuera parecía deshabitada, pero tocaron a la puerta y al cabo de un largo rato y varios timbrazos les abrió una muchacha con los ojos renegridos de kohl y una falda roñosa de la India. Olía a marihuana y pachulí y tuvo alguna dificultad en entender qué quería esa pareja de desconocidos, porque andaba volada en otra dimensión, pero al fin los invitó a entrar. La casa había sido tomada recientemente por una comuna de jóvenes que habían adoptado la cultura hippie con algún retraso, porque en tiempos de Franco no se lo hubieran permitido. Recorrieron los cuartos con una sensación de vacío en el estómago. Las paredes estaban descascaradas y pintarrajeadas, había gente por el suelo fumando o dormitando, basura tirada, el baño y la cocina inmundos, puertas y persianas colgando precariamente de los goznes, un olor penetrante de mugre, encierro y marihuana. «Ya ves, Víctor, no se puede recuperar el pasado», observó Roser cuando salieron.

Tal como no reconocieron la casa de los Dalmau, no reconocieron a España. Los cuarenta años de franquismo habían dejado una huella profunda, que se notaba en el trato con la gente y cada aspecto de la cultura. A Cataluña, último bastión de la España republicana, le tocó la venganza más severa de los vencedores, la represión más cruenta. Les sorprendió que la sombra de Franco todavía pesara tanto. Había descontento por el desempleo y la inflación, por las reformas que se llevaban a cabo y por las que no, por el poder de los conservadores y por el desorden de los socialistas; unos abogaban por separar a Cataluña de España y otros por integrarla más. Muchos de los desterrados de la guerra fueron regresando, la mayoría viejos y desencantados, pero ya no había lugar para ellos. Nadie los recordaba. Víctor fue a la taberna Rocinante, que todavía existía en la misma esquina y con el mismo nombre, y se tomó una cerveza en honor a su padre y sus compañeros de dominó, los viejos que cantaron en su funeral. Rocinante se había modernizado en esos años, nada de jamones colgando del techo y olor a vino rancio, lucía mesas de acrílico y ventiladores. El encargado le comentó que España se había ido al diablo después de Franco, puro desorden y grosería, huelgas, protestas, manifestaciones, putas y maricones, y comunistas, nadie respetaba los valores de la familia y la patria, nadie se acordaba de Dios, el rey era un gilipollas, vaya error del Caudillo al nombrarlo su sucesor.

Alquilaron un apartamento pequeño en Gracia, donde vivieron seis meses eternos. El desexilio, como llamaron al regreso a la patria que habían dejado tantos años antes, les resultó tan duro como el exilio de 1939, cuando cruzaron la frontera de Francia, pero les llevó esos seis meses admitir lo extraños que se sentían, él por orgulloso y ella por estoica. Ninguno de los dos encontró trabajo, en parte porque no había empleo para gente de su edad y en parte por falta de contactos. No conocían a nadie. El amor los salvó de la depresión, porque se sentían recién casados en luna de miel, en vez de ser dos personas maduras, ociosas y solitarias, que pasaban las mañanas paseando por la ciudad y las tardes en el cine viendo películas repetidas. Estiraron la ilusión lo más posible, hasta que un domingo tedioso, que no se diferenciaba en nada de otros días tediosos, ya no pudieron más. Estaban calentándose los huesos con una taza de chocolate espeso y melindros en un local de la calle Petritxol, cuando Roser dijo en un impulso la sentencia que habría de determinar sus planes en los años siguientes. «Estoy hasta más arriba de la coronilla con esto de ser forasteros. Volvamos a Chile. Somos de allá.» Víctor soltó un sonoro suspiro de dragón y se inclinó para besarla en la boca.

«Lo haremos apenas podamos, Roser, te lo prometo. Pero por ahora nos volvemos a Venezuela.»

Pasaron varios años antes de que pudiera cumplir su promesa, instalados en Venezuela, donde estaba Marcel y tenían trabajo y amigos. La colonia chilena crecía día a día, porque además de los exiliados políticos llegaban otros buscando oportunidades económicas. En su barrio de Los Palos Grandes se oía más el acento chileno que el venezolano. La mayoría de los que llegaban permanecían aislados en su propia comunidad, lamiéndose las heridas y pendientes de la situación de Chile, que no daba signos de cambiar, a pesar de las noticias alentadoras que circulaban de boca en boca y jamás se confirmaban. La verdad era que la dictadura seguía firme. Roser le propuso a Víctor integrarse como única forma saludable de envejecer. Debían vivir al día, aprovechando lo que ese amable país les ofrecía, agradecidos por tener buena acogida y trabajo, sin regodearse en el pasado. La vuelta a Chile quedaba pendiente, sin arruinarles el presente, puesto que ese futuro podía tardar demasiado. Eso les impidió nutrirse de nostalgia y esperanza y los introdujo en el arte de pasarlo bien sin culpa, lo que, junto a la generosidad, era la mejor lección de Venezuela. Víctor cambió más en su década de los sesenta de lo que había cambiado en toda su vida anterior. Lo atribuyó al enamoramiento sostenido, a la lucha incansable de Roser por limarle las aristas del carácter y levantarle el ánimo y a la influencia positiva del despelote caribeño, como llamaba al relajo institucionalizado, que le desbarató la seriedad, si no para siempre, al menos por varios años. Aprendió a bailar salsa y tocar el cuatro.

Fue en esa época cuando Víctor Dalmau volvió a encontrarse con Ofelia del Solar. A lo largo de los años había sabido de ella esporádicamente, sin llegar a verla, porque pertenecían a medios muy diferentes y ella había pasado gran parte de su vida en otros países por la profesión de su marido. Además, él la había evitado, temeroso de que el rescoldo de ese amor frustrado de su juventud tuviera brasas calientes e interfiriera en el orden de su existencia o en su relación con Roser. Nunca llegó a comprender las razones de Ofelia para cortarlo de su vida de un tijeretazo, sin más explicación que una carta breve escrita en el tono de una muchacha caprichosa, que él no lograba identificar con la mujer que se escapaba de sus clases para hacer el amor con él en un hotel de mala catadura. Al principio, después de lamentarse y maldecir en secreto, llegó a detestarla. Le atribuyó los peores defectos de su clase social: inconsciencia, egoísmo, arrogancia, pedantería. Después, el disgusto se le fue pasando y le quedó el recuerdo benévolo de la mujer más bella que había conocido, de su risa súbita, de su coquetería. Pensaba en Ofelia muy rara vez y nunca sintió el impulso de averiguar sobre ella. En Chile, antes de la dictadura, se enteraba de retazos de su existencia, generalmente por algún comentario de Felipe del Solar, a quien veía un par de veces al año para preservar artificialmente una amistad basada sólo en la gratitud de Víctor. Había visto algunas imágenes poco favorecedoras de ella en las páginas sociales del periódico, pero no en la sección de arte; su trabajo era desconocido en Chile. «Vaya, lo mismo pasa con otros talentos nacionales y peor si son mujeres», observó Roser en una ocasión en que trajo de uno de sus viajes una revista de Miami en que las pinturas de Ofelia ocupaban las cuatro páginas centrales a color. Víctor examinó las dos fotografías de la artista que acompañaban al reportaje. Los ojos eran de la Ofelia de antes pero el resto había cambiado; podía ser que la cámara la traicionara.

Roser llegó con la noticia de que había una exposición de las obras más recientes de Ofelia del Solar en el Ateneo de Caracas. «¿Te has fijado que usa su apellido de soltera?», comentó. Víctor le hizo ver que siempre fue así, muy común en las mujeres chilenas, y Matías Eyzaguirre se había muerto hacía años; si Ofelia no usó el apellido de su marido cuando él estaba vivo, ¿para qué iba a hacerlo en la viudez? «Bueno, como sea. Vamos a ir a la inauguración», dijo ella.

La reacción automática de él fue negarse, pero lo venció la curiosidad. La exposición consistía en pocos cuadros, pero ocupaba tres salas porque eran del tamaño de una puerta. Ofelia no se había distanciado de la influencia de Guayasamín, el gran pintor ecuatoriano con quien había estudiado; sus telas eran de un estilo similar, trazos fuertes, líneas oscuras y figuras abstractas, pero nada tenían de su mensaje humanitario, ninguna denuncia a la crueldad o la explotación del hombre, nada de los conflictos históricos o políticos de su tiempo. Eran imágenes sensuales, algunas muy explícitas, de parejas en abrazos retorcidos o violentos, mujeres abandonadas al placer o al sufrimiento. Víctor las observó confundido, porque le pareció que no correspondían a la idea que él tenía de la artista.

Recordaba a Ofelia en su primera juventud, esa muchacha mimada, ingenua e impulsiva que una vez lo enamoró, la que pintaba acuarelas de paisajes y ramos de flores. Sólo sabía de ella que desde entonces había sido primero la esposa y después la viuda de un diplomático; era una mujer tradicional, conforme con su destino. Pero esos cuadros revelaban un temperamento ardiente y una sorprendente imaginación erótica, como si la pasión que él alcanzó a vislumbrar en el hotel miserable donde hacían el amor hubiera permanecido sofocada en su interior y la única válvula de escape fueran los pinceles y la pintura.

El último cuadro, que colgaba solo en una pared de la galería, le produjo un hondo impacto. Era un hombre desnudo con un fusil en las manos, en blanco, negro y gris. Víctor se quedó estudiándolo durante varios minutos, perturbado sin saber por qué. Se acercó a leer el título en la pared, *Miliciano, 1973*. «No está en venta», dijo una voz a su lado. Era Ofelia, distinta a la de sus recuerdos y a la que aparecía en las pocas fotografías que había visto, avejentada y descolorida.

—Ese cuadro es el primero de esta serie y marca el fin de una etapa para mí, por eso no lo vendo.

—Ese es el año del golpe militar en Chile —dijo Víctor.

—No tiene nada que ver con Chile. Ese año me liberé como artista.

Hasta ese momento ella no había mirado a Víctor, hablaba con la vista en el cuadro. Cuando se volvió para seguir la conversación no lo reconoció. Habían pasado más de cuarenta años desde que estuvieron juntos y estaba en desventaja, porque en ese tiempo no había tenido ocasión de ver una fotografía de él. Víctor le tendió la mano y se presentó. A Ofelia le costó unos segundos situar el nombre en su memoria y cuando lo hizo lanzó una exclamación de sorpresa tan espontánea, que Víctor quedó convencido de que no sabía quién era él. Aquello que él había cargado como una desgracia en el corazón, a ella no le había dejado huella. La invitó a tomar una copa en la cafetería y fue a buscar a Roser. Al verlas juntas le llamó la atención que el tiempo las hubiera tratado de manera tan distinta. Cabía suponer que Ofelia, bella, frívola, rica y refinada, hubiera resistido mejor el paso de los años, pero se veía mayor que Roser. Su pelo gris parecía chamuscado, las manos estaban maltratadas y los hombros encorvados por las exigencias de su oficio, llevaba una túnica larga y suelta de lino color ladrillo para disimular los kilos de sobra, un bolso enorme de tela multicolor de Guatemala y sandalias de franciscano. Seguía siendo hermosa. Sus ojos azules brillaban como a los veinte años en un rostro bronceado por exceso de sol y cruzado de arrugas. Roser, que no era vanidosa y nunca había llamado la atención por bonita, se teñía las canas y se pintaba los labios, cuidaba sus manos de pianista, su postura y su peso; iba vestida de pantalón negro y blusa blanca, con la sencilla elegancia de siempre. Saludó efusivamente a Ofelia y se disculpó por no poder acompañarlos, debía irse volando a un ensayo de la orquesta. Víctor intercambió una mirada inquisitiva con ella, adivinó que pretendía dejarlo solo con Ofelia y tuvo un instante de pánico.

En una mesa del patio del Ateneo, entre esculturas modernas y plantas tropicales, Ofelia y Víctor se pusieron al día con lo más relevante de esos cuarenta años, sin referirse a la pasión que alguna vez los trastornó. Víctor no se atrevió a tocar ese tema y menos a pedirle una explicación tardía, porque le pareció humillante. Ella tampoco se la ofreció, porque el único hombre que había contado en su vida era Matías Eyzaguirre. Comparada con el extraordinario amor que tuvo con él, la breve aventura con Víctor fue una chiquillada y estaría olvidada si no fuera por esa tumba minúscula en un cementerio rural de Chile. Tampoco aquello se lo mencionó a Víctor, porque sólo compartió el secreto con su marido. Cargó con su desliz sin hacer escándalo, como le ordenó el padre Vicente Urbina.

Pudieron conversar largo rato como si fueran buenos amigos. Ofelia le contó que tuvo dos hijos y vivió treinta y tres años felices con Matías Eyzaguirre, quien la amó con la misma constancia con que la persiguió para casarse con ella. La quería tanto y en forma tan exclusiva que sus hijos sentían que estaban de más.

—Cambió muy poco, siempre fue un hombre quieto, generoso, de una lealtad incondicional conmigo; los años profundizaron sus virtudes. Lo secundé lo mejor posible en su profesión. Es difícil la diplomacia. Cambiábamos de país cada dos o tres años, había que mudarse, dejar amigos y volver a empezar en otra parte. Tampoco es fácil para los hijos. Lo peor es la vida social, yo no sirvo para andar en cócteles y comidas estiradas.

—¿Podías pintar?

—Lo intenté, pero lo hice a medias. Siempre había algo más importante o urgente que hacer. Cuando mis hijos se fueron a la universidad le anuncié a Matías que me jubilaba de mi empleo de madre y de esposa y me iba a dedicar a pintar en serio. A él le pareció justo. Me dejó en libertad, no volvió a pedirme que lo acompañara en lo social; eso era lo más desagradable para mí.

—Vaya, un hombre único.

—Lástima que no lo conocieras.

—Lo vi una sola vez. Él me timbró el documento de entrada a Chile a bordo del *Winnipeg* en 1939. Nunca lo he olvidado. Tu Matías era un hombre íntegro, Ofelia.

—Celebraba todo lo mío. Con decirte que tomó clases para apreciar mis cuadros, porque no entendía nada de arte, y financió mi primera exposición. Lo despachó un maldito ataque al corazón hace seis años y todavía me duermo llorando cada noche, porque él no está conmigo —le confesó Ofelia, en un arranque sentimental que ruborizó a Víctor.

Agregó que desde entonces se había liberado de los deberes que antes la distraían de su vocación; vivía como campesina en una parcela a doscientos kilómetros de Santiago, donde cultivaba árboles frutales y criaba cabras enanas de orejas largas para vender como mascotas, pintando y pintando. Aparte de viajar para ver a su hijo y su hija, en Brasil y Argentina, para una exposición o para visitar a su madre una vez al mes, no se movía de su taller.

—Sabías que mi padre murió, ¿no?

—Sí, salió en el diario. Aquí nos llegan diarios chilenos con atraso, pero llegan. Figuró mucho en el gobierno de Pinochet.

—Eso fue al principio. Se murió en 1975. Mi madre floreció después. Mi padre era un déspota.

Le contó que doña Laura se dedicaba menos a la oración compulsiva y a las obras de caridad y más a juegos de canasta y espiritismo con un grupo de ancianas esotéricas que se comunicaban con almas del Más Allá. Así se mantenía en contacto con Leonardo, su Bebe adorado. El cura Vicente Urbina ignoraba ese nuevo pecado que manchaba el hogar de los Del Solar, porque doña Laura se cuidó bien de confesarlo; sabía que invocar a los muertos es una práctica demoníaca definitivamente condenada por la Iglesia.

Ofelia se refería al sacerdote con sarcasmo. Dijo que a los ochenta y tantos años, Urbina era obispo y elocuente defensor de los métodos de la dictadura, plenamente justificados en la protección de la cultura cristiana occidental contra la perversidad del marxismo. El cardenal, que había creado una vicaría para proteger a los perseguidos y llevar la cuenta de los desaparecidos, debió llamarlo al orden cuando en su exaltación defendía la tortura y las ejecuciones sumarias. El obispo era infatigable en su misión de salvar almas, en particular las de sus fieles del barrio alto, y seguía siendo el consejero de la familia Del Solar, mucho más poderoso desde la muerte del patriarca. Doña Laura, las hijas, yernos, nietos y bisnietos dependían de su sabiduría para las decisiones grandes y pequeñas.

—Yo escapé a su influencia porque lo aborrezco, es un hombre siniestro, y he estado casi siempre lejos de Chile. Felipe también escapó, porque es el más inteligente de la familia y pasa media vida en Inglaterra.

—¿Qué es de él?

—Soportó los tres años del gobierno de Allende, seguro de que iba a ser breve y no se equivocó, pero no pudo con la mentalidad de cuartel de la Junta, porque adivinó que puede durar una eternidad. Ya sabes cómo le gusta todo lo inglés. Detesta el ambiente hipócrita y santurrón de Chile. Va de visita a menudo a ver a mi madre y hacerse cargo de las finanzas familiares, porque tuvo que reemplazar a mi padre.

—¿No tenías otro hermano? ¿Uno que medía tifones y huracanes?

—Se instaló en Hawái y volvió a Chile sólo una vez a reclamar la parte de la herencia que le correspondía con la muerte de mi padre. ¿Te acuerdas de esa empleada de la casa, la Juana, la que adoraba a tu hijo Marcel? Está igual. Nadie, ni ella misma, sabe cuántos años tiene, pero sigue de ama de llaves y cuida a mi madre, que tiene noventa y tantos y está bastante loca. Hay muchos dementes en mi familia. Bueno, ya te he puesto al día de nosotros. Ahora cuéntame de ti.

Víctor le resumió su vida en cinco minutos, mencionando muy brevemente el año que estuvo preso y sin detenerse en las peores vicisitudes, porque le parecía de mal gusto hablar de ellas y supuso que Ofelia prefería ignorarlas. Si ella adivinó algo, se abstuvo de hacer preguntas y sólo dijo al respecto que Matías había sido conservador en sus ideas políticas, pero sirvió a Chile como diplomático durante los tres años de socialismo sin cuestionar su deber; en cambio le avergonzaba representar al gobierno militar por la mala reputación que tenía en el mundo. Agregó que a ella la política nunca le había interesado, lo suyo era el arte, y que vivía en paz en Chile, entre árboles y animales, sin leer la prensa. Con o sin dictadura, su vida era la misma.

Se despidieron con el compromiso de mantenerse en contacto, aunque sabían que era sólo una formalidad. Víctor se sintió aliviado: si uno vive lo suficiente, los círculos se cierran. El de Ofelia del Solar se le cerró limpiamente en esa cafetería del Ateneo sin dejar cenizas. Las brasas se habían consumido hacía mucho. Decidió que no le gustaban su personalidad ni su pintura; lo único memorable eran sus ojos de ese raro azul cerúleo. Roser lo esperaba en casa un poco inquieta, pero le bastó una mirada para echarse a reír. Su marido se había quitado varios años de encima. Víctor le transmitió las noticias de la familia Del Solar y a modo de conclusión comentó que Ofelia olía a gardenias moribundas. Se quedó con la idea de que Roser había planeado ese chasco, que por eso lo llevó a la exposición y lo dejó solo con su antiguo amor. Su mujer se arriesgaba demasiado; podía haber sucedido que en vez de desencantarse de Ofelia, se hubiera vuelto a enamorar, pero evidentemente esa posibilidad no inquietaba a Roser en absoluto. «El problema con nosotros es que ella me da por sentado, mientras que yo vivo pensando en que ella se puede ir con otro», pensó.

XII

1983-1991

Yo vivo ahora en un país tan suave
como la piel otoñal de las uvas...

PABLO NERUDA,
«País», *Geografía infructuosa*

La noticia de que en Chile había una lista reciente de mil ochocientos exiliados que estaban autorizados para regresar fue publicada en *El Universal* del domingo, único día que los Dalmau leían el periódico de punta a rabo. Roser fue al consulado de Chile a ver la lista, que estaba pegada en la ventana, y encontró el nombre de Víctor Dalmau. Se abrió un vacío a sus pies. Habían aguardado eso durante nueve años y cuando ocurrió no pudo alegrarse, porque significaba abandonar lo que tenían, incluso a Marcel, y volver al país que dejaron porque no pudieron soportar la represión. Se preguntó qué sentido tenía retornar si nada había cambiado, pero esa noche, cuando lo conversó con Víctor, él le planteó que si no volvían pronto, nunca lo harían. «Hemos empezado de cero varias veces, Roser. Podemos hacerlo una vez más.

Tengo sesenta y nueve años y quiero morir en Chile.» Le sonaban en la memoria unos versos de Neruda: «*Cómo puedo vivir tan lejos / de lo que amé, de lo que amo?*». Marcel estuvo de acuerdo; se ofreció para ir a reconocer el terreno y en menos de una semana estaba en Santiago. Los llamó para contarles que en apariencia el país era moderno y próspero, pero bastaba rascar la superficie para ver las lacras. Existía una abrumadora desigualdad. Tres cuartas partes de la riqueza estaban en manos de veinte familias. La clase media sobrevivía a crédito; había pobreza para muchos y opulencia para pocos, poblaciones de miseria que contrastaban con rascacielos de cristal y mansiones amuralladas, bienestar y seguridad para unos, y desempleo y represión para otros. El milagro económico de los años anteriores, basado en la libertad absoluta del capital y la falta de derechos básicos para los trabajadores, se había desinflado como una burbuja. Les dijo que se sentía en el aire que la situación iba a cambiar, la gente tenía menos miedo y había protestas masivas contra el gobierno, creía que la dictadura podía caer por su propio peso; era el momento de volver. Agregó que apenas llegó le ofrecieron empleo en la misma Corporación del Cobre donde comenzó a trabajar recién graduado, sin que nadie le preguntara por sus ideas políticas; sólo contaban su doctorado en Estados Unidos y su experiencia profesional. «Me voy a quedar aquí, viejos. Soy de Chile.» Esa fue la razón definitiva, porque ellos también, a pesar de todo lo vivido, eran de Chile y en ningún caso iban a separarse del hijo. En menos de tres meses los Dalmau liquidaron sus posesiones y se despidieron de los amigos y colegas. Valentín Sánchez le propuso a Roser que volviera triunfante, con la cabeza en alto, ya que ella nunca estuvo en una lista negra ni en la mira de los aparatos de seguridad, como su marido. Regresaría acompañada por la orquesta de música antigua en pleno para dar una serie de conciertos gratuitos en parques, iglesias y liceos. Ella quiso saber cómo iban a financiar semejante empresa y él respondió que sería un regalo del pueblo venezolano al pueblo de Chile. El presupuesto de cultura en Venezuela daba para mucho y en Chile no se atreverían a impedirlo; sería una afrenta de proporciones internacionales. Así fue.

Para Víctor el regreso resultó más difícil que para Roser. Dejó su posición en el hospital de Caracas y su seguridad económica para llegar a la incertidumbre de un lugar donde los desterrados eran vistos con desconfianza. Muchos de la izquierda los culpaban por haberse ido, en vez de luchar contra el régimen desde dentro, y la derecha los acusaba de marxistas y terroristas, por algo habían sido expulsados.

Cuando se presentó en el hospital San Juan de Dios, donde había trabajado durante casi treinta años, fue recibido con abrazos y hasta con lágrimas por enfermeras y algunos médicos de antes, que lo recordaban y habían escapado a la purga de los primeros tiempos, cuando centenares de médicos con ideas progresistas fueron destituidos, arrestados o asesinados. El director, un militar, lo saludó personalmente y lo invitó a su despacho.

—Sé que usted salvó la vida al comandante Osorio. Fue un acto encomiable para alguien que se encontraba en su situación —dijo.

—¿Quiere decir preso en un campo de concentración? Soy

médico, atiendo a quien me necesite, no importan las circunstancias. ¿Cómo está el comandante?

—Retirado desde hace tiempo, pero bien.

—Trabajé muchos años en este hospital y me gustaría reintegrarme —dijo Víctor.

—Lo entiendo, pero debe considerar su edad…

—No he cumplido setenta años todavía. Hace dos semanas dirigía el departamento de cardiología en el hospital Vargas de Caracas.

—Desgraciadamente con su historial de preso político y exiliado no es posible emplearlo en ningún hospital público; oficialmente está suspendido de sus funciones hasta nueva orden.

—Es decir, ¿que no podré trabajar en Chile?

—Créame que lo lamento. La decisión no depende de mí. Le recomiendo que busque en una clínica privada —dijo el director, despidiéndose con un firme apretón de mano.

El gobierno militar consideraba que los servicios públicos debían estar en manos privadas; la salud no era un derecho, sino un bien de consumo que se compra y vende. En esos años, en que se había privatizado todo lo privatizable, desde la electricidad hasta las líneas aéreas, habían proliferado las clínicas privadas con las instalaciones y recursos más exquisitos para atender a quienes podían pagar. El prestigio profesional de Víctor seguía incólume después de años de ausencia y consiguió empleo de inmediato en la más afamada clínica de Santiago con un sueldo muy superior al que pudiera ganar en el hospital público. Allí lo fue a visitar Felipe del Solar en uno de sus frecuentes viajes a Chile. Había pasado mucho tiempo desde que se vieron por última vez y nunca fueron amigos íntimos ni tuvieron mucho en común, pero se abrazaron con afecto genuino.

—Supe que habías vuelto, Víctor. Me alegro mucho. Este país necesita que la gente valiosa como tú se reintegre.

—¿Tú también estás de vuelta en Chile? —le preguntó Víctor.

—A mí nadie me necesita aquí. Vivo en Londres. ¿No se nota?

—Se nota. Pareces un lord inglés.

—Tengo que venir más o menos a menudo por cuestiones familiares, aunque no soporto a nadie de mi familia, salvo a la Juana Nancucheo, que me crió, pero uno no elige a los parientes.

Se instalaron en un banco del jardín, frente a una fuente moderna que lanzaba chorros de agua como resoplidos de ballena, para ponerse al día sobre las respectivas familias. Víctor se enteró de que los cuadros que pintaba Ofelia, encerrada en el campo, nadie los compraba, que Laura del Solar padecía demencia senil en silla de ruedas y las hermanas de Felipe se habían convertido en señoronas insoportables.

—Mis cuñados han hecho fortunas en estos años, Víctor. Mi padre los despreciaba. Decía que mis hermanas se casaron con tontos bien vestidos. Si pudiera ver a sus yernos ahora, tendría que tragarse sus palabras —añadió Felipe.

—Este es el paraíso de los negocios y los negociados —comentó Víctor.

—No hay nada malo en ganar plata si el sistema y la ley lo permiten. Y tú, Víctor, ¿cómo estás?

—Tratando de adaptarme y entender qué ha pasado aquí. Chile está irreconocible.

—Tienes que admitir que está mucho mejor. El pronunciamiento militar salvó al país del caos de Allende y de una dictadura marxista.

—Para impedir esa imaginaria dictadura de izquierda se ha impuesto una implacable dictadura de derecha, Felipe.

—Mira, Víctor, guárdate esas opiniones. Aquí no caen bien. No puedes negar que estamos mucho mejor, tenemos un país próspero.

—Con un coste social muy alto. Tú vives fuera, conoces las atrocidades que aquí no se publican.

—No me vengas con la cantinela de los derechos humanos, qué lata, hombre —lo interrumpió Felipe—. Son excesos de algunos milicos brutos. Nadie puede acusar a la Junta de Gobierno y mucho menos al presidente Pinochet por esas excepciones. Lo importante es que hay calma y tenemos una economía impecable. Siempre fuimos un país de flojos y ahora la gente tiene que trabajar y esforzarse. El sistema de libre mercado favorece la competencia y estimula la riqueza.

—Esto no es libre mercado, porque la fuerza laboral está sometida y se han suspendido los derechos más básicos. ¿Crees que se podría implantar este sistema en una democracia?

—Esta es una democracia autoritaria y protegida.

—Has cambiado mucho, Felipe.

—¿Por qué lo dices?

—Te recordaba más abierto, iconoclasta, un poco cínico, crítico, opuesto a todo y a todos, sarcástico y brillante.

—Sigo siéndolo en algunos aspectos, Víctor. Pero al envejecer uno tiene que definirse. Yo siempre fui monárquico —sonrió Felipe—. En todo caso, amigo mío, ten cuidado con tus opiniones.

—Tengo cuidado, Felipe, pero no me cuido con los amigos.

Para paliar el bochorno que sentía por mercantilizar la medicina, Víctor trabajaba como voluntario en un consultorio precario de una de las poblaciones miserables de Santiago, que nacieron y se multiplicaron con las migraciones del campo y del salitre medio siglo antes. En la de Víctor vivían hacinadas unas seis mil personas. Allí pudo tomarle el pulso a la represión, al descontento y al coraje de la gente más modesta. Sus pacientes vivían en chozas de cartón y tablas con suelo de tierra apisonada, sin agua corriente, electricidad ni letrinas, entre el polvo del verano y el barrizal del invierno, entre desperdicios, perros vagos, ratones y moscas, la mayoría sin empleo, ganando el mínimo para subsistir con ocupaciones de desesperación, rescatando plástico, vidrio y papel de la basura para vender, haciendo trabajo pesado por el día en lo que fuera, traficando o robando. El gobierno tenía planes para erradicar el problema, pero las soluciones se demoraban y por el momento erguía muros para ocultar ese espectáculo lamentable, que afeaba la ciudad.

—Lo más impresionante son las mujeres —le comentó Víctor a Roser—. Son inquebrantables, sacrificadas, más aguerridas que los hombres, madres de sus hijos y de los allegados que acogen bajo su techo. Soportan el alcoholismo, la violencia y el abandono del hombre de paso, pero no se doblan.

—¿Tienen alguna ayuda, al menos?

—Sí, de iglesias, especialmente las evangélicas, de instituciones de caridad y voluntarios, pero me preocupan los niños, Roser. Crecen de cualquier modo, a menudo se acuestan con hambre, van a la escuela cuando pueden, no siempre, y llegan a la adolescencia sin más horizonte que las pandillas, las drogas o la calle.

—Te conozco, Víctor. Sé que estás más contento allí que en cualquier otra parte —le comentó ella.

Era cierto. A los tres días sirviendo en esa comunidad, junto a un par de enfermeras y otros médicos idealistas que se turnaban, Víctor recuperó la llamarada de entusiasmo de su juventud. Volvía a su casa con el corazón apretado y una sarta de historias trágicas, cansado como perro, pero impaciente por regresar al consultorio. Su vida tenía un propósito tan claro como en tiempos de la Guerra Civil, cuando su papel en este mundo era incuestionable.

—Si vieras cómo se organiza la gente, Roser. Los que pueden, aportan algo a la olla común, que se cocina en unos calderos grandes en braseros al aire libre. La idea es darle un plato caliente a cada persona, aunque a veces no alcanza para todos.

—Ahora sé adónde va a parar tu sueldo, Víctor.

—No sólo se necesita comida, Roser, también falta lo esencial en el consultorio.

Le explicó que los pobladores mantenían el orden para evitar la intervención de la policía, que solía allanar con armamento de guerra. El sueño imposible era tener un techo propio y un terreno donde establecerse. Antes simplemente ocupaban terrenos y resistían el desalojo con una tenacidad sostenida. La «toma» comenzaba con unos cuantos seres que llegaban discretamente y enseguida aparecían más y más, una sigilosa e incontenible procesión que avanzaba con sus escasas pertenencias en carretones y carretillas, en bolsas al hombro, arrastrando los ínfimos materiales disponibles para un techo, cartones, mantas, con los niños a cuestas y los perros detrás, y cuando las autoridades se enteraban había miles de personas instaladas y dispuestas a defenderse. Eso habría sido una temeridad suicida en los tiempos que corrían, cuando las fuerzas del orden podían entrar con tanques y correr metralla sin el menor inconveniente.

—Basta que a alguno de los dirigentes vecinales se le ocurra proponer una protesta o una toma para que desaparezca y si vuelve a ser visto es un cadáver que aparece a la entrada del campamento como advertencia para los demás. Allí tiraron el cuerpo destrozado con más de cuarenta balazos del cantante Víctor Jara. Eso me han contado.

En el consultorio atendía emergencias, quemaduras, huesos quebrados, heridas de riñas a cuchillo o a botellazos, violencia doméstica, en fin, nada que significara algún desafío para él, pero su sola presencia les daba a los pobladores una sensación de seguridad. Mandaba los casos serios al hospital más cercano y, a falta de ambulancia, a menudo los llevaba él mismo en su coche. Lo habían prevenido contra los robos, era imprudente llegar allí en su vehículo, que podía ser desmontado para vender las piezas en el mercado persa, pero una de las dirigentes, una abuela todavía joven, con carácter de amazona, les advirtió a los pobladores, especialmente a los adolescentes descarriados, que el primero que tocara el coche del doctor lo iba a pasar muy mal. Eso bastó. Víctor nunca tuvo problemas. Los Dalmau acabaron viviendo de los ahorros y de lo que ganaba Roser, porque el sueldo de Víctor en la clínica se iba entero en comprar lo indispensable para el consultorio. Tan satisfecho lo vio Roser, que decidió sumarse. Consiguió instrumentos financiados por Valentín Sánchez, que le mandó un cheque sustancioso y un cargamento desde Venezuela, y acudía al campamento los mismos días que su marido a enseñar música. Descubrió que eso los unía más que hacer el amor, pero no se lo dijo. A Valentín Sánchez le mandaba informes y fotos. «En un año vamos a tener un coro infantil y una orquesta de jóvenes. Vas a tener que venir a verlo con tus propios ojos. Pero por el momento necesitamos un buen equipo de grabación y parlantes para los conciertos al aire libre», le explicó, sabiendo que su amigo se las arreglaría para conseguirle más fondos.

Pensando con cierta envidia en la bucólica descripción de la vida campestre de Ofelia del Solar, Víctor convenció a Roser para que se instalaran en las afueras de la ciudad. Santiago era una pesadilla de tráfico, con gente apurada y de mal humor. Además, solía amanecer con un manto de niebla tóxica. Dieron con lo que buscaban: una vivienda rústica, de piedra y madera, con paja en el techo, un capricho del arquitecto, que quiso camuflarla en el paisaje agreste. Cuando fue construida, tres décadas antes, el camino de acceso era una culebra zigzagueante entre despeñaderos de mulas, pero la capital fue creciendo hacia las faldas de la cordillera y cuando ellos compraron la propiedad, aquella zona de parcelas y huertos estaba incorporada. Allí no llegaba el transporte colectivo ni el correo, pero dormían en el silencio profundo de la naturaleza y despertaban con un coro de pájaros. Los días de semana se levantaban a las cinco de la madrugada para ir a trabajar y regresaban a oscuras, pero el tiempo que pasaban en esa casa les daba ánimo para lidiar con cualquier inconveniente. Durante el día la propiedad estaba desocupada y en los dos primeros años entraron a robar once veces. Eran raterías tan humildes que no valía la pena enojarse ni llamar a la policía. Se llevaron la manguera del jardín y las gallinas, cacharros de cocina, una radio de pilas, el reloj despertador y otras cosas insignificantes. Se llevaron también el primer televisor y otros dos que lo reemplazaron; entonces decidieron prescindir del aparato. Total, había poco de interés para ver en la pantalla. Estaban considerando la posibilidad de dejar siempre la puerta abierta, para evitar que rompieran los vidrios para entrar, cuando Marcel les trajo dos perros grandes que había rescatado de la perrera municipal, que ladraban, pero eran muy mansos, y uno chico que mordía. Eso resolvió el problema.

Marcel vivía y trabajaba entre quienes Víctor llamaba genéricamente «los privilegiados», a falta de una clasificación más precisa, porque comparados con sus pacientes del campamento, lo eran. A Marcel le molestaba el término, que no se podía aplicar a sus amistades en general, pero para qué iba a enfrascarse en una discusión bizantina con sus padres: «Ustedes son reliquias del pasado, viejos. Se quedaron trancados en los años setenta. Pónganse al día». Los llamaba por teléfono a diario y los visitaba los domingos para la parrillada obligatoria impuesta por Víctor, acompañado por mujeres diferentes, pero del mismo estilo, muy delgadas, de cabellos largos lacios, lánguidas y casi siempre vegetarianas, completamente diferentes a la jamaiquina de sangre caliente que lo inició en el amor. Su padre no alcanzaba a distinguir a la visitante de ese domingo de las anteriores, ni aprenderle el nombre antes de que él la cambiara por otra casi igual. Al llegar, Marcel le murmuraba al oído a Víctor que no hablara del exilio ni de su consultorio en la población, porque acababa de conocer a la chica y no estaba seguro de su tendencia política, si es que la tenía. «Basta verla, Marcel. Vive en una burbuja, no tiene idea del pasado ni de lo que pasa ahora. Tu generación carece de idealismo», replicaba Víctor. Terminaban encerrados en la despensa discutiendo en susurros, mientras Roser procuraba distraer a la visitante. Después, cuando se habían reconciliado, Marcel asaba bifes sangrantes y Víctor hervía espinacas para la chica de pelos lacios. A menudo se unían los vecinos, Meche y Ramiro, su marido, con un canasto de verduras frescas de su huerto y un par de frascos de mermelada hecha en casa. Según Roser, Ramiro se iba a morir en cualquier momento, aunque estaba sano; en realidad ocurrió así: lo atropelló un conductor ebrio. Víctor le preguntó a su mujer cómo diablos lo sabía y ella le contestó que se le veía en los ojos, estaba señalado por la muerte. «Cuando enviudes, te casas con la Meche, ¿me has entendido?», le sopló Roser en el velorio del pobre hombre. Víctor asintió, porque estaba seguro de que Roser iba a vivir mucho más que él.

Víctor y Roser trabajaron tres años como voluntarios en el campamento, ganándose la confianza de los pobladores, antes de que el gobierno ordenara la evacuación de las familias a otras localidades de la periferia de la capital, lejos de los barrios de la burguesía. En Santiago, una de las ciudades más segregadas del mundo, ningún pobre vivía a la vista de los barrios altos. Llegaron los carabineros seguidos por los soldados, separaron a la gente con la autoridad de las armas y se la llevaron en camiones del ejército escoltados por uniformados en motocicletas, para distribuirla en diferentes villas provisorias, todas iguales, de calles sin pavimentar y filas de viviendas como cajones depositados en el polvo. No fue el único campamento erradicado. En un tiempo récord trasladaron a más de quince mil personas sin que el resto de la ciudadanía se enterara. Los pobres se volvieron invisibles. A cada familia le asignaron una vivienda básica de tablas, compuesta por una habitación de uso múltiple, baño y cocina, más decente que la choza de donde provenían, pero de una plumada pusieron fin a la comunidad. La gente quedó dividida, desarraigada, aislada y vulnerable; cada uno debía velar por sí mismo.

La operación se llevó a cabo de una manera tan rápida y precisa que Víctor y Roser se enteraron al día siguiente, cuando acudieron a trabajar como siempre y se encontraron con las máquinas aplanadoras despejando el terreno donde estaba el campamento para construir edificios de apartamentos. Les costó una semana localizar a algunos grupos erradicados, pero esa misma tarde fueron advertidos por agentes de seguridad de que estaban en el punto de mira; cualquier contacto con los pobladores sería considerado una provocación. Para Víctor fue un golpe bajo. No tenía intención de jubilarse. Seguía a cargo de los casos más complicados de la clínica, pero ni la cirugía que amaba ni el dinero que ganaba podían compensarle el haber perdido a sus pacientes del campamento.

En 1987 la dictadura, presionada desde dentro por el clamor popular y desde fuera por el desprestigio que sufría, puso término al toque de queda y aflojó un poco la censura de prensa, que regían desde hacía catorce años, autorizó los partidos políticos y el retorno del resto de los exiliados. La oposición exigía elecciones libres y como respuesta el gobierno impuso un referéndum para decidir si Pinochet seguía o no en el poder ocho años más. Víctor, que sin haber participado en política había sufrido las consecuencias como si lo hubiera hecho, consideró que había llegado el momento de jugarse abiertamente. Dejó la clínica y se unió a la oposición, que tenía por delante la tarea hercúlea de movilizar al país para derrotar al gobierno militar en el plebiscito. Cuando se presentaron en su casa los mismos agentes de seguridad que lo habían conminado antes, los echó de mal modo. En vez de llevárselo esposado y con un capuchón sobre la cabeza, le respondieron con amenazas poco convincentes y se fueron. «Van a volver», dijo Roser, furiosa, pero pasaron los días y las semanas sin que se cumpliera su pronóstico. Eso les dio la pauta de que por fin las cosas estaban por cambiar en Chile, como había supuesto Marcel cuatro años antes. La impunidad de la dictadura comenzaba a hacer agua.

El referéndum se llevó a cabo con la más sorprendente tranquilidad, bajo el ojo de observadores internacionales y la prensa del mundo entero. Nadie quedó sin votar, ni los ancianos en silla de ruedas, ni las mujeres con contracciones de parto, ni los enfermos en camillas. Y al final del día, burlando las maniobras más sagaces de los hombres en el poder, la dictadura fue vencida en su propio terreno, con sus propias leyes. Esa

334

noche, ante los innegables resultados, Pinochet, endurecido por la soberbia del poder absoluto y aislado de la realidad por muchos años de total impunidad, propuso otro golpe de Estado para perpetuarse en el sillón presidencial, pero los agentes de inteligencia americanos, que lo apoyaron antes, y los generales elegidos por él mismo, no lo secundaron. Incrédulo hasta el último instante, acabó por reconocer su derrota. Meses más tarde entregó el cargo a un civil para que iniciara la transición a una democracia condicionada y cautelosa, pero mantuvo a las Fuerzas Armadas en un puño y al país en ascuas. Habían transcurrido diecisiete años desde el golpe militar.

Con la vuelta a la democracia Víctor Dalmau dejó la clínica privada para dedicarse exclusivamente al hospital San Juan de Dios, donde fue reintegrado en el mismo puesto que había tenido antes de ser arrestado. El nuevo director, que había sido alumno de Víctor en la universidad, se abstuvo de mencionar que su profesor estaba en edad sobrada de retirarse a gozar de su vejez. Víctor llegó un lunes de abril con su bata blanca y su maletín gastado por cuarenta años de uso y se encontró con medio centenar de personas en el hall, médicos, enfermeras y personal administrativo, provistas de globos y una torta enorme chorreada de merengue, para darle la bienvenida que no pudieron darle antes. «Vaya, caramba, me estoy volviendo viejo», pensó al sentir que se le aguaban los ojos. No había llorado en muchos años. Los pocos expulsados que retornaban al hospital eran recibidos con mucha menos alharaca, porque era imprudente llamar la atención; la consigna tácita a nivel nacional, para no provocar a los militares, era fingir que el pasado reciente estaba enterrado y en vías de ser olvidado, pero el doctor Dalmau había dejado un recuerdo perdurable de decencia y capacidad entre sus colegas y de amabilidad entre sus subalternos, que podían acudir a él en cualquier momento con la certeza de ser atendidos. Hasta sus adversarios ideológicos lo respetaban, por eso ninguno lo denunció; Víctor le debía su cárcel y exilio a una vecina resentida, que conocía su amistad con Salvador Allende. Pronto lo llamaron de la Escuela de Medicina para dar clases y del Ministerio de Salud para ocupar el cargo de subsecretario. Aceptó el primer ofrecimiento y rechazó el segundo, porque la condición era inscribirse en uno de los partidos de gobierno; sabía que no era un animal político y jamás lo sería.

Se sentía veinte años más joven, andaba exuberante. Después de haber pasado por vejaciones y ostracismo en Chile y de haber sido extranjero durante muchos años, de la noche a la mañana la suerte se le había dado vuelta: era el profesor Dalmau, director de un departamento de cardiología, el especialista más admirado del país, capaz de realizar proezas con el bisturí que otros ni siquiera intentaban, conferenciante, aquel que hasta sus enemigos consultaban, como se vio en más de una ocasión, cuando le tocó operar a un par de militares de alto grado, que todavía mantenían su poder, y a uno de los más enardecidos estrategas de la represión durante la dictadura. Ante la necesidad de salvar la vida, esos hombres llegaban con la cola entre las piernas a consultarlo; el miedo no tiene vergüenza, como decía Roser. Era su hora, estaba en la cúspide de su carrera y sentía que de una forma misteriosa él encarnaba la transformación del país; las sombras habían retrocedido, amanecía la libertad y por extensión él vivía también un espléndido amanecer. Se volcó en el trabajo y por primera vez en su trayectoria de introvertido buscaba atención y aprovechaba las oportunidades de lucirse en público. «Cuidado, Víctor, andas embriagado de triunfo. Acuérdate de que la vida da muchas vueltas», le advirtió Roser. Se lo dijo pensando que se había puesto presumido. Lo había estado observando preocupada. Había notado su tono pedante, su aire de autoridad, su tendencia a hablar de sí mismo, lo que jamás había hecho antes, sus opiniones categóricas, su aire de apurado e impaciente, incluso con ella. Se lo hizo notar y él replicó que tenía muchas responsabilidades y no podía andar pisando huevos con ella en su propia casa. Roser lo vio almorzando en la cafetería de la facultad, rodeado de jóvenes estudiantes que lo escuchaban con veneración de discípulos, y pudo apreciar cómo Víctor gozaba esa reverencia, en especial de las muchachas, que celebraban sus comentarios banales con injustificada admiración. A ella, que lo conocía por dentro y por fuera hasta el último resquicio, esa vanidad tardía le causó sorpresa por lo inesperada y lástima por su marido; estaba descubriendo cuán vulnerable al halago es un viejo engreído. No imaginó que la vuelta de la vida que iba a bajarle los humos a Víctor sería ella misma.

Trece meses más tarde, Roser tuvo la sospecha de que un mal solapado la estaba corroyendo lentamente, pero se convenció de que debían de ser síntomas de la edad o de su imaginación, ya que su marido nada había visto. Víctor estaba tan ocupado con sus éxitos que había descuidado la relación con ella, aunque cuando estaban juntos seguía siendo su mejor amigo y el amante que la hacía sentirse bella y deseada a los setenta y tres años. Él también la conocía a ella por dentro y por fuera. Si su pérdida de peso, el color amarillento de su piel y las náuseas no inquietaban a Víctor, sin duda se trataba de un mal menor. Habría de pasar otro mes antes de que decidiera consultar a alguien, porque además de las molestias anteriores, solía amanecer tiritando de fiebre. Por un vago sentimiento de pudor y para no parecer quejumbrosa ante su marido, fue a ver a uno de sus colegas. Días más tarde, cuando le dieron los resultados de los exámenes, llegó a la casa con la mala noticia de que tenía un cáncer terminal. Tuvo que decírselo dos veces para que Víctor saliera del estupor y reaccionara.

A partir del diagnóstico, la vida de ambos sufrió una transformación drástica, porque lo único que realmente deseaban era prolongar y aprovechar juntos el tiempo que a ella le quedaba. A Víctor se le desinfló la vanidad de un solo pinchazo y descendió del Olimpo al infierno de la enfermedad. Pidió permiso indefinido en el hospital y dejó sus clases para dedicarse por completo a Roser. «Mientras podamos, vamos a pasarlo bien, Víctor. La guerra contra este cáncer tal vez esté perdida, pero entretanto vamos a ganar algunas batallas.» Víctor la llevó en viaje de novios a un lago del sur, un espejo color esmeralda que reflejaba bosques, cascadas, montes y las cumbres nevadas de tres volcanes. En ese paisaje fantástico, en el silencio absoluto de la naturaleza, instalados en una cabaña rústica, lejos de todo y de todos, pudieron recordar cada etapa de su pasado, desde los tiempos en que ella era la muchacha flaca enamorada de Guillem, hasta el presente, en que se había transformado en la mujer más bella del mundo para Víctor. Ella insistió en nadar en el lago, como si esa agua helada y prístina pudiera lavarla por dentro y por fuera, purificarla y dejarla sana. También quiso hacer excursiones, pero las fuerzas no le daban para caminar como se proponía y acababan paseando lentamente, ella colgada del brazo de su marido y con un bastón en la otra mano. Iba perdiendo peso a ojos vista.

Víctor había pasado la vida lidiando con el sufrimiento y la muerte, estaba familiarizado con las emociones volcánicas que sacuden al paciente en trance de muerte, porque las enseñaba en la facultad: negar su suerte, volarse de rabia por padecerla, regatear con el destino y lo divino para prolongar la existencia, hundirse en la desesperación y por fin, en el mejor de los casos, resignarse ante lo inevitable. Roser se saltó todas las etapas previas y desde el comienzo aceptó su fin con pasmosa calma y buen humor. Se negó a recurrir a los tratamientos alternativos que le sugerían Meche y otras amigas de buena voluntad, nada de homeopatía, hierbas del Amazonas, curanderos ni exorcismos. «Me voy a morir, ¿y qué? Todo el mundo se muere.» Aprovechaba las horas en que se sentía bien para escuchar música, tocar el piano y leer poesía con la gata en la falda. Ese animal, que les había regalado Meche, tenía aspecto de felino imperial, pero siempre fue medio salvaje, distante y solitaria, a veces desaparecía varios días y solía regresar con los restos ensangrentados de un roedor para depositarlos como una ofrenda sobre la cama de los dueños de casa. La gata pareció entender que algo había cambiado y de la noche a la mañana se puso mansa y regalona; no se separaba de Roser.

Al principio Víctor estuvo obsesionado con los tratamientos que existían y otros en experimentación, leía informes, estudiaba cada droga y memorizaba estadísticas en forma selectiva, descartando las más pesimistas y aferrándose a cualquier brizna de esperanza. Se acordó de Lázaro, el soldadito de la estación del Norte, que volvió de la muerte porque tenía muchas ganas de vivir. Creyó que si lograba inyectarle al ánimo y al sistema inmunológico de Roser esa misma pasión por la vida, ella podría vencer al cáncer. Existían casos así. Existían los milagros. «Eres fuerte, Roser, siempre lo fuiste, nunca estuviste enferma, eres de hierro, vas a salir adelante, esta enfermedad no siempre es fatal», repetía como un mantra, sin lograr contagiarla de ese optimismo sin fundamento que como médico habría desalentado en sus pacientes. Roser le siguió la corriente mientras pudo. Sólo por él se sometió a quimioterapia y radiación, segura de que sólo significaban prolongar un proceso que iba tornándose día a día más penoso. Soportó sin una queja, con el estoicismo que era su marca de nacimiento, el horror de las drogas; se le cayó todo el pelo, hasta las pestañas, y estaba tan débil y flaca que Víctor la levantaba en brazos sin esfuerzo. En brazos la trasladaba de la cama al sillón, en brazos la llevaba al baño, en brazos la sacaba al jardín para que viera los picaflores en la mata de fucsias y las liebres, que pasaban a saltos burlándose de los perros, ya demasiado viejos para darse la molestia de perseguirlas. Perdió el apetito, pero hacía empeño de tragar un par de bocados de los platos que él le cocinaba valiéndose de libros de recetas. Hacia el final sólo toleraba crema catalana, el postre que le hacía la abuela Carme a Marcel los domingos. «Cuando me vaya, quiero que me llores un día o dos, por respeto, que consueles al pobre Marcel, y que vuelvas a tu hospital y tus clases, pero más humilde, Víctor, porque has estado insoportable», le dijo Roser una vez.

La casa de piedra y paja fue el santuario de ambos hasta el final. Habían vivido en ella seis años felices, pero recién entonces, cuando cada minuto del día y de la noche era precioso, la apreciaron a plenitud. La adquirieron cuando ya estaba bastante deteriorada y fueron postergando indefinidamente las reparaciones necesarias; había que cambiar las persianas desencajadas, remodelar los baños de azulejos rosados y cañerías oxidadas, arreglar las puertas que no cerraban y las que no se podían abrir; debían deshacerse de la paja medio podrida del techo, donde anidaban ratones, limpiar a fondo las telarañas, musgo, polillas y los tapices polvorientos. Nada de eso percibían ellos. La casa los envolvió como un abrazo y los protegió de las distracciones inútiles y de la curiosidad y la lástima de otros. El único visitante tenaz era el hijo. Marcel llegaba a cada rato con bolsas del mercado, con comida para los perros, la gata y el loro, que lo saludaba siempre con un entusiasta «¡Hola, guapo!», con grabaciones de música clásica para su madre, con vídeos para entretenerlos, con periódicos y revistas que ni Víctor ni Roser leían, porque el mundo exterior los agobiaba. Marcel procuraba ser discreto, se quitaba los zapatos en la puerta para no hacer ruido, pero llenaba el ambiente con su presencia de hombre grande y su fingida alegría. Sus padres lo echaban de menos si pasaba un día sin ir a verlos y cuando estaba con ellos los dejaba mareados. También la vecina, Meche, llegaba callada a dejar viandas en el porche y preguntar si necesitaban algo. Se quedaba apenas unos instantes, porque entendía que lo más precioso que tenían los Dalmau era el tiempo juntos, el tiempo de despedirse.

Llegó el día en que, sentados lado a lado en el sillón de mimbre del porche, con la gata encima, los perros a los pies y la vista de los cerros dorados y el cielo azul del atardecer, Roser le pidió a su marido que por favor la soltara, que la dejara irse, porque estaba muy cansada. «No me lleves al hospital por ningún motivo, quiero morir en nuestra cama, tomada de tu mano.» Víctor, derrotado al fin, tuvo que aceptar su propia impotencia. No podía salvarla y no podía imaginar la existencia sin ella. Comprendió espantado que el medio siglo que llevaban juntos había pasado galopando. ¿Adónde se fueron los días y los años? El futuro sin ella era la enorme habitación vacía sin puertas ni ventanas que aparecía en sus pesadillas. Soñaba que escapaba de la guerra, de la sangre y los cuerpos despedazados, corría y corría en la noche y de pronto se encontraba en aquel cuarto hermético donde estaba a salvo de todo menos de sí mismo. Se le escurrió de los huesos el entusiasmo y la energía de los meses anteriores, cuando se creía invulnerable a la edad. La mujer que tenía a su lado también envejeció en pocos minutos. Momentos antes todavía era como la había visto siempre y como la recordaba en su ausencia, la joven de veintidós años con un niño recién nacido en brazos, la que se casó con él sin amor y lo amó más que nadie en el mundo, la compañera. Con ella había vivido todo lo que valía la pena vivirse. Ante la proximidad de la muerte, la intensidad de su amor se volvió insoportable como una quemadura. Quiso sacudirla, gritarle que no se fuera, que todavía les quedaban años por delante para amarse más que nunca, para estar juntos sin separarse ni un día, que «por favor, por favor, Roser, no me dejes». Nada de eso le dijo, sin embargo, porque habría tenido que ser ciego para no ver a la Muerte en el jardín, esperando a su mujer con su paciencia de espectro.

Corría una brisa fría y Víctor había envuelto a Roser en dos frazadas que la cubrían hasta la nariz. Del bulto asomaba sólo una mano esquelética que se aferraba a la de él con más fuerza de la que parecía capaz: «No tengo miedo de morir, Víctor. Estoy contenta, quiero saber lo que hay después. Y tú tampoco debes tener miedo, porque siempre voy a estar contigo en esta vida y en otras. Es nuestro karma». Víctor se echó a llorar como un crío, con sollozos desesperados. Roser lo dejó llorar hasta que se le agotaron las lágrimas y se fue resignando a aquello que ella había aceptado hacía varios meses. «No voy a permitir que sufras más, Roser», fue lo único que Víctor pudo ofrecerle. Ella se acurrucó en el hueco de su brazo, tal como hacía cada noche, y se dejó mecer y arrullar hasta que se durmió. Ya estaba oscuro. Víctor quitó a la gata, levantó a Roser cuidadosamente para no despertarla y la llevó a la cama. No pesaba casi nada. Los perros lo siguieron.

XIII

Aquí termino de contar

1994

Sin embargo,
aquí están las raíces de mi sueño,
esta es la dura luz que amamos...

PABLO NERUDA,
«Regreso», *Navegaciones y regresos*

Tres años después de la muerte de Roser, Víctor Dalmau cumplió ochenta años en la casa del cerro donde vivió con ella desde que retornaron a Chile en 1983. Era una reina anciana temblorosa y desarrapada, pero todavía noble. A Víctor, quien desde niño fue un solitario, la viudez le pesaba más de lo que imaginó. Había tenido el mejor de los matrimonios, como diría cualquiera que los hubiera conocido y no supiera los pormenores del pasado remoto, y al enviudar no pudo acostumbrarse a la ausencia de su mujer con la prontitud que ella misma habría deseado. «Cuando yo me muera, tú te casas rápidamente, porque vas a necesitar que alguien te cuide

cuando estés decrépito y demente. La Meche no estaría mal»,
le ordenó ella hacia el final, entre soplidos de la máscara de
oxígeno. A pesar de su soledad, a Víctor le gustaba su casa
vacía, que parecía haberse estirado en varias direcciones, el
silencio, su desorden, el olor de los cuartos cerrados, el frío y
las corrientes de aire, que su mujer había combatido con más
saña que a los roedores del techo. El viento había castigado
con furia el día entero, los vidrios estaban ciegos de escarcha
y el fuego en la chimenea era un intento ridículo de combatir
ese invierno de lluvia y granizo. La viudez le resultaba extraña, después de más de medio siglo de convivencia matrimonial; tanto echaba de menos a Roser, que a veces sentía su
ausencia como un dolor físico. No quería resignarse a la vejez. La edad avanzada es una perturbación de la realidad conocida, cambia el cuerpo y cambian las circunstancias, se va
perdiendo el control y se llega a depender de la bondad de
otros, pero pensaba morirse antes de llegar a ese punto. El
problema era lo difícil que a veces es morir con dignidad y
rapidez. Resultaba poco probable que se despachara de un
infarto, porque tenía el corazón sano. Eso le repetía su médico una vez al año, cuando lo examinaba, e invariablemente
ese comentario le traía a Víctor el recuerdo vívido de Lázaro,
el soldadito cuyo corazón tuvo entre sus dedos. No compartía
con su hijo el temor al futuro inmediato. Del futuro lejano se
ocuparía más tarde.

—Te puede pasar cualquier cosa, papá. Si te caes o te da un
ataque cuando yo esté de viaje, te puedes quedar botado sin
ayuda durante días. ¿Qué harías?

—Morirme no más, Marcel, y rogar para que nadie aparez-

345

ca a joderme la agonía. No te preocupes de mis animales. Siempre tienen comida y agua para varios días.

—Si te enfermas, ¿quién te va a cuidar?

—Eso le inquietaba a tu madre. Ya veremos. Estoy viejo, pero no anciano. Tú tienes más dolencias que yo.

Era cierto. A los cincuenta y cinco años, a su hijo ya le habían reemplazado una rodilla, se había fracturado varias costillas y partido la misma clavícula dos veces. «Eso te pasa por exceso de ejercicio —opinaba Víctor—; está bien mantenerse en forma, pero a quién se le ocurre correr sin que nadie lo persiga y cruzar continentes en bicicleta. Deberías casarte; así tendrías menos tiempo para pedalear y menos achaques, el matrimonio es muy conveniente para los hombres, aunque no lo es para las mujeres.» Él, sin embargo, no estaba dispuesto a seguir su propio consejo sobre casarse. Estaba tranquilo con su salud. Había desarrollado la teoría de que para mantenerse sano lo mejor es desdeñar las señales de alarma del cuerpo y la mente y estar siempre ocupado. «Se debe tener un propósito», decía. Se estaba debilitando con los años, era inevitable; sus huesos debían de estar tan amarillentos como sus dientes, sus órganos se habrían gastado y sus neuronas estaban muriéndose de a poco en el cerebro, pero ese drama se desarrollaba lejos de su vista. Por fuera se veía pasable todavía y a quién le importa el aspecto del hígado si se tienen todos los dientes. Procuraba ignorar los moretones espontáneos en la piel, el hecho irrefutable de que le costaba cada vez más subir al cerro con los perros y abotonarse la camisa, el cansancio de los ojos, la sordera y el temblor de las manos, que lo obligó a jubilarse del quirófano, porque no podía seguir operando. Ocioso no estaba. Seguía atendiendo pacientes en el hospital San Juan de Dios y dando clases en la universidad, que ya no preparaba; le bastaban sus sesenta años de experiencia, contando los de la guerra, que fueron los más duros. Llevaba los hombros bien plantados, tenía el cuerpo firme, le quedaba pelo y se sostenía erguido como lanza para compensar su cojera y porque cada día le resultaba más difícil doblar las rodillas y la cintura.

Se cuidaba de manifestar en alta voz que la viudez le pesaba para no perturbar a su hijo. Marcel se preocupaba demasiado, tenía vocación de madre. Para Víctor la muerte no era una separación irremediable. Imaginaba a su mujer viajando adelantada en el espacio sideral, adonde tal vez iban a parar las almas de los muertos, mientras él aguardaba su turno para seguirla con más curiosidad que aprensión. Allí estaría con su hermano Guillem, sus padres, Jordi Moliné y tantos amigos que murieron en el frente. Para un agnóstico racionalista y de formación científica como él, esa teoría presentaba fallas fundamentales, pero le servía de consuelo. Más de una vez Roser le había advertido, entre seria y amenazante, que jamás se libraría de ella, porque estaban destinados a estar juntos en esta vida y en otras. En el pasado no siempre fueron esposos, decía, lo más probable es que en otras vidas fueran madre e hijo o hermanos, eso explicaría la relación de afecto incondicional que los unía. A Víctor la idea de repetición infinita con la misma persona lo ponía nervioso, aunque si la repetición era inevitable, más valía con Roser que con otra. En cualquier caso, esa posibilidad era sólo una especulación poética, porque no creía en el destino ni en la reencarnación, el primero por considerarlo un truco de las telenovelas y el segundo por ser matemáticamente imposible. Según su mujer, que tendía a dejarse cautivar por prácticas espirituales de lugares remotos, como el Tíbet, las matemáticas no pueden explicar las múltiples dimensiones de la realidad, pero eso le parecía a Víctor un argumento de charlatán.

La posibilidad de volver a casarse le daba escalofríos; le bastaba la compañía de sus animales. No era cierto que hablara solo, conversaba con los perros, el loro y la gata. Las gallinas no contaban, porque carecían de nombre propio, iban y venían a su antojo y escondían los huevos. Llegaba a su casa de noche a contarles los pormenores del día, eran sus interlocutores en las raras ocasiones en que se ponía sentimental y lo escuchaban cuando le daba por nombrar a ojos cerrados objetos de la casa o la flora y fauna del jardín. Era su manera de ejercitar la memoria y la atención, como otros viejos hacen puzles. En las tardes largas, cuando había tiempo de recordar, repasaba la lista exigua de sus amores. El primero había sido Elisabeth Eidenbenz, a quien conoció muy lejos en el tiempo, 1936. Al pensar en ella la veía blanca y dulce, un pastel de almendras. En aquel tiempo se prometió que después de todas las batallas, cuando se asentaran los escombros y la pólvora sobre la tierra, él la buscaría, pero las cosas no se dieron así. Cuando se acabaron las guerras él estaba muy lejos, casado y con un hijo. La buscó mucho más tarde, por simple curiosidad, y averiguó que Elisabeth vivía en un pueblo de Suiza, regando sus plantas, ajena al rumor de su heroísmo. Cuando supo dónde vivía, Víctor le mandó una carta, que ella nunca contestó. Tal vez había llegado el momento de escribirle de nuevo, ahora que estaba solo. Sería una iniciativa sin riesgo, porque de ningún modo volverían a verse. Suiza y Chile estaban a mil años luz. De Ofelia del Solar, su segundo amor, breve y apasionado, preferiría no acordarse. Los otros habían sido pocos. Más que amores, habían sido chispazos, pero solía pensar en ellos, embelleciéndolos, para mantener a raya los recuerdos intolerables. La única que contaba era Roser.

Un día se dispuso a celebrar su cumpleaños compartiendo con los animales el menú que preparaba siempre en esa fecha, como homenaje a los mejores momentos de su infancia y juventud. Carme, su madre, era negada para la cocina, lo suyo era la enseñanza, que la ocupaba durante la semana. En domingos y festivos tampoco entraba en la cocina, porque se iba a bailar sardanas frente a la catedral del Barrio Gótico y de allí a la taberna a disfrutar de una copa de vino tinto con sus amigas. Víctor, su hermano Guillem y su padre cenaban a diario pan con tomate, sardinas y café con leche, pero de tarde en tarde la madre amanecía inspirada y sorprendía a la familia con el único plato tradicional que sabía preparar, el típico *arròs negre*, cuya fragancia quedaría para siempre asociada con celebración en la mente de Víctor.

En homenaje a ese recuerdo sentimental, Víctor iba al Mercado Central el día anterior a su cumpleaños en busca de los ingredientes para el *fumet* y los calamares frescos para el arroz. «Catalán hasta la muerte», decía Roser, quien nunca había colaborado en el proceso artesanal de esa cena festiva, pero contribuía con algún concierto de piano desde la sala o se sentaba en un taburete de la cocina a leerle versos de Neruda, posiblemente una oda de sabor marino, algo así como que «*en el mar tormentoso de Chile vive el rosado congrio, gigante anguila de nevada carne...*», y era inútil que Víctor le hiciera ver una y otra vez que el plato en cuestión no llevaba congrio, rey de la mesa aristocrática, sino humildes cabezas y colas de pescado para la sopa de los proletarios. O bien, mientras Víctor freía en aceite de oliva la cebolla y el pimiento, añadía los calamares pelados y cortados en rodajas, los ajos, unos pocos tomates picados y el arroz, finalizando con el caldo caliente, negro de tinta de calamar, y la hoja reglamentaria de laurel fresco, ella le contaba chismes en catalán para sacarle brillo a su lengua materna, porque de tanto andar de un lado otro se les estaba oxidando.

El arroz se iba cociendo a fuego lento en una paellera; preparaba la receta con los ingredientes por duplicado, aunque tuviera que cenar lo mismo el resto de la semana. El aroma legendario iba invadiendo la casa y su alma, mientras Víctor esperaba con un platillo de anchoas y aceitunas de España, que se conseguían en todas partes. Esa era una de las ventajas del capitalismo, decía su hijo para provocarlo. Víctor daba preferencia a los productos nacionales, se debía hacer patria apoyando a la industria local, pero el idealismo le flaqueaba en materia tan sagrada como aceitunas y anchoas. En la nevera se enfriaba una botella de vino rosado para brindar con Roser una vez que la cena estuviera lista. Había puesto el mantel de lino y había conseguido media docena de rosas de invernadero y velas para adornar la mesa. Ella, siempre impaciente, habría abierto la botella hacía un buen rato, pero en su condición actual debía conformarse con esperar. En la nevera también había una crema catalana. Él no era aficionado a los dulces y la crema catalana acabaría en las fauces de los perros. El teléfono lo sobresaltó.

—Feliz cumpleaños, papá. ¿Qué haces?

—Recuerdo y me arrepiento.

—¿De qué?

—De los pecados que no cometí.

—¿Qué más haces?

—Cocino, hijo. ¿Dónde estás?

—Perú. En un congreso.

—¿Otro? Te lo pasas en eso.

—¿Estás cocinando lo de siempre?

—Sí. La casa huele a Barcelona.

—Supongo que invitaste a la Meche.

—Mmm.

Meche… Meche, la encantadora vecina, que su hijo le imponía, empeñado en resolver el asunto de su viudez con medidas extremas. Víctor admitía que la viveza y la liviandad de esa mujer eran atrayentes; por contraste, él parecía un paquidermo. Meche, con su actitud abierta y positiva, con sus opulentas esculturas de mujeres culonas y su huerto de vegetales, iba a ser siempre joven. Él, sin embargo, con su propensión a encerrarse, estaba envejeciendo rápido. Marcel había adorado a su madre y Víctor sospechaba que todavía la lloraba a escondidas, pero estaba convencido de que sin una esposa su padre iba a terminar convertido en un pordiosero. Para distraerlo, Víctor le había mencionado su intención de ponerse en contacto con una enfermera de su juventud, pero Marcel, una vez que se aferraba a una idea, no la soltaba. Meche vivía a trescientos metros de distancia y entre ellos había otras dos parcelas separadas por hileras de álamos, pero Víctor la consideraba su única vecina, porque apenas se saludaba con los otros, que lo acusaban de comunista por haber sido exiliado y trabajar en un hospital de pobres. Como norma, evitaba la compañía ajena, bastante tenía con sus colegas y sus pacientes, pero no lo había logrado con Meche. Según Marcel, era la novia ideal: madura, viuda, hijos y nietos sin vicios evidentes, ocho años menor que él, alegre y creativa; además, le gustaban los animales.

—Me lo prometiste, papá. Le debes muchos favores a esa señora.

—Me dio la gata porque se cansó de venir a buscarla a mi casa. Y no sé por qué supones que una mujer normal se iba a fijar en un viejo cojo, huraño y mal vestido como yo, a menos que estuviera desesperada y en ese caso, ¿para qué la quiero?

—No te hagas el tonto.

Aquella mujer perfecta también horneaba galletas y cultivaba tomates, que le traía discretamente y se los dejaba en un canasto colgado de un gancho en la entrada. No se ofendía cuando a él se le olvidaba darle las gracias. El invencible entusiasmo de esa señora resultaba sospechoso. Se dejaba caer con cierta regularidad provista de platos raros, como sopa fría de calabacín o pollo con canela y melocotones, ofrendas que Víctor Dalmau interpretaba como una forma de soborno. Un mínimo de prudencia aconsejaba mantenerla a distancia; Víctor planeaba pasar los años de su vejez tranquilo y callado.

—Me da pena que estés solo en tu cumpleaños, papá.

—Tengo compañía. Tu madre.

Un largo silencio en la línea obligó a Víctor a aclarar que

todavía estaba lúcido, eso de cenar con la difunta era algo así como ir a la misa del gallo la noche de Navidad, un rito metafórico anual. Nada de fantasmas, sólo un rato de placer recordando, un brindis por esa buena esposa que, con algunos sobresaltos, es cierto, lo soportó durante varias décadas.

—Buenas noches, viejo. Acuéstate temprano, debe de estar haciendo mucho frío por esos lados.

—Pasa la noche de juerga y acuéstate de amanecida, hijo. Te hace falta.

Eran poco más de las siete de la tarde, estaba oscuro y la temperatura invernal había descendido varios grados. En Barcelona nadie cenaría arroz negro antes de las nueve y en Chile la costumbre era más o menos la misma. Cenar a las siete era cosa de ancianos. Víctor se dispuso a esperar en su sillón favorito, que guardaba la forma de su cuerpo en su desvencijado armazón, aspirando el aroma de los troncos de espino que se consumían en la chimenea y anticipando el placer de la comida, con el libro de turno y un vaso pequeño de pisco sin hielo ni otros atenuantes, como le gustaba, el único brebaje fuerte que se permitía al final del día, porque creía que la soledad conduce al alcoholismo. El contenido de la paellera era tentador, pero se propuso resistirlo hasta la hora adecuada.

De pronto los perros, que habían salido a dar la vuelta necesaria por los alrededores antes de recogerse para la noche, lo interrumpieron con un coro de ladridos amenazantes. «Será un zorrillo», pensó Víctor, pero enseguida escuchó un vehículo en el jardín y lo sacudió un estremecimiento: coño, la Meche. No alcanzaba a apagar las luces y fingir que estaba dormido. Normalmente los perros corrían a saludarla en un estado de excitación desproporcionado, pero esta vez siguieron ladrando. Le extrañó escuchar un bocinazo, porque su vecina nunca tocaba la bocina, a menos que necesitara ayuda para bajar algún regalo terrible, como un cochinillo asado u otra de sus obras de arte. Meche se había hecho de un nombre con esculturas de mujeres gordas desnudas, algunas tan grandes y pesadas como un buen cochinillo. Víctor tenía varias distribuidas por los rincones de su casa y otra en la consulta, que le servía para sorprender a los pacientes y relajar la tensión de la primera cita.

Se puso de pie con cierto esfuerzo, rezongando, y se acercó a la ventana con las manos a la altura de los riñones, uno de sus puntos más vulnerables. Tenía la espalda debilitada por la cojera, que lo obligaba a poner más peso en la pierna derecha. La varilla con cuatro pernos que le colocaron en la columna y su inquebrantable decisión de mantener una buena postura habían mitigado un poco el problema, pero sin resolverlo. Esa era otra buena razón para defender su viudez: la libertad de hablar solo, maldecir y quejarse sin testigos de los malestares privados que jamás admitiría en público. Orgullo. De eso lo habían acusado su mujer y su hijo a menudo, pero la determinación de presentarse entero ante los demás no era orgullo, sino vanidad, un truco mágico para defenderse de la decrepitud. No bastaba con caminar erguido y disimular el cansancio, también se cuidaba de tantos otros síntomas de la edad: avaricia, desconfianza, mal humor, resentimiento y malos hábitos, como dejar de afeitarse a diario, repetir las mismas anécdotas, hablar de sí mismo, de enfermedades o dinero.

En la luz amarilla de los dos faroles de la entrada vio una camioneta detenida frente a su puerta. Al escuchar un segundo bocinazo supuso que el conductor temía a los perros y los llamó con un chiflido desde la puerta. Los canes le obedecieron de mala gana, gruñendo entre dientes.

—¿Quién es? —gritó Víctor.

—Su hija. Por favor, sujete a los perros, doctor Dalmau.

La mujer no esperó a que Víctor la invitara a entrar. Pasó apurada delante de él, haciéndole el quite a los perros, temerosa. Los dos grandes la husmeaban demasiado cerca y el chico, que siempre parecía tener rabia, continuaba gruñendo con los colmillos al aire. Víctor la siguió, sorprendido, y sin pensarlo la ayudó a desprenderse del chaquetón y lo puso sobre el banco del pasillo. Ella se sacudió como un animal mojado, comentando el diluvio, y le tendió la mano tímidamente.

—Buenas noches, doctor, soy Ingrid Schnake. ¿Puedo entrar?

—Ya entró, me parece.

En la mala luz de las lámparas de la sala y del fuego de la chimenea, Víctor examinó a la intrusa. Vestía vaqueros desteñidos, botas de hombre y un suéter blanco de lana de cuello alto. Ni joyas ni maquillaje visible. No era una muchacha, como supuso al principio, era una mujer con arrugas en los ojos, que engañaba porque era delgada, de pelo largo y movimientos rápidos. Le recordaba a alguien.

—Disculpe que venga así, de sopetón y sin avisarle. Vivo lejos, en el sur, me perdí por el camino, no conozco bien las calles de Santiago. No creí que fuera a llegar aquí tan tarde.

—Está bien. ¿En qué puedo ayudarla?

—Mmm, ¿qué es ese olor tan delicioso?

Víctor Dalmau se preparó para echar a la calle a esa extraña que se atrevía a llegar de noche y meterse en su casa sin invitación, pero la curiosidad pudo más que su irritación.

—Arroz con calamares.

—Veo que tiene la mesa puesta. Estoy interrumpiendo, puedo volver mañana a una hora más apropiada. Espera visitas, ¿verdad?

—A usted, supongo. ¿Cómo dijo que se llama?

—Ingrid Schnake. No me conoce, pero yo sé mucho de usted. Llevo algún tiempo buscándolo.

—¿Le gusta el vino rosado?

—Me gusta de cualquier color. Me temo que también va a tener que convidarme con un poquito de ese arroz; no he comido nada desde el desayuno. ¿Le alcanza?

—Alcanza y sobra para todo el vecindario. Está listo. Vamos a la mesa y me cuenta por qué diablos una chiquilla tan linda me anda buscando.

—Ya se lo he dicho, soy su hija. Y no soy ninguna chiquilla, tengo cincuenta y dos años bien aprovechados y…

—Mi único hijo se llama Marcel —la interrumpió Víctor.

—Créame, doctor, no he venido a molestarlo, sólo quería conocerlo.

—Pongámonos cómodos, Ingrid. Por lo que veo, esta conversación va para largo.

—Tengo muchas preguntas. ¿Le importa que empecemos con su vida? Después le cuento la mía, si le parece…

Al día siguiente Víctor despertó a Marcel por teléfono poco después del amanecer: «Resulta que de repente se nos multiplicó la familia, hijo. Tienes una hermana, un cuñado y tres sobrinos. Tu hermana, aunque en honor a la verdad no es exactamente tu hermana, se llama Ingrid. Se va a quedar conmigo un par de días, porque tenemos mucho que decirnos». Mientras él hablaba con Marcel, la mujer que se introdujo en su casa el día anterior dormía vestida y tapada con mantas en el desvencijado sofá de la sala. A él, que siempre fue propenso al insomnio, una noche en vela le hacía poca mella y esa madrugada se sentía más despierto de lo que había estado desde la muerte de Roser. La visitante, en cambio, estaba extenuada después de pasar diez horas escuchando la historia de Víctor y contándole la suya. Le dijo que su madre era Ofelia del Solar y según tenía entendido, él era su padre. Le había tomado meses averiguarlo y a no ser por la mala conciencia de una anciana, habría pasado la vida sin saberlo.

Así supo Víctor, más de medio siglo después de los hechos, de que Ofelia había quedado encinta en la época en que se amaron. Por eso desapareció de su vida, por eso la pasión se le transformó en rencor y rompió con él sin una explicación razonable. «Creo que se sintió atrapada y sin futuro por haber dado un mal paso. Al menos esa es la explicación que ella me dio», le dijo Ingrid, y procedió a darle los detalles de su nacimiento.

Ante la falta de cooperación por parte de Ofelia, el padre Vicente Urbina tomó el asunto de la adopción en sus manos. La única que participó en el plan fue Laura del Solar, bajo promesa de no revelarlo nunca; se trataba de una mentira piadosa y necesaria, perdonada en la confesión y aprobada desde el cielo. La comadrona, una tal Orinda Naranjo, se encargó de cumplir las instrucciones del sacerdote y mantener a Ofelia en estado de semiinconsciencia antes del alumbramiento, totalmente drogada durante y después, y de sustraer al bebé con la complicidad de la abuela, antes de que alguien en el convento hiciera preguntas. Cuando Ofelia salió del estupor, varios días más tarde, le explicaron que había dado a luz a un niño, que murió a los pocos minutos de nacido. «Era una niña. Esa era yo», le dijo Ingrid a Víctor. A la madre le dijeron que era varón como medida de precaución, para despistarla e impedir que encontrara a su hija si en un futuro hipotético llegara a sospechar lo ocurrido. Doña Laura, que se había prestado para engañar con malas artes a su hija, aceptó el resto de la conspiración sumisamente, incluso la farsa del cementerio, donde pusieron una cruz para un pequeño ataúd vacío. La responsabilidad no era suya, el artífice era alguien mucho mejor preparado que ella, un sabio, un hombre de Dios, el padre Urbina.

En los años siguientes, al ver a Ofelia con un buen matrimonio, dos hijos sanos y de buena conducta y una existencia apacible, doña Laura enterró sus dudas en lo más recóndito de la memoria. El padre Urbina le hizo saber al principio que la niña había sido adoptada por una pareja del sur, católica, gente conocida, eso era todo lo que podía decirle. Después cuando ella se atrevía a preguntarle más, le recordaba secamente que debía dar a esa nieta por muerta; nunca perteneció a su familia, aunque llevara su sangre, Dios se la había entregado a otros padres. La pareja que adoptó a la niña eran descendientes de alemanes por lado y lado: altos, macizos, rubios de ojos celestes, y vivían en una hermosa ciudad fluvial de árboles y lluvia a más de ochocientos kilómetros de Santiago, pero eso no lo supo la abuela. Cuando esos esposos Schnake habían perdido la esperanza de tener hijos propios, recibieron a la recién nacida que les entregó el sacerdote. Un año más tarde la mujer quedó encinta. En los años siguientes tuvieron dos hijos tan teutones de aspecto como ellos, entre los que Ingrid, baja de estatura, de pelo y ojos oscuros, destacaba como un error genético. «Desde chica me sentí diferente, pero mis padres me mimaron a muerte y nunca me dijeron que era adoptada. Incluso ahora, si menciono el asunto de la adopción, que ya toda la familia sabe, mi mamá se pone a llorar», le explicó Ingrid a Víctor.

Al verla dormida en el sofá, él pudo examinarla a su gusto. No era la misma mujer con quien conversó horas antes; dormida se parecía a Ofelia en su juventud, las mismas facciones delicadas, los hoyuelos infantiles en las mejillas, el arco de las cejas, la línea del cabello con una V en el centro de la frente, la piel clara con un matiz dorado, que en verano debía de ser bronceada. Sólo le faltaban los ojos azules para ser casi igual a su madre. Cuando llegó a su casa, Víctor pensó que la conocía, pero no percibió la similitud con Ofelia. En ese momento en que estaba relajada pudo ver el parecido físico y apreciar también las diferencias de carácter. Ingrid nada tenía de la coquetería insustancial de la Ofelia joven que él había amado; era intensa, seria y formal, una mujer de provincia, de un ambiente conservador y religioso, con una vida sin altibajos hasta el momento en que supo sus orígenes y salió a buscar a su padre. Pensó que Ingrid tampoco tenía mucho de él, ni su cuerpo alto y enjuto, ni su nariz aguileña, su pelo tieso, su expresión dura o su carácter introvertido. Era una mujer suave; pensó que debía de ser maternal y regalona. Trató de imaginar cómo habría sido una hija de él con Roser y lamentó no haberla tenido. En los primeros tiempos no se consideraban realmente casados, estaban juntos de manera temporal por un acuerdo conveniente, y cuando se dieron cuenta de que estaban más casados que nadie, habían pasado veinte años y era demasiado tarde para pensar en hijos. Le iba a costar acostumbrarse a Ingrid, porque hasta la noche anterior su única familia era Marcel. Supuso que Ofelia del Solar estaría tan sorprendida como él; a ella también le cayó en la vejez una hija inesperada. Y por añadidura, Ingrid les había dado tres nietos. Su marido también era de origen alemán, como sus padres adoptivos y como tanta gente en algunas provincias del sur, colonizadas por alemanes desde el siglo XIX gracias a una ley de inmigración selectiva. La idea era ocupar territorio con blancos de pura cepa que aportaran disciplina y espíritu de trabajo a los chilenos, que tenían mala fama de indolentes. En las fotografías de sus hijos, que Ingrid le mostró, aparecían un hombre joven y dos muchachas con aspecto de walkirias, que Víctor fue incapaz de reconocer como sus descendientes.

—El hijo de Ingrid está casado y su esposa está encinta. Dentro de poco seré bisabuelo —le dijo a Marcel por teléfono.

—Yo soy tío de los hijos de Ingrid. ¿Qué seré de ese niño que va a nacer?

—Creo que serías algo así como tío abuelo.

—¡Qué horror! Me siento anciano. No puedo dejar de pensar en la *àvia*. ¿Te acuerdas de cómo quería que yo le diera bisnietos? Pobre vieja, se murió sin saber que ya los tenía. ¡Una nieta y tres bisnietos!

—Tendremos que ir a ver a esas personas de otra raza, Marcel. Son todos alemanes. Además son derechistas y eran pinochetistas, así es que vamos a tener que mordernos la lengua delante de ellos.

—Lo que importa es que somos familia, papá. No vamos a pelear por política.

—También tengo que establecer alguna forma de comunicación regular con Ingrid y los nietos. Me han caído encima como manzanas. Qué complicación, tal vez estaba mejor antes, solo y tranquilo.

—No digas burradas, papá. Me muero de curiosidad por conocer a mi hermana, aunque sea postiza.

Víctor calculó que sería inevitable encontrarse con Ofelia si se reunía la familia. La idea no le pareció mal: se había curado hacía mucho de la nostalgia por ella, pero sentía curiosidad por volver a verla y corregir la mala impresión que tuvo de ella en el Ateneo de Caracas, once años antes. Ojalá se diera la oportunidad de decirle que gracias a ella tenía raíces fundamentales en Chile, raíces más fuertes de las que nunca tuvo en España. Le pareció irónico estar emparentado de esa manera con la familia Del Solar, la misma que se había opuesto tenazmente a la inmigración de los españoles del *Winnipeg*. Ofelia le había dado un inmenso regalo, le había abierto el futuro, ya no era un viejo sin más compañía que sus animales, tenía varios descendientes chilenos, además de Marcel, quien nunca se consideró de ninguna otra parte. Esa mujer había sido mucho más importante en su vida de lo que imaginó. Nunca la entendió verdaderamente, era más complicada, más atormentada de lo que él creía. Pensó en sus cuadros tan extraños y supuso que al casarse y optar por una vida convencional, por la seguridad del matrimonio y su lugar en la sociedad, Ofelia se exilió de sí misma, renunció a un aspecto esencial de su alma, que tal vez en la madurez y la soledad recuperó en parte. Pero entonces se acordó de lo que ella le había contado sobre su marido, Matías Eyzaguirre, y adivinó que esa renuncia no fue por pereza o frivolidad, sino por un amor especial.

Un año antes, Ingrid Schnake recibió una carta de una desconocida que aseguraba ser su madre. No la tomó completamente por sorpresa, ya que siempre se había sentido diferente al resto de su familia. Primero abordó a sus padres adoptivos, que por fin admitieron la verdad, y después se preparó para recibir la visita de Ofelia y Felipe del Solar, que llegaron con una viejecita de luto riguroso, Juana Nancucheo. Ninguno de los tres puso en duda que Ingrid era la hija extraviada de Ofelia; la semejanza era evidente. Desde entonces Ofelia había visto tres veces a su hija, quien la trataba con la cortesía indiferente de un familiar lejano, porque su única madre era Helga Schnake; esa visitante con los dedos manchados de pintura y el vicio de quejarse, era una extraña. Ingrid era consciente del parecido físico entre ambas y temía que también se heredaran los defectos y al envejecer se volviera narcisista como Ofelia. Se enteró a pedazos de la historia de su nacimiento y sólo en el tercer encuentro pudo averiguar el nombre de su padre. Ofelia le había echado tierra encima a su pasado y evitaba hablar de aquella época. Había obedecido la orden del padre

Urbina de callarse y tanto se abstuvo de mencionar al niño muerto que yacía en el cementerio del campo, que ese episodio de su juventud se le perdió en la niebla de la omisión reiterada. Lo recordó brevemente cuando le tocó enterrar a su marido y quiso cumplir el propósito que hicieron juntos al casarse de que un día ese niño descansara con ellos en el Cementerio Católico de Santiago. Esa hubiera sido la ocasión de trasladar sus restos, pero su hermano Felipe la convenció de lo contrario, porque habría tenido que dar explicaciones a sus hijos y al resto de la familia.

Cuando se agravó la salud de Laura del Solar, Ofelia llevaba años viviendo sola y pintando en su casa de campo, mientras su hijo mayor construía una represa en Brasil y su hija trabajaba en un museo de Buenos Aires. Doña Laura, pronta a cumplir un siglo, deliraba desde hacía tiempo. Dos empleadas abnegadas se turnaban para atenderla día y noche bajo la dirección estricta de Juana Nancucheo, quien estaba casi tan anciana como ella, pero parecía quince años más joven. La mujer había servido a esa familia desde siempre y tenía la intención de seguir haciéndolo mientras doña Laura la necesitara; su deber era cuidarla hasta su último suspiro. Su patrona permanecía postrada en cama, entre almohadones de plumas y sábanas de lino bordadas, con sus camisones de seda importados de Francia, rodeada de los objetos refinados que su marido había comprado sin fijarse en gastos. Después de la muerte de Isidro del Solar, doña Laura se desprendió de la armadura de hierro que había sido para ella el matrimonio con ese hombre dominante y pudo dedicarse a lo que quiso por un tiempo, hasta que la vejez la dejó inválida y la senilidad le impidió seguir comunicándose con el fantasma de Leonardo, su Bebe, en las sesiones de espiritismo. Fue perdiendo la mente, se confundía dentro de su casa y al mirarse en el espejo preguntaba alarmada quién era esa vieja fea que estaba en su baño, por qué venía todos los días a molestarla. Después ya no pudo levantarse porque las piernas y los pies, deformados por la artritis, no la sostenían. Recluida en su habitación pasaba del llanto al sopor prolongado, llamando al bebé con una angustia y un terror inexplicables, que el médico procuraba en vano paliar con drogas contra la depresión. La familia en pleno, que la acompañaba en los días de su agonía, creyó que sufría la pérdida de Leonardo, su hijo menor, ocurrida hacía mucho, como si acabara de suceder.

Felipe del Solar, convertido en el jefe del clan desde la muerte de su padre, había llegado de Londres a hacerse cargo de la situación, pagar cuentas y repartir los bienes. Decían que tenía un pacto con el demonio, porque aparentemente no envejecía, desafiando así sus propios pronósticos de hipocondríaco. Tenía mil achaques antiguos y cada semana descubría otro, le dolía hasta el pelo, pero por una de esas injusticias de la vida, nada de eso se le notaba. Era un señor distinguido arrancado de una comedia inglesa, con chaleco, corbatín de mariposa y expresión de fastidio. Él atribuía su buen aspecto a la niebla de Londres, al whisky escocés y el tabaco holandés de su pipa. Traía en su maletín los documentos para la venta de la casa de la calle Mar del Plata, cuyo terreno en el corazón de la capital valía una fortuna. Debía esperar que muriera su madre para finalizar los trámites. Doña Laura, reducida a unos pellejos de nada, siguió llamando al bebé hasta que se le acabó el aire, sin haber encontrado paz en los medicamentos o las oraciones. Juana Nancucheo le cerró la boca y los ojos, le rezó un avemaría y se retiró arrastrando los pies, muy cansada. A las nueve de la mañana del día siguiente, mientras la empresa de pompas fúnebres preparaba la casa para el velorio, con el ataúd en el salón decorado con coronas de flores, cirios, trapos y cintas negras, Felipe reunió a sus hermanos para notificarles la venta de la propiedad. Después llamó a Juana a la biblioteca para decirle lo mismo.

—Van a demoler esta casa para construir un edificio de apartamentos, pero a ti no te va a faltar nada, Juana. Dime cómo y dónde te gustaría vivir.

—¿Qué quiere que le diga, niño Felipe? No tengo familia, amigos ni conocidos. Estoy viendo que soy un estorbo. Me va a poner en un asilo, ¿verdad?

—Hay algunas residencias de ancianos muy buenas, Juana, pero no haré nada que tú no quieras. ¿Te gustaría vivir con la Ofelia u otra de mis hermanas?

—Yo me voy a morir dentro de un año y me da lo mismo dónde sea. Morirse es morirse y ya está. Por fin se descansa.

—Mi pobre madre no pensaba así…

—Doña Laura sufría de mucha culpa, por eso le daba miedo morirse.

—¡Qué culpa iba a tener mi madre, Juana, por Dios!

—Por eso lloraba.

—Estaba demente y se obsesionó con Leonardo —dijo Felipe.

—¿Leonardo?

—Sí, el Bebe.

—No, niño Felipe, ella ni se acordaba del Bebe. Lloraba por el bebé de la Ofelita.

—No te entiendo, Juana.

—¿Se acuerda de que se quedó embarazada cuando estaba soltera? Es que resulta que ese bebé no se murió, como dijeron.

—¡Pero si he visto la tumba!

—Está vacía. Era una niña. Se la llevó la mujer esa, no me acuerdo de cómo se llamaba, la comadrona. Eso me contó doña Laura y por eso lloraba, porque le hizo caso al cura Urbina y le birló la hija a la Ofelita. Pasó toda su vida con ese engaño adentro, como una podredumbre.

Felipe estuvo tentado de atribuir esa macabra historia al delirio de su madre o la senilidad de la misma Juana y descartarla como absurda; también se le ocurrió que de ser cierta, lo mejor era ignorarla, porque decírselo a Ofelia sería una crueldad innecesaria, pero Juana le notificó que le había prometido a doña Laura encontrar a la niña para que ella se pudiera ir al cielo, si no se iba a quedar atrapada en el purgatorio, y las promesas a los moribundos son sagradas. Entonces él comprendió que no habría forma de silenciar a Juana, tendría que hacerse cargo de la situación antes de que se enteraran Ofelia y el resto de la familia. Le prometió a Juana que iba a investigar y la mantendría informada. «Empecemos por el cura, niño Felipe. Yo voy a ir con usted.» No pudo quitársela de encima. La complicidad que habían tenido durante ochenta años y la certeza de que ella podía leerle las intenciones, lo obligaron a actuar.

Para entonces Vicente Urbina estaba retirado de sus funciones, viviendo en una residencia para sacerdotes ancianos, cuidado por monjas. Fue fácil encontrarlo y conseguir una entrevista; estaba en sus cabales y recordaba muy bien a sus antiguos feligreses, especialmente a los Del Solar. Recibió a Felipe y a Juana disculpándose por no haber podido darle personalmente la extremaunción a doña Laura, porque había sido operado de los intestinos y la convalecencia se estaba alargando demasiado. Sin muchos rodeos, Felipe le repitió lo que Juana le había contado. Con su experiencia de abogado iba preparado para un interrogatorio difícil, para poner al prelado entre la espada y la pared y obligarlo a confesar, pero nada de eso fue necesario.

—Hice lo mejor para la familia. Siempre fui muy cuidadoso en la elección de los padres adoptivos. Todos eran católicos observantes —dijo Urbina.

—¿Me quiere decir que Ofelia no fue el único caso?

—Hubo muchas chicas como Ofelia, pero ninguna tan porfiada. En general estaban de acuerdo con desprenderse de la criatura. ¿Qué otra cosa podían hacer?

—Es decir, no tuvo que engañarlas para robarles al recién nacido.

—¡No te permito que me insultes, Felipe! Eran niñas de buena familia. Mi deber era protegerlas y evitar el escándalo.

—El escándalo es que usted, amparado por la Iglesia, ha cometido un crimen, mejor dicho, muchos crímenes. Eso se castiga con prisión. Usted ya no tiene edad para pagar las consecuencias, pero le exijo que me diga a quién le dio la niña de Ofelia. Voy a llegar al fondo de esto.

Vicente Urbina no había llevado un registro de las parejas

beneficiadas ni de los niños. Él se encargaba personalmente de la transacción; la comadrona, Orinda Naranjo, sólo atendía los partos y por lo demás, había muerto hacía mucho. Entonces intervino Juana Nancucheo para decir que, según doña Laura, a la niña la tenían unos alemanes del sur. Se le había escapado al padre Urbina en una ocasión y a la abuela no se le olvidó.

—¿Alemanes, dices? Deben de ser unos de Valdivia —musitó el obispo.

El nombre no lo recordaba, pero estaba seguro de que la niña tuvo un hogar decente y nada le faltó; era gente de situación holgada. Por ese comentario, Felipe dedujo que en esos trueques pasaba dinero de mano en mano; en pocas palabras, el monseñor vendía niños. Entonces abandonó el intento de sonsacarle más para concentrarse en seguirles la pista a las donaciones recibidas por la Iglesia a través de Vicente Urbina en aquel momento. Sería difícil acceder a esa contabilidad, pero no imposible; habría que emplear a la persona adecuada. Suponía que el dinero siempre deja rastro en su trayecto por el mundo y no se equivocó. Tuvo que esperar ocho meses hasta obtener finalmente la información que buscaba. Los pasó en Londres, hostigado a distancia por las misivas de dos líneas en tarjetas postales, salpicadas de horrores gramaticales y ortográficos, que le mandaba Juana Nancucheo para recordarle su responsabilidad. La anciana las escribía trabajosamente y las enviaba a escondidas, porque se había comprometido a guardar el secreto hasta que Felipe resolviera el asunto. Él le repetía que debía tener paciencia, pero ella no podía darse ese lujo porque llevaba la cuenta de los días que le quedaban en este mundo y antes de irse debía encontrar a la niña perdida y sacar a doña Laura del purgatorio. Felipe le preguntó cómo sabía la fecha exacta de su muerte y ella le contestó simplemente que la tenía marcada con un círculo rojo en el calendario de la cocina. Estaba instalada en la casa de Ofelia, ociosa por primera vez, preparando su funeral.

El correo de un viernes de diciembre le trajo a Felipe el informe de las donaciones recibidas por el padre Vicente Urbina en 1942. La única que le llamó la atención correspondía a Walter y Helga Schnake, dueños de una fábrica de muebles que, según su investigador, había prosperado mucho y tenía sucursales en varias ciudades del sur, manejadas por los hijos y el yerno. Tal como había dicho Urbina, era una familia adinerada. Había llegado la hora de viajar de nuevo a Chile y enfrentarse a Ofelia.

Felipe encontró a su hermana mezclando pintura en su taller, un galpón helado, con olor a trementina y bordado de telarañas, más gorda y andrajosa, con una mata de pelo blanco sucio y un corsé ortopédico por el dolor de espalda. Juana, sentada en un rincón con abrigo, guantes y gorro de lana, estaba igual que siempre. «No se nota que te vas a morir», la saludó Felipe besándola en la frente. Había preparado cuidadosamente las palabras más compasivas para contarle a su hermana que tenía una hija, pero los rodeos fueron innecesarios, porque ella reaccionó apenas con una vaga curiosidad, como si se tratara de un chisme ajeno. «Supongo que quieres conocerla», dijo Felipe. Ella le explicó que tendría que esperar un poco, porque estaba embarcada en el proyecto de un mural. Juana intervino para decir que en ese caso iría ella, porque debía verla con sus propios ojos para poder morirse en paz. Fueron los tres.

Juana Nancucheo vio a Ingrid una sola vez. Tranquilizada con esa única visita, se comunicó con doña Laura, como lo hacía cada noche entre dos oraciones, para explicarle que su nieta había sido encontrada, su culpa estaba expiada y ya podía tramitar su traslado al cielo. A ella le quedaban veinticuatro días en el calendario. Se acostó en su cama, rodeada de sus santos de cabecera y las fotografías de sus seres queridos, todos de la familia Del Solar, y se dispuso a morir de hambre. No volvió a comer ni beber, sólo aceptaba un poco de hielo para humedecer la boca reseca. Se fue sin zozobra ni dolor varios días antes de lo previsto. «Estaba apurada», dijo Felipe, desolado y huérfano. Desechó el cajón de pino ordinario que Juana había comprado y tenía de pie en un rincón de su pieza, y la hizo sepultar con misa cantada y ataúd de madera de nogal con remaches de bronce en el mausoleo de los Del Solar, junto a sus padres.

Al tercer día por fin amainó el temporal, salió el sol desafiando al invierno y los álamos, que protegían como centinelas la propiedad de Víctor Dalmau, amanecieron recién lavados. La nieve cubría la cordillera y reflejaba el color violeta del cielo despejado. Los dos perros grandes pudieron sacudirse la modorra del encierro, husmear en el jardín mojado y revolcarse a su gusto en el lodo, pero el pequeño, que en años caninos era tan viejo como su amo, se quedó echado junto a la chimenea. Ingrid Schnake había pasado esos días con Víctor, no tanto a causa del temporal, ya que estaba acostumbrada a la lluvia de su provincia sureña, sino para poner tiempo a ese primer encuentro en que se estaban conociendo. Lo había planeado cuidadosamente durante meses y se había puesto firme con su marido y sus hijos para que no la acompañaran. «Esto tenía que hacerlo sola, lo comprende, ¿verdad? Me costó bastante, porque es la primera vez que viajo sola y no sabía cómo me iba a recibir usted», le dijo a Víctor. A diferencia de lo ocurrido con su madre, con quien no pudo salvar la distancia de más de cincuenta años de ausencia, Víctor y ella se hicieron amigos fácilmente, en el entendido de que él nunca podría competir en su afecto con Walter Schnake, su adorado padre adoptivo, el único padre que ella reconocía. «Está muy viejito, Víctor, se me va a morir en cualquier momento», le contó.

Ingrid y Víctor descubrieron que los dos tocaban la guitarra por necesidad de consuelo, que eran hinchas del mismo equipo de fútbol, leían novelas de espionaje y podían recitar de memoria varios versos de Neruda, ella los de amor y él los de sangre. No era lo único que tenían en común: también compartían la tendencia a la melancolía, que él mantenía a raya aturdiéndose con el trabajo y ella con antidepresivos y refugiándose en la seguridad inalterable de su familia. Víctor lamentó que ese rasgo fuera hereditario y en cambio su hija no hubiera heredado el espíritu artístico y los ojos cerúleos de Ofelia. «Cuando me deprimo, es el cariño lo que más me ayuda», le dijo Ingrid, y agregó que eso nunca le había faltado, era la favorita de sus padres, la consentida de sus hermanos menores y estaba casada con un coloso color miel capaz de levantarla con un brazo y darle el amor tranquilo de un perro grande. A su vez, Víctor le contó que a él también el cariño de Roser lo había ayudado a defenderse de esa tristeza solapada que lo seguía como un enemigo y a veces lo asaltaba con su cargamento de malos recuerdos. Sin Roser estaba perdido, se le había apagado el fuego interior y en su lugar quedaban las cenizas de una pena que arrastraba desde hacía tres años. Se sorprendió de su propia confesión, hecha con voz rota, porque nunca había mencionado ese hueco frío en su pecho, ni siquiera delante de Marcel. Sentía que hasta el alma se le estaba encogiendo. Se instalaba en manías de viejo, en un silencio mineral, en su soledad de viudo. Había ido renunciando a los pocos amigos que tenía, ya no buscaba compinches para el ajedrez o para tocar la guitarra, se habían terminado los asados dominicales de antaño. Seguía trabajando, lo que le obligaba a conectarse con sus pacientes y sus estudiantes, pero lo hacía desde una insalvable distancia, como si los viera en una pantalla. En los años que pasó en Venezuela creía haber superado definitivamente la seriedad, que había sido parte esencial de su carácter desde joven, como si llevara luto por el sufrimiento, la violencia y la maldad del mundo. La felicidad le parecía obscena ante tanta calamidad. En Venezuela, ese país verde y cálido, enamorado de Roser, venció la tentación de arroparse en la tristeza, que no era un manto de dignidad sino de desprecio por la vida, como ella le repetía. Pero la seriedad le había vuelto con saña; sin Roser se estaba secando. Sólo se conmovía con Marcel y sus animales.

—La tristeza, mi enemiga, va ganando terreno, Ingrid. A este paso, en los años que me quedan voy a terminar convertido en un ermitaño.

—Eso sería como morirse en vida, Víctor. Haga como yo. No espere a esa enemiga para defenderse, sálgale al encuentro. Me ha costado años aprender esto en terapia.

—¿Qué motivos de tristeza podrías tener tú, niña?

—Lo mismo me pregunta mi marido. No sé, Víctor, supongo que no se necesitan motivos, esto es cosa de carácter.

—Es muy difícil cambiar el carácter. Para mí es tarde, no me queda más remedio que aceptarme como soy. Tengo ochenta años, los cumplí el día que llegaste. Esta es la edad de la memoria, Ingrid. Es la edad de hacer un inventario de la vida —replicó él.

—Perdone si le parezco intrusa, pero ¿puede contarme qué hay en su inventario?

—Mi vida ha sido una serie de navegaciones, he ido de un lado a otro en esta tierra. He sido extranjero sin saber que tenía raíces profundas… También ha navegado mi espíritu. Pero me parece inútil venir a hacer estas reflexiones ahora; las debí hacer mucho antes.

—Creo que nadie medita sobre su vida en la juventud, Víctor, y la mayor parte de la gente nunca lo hace. A mis padres, que tienen más de noventa, no se les ocurriría. Viven no más, día a día, contentos.

—Es una lástima que este tipo de inventario se haga en la vejez, Ingrid, cuando ya no hay tiempo para enderezar las cosas.

—No se puede cambiar el pasado, pero tal vez se pueden ir eliminando los peores recuerdos…

—Mira, Ingrid, los acontecimientos más importantes, los que determinan el destino, casi siempre escapan por completo a nuestro control. En mi caso, al sacar las cuentas, veo que mi vida está marcada por la Guerra Civil en mi juventud y después por el golpe militar, por los campos de concentración y los exilios. No escogí nada de eso, simplemente me tocó.

—Pero habrá otras cosas que usted eligió. Como la medicina, por ejemplo.

—Cierto, eso me ha dado muchas satisfacciones. ¿Sabes lo que más agradezco? El amor. Eso me ha marcado más que nada. Tuve una suerte loca con Roser. Ella será siempre el amor de mi vida. Por ella tengo a Marcel. La paternidad también ha sido esencial para mí, me ha permitido mantener la fe en lo mejor de la condición humana, que sin Marcel se habría pulverizado. He visto demasiada crueldad, Ingrid, sé de lo que somos capaces los hombres. También amé mucho a tu madre, aunque eso no duró demasiado.

—¿Por qué? ¿Qué pasó exactamente?

—Eran otros tiempos. Chile y el mundo han cambiado mucho en este medio siglo. Ofelia y yo estábamos separados por un abismo social y económico.

—Si tanto se querían, se deberían haber arriesgado…

—Ella me propuso en algún momento que escapáramos a un país cálido y viviéramos nuestro amor bajo unas palmeras. ¡Imagínate! Entonces Ofelia era apasionada y tenía espíritu de aventura, pero yo estaba casado con Roser, no podía ofrecerle nada y sabía que si ella se escapaba conmigo se arrepentiría en menos de una semana. ¿Fue cobardía por mi parte? Me lo he preguntado muchas veces. Creo que fue falta de sensibilidad: no medí las consecuencias de la relación con Ofelia, le hice mucho daño sin proponérmelo. Nunca supe que estaba embarazada y ella nunca supo que había dado a luz una hija y estaba viva. Si lo hubiéramos sabido, la historia sería diferente. Pero nada sacamos con revolver el pasado, Ingrid. En todo caso, eres hija del amor, nunca dudes eso.

—Ochenta años es una edad perfecta, Víctor. Usted ya ha cumplido sobradamente con sus obligaciones, puede hacer lo que quiera.

—¿Como qué, niña? —sonrió Víctor.

—Salir de aventura, por ejemplo. A mí me gustaría irme de safari a África. Llevo años soñando con eso y un día, cuando convenza a mi marido, iremos. Usted podría enamorarse de nuevo. No tiene nada que perder y sería divertido, ¿verdad?

A Víctor le pareció escuchar a Roser en sus momentos finales, cuando le recordaba que los humanos somos criaturas gregarias, que no estamos programados para la soledad, sino para dar y recibir. Por eso insistía en que él no se conformara con la viudez y hasta le escogió una novia. Pensó con súbita ternura en Meche, la vecina de corazón abierto que le regaló la gata, la que le traía tomates y hierbas de su huerto, la mujer diminuta que esculpía ninfas gordas. Decidió que apenas se fuera su hija, iba a llevarle a Meche los restos de su *arròs negre* con calamares y de su crema catalana. Nuevas navegaciones, pensó. Y así hasta el final.

Agradecimientos

Oí hablar por primera vez del *Winnipeg*, la nave de la esperanza, en mi infancia, en casa de mi abuelo. Mucho después volví a escuchar ese nombre evocador en una conversación con Víctor Pey en Venezuela, donde ambos estábamos exiliados. En ese tiempo yo no era escritora ni imaginaba llegar a serlo, pero la historia de ese barco y su cargamento de refugiados me quedó fija en la memoria. Recién ahora, cuarenta años después, puedo contarla.

Esta es una novela, pero los hechos y personas históricos son reales. Los personajes son de ficción y están inspirados en gente que he conocido. He necesitado imaginar muy poco, porque al hacer la investigación exhaustiva, que siempre hago con cada libro, me encontré con material de sobra. Este libro se escribió solo, como si me lo dictaran. Por eso doy las gracias de todo corazón a:

Víctor Pey, que murió a los 103 años, con quien mantuve tupida correspondencia para afinar los detalles, y al doctor Arturo Jirón, mi amigo del exilio.

Pablo Neruda por llevar a los españoles refugiados a Chile y por su poesía, que me ha acompañado siempre.

Mi hijo Nicolás Frías, quien realizó la primera acuciosa lectura, y a mi hermano Juan Allende, que corrigió el manuscrito página por página varias veces y me ayudó en la investigación de la época que abarca esta historia, desde 1936 hasta 1994.

Mis editoras Johanna Castillo y Nuria Tey.

Mi leal investigadora, Sarah Hillesheim.

Mis agentes, Lluís Miquel Palomares, Gloria Gutiérrez y Maribel Luque.

Alfonso Bolado, que revisa atentamente mis manuscritos por puro cariño, porque ya está jubilado, y me obliga a esforzarme más.

Jorge Manzanilla, el implacable (y según él, apuesto) lector que me corrige los gazapos, porque después de cuarenta años viviendo en inglés, cometo horrores gramaticales y de otras clases.

Adam Hochschild, por su extraordinario libro *Spain in our Heart*, y medio centenar de otros autores cuyos libros me sirvieron en la investigación histórica.

Créditos de las imágenes

GUARDA DELANTERA
(DE IZQUIERDA A DERECHA Y DE ARRIBA ABAJO)

Página 1

Desfile militar en Barcelona tras la llegada de las fuerzas nacionales a la ciudad en 1939 durante la Guerra Civil de España.
Album Images / Universal Images Group / Universal History Archive \ UIG

Mujeres tocando el piano.
Getty Images / Hulton Archive

En las trincheras, al este de Madrid, durante la Guerra Civil de España.
Album Images

Joven miliciano del Frente Popular de Barcelona, julio de 1936.
Album Images / AKG

Imagen de la batalla del Ebro.
   ABC

Republicanos españoles cruzando los Pirineos rumbo al exilio en Francia.
   Album Images / Oronoz

Página 2

Pablo Neruda junto al Sena.
   Colección Museo Histórico Nacional de Chile / Marcos Chamudes

Soldados españoles del Ejército republicano en el campo de concentración de Argelès-sur-Mer en Francia.
   Getty Images / Hulton Archive

Escuela de Enfermería de la Fundación Kaiser.

Imagen del navío *Winnipeg,* 1939.
   Agrupación Winnipeg / Centro Cultural de España en Santiago de Chile

Pasajeros del *Winnipeg* en su travesía rumbo a Valparaíso.
   Archivo Víctor Pey

Recorte de prensa de la época.

Página 1

Imagen de época de la bahía de Valparaíso.

Fotografía de los niños que viajaban en el *Winnipeg*.
Agrupación Winnipeg / Centro Cultural de España en Santiago de Chile

Imagen del tranvía que subía al cerro de Valparaíso.
Getty Images / Hulton Archive

Desembarco de los pasajeros del *Winnipeg* en Valparaíso.
Colección Museo Histórico Nacional de Chile

El doctor Salvador Allende jugando al ajedrez.*

Manifestación a favor de Salvador Allende en Santiago de Chile el 5 de septiembre de 1964.
James Wallace / Library of Congress

* La editorial no ha averiguado el nombre del autor o propietario de la fotografía, pero reconoce su titularidad de los derechos de reproducción y su derecho a percibir los royalties que pudieran corresponderle.

Página 2

Salvador Allende junto a Pablo Neruda, 1970.
    Album Images / AKG

Catedral de Santiago de Chile en 1969.
    Getty Images

Militares durante el golpe de Estado de 1973 en Santiago de Chile.
    Album Images / AKG

Imagen del Estadio Nacional de Santiago de Chile tras el golpe de Estado.*

El general Augusto Pinochet votando en el referéndum de Chile en 1980.
    Getty Images / Daniele Darolle

Vista panorámica de Santiago de Chile.
    Getty Images / Jacoby

* La editorial no ha averiguado el nombre del autor o propietario de la fotografía, pero reconoce su titularidad de los derechos de reproducción y su derecho a percibir los royalties que pudieran corresponderle.

Acerca de la autora

Isabel Allende nació en 1942, en Perú. Pasó su primera infancia en Chile y vivió en varios lugares en su adolescencia y juventud. Después del golpe militar de 1973 en Chile, se exilió en Venezuela y, desde 1987, vive como inmigrante en California. Se define como una "eterna extranjera".

Inició su carrera literaria en el periodismo en Chile y en Venezuela. En 1982 su primera novela, *La casa de los espíritus*, se convirtió en uno de los títulos míticos de la literatura latinoamericana. A ella le siguieron otros muchos, todos los cuales han sido éxitos internacionales. Su obra ha sido traducida a cuarenta idiomas y ha vendido más de setenta millones de ejemplares, siendo la escritora más leída en lengua española. Ha recibido más de sesenta premios internacionales, entre ellos el Premio Nacional de Literatura de Chile en 2010, el Premio Hans Christian Andersen en Dinamarca, en 2012, por su trilogía "Memorias del águila y del jaguar" y la Medalla de la Libertad en Estados Unidos, la más alta distinción civil, en 2014. En 2018, Isabel Allende se convirtió en la primera escritora en lengua española premiada con la medalla de honor del National Book Award, en Estados Unidos, por su gran aporte al mundo de las letras.